Ödlande
Ileos
Amberan
Östliche Provinzen
Hoher Norden
Duranda
Tachadeas
Himmelswacht
Heilige Jagdgründe
Haran
Farhir
Tempel von Turrah

Jennifer Alice Jager

Chroniken der Dämmerung

Moonlight Touch

JENNIFER ALICE JAGER

MOONLIGHT TOUCH

CHRONIKEN DER DÄMMERUNG

Band 1

Ravensburger

MIX
Papier aus verantwortungsvollen Quellen
FSC® C111262

Text: Jennifer Alice Jager
Lektorat: Gudrun Likar
Umschlaggestaltung und Vorsatzkarte: Carolin Liepins, München
Verwendetes Bildmaterial von © Marvin Dela Cruz, © Irina Alexandrovna,
© progressman, © caracolla und © Bokeh Blur Background, alle von Shutterstock
Illustration auf S. 444–445: © Jennifer Alice Jager

1 3 5 4 2

Dieses Werk wurde vermittelt durch die
Michael Meller Literary Agency GmbH, München.

Printed in Germany

ISBN 978-3-473-40196-3

www.ravensburger.de

Gewidmet der Königin, die du im Herzen bist.
Egal, was die anderen auch sagen.

KAPITEL 1

Sheera

Das Herrenhaus des Barons von Embran glich einem Schloss. Es lag gut zwei Stunden Fußmarsch von der Grenze zum Menschenreich entfernt, abseits der Städte, auf einem grünen Hügel.

Zum feierlichen Anlass der Verlobung seiner Tochter hatte der Baron alle Hochalben der Umgebung eingeladen. Von den Schatten des Waldes aus beobachtete ich, wie ihre Kutschen vorfuhren. Fackeln säumten den Weg, Musik und Gelächter drangen bis zu mir vor und verscheuchten die Tiere des Waldes. Alle, bis auf mich, die ich in den Augen der Hochalben auch nicht besser war als ein Tier.

Schließlich war ich eine Nachtalbe. Ich trug nicht etwa nur ihr Blut in mir, wie viele Alben im Grenzland, ich war durch und durch ein Wesen der Dunkelheit. Mein Haar war schwarz, meine Haut blass wie der Mond und die Augen katzenhaft. Hochalben, deren Blut weder vom Erbe der Menschen noch von meinesgleichen verwässert war, sahen mit Abscheu oder gar Angst auf mich herab. Das war mit ein Grund dafür, dass man in ganz Farhir immer weniger Nachtalben zu Gesicht bekam. Viele meiner Art hatten sich für ein

Leben in den Wäldern entschieden und waren über die Jahrzehnte zu eben den Tieren geworden, die die Hochalben in uns sahen. Andere hatten sich die Haare gebleicht und Mischblüter geehelicht, um ihren Kindern das Schicksal und den Fluch der Nachtalben zu ersparen.

Warum meine Eltern das nicht getan hatten, würde ich wohl nie erfahren. Vielleicht weil sie in diesem Erbe mehr sahen als nur einen Fluch. Sicher aber nicht, damit ich meine Fähigkeiten, im Dunkeln sehen zu können und mich lautlos durch die Nacht zu bewegen, für Diebeszüge nutzte. Was sie wohl sagen würden, wenn sie wüssten, zu wem ihre Tochter ohne elterliche Fürsorge geworden war? Ob sie Stolz empfänden? Wohl kaum.

Aber das scherte mich schon lange nicht mehr. Ich hatte überlebt und das Beste aus meinem Schicksal gemacht. Ich bewies es mir Nacht für Nacht und würde es auch an diesem Abend tun.

Als wäre ich ein Teil der wachsenden Schatten schlich ich den sanft abfallenden Hügel hinauf und umrundete den Vorplatz des Herrenhauses. Ich bewegte mich ganz nahe dem Boden fort, nur eine Armlänge entfernt von den Hufen der Kutschpferde, ohne dass mich eines der Tiere wahrnahm und scheute. So erreichte ich unbemerkt den Turm des Ostflügels.

Wie ich in Erfahrung gebracht hatte, ließ der Baron zwar alle Eingänge bewachen, nicht aber die hoch gelegenen schmalen Fenster der Türme. Man ging wohl nicht davon aus, dass irgendjemand fähig wäre, dort hinaufzuklettern, geschweige denn durch diese Fenster einzudringen. Schließlich waren sie kaum breiter als die Öffnungen eines Gitterspaliers.

Ein Spalier war auch das, was ich in diesem Moment gut hätte gebrauchen können. Ich stand am Fuß des Turmes und blickte hinauf. Die Fugen zwischen den Steinen waren schmal, das Mauerwerk glatt gearbeitet. Von Weitem hatte es grober gewirkt. Doch nun gab es kein Zurück mehr. Ich entledigte mich meiner Lederhandschuhe, ging in die Hocke und zerrieb trockene, sandige Erde zwischen meinen Fingern. Dann begann ich mit dem Aufstieg.

Noch etwas, wofür man uns belächelte, was aber viele Vorteile mit sich brachte, war die Größe der Nachtalben. Die meisten Hochalben überragten uns um fast einen Kopf. Selbst die Menschen waren größer als wir. Zudem waren wir Nachtalben schmächtig gebaut. Ich selbst wog kaum mehr als ein Jüngling von zwölf. Es hieß, verwilderte Nachtalben, die in den Wäldern hausten, könnten sich lautlos durch Baumwipfel bewegen, und ich erklomm fast mühelos Steinmauern, ohne von meinem eigenen Gewicht hinuntergezogen zu werden.

Diesen Turm hochzuklettern, verlangte mir allerdings mehr ab, als ich vermutet hatte. Bereits nach der Hälfte der Strecke ging mein Atem schwer, und ich biss mir auf die Unterlippe. In den Fugen fand ich kaum Halt, musste lange nach einer passenden Stelle suchen, um mich weiter nach oben zu ziehen, und stieß dadurch bald an meine körperlichen Grenzen. Meine Fingerkuppen brannten, und meine Arme begannen zu zittern.

Ich durfte nicht schnaufen, sonst hätte man mich rasch entdeckt. Ein Blick nach unten verriet mir, dass ich ungefähr drei Meter über dem Boden war. Von dieser Höhe konnte ich noch problemlos abspringen und lautlos im Gras landen. Aber aufgeben kam für mich nicht infrage. Dazu hatte ich schon zu viel Zeit in das Auskundschaften des Anwesens gesteckt. Entschlossen schaute ich nach oben, den Blick auf eines der Fenster gerichtet, und zog mich Stück für Stück weiter hinauf.

Oben angekommen, musste ich mich seitwärts drehen und die Luft anhalten, um durch die schmale Fensteröffnung zu passen. Ich schlüpfte hindurch wie Wasser durch den Sprung in einer Vase, glitt ins Innere des Turmes und fand mich in einem abgedunkelten Raum wieder.

An den Wänden befanden sich Tische, die sich unter dem Gewicht der Reichtümer, die darauf lagen, bogen. Und die Truhen in der Mitte des Zimmers waren derart mit Schätzen vollgestopft, dass man sie nicht mehr zubekam.

Ich schmunzelte zufrieden. So also bewahrte der Baron seine Schätze auf. Statt sie geschützt vor den Blicken und gierigen Fingern Fremder im Kellergewölbe unterzubringen, wie die meisten der betuchten Hochalben es taten, stellte er sie zur Schau. Meine Quellen hatten also die Wahrheit gesagt. Der Baron war ein eitler Mann, der jede Gelegenheit nutzte zu zeigen, was er an Besitztümern angehäuft hatte. Wahrscheinlich brachte er regelmäßig seine Liebschaften in diesen Turm. Ich konnte mir gut vorstellen, wie die Augen der verarmten Bauernmädchen leuchteten, wenn er sie herbrachte.

Der Gedanke widerte mich an. Ich kannte solche Männer zur Genüge, und es erfüllte mich mit Genugtuung, einem von ihnen zu stehlen, was ihm ach so teuer war.

Meine Finger glitten über die vielen Juwelen, Goldketten und Edelsteine, die ein ganzes Dorf ein Jahr lang hätten ernähren können. In den letzten zehn Jahren hatte ich schon unzählige Einbrüche begangen, aber meist nur die Schmuckkästchen edler Damen und die Geldbörsen ihrer Männer ausgeräumt. Zu sehen, wie viel ein einzelner Hochalbe anhäufte, ohne es je in seinem Leben ausgeben zu können, ekelte mich an. Nicht weit von diesem Anwesen verhungerten die Kinder auf der Straße, aber das schien den Baron nicht zu kümmern.

Ich blieb vor einer Truhe stehen, ging in die Hocke und öffnete sie. Sie war bis obenhin mit Goldmünzen gefüllt.

Damit konnte ich mehr anfangen als mit edelsteinbesetzten Ketten und Ringen. Ich wusste aus Erfahrung, wie schwer diese sich verkaufen ließen. Je wertvoller der Schmuck, desto größer die Angst der Hehler vor den Blutalben – den Soldaten der Königin.

Aus meinem Miedergurt zog ich einen leeren Lederbeutel, füllte ihn mit Münzen und ließ ihn wieder verschwinden. Mit etwas Glück würde der Baron gar nicht erst merken, dass er bestohlen worden war. Ich würde wiederkommen können und meinen Diebeszug so oft wiederholen, wie es mir beliebte.

Vielleicht war das meine Chance. Ich würde nicht länger gefährliche Aufträge annehmen, mich fast jede Nacht hinausschleichen und zwielichtige Gestalten treffen müssen. Es hätte vielleicht bald ein Ende damit, immer wieder neue Pläne zu schmieden und mit der Angst zu leben, mein nächster Einbruch könnte der letzte sein. Und das alles dank diesem eitlen Widerling, dem Baron von Embran.

Ich wagte es nicht, mich dieser Hoffnung hinzugeben.

Stimmen, die von draußen zu mir hereindrangen, rissen mich aus meinen Gedanken. Ich stand auf, schlich zum Fenster und warf einen Blick nach unten. Zwei Stallburschen standen mit einer Gruppe Pferde am Fuß des Turmes. »Der Baron lässt uns windelweich prügeln, wenn er das erfährt!«, zischte einer der beiden.

»Was sollen wir denn tun, wenn kein Platz mehr in den Ställen ist?«, fragte der andere. »Außerdem muss er es ja nicht erfahren. Wir bleiben hier und passen auf die Viecher auf. Dann passiert schon nichts.«

Ich hätte schreien können vor Wut, blickte stattdessen aber zum Himmel. »Danke, Muraya!«, sagte ich bissig. Wer sonst, außer der Göttin der Alben selbst, hätte mir diese Männer schicken können? Das also war die Strafe für meinen Hochmut. Von wegen »einfaches Spiel«! Ich konnte nicht mehr auf demselben Weg zurück, auf dem ich gekommen war. Selbst bei Dunkelheit war ich als Nachtalbe nicht fähig, unbemerkt an den herumlungernden Stallburschen vorbeizukommen. Ich musste einen anderen Weg finden oder warten und hoffen, dass die Burschen wieder verschwanden, bevor der Baron seinen Gästen diesen Raum zeigte. Und so wie ich ihn einschätzte, war das nur eine Frage der Zeit.

Auf Zehenspitzen schlich ich von Fenster zu Fenster. Ich hatte nicht grundlos gerade dieses gewählt. Genauso wenig wie ich den Stallburschen vor der Nase herumklettern konnte, durfte ich mich an der beleuchteten Vorderseite des Turmes zeigen. Und an der Rückseite befanden sich steil abfallende Klippen, sodass ich sehr wahrscheinlich in den Tod gestürzt wäre, hätte ich dort mein Glück versucht.

Frustriert ging ich zur Tür. Sie war schwer, eisenbeschlagen und aus massiver Eiche. Bestimmt hielt sie einem Dutzend Männern stand und führte zudem genau dorthin, wo ich um keinen Preis der Welt landen wollte: ins Innere des Anwesens, wo sich die Gäste des Barons und seine bewaffneten Wachen tummelten. Allein beim Gedanken, durch hell erleuchtete Korridore zu schleichen, schlug mein Herz schneller. Eine andere Wahl blieb mir aber nicht.

Ich zog ein kleines, zusammengeschnürtes Ledertäschlein hervor, rollte es auf und holte zwei der abgenutzten Dietriche heraus. Ich ließ mich auf ein Knie nieder und begann am Schloss zu hantieren, als ein Schatten den Türschlitz verdunkelte. Schritte waren zu hören.

Das konnte doch nicht wahr sein! Es kam mir vor, als wäre der ganze Abend verflucht. So viel Vorbereitung, so ein einfacher Einstieg – und dann ging wirklich alles schief. Ich schnaubte vor Wut und Frustration, packte eilig meine Dietriche zusammen und huschte gerade noch rechtzeitig an die Wand, um hinter der Tür zu verschwinden, als ich auch schon hörte, wie ein Schlüssel im Schloss umgedreht wurde.

»Eine Fackel!«, befahl eine raue Stimme.

Die Tür wurde aufgeschoben, und Fackellicht fiel in den Raum. Ich hielt die Luft an. Jedes Mal wenn ich so knapp davorstand, gefasst zu werden, ging ich im Geist durch, was mit mir geschehen würde, fiele ich den Blutalben in die Hände. Der Galgen wäre noch gnädig. Folter, öffentliches Auspeitschen und das Abhacken von Gliedmaßen gehörten zu ihren üblichen Methoden. Der Gedanke daran verlieh mir den Mut, auch in der brenzligsten Lage die Ruhe zu bewahren. Panik würde bedeuten, Fehler zu begehen, und die konnte ich mir nicht leisten.

Ein älterer Hochalbe, ungewöhnlich füllig für seinesgleichen, betrat den Raum. Gekleidet war er in samtene, mit Nerz besetzte Gewänder, ein Goldreif zierte sein sich lichtendes Silberhaar, und in der von Ringen geschmückten Hand hielt er eine Fackel. Ihr Licht fiel auf die Schätze und brachte sie zum Funkeln. Zwei junge, kichernde Mädchen folgten dem Mann.

»Schaut euch ruhig um«, forderte er sie auf. »Sucht euch ein Schmuckstück aus. Ihr dürft es den ganzen Abend tragen.«

»Wirklich?«, fragte eines der Mädchen ungläubig.

»Wirklich«, versprach er und schwenkte die Fackel, um auch den letzten Winkel des Raumes damit auszuleuchten.

Die beiden jungen Hochalben quiekten freudig und stürzten sich auf die Schätze wie ausgehungerte Hunde auf ein paar Knochen.

Noch einen Schritt, dachte ich und betete, dass Muraya mir diesmal gnädig war. Ich schloss die Augen, lauschte und wartete geduldig ab. Dann endlich war es so weit. Ich hörte, wie der Baron einen weiteren Schritt in den Raum hinein tat, machte die Augen wieder auf und huschte unbemerkt hinter ihm vorbei durch die Tür – wohl wissend, dass mich auf der anderen Seite mindestens einer seiner Untergebenen erwartete.

Eilig schaute ich mich um, entdeckte den Wachposten, der mir entgegen meiner Befürchtung den Rücken zukehrte, und lief in die entgegengesetzte Richtung. Es war ein reines Glücksspiel gewesen. Das wusste ich. Ebenso gut hätte ich dem Mann direkt in die Arme laufen können. Doch gerade das machte es so aufregend.

An einer Treppe angekommen, hörte ich noch immer das Gekicher der Mädchen. Ich nahm die Stufen nach unten und gelangte dadurch tiefer in das Anwesen hinein. Mein Weg führte mich ins Erdgeschoss und an einer Garderobe vorbei. Unbemerkt von der Magd, die die Mäntel und Umhänge der Besucher bewachte, nahm ich mir einen möglichst unauffälligen Überwurf und hüllte mich darin ein.

So fiel ich nicht weiter auf, passierte mehrere Gäste und Bedienstete und erreichte schließlich ein Fenster, von dem aus ich den Abstieg wagen konnte.

Erleichtert zog ich gerade mein Knie auf den Sims, als ich ein vertrautes Kichern hörte. Es versetzte meinen Körper sofort in höchste Anspannung. Der Baron und seine Begleiterinnen waren auf dem Weg zu mir. Ich sah ihre Schatten bereits über den Boden wandern und wusste, dass sie mich erreicht hätten, noch bevor ich aus dem Fenster gestiegen war.

Ich trat einen Schritt zurück und wandte mich der einzigen Richtung zu, in die ich laufen konnte. Direkt zu den Festivitäten hin, von wo Musik und die Stimmen der vielen Hochalben zu mir drangen.

Gerade als der Baron um die Ecke bog, lief ich los, nahm die Treppe in die große, von mehreren Hundert Gästen gefüllte Halle und schlängelte mich durch sie hindurch.

Außer mir trug niemand einen Überwurf. Schon gar nicht über dem Kopf und weit ins Gesicht gezogen. Auch wenn die Menge mir kurzzeitig Schutz bot, war es nur eine Frage der Zeit, bis ich auffallen würde.

Ich blickte mich eilig um, fand aber kein offenes Fenster, durch das ich klettern und über den Hof hätte flüchten können. Es wäre ohnehin riskant gewesen, dem dortigen Personal vor die Füße zu springen. Unbewachte Türen gab es auch keine. Ich schob mich durch das Gedränge auf den Haupteingang zu. Zwei Wachen waren dort postiert, und ich überlegte, wie ich sie ablenken und an ihnen vorbeikommen könnte. Doch schon war ich einem der beiden aufgefallen. Kein Wunder, schließlich war ich der einzige Gast, der sein Gesicht verbarg. Noch verließ der Mann seinen Posten nicht, reckte sich aber beim Versuch, mich zwischen den vielen Alben besser erkennen zu können. Ich wich zurück, verschwand wieder im Schutz der Menge, und meine Gedanken rasten. Irgendeinen Ausweg musste es doch geben. Es gab immer einen!

Der Duft nach frisch gebackenem Brot, Kräutern und gesottenem Fleisch stieg mir in die Nase, und ich entdeckte das Büfett am Rand des Saales. Schätze, wie ich sie im Turmzimmer gesehen hatte, brachten mich schon lange nicht mehr aus der Fassung. So ein Überfluss an Nahrung allerdings schon.

Die lange Tafel bog sich beinahe unter dem Gewicht der vielen Speisen. Pudding, Früchte und sogar Spanferkel lachten mich an, und das Wasser lief mir im Mund zusammen.

Erneut warf ich einen Blick zum Ausgang. Ob die Wache noch immer nach mir Ausschau hielt, konnte ich nicht erkennen. Mein Überwurf würde mich aber verraten, wenn ich mich ihm erneut näherte. Und den konnte ich nicht ablegen. Schließlich war ich eine Nachtalbe, umzingelt von Adligen, die schreiend weglaufen würden, wenn sie wüssten, was sich darunter verbarg. Vielleicht brauchte ich aber genau das, um zu entkommen. Ein Lächeln huschte mir über die Lippen, und ich fasste einen Entschluss.

Zielstrebig ging ich auf das Büfett zu, schnappte mir ein Brot und brach es mit bloßen Händen entzwei. Allein das zog schon Aufmerksamkeit auf sich. Als ich dann noch eine Gabel klirrend zu Boden fallen ließ, mich rasch umdrehte, den halben Laib Brot fest an meine Brust drückte und gegen den Tisch stieß, waren die Blicke aller auf mich gerichtet.

Gehetzt schaute ich mich um, als mich auch schon jemand am Arm packte und mir der Überwurf vom Kopf gerissen wurde. Einige der Alben schrien tatsächlich, andere wichen vor mir zurück.

Der Mann, der mich beim Stehlen erwischt hatte, war niemand Geringeres als der Baron selbst. Seine Hand schloss sich fest um meinen Arm.

»Bitte!«, flehte ich mit bebender Stimme und hoffte, dass er mir meine Maskerade abkaufte. »Ich habe solchen Hunger.«

»Du diebisches kleines Dreckstück«, zischte er und schüttelte mich, dass es wehtat. »Wie bist du hier reingekommen?«

»Bitte!«, stieß ich erneut aus, biss mir auf die Lippen und sah ihn mit großen Augen an. Ich setzte alles daran, so verzweifelt wie möglich zu wirken.

Der Baron ließ sich nicht davon erweichen. Er zerrte mich durch die Menge, direkt auf die Wachen am Ausgang zu.

»Ich tue alles!«, schwor ich. »Mein Herr, glaubt mir, ich tue alles!« Das Brot fiel mir aus der Hand, gerade als er mich bis zur Tür bugsiert hatte. Ich stürzte auf die Knie, und er packte mich mit beiden Händen beim Versuch, mich wieder hochzuziehen, während ich mich an seine Gewänder klammerte wie ein Kleinkind an den Rockzipfel der Mutter.

»Alles«, wiederholte ich eindringlich und blickte zu ihm auf. Ich war mir sicher, dass er verstand, worauf ich hinauswollte. Seine Augen verengten sich, und er musterte mich von oben bis unten. Ich wusste, wofür er mich in diesem Moment hielt und dass er vor seinen Gästen sicher nicht darauf eingehen würde.

»Hast du noch mehr gestohlen?«, fragte er.

Ich schüttelte den Kopf und ließ es mir gefallen, dass er mich auf die Füße zog und gegen die Wand drängte. Er riss mir den Überwurf von den Schultern, trat einen Schritt zurück und gab einem seiner Wachen mit einem Kopfnicken zu verstehen, mich zu durchsuchen. Wahrscheinlich wollte er sichergehen, dass ich wirklich nur ein Brot bei mir hatte und nicht etwa so etwas wie einen prall gefüllten Beutel mit Gold.

Die Wache zögerte nicht und griff nach meinem Miedergürtel. Ohne nachzudenken, packte ich den Mann bei den Händen, ehe er mich entkleiden konnte, und er schaute mich misstrauisch an. Es wäre wohl nicht die beste Idee, mich gegen eine Durchsuchung zu wehren. Widerwillig ließ ich meine Hände wieder sinken und erlaubte ihm, die Schnüre meines Mieders mit einem kräftigen Ruck zu zerreißen. Es fiel zu Boden, und ich stand, nur noch in ein Leinenhemd gehüllt, vor ihm. Der fadenscheinige Stoff meines Oberteils bot mir kaum Schutz, aber ich war gezwungen, es stillschweigend zu ertragen, dass mich die Wache von oben bis unten abtastete und eine ganze Horde Adliger dem Mann dabei zusah. Es kostete mich all meine Überwindung, das ohne Gegenwehr zu dulden.

Nach einer gefühlten Ewigkeit trat er endlich zurück, und ich konnte die Arme vor meiner Brust kreuzen, um mich nicht völlig entblößt zu fühlen.

»Sie ist sauber«, sagte er.

»Du hast Glück gehabt«, meinte der Baron. »Hättest du mehr gestohlen als nur das Brot, würde ich dich nicht ungeschoren davonkommen lassen.«

Im Saal war es still geworden, ein Kreis aus leise tuschelnden Adligen hatte sich um uns gebildet, und einer von ihnen näherte sich dem Baron. »Ihr solltet sie den Blutalben übergeben.«

Der Baron antwortete dem Mann nicht. Stattdessen wandte er sich seinen Gästen zu. »Die Ärmsten in Farhir leiden Hunger«, erklärte er laut. »Ich weiß nicht, wie dieses arme Ding in mein Haus gelangt ist, aber ich kann mich meiner Verantwortung nicht entziehen. Das kann keiner von uns.«

Zustimmendes Gemurmel wurde laut, ein paar der Gäste applaudierten, und wie ich es erwartet hatte, badete der Baron geradezu in der Bewunderung, die sie ihm entgegenbrachten. Um dem Ganzen die Krone aufzusetzen, klaubte er das Brot vom Boden auf und drückte es mir in die Hände. Dann packte er mich am Arm und drängte mich zum Ausgang. Es lag mir auf der Zunge, ihn aufzufordern, mir auch mein Mieder zurückzugeben, aber ich wollte mein Glück nicht überstrapazieren.

Die Wachen öffneten die Tür, und der Baron stieß mich nach draußen. Ein breites Grinsen lag ihm auf den Lippen. »Erzähle all deinen Freunden, wie großzügig und gutherzig euer Baron ist«, forderte er mich auf.

»Das mache ich«, schwor ich und deutete eine Verbeugung an. Ich wusste nicht, ob ich zu dick auftrug, aber offenbar kaufte er mir meine Dankbarkeit ab.

»Braves Kind«, sagte er, und im nächsten Moment schlossen die Wachen die Tür. Dunkelheit hüllte mich ein, und ich richtete mich wieder auf. Nun war ich es, die breit grinste. »Ganz sicher nicht«, sagte ich siegessicher und wandte mich zum Gehen.

Es hätte auch ganz anders ausgehen können. Das war mir klar. Ich hatte einfach darauf gebaut, dass der Baron vor seinen Gästen den Gönner mimen würde. Und genau so war es gekommen.

Dennoch war es ein Glücksspiel gewesen. Genauso gut hätte ich in dieser Sekunde in seinem Kerker sitzen können. Aber gerade die Tatsache, dass ich dem nur knapp entronnen war, löste ein Hochgefühl in mir aus wie kaum etwas anderes.

Ich überquerte den Hof und ließ Licht, Stimmen und Musik hinter mir. Erst als ich sicher war, unbeobachtet zu sein, riss ich den halben Laib Brot entzwei und holte meine Dietriche und den goldgefüllten Lederbeutel hervor. Zufrieden mit mir und meinem schauspielerischen Können, warf ich den Beutel in die Luft und fing ihn wieder auf. Wenn es nach mir ging, hätte jeder meiner Raubzüge so enden können.

Es war bereits spät in der Nacht, als ich meine Heimatstadt erreichte. Bashtana wirkte im Dunkeln beinahe beschaulich, wie es so still und grau vor mir lag. Fast mein ganzes Leben hatte ich an diesem Ort verbracht, und ich kehrte nach jedem Einbruch wieder dorthin zurück. Es war, als würde ich zwei Leben führen. Das eines einfachen Waisenkindes, aufgenommen und großgezogen von einem gütigen alten Mann, und das einer Diebin bei Nacht. Weder von dem einen noch von dem anderen konnte ich mich trennen.

Das Brot und ein paar der Goldmünzen legte ich auf den Stufen des Tempels der Muraya ab, dann nahm ich den Weg über die Hauptstraße zum Marktplatz.

Ich war noch nicht weit gekommen, als mich ein ungutes Gefühl überkam. Irgendetwas stimmte nicht. Ich wusste nur noch nicht, was es war. Mein Blick huschte über die windschiefen Häuser, die sich dicht aneinandergeschmiegt zu beiden Seiten in die Höhe reckten. Es war still. Lichter brannten keine mehr, und die meisten Läden und Vorhänge waren zugezogen. Nur hier und dort sah ich schemenhafte Gestalten hinter den Fenstern stehen.

Mein Herz schlug schneller. Das war es, was mich beunruhigte. Wieso waren einige der Bewohner noch wach, und warum beobachteten sie aus abgedunkelten Zimmern heraus die Straße?

Ich huschte zur Seite, versank im Schatten und schlich an einer Fassade entlang zur nächstgelegenen Seitengasse. Von dort gelangte ich auf den Marktplatz.

Eine Kutsche stand quer und verlassen am stillgelegten Brunnen. War es das, was die Anwohner neugierig machte? Es handelte sich um ein edles Gespann. Nichts, was man in Bashtana häufig zu Gesicht bekam. Hatte sich ein betuchter Hochalbe verfahren und fragte ausgerechnet in dieser heruntergekommenen Grenzstadt nach dem Weg? Wenn ich eine unvorsichtige Diebin gewesen wäre, hätte ich versuchen können, diese Leute auszurauben, solange ihre

Kutsche unbewacht war. Aber für eine Nacht hatte ich mein Glück zur Genüge auf die Probe gestellt.

»Aufmachen!«, hörte ich einen Mann rufen.

Ich suchte die Häuserreihen ab, doch erst als ich vollends aus der Gasse getreten war, erkannte ich, wo der Fremde einzutreten verlangte. Eine Gruppe Männer stand vor Baldurs Haus. Dem Haus, in dem ich wohnte.

Wie erstarrt stand ich da und beobachtete, wie Baldur die Tür öffnete. Sein ergrautes Haar war vom Schlaf zerzaust. Mit kleinen Augen und im Nachtgewand blickte er in die Gesichter der Fremden.

Es handelte sich nicht um irgendwelche Reisenden und erst recht nicht um einen reichen Hochalben mit Gefolge. Es waren Blutalben. Die Soldaten der Königin. Ihre roten Stiefel und dunklen Uniformen verrieten sie schon von Weitem.

Mein Herz hämmerte wie wild in meiner Brust, meine Gedanken rasten, und ich wich einen Schritt zurück.

»Dort!«, schrie einer der Männer und deutete auf mich.

Ohne zu zögern, drehte ich auf dem Absatz um und rannte los.

KAPITEL 2

Sheera

Ich verharrte in den Schatten. Dort konnten die Blutalben mich nicht sehen, dort würden sie nicht nach mir suchen. Die Dietriche und das Gold hatte ich gut versteckt. Nun musste ich nur noch warten.

Mein Körper bebte vor Anspannung, und die Schürfwunden, die ich mir beim Hinaufklettern auf den Turm zugezogen hatte, brannten unerträglich. Es war, als würden sie mich daran erinnern wollen, wie dumm ich doch gewesen war, einen Baron auszurauben. Aber war mein missglückter Einbruch wirklich der Grund dafür, dass die Soldaten der Königin nach mir suchten? Wie hätten sie so schnell herausfinden können, wo ich wohnte? Und wieso hätte der Baron seine Meinung ändern sollen?

Ich versuchte, flacher zu atmen, schaute hinauf zu den Sternen, um mich zu beruhigen, und versank in ihrer Stille.

Die Nacht war mein Freund. Ich liebte das Funkeln in der Dunkelheit, die Küsse der nächtlichen Brise auf meiner Haut und die Ruhe, die sich dabei wie eine Decke über mich und ganz Farhir legte. Wenn der Mond hoch am Himmel stand und Abertausende Sterne vergebens gegen die Schatten ankämpften, fühlte ich mich sicher. Sogar vor einer Horde Blutalben.

Ich beugte mich vor, kniff die Augen zusammen und musste grinsen. Ich konnte die roten Stiefel der Soldaten sehen. Sie gehörten ihrem Hauptmann, der genau vor mir stehen geblieben war und seinen Männern gerade befahl: »Schwärmt aus! Sucht jeden Winkel dieses verkommenen Nestes ab, dreht jeden Stein um. Findet dieses kleine Miststück!«

Wieder ergriff mich dieses Hochgefühl, wie ich es nach meinem Diebeszug empfunden hatte. Mein Grinsen wurde so breit, dass die Zähne zum Vorschein kamen, und hätte der Hauptmann sich umgedreht und einen Blick nach unten geworfen, hätte er sie in der Dunkelheit aufblitzen sehen wie die Mondsichel über unseren Köpfen.

Aber er drehte sich nicht um, und seine Männer würden auch nicht jeden Winkel absuchen. Der Dreck, in dem ich saß, war ihnen zuwider. Das war einer der Gründe dafür, dass man nur selten Soldaten der Königin von Farhir in dieser kleinen, heruntergekommenen Stadt sah. Es war nur eine Frage der Zeit, bis die Blutalben abziehen und so schnell nicht wiederkommen würden.

Der Hauptmann lief weiter, und ich zog mich lautlos zurück in die schmale Gasse zwischen den Häusern, als mir plötzlich eine fette Ratte auf die Schulter sprang. Das Vieh fauchte, und seine gelben Augen starrten mich voller Entsetzen an – wohl geschockt darüber, dass sich der Dreck unter ihm bewegte.

Ich sprang auf, wollte die Ratte gegen die Wand schlagen, bevor sie mir in die Kehle beißen konnte, doch sie hatte sich bereits an meinem Arm festgekrallt und biss zu. Ich schrie vor Schmerz auf, packte sie am Genick und riss sie von mir los.

In diesem Moment stand auch schon der Hauptmann im Eingang zur Gasse, und ich schleuderte ihm die Ratte geradewegs ins Gesicht. Noch bevor er begriff, wie ihm geschah, wirbelte ich herum und rannte davon.

Er brüllte und fluchte mir hinterher, während die Schritte seiner Männer, die mir nun doch wieder dicht auf den Fersen waren, von den Wänden widerhallten. Ich erreichte das Ende der Gasse, wo sich der Müll der Anwohner mannshoch stapelte. Ohne innezuhalten, sprang ich auf eine der Kisten, stieß mich davon ab und zog mich auf die Mauer.

Kaum war es mir gelungen, meinen Oberkörper über den Sims zu hieven, hatten mich meine Verfolger auch schon eingeholt. Einer von ihnen packte mich an den Füßen und zerrte daran. Ich fauchte nicht weniger beeindruckend, als die fette Ratte es getan hatte, trat nach den Männern und klammerte mich mit aller Kraft an der Mauer fest. Sie durften mich auf keinen Fall in die Hände bekommen.

»Holt sie da runter!«, schrie der Hauptmann.

Meine Finger schmerzten. Wund, wie sie ohnehin schon waren, schürfte der raue Stein sie endgültig blutig, wodurch ich den Halt verlor, abrutschte und mit der Stirn gegen die Mauer prallte. Alles verschwamm mir vor den Augen, doch ich trat weiter um mich, schlug nach den Soldaten und zerkratzte ihnen die Gesichter. Ich tat alles, was ich konnte, um mich ihrer zu erwehren. Doch es waren vier Blutalben gegen eine unbewaffnete Nachtalbe. Ich konnte nicht gewinnen, und diese Gewissheit ließ mich panisch werden.

Die Männer warfen sich auf mich, drückten mich zu Boden und hielten meine Arme wie im Schraubstock fest.

»Loslassen!«, schrie ich und zappelte dabei wie ein Fisch auf dem Trockenen, bis mich meine Kräfte endgültig verließen und sie mich auf die Beine zogen.

Der Hauptmann schaute angewidert auf mich herab, hielt sich ein Tuch vor Nase und Mund und winkte seine Männer zu sich heran.

»Und jetzt nichts wie raus aus diesem stinkenden Loch«, befahl er.

Er drehte sich um und ging voraus. Seine Männer zwangen mich, ihm zu folgen. Ich leistete weiterhin Gegenwehr, auch wenn ich wusste, dass ich keine Chance hatte. Ich war den Blutalben ins Netz gegangen, und die würden sicher nicht so gnädig sein wie der Baron von Embran. Ganz gewiss nicht.

»Das werdet ihr bereuen!«, fauchte ich. Ich wollte nicht aufgeben, mich nicht kampflos in mein Schicksal fügen, und doch raubte mir der Gedanke an das, was mich als Nächstes erwarten würde, schier den Verstand.

»Sieh an, sieh an. Das Ding kann sprechen«, höhnte der Hauptmann.

Ich kochte vor Wut. Sie war alles, woran ich mich in meiner Lage klammern konnte. Noch nie hatte ein Blutalbe Hand an mich gelegt. Seit fast zehn Jahren war ich nachts als Diebin unterwegs, hatte Verbrechen begangen, für die ich schon Dutzende Male an den Galgen gehört hätte, aber erwischt worden war ich nie. Auch wenn ich schon oft so nahe daran gewesen war wie im Herrenhaus des Barons. Jedes einzelne Mal war es mir gelungen, zu entkommen. Und nun das.

Die Soldaten hatten genau gewusst, wo sie suchen mussten, hatten bereits auf mich gewartet, während ich noch sicher gewesen war, den Baron hinters Licht geführt zu haben. Ich hätte ihnen entkommen müssen, doch ich war es nicht. Einer elenden Ratte wegen.

»Ich kratz dir die Augen aus!«, spie ich dem Hauptmann entgegen. Ich konnte meinen Hass auf die Blutalben kaum zügeln. Nicht nur, weil sie mich festhielten, sondern auch wegen dem, was sie mir genommen hatten, als ich noch ein unschuldiges Kind gewesen war. Noch einmal sammelte ich all meine Kräfte, um gegen die Soldaten anzukämpfen, schrie und warf mich nach vorn.

Der Hauptmann blieb stehen und bedachte mich mit einem abfälligen Blick. »Ich werde dir die Augen auskratzen, heißt das«, verbesserte er mich. »Ihr Nachtalben seid nicht besser als Tiere. Es sollte euch nicht wundern, dass man euch auch so behandelt.«

Ich spuckte dem Mann geradewegs ins Gesicht, und einer seiner Soldaten vergalt es mir mit einem Fausthieb in die Rippen. Der Schlag trieb mir die Luft aus der Lunge, ich krümmte mich, und für einen Moment raubte der Schmerz mir den Atem.

»Zurückhaltung, bitte«, befahl der Hauptmann. Mühsam blickte ich zu ihm auf. Er hatte ein Taschentuch hervorgezogen, tupfte sich meinen Speichel von der Wange und warf es dann achtlos weg. »Wir sollen sie unbeschadet zum Palast bringen.«

Unbeschadet? Damit ich bei vollem Bewusstsein war, wenn sie

die Todesstrafe über mich verhängten und mich zum Galgen zerrten? Oder wollten sie mir die Hände abhacken, wie es eine Diebin in ihren Augen verdient hatte? Weder für das eine noch für das andere musste ich unverletzt sein, und es passte nicht zu den Soldaten der Königin, ihre Gefangenen mit Vorsicht zu behandeln. Irgendetwas verschwieg man mir.

»Nenn mir deinen Namen!«, verlangte ich von dem Hauptmann. Vielleicht würde ich auf die Wahrheit stoßen, wenn ich ihn irgendwie zum Reden brachte.

Der Mann lächelte süffisant. »Wozu willst du den wissen, Nachtalbe?«

»Damit ich dich wiederfinde, wenn ich aus Murayas Totenreich zurückkehre und dich und deine Familie heimsuche«, gab ich zurück.

Auch wenn es nur Geschichten waren, so glaubte man noch immer, dass wir Nachtalben als Geister auferstehen und an unseren Feinden Rache nehmen würden, wenn wir eines unnatürlichen Todes starben. Die Mythen darüber, dass wir ungesehen in die Häuser der Wehrlosen eindrangen und ihnen ihre Seelen raubten, hielten sich standhaft. Dabei waren wir Nachtalben nicht einmal von Muraya gesegnet. Wir waren nicht fähig, Magie auszuüben, wie es die Hochalben waren, geschweige denn uns von den Seelen anderer zu nähren.

Dennoch erstarrte das Grinsen des Mannes. Er versuchte, sich nichts anmerken zu lassen, aber er hatte Angst. Und Angst ließ einen unvorsichtig werden.

»Knebeln und fesseln«, befahl der Hauptmann.

Seine Männer zerrten mich von ihm weg, und von Weitem sah ich bereits die Kutsche, die noch immer vor Baldurs Haus stand. Es handelte sich um einen prachtvollen Vierspänner mit Goldbeschlägen und samtenen Vorhängen. Die weißen Pferde hatten Federn an ihrem Zaumzeug, und auf den Schabracken prangte das Wappen Farhirs.

Der Hauptmann hatte diese Kutsche wohl gewählt, um seine wahren Absichten zu verschleiern, und ich hasste mich dafür, dass ich darauf hereingefallen war. Hätte ein vergitterter Karren auf dem Marktplatz gestanden, wäre ich rechtzeitig geflohen.

Das Gebrüll der Blutalben hatte die Stadtbewohner endgültig aus ihren Häusern gelockt. In Decken und Umhänge gehüllt, waren sie auf die Straße getreten und beobachteten das Geschehen. Auch Baldur stand mit einer Laterne vor seinem Hauseingang und kam näher, als die Männer mich zur Kutsche zerrten.

»Was hat Sheera denn getan?«, fragte er mit zittriger Stimme.

»Aus dem Weg, Alter!«, verlangte einer der Soldaten und stieß Baldur beiseite. Er stolperte an den Straßenrand und sah mich mit angsterfülltem Blick an.

»Wie könnt ihr es wagen?«, zischte ich.

Baldur hatte ihnen nichts getan. Er ahnte nicht einmal, dass er eine Diebin in seinem Hinterzimmer schlafen ließ. Er war ein gutmütiger, unbescholtener Bürger Farhirs, in dessen Adern neben dem Blut der Menschen auch das der Hochalben floss. Seine leuchtend blauen Augen und die spitzen Ohren hätten den Blutalben Hinweis genug sein müssen. Wenn sie also schon nicht seinem hohen Alter Respekt zollten, so wenigstens seiner Herkunft.

»Wenn sie Schulden hat …«, rief Baldur ihnen nach, doch er sprach nicht weiter, als ihm klar wurde, dass niemand ihm zuhörte.

An der Kutsche angelangt, banden sie mir die Hände auf den Rücken, und einer von ihnen wollte mir ein Tuch in den Mund stopfen. Ich ließ meine Zähne aufblitzen und schnappte nach der Hand des Mannes, sodass er es nicht wagte, mir näher zu kommen.

»Wartet!«, rief eine durchdringende Stimme.

Der Hauptmann wandte sich um und nahm Haltung an, als er den Hochalben und Diener Murayas sah, der sich mit ausgebreiteten Armen näherte. Der Priester hatte sich in aller Eile seine Kutte übergezogen, sein silbernes Haar stand ihm zu Berge, und der Schlaf hing ihm noch in den Augenwinkeln. Ihm folgten der Bürgermeister und seine Frau. Beide noch im Nachtgewand.

»Mit welchem Recht nehmt ihr eine freie Bürgerin Farhirs in Gewahrsam?«, wollte der Priester wissen.

Ich wehrte mich gegen meine Fesseln, in der Hoffnung, der Aufruhr würde die Soldaten ablenken. Doch die Männer ließen nicht locker.

Der Hauptmann deutete eine Verbeugung an, zog ein Schriftstück aus seiner Uniform und reichte es dem Priester.

»Befehl der Königin«, erklärte er.

Der Königin? Dann konnte das hier nichts mit meinem Einbruch beim Baron von Embran zu tun haben. So schnell hätte das niemand zur Anklage bringen können. Aber was hatte die Blutalben dann auf meine Fährte gebracht?

»Sie ist ein unschuldiges Kind«, beteuerte Baldur, der sich inzwischen zum Bürgermeister gesellt hatte. »Sheera hat niemandem etwas getan. Sie sammelt Kräuter und verkauft sie auf dem Markt. Das ist doch kein Verbrechen. Sie hat auch nie den Grenzwald betreten, falls man ihr das vorwerfen sollte.«

»Es steckt weitaus mehr in dieser schmutzigen, kleinen Nachtalbe, als es den Anschein hat«, sagte der Hauptmann.

Er warf mir einen flüchtigen Blick zu, und es war unverkennbar, dass er Dinge über mich wusste, die niemand jemals herausfinden durfte. Um keinen Preis durfte Baldur je erfahren, dass ich eine Diebin war.

Der Hauptmann wandte sich wieder an Baldur und wollte gerade etwas sagen, als ich ihm rasch ins Wort fiel.

»Nein! Es ist schon gut. Ich komme freiwillig mit.«

Anerkennend hob der Hauptmann die Brauen. »Das Täubchen zeigt also doch Einsicht«, stellte er fest. Er nahm dem Priester das Schreiben aus der Hand, ehe der zu Ende gelesen hatte, und steckte es wieder ein.

»Sheera?« Baldur sah mich fast flehend an, doch ich konnte seinen Blick nicht erwidern.

Er hatte sich meiner angenommen, als ich verzweifelt und hilflos gewesen war, hatte mir meine Familie ersetzt und war immer für mich da gewesen. Wenn er wüsste, wer ich wirklich war, würde es ihm das Herz brechen. Das durfte nicht geschehen.

Auch wenn ich noch immer nicht wusste, welche meiner vielen Verbrechen man mir vorwarf, sprach das Gesicht des Priesters Bände. Er starrte mich voller Entsetzen an, und als der Bürgermeister auf den Hauptmann zugehen wollte, hob dieser den Arm und hielt ihn zurück.

Entmutigt senkte ich den Blick.

»Hier gibt es nichts zu sehen!«, rief der Hauptmann den Leuten zu, die sich auf der Straße versammelt hatten. Er deutete zur Kutsche. »Rein mit ihr«, befahl er seinen Männern.

Ich wehrte mich nicht weiter, hielt mein Versprechen und ließ mich widerstandslos abführen. Es wunderte mich, dass sie mich nicht an die Kutsche banden und ich nicht den ganzen langen Weg bis zum Palast hinter ihnen herstolpern musste. Das war ebenso merkwürdig wie die Tatsache, dass ich auf Befehl der Königin hin festgenommen worden war. Unzählige Fragen gingen mir durch den Kopf, doch ich bezweifelte, dass einer der Blutalben bereit wäre, mir auch nur eine davon zu beantworten.

Sie ließen mich einsteigen, und der Hauptmann nahm mir gegenüber Platz. Er sah mich forschend an. Es widerte mich an, dass er sich nicht schämte, mich derart anzustarren. Aber es wunderte mich nicht. Er war da nicht besser als der Baron. Nicht besser als jeder andere Hochalbe. Ich war eine Nachtalbe und hatte keinen Respekt verdient. Nicht in ihren Augen.

Ich konnte den Hauptmann auch nicht mit seinen eigenen Waffen schlagen. Egal, wie lange ich ihn anstarrte, er wandte den Blick nicht von mir ab.

Blutalben. Das war aus mehreren Gründen die passende Bezeichnung für die Soldaten der Königin. Neben ihren roten Stiefeln und der Tatsache, dass ihnen das Foltern und Töten im Blut lag, waren sie alle reinen Geschlechtes. Hochalben ohne auch nur einen Tropfen Menschenblut oder dem verdorbenen Erbgut der Nachtalben in ihren Adern. Sie hielten sich deshalb für etwas Besseres.

Doch ich sah das anders. Allein dass reinblütige Alben sich als höhergestellt ansahen, wies doch schon auf ihre Überheblichkeit hin.

Die Kutsche rumpelte schon eine Weile über die Straßen. Die Nacht verlor allmählich den Kampf gegen den anbrechenden Tag, die Sterne waren einem rötlichen Schimmer gewichen, und es roch nach Tau und Morgenwind.

Der Hauptmann lehnte sich zurück und ließ seinen Blick von meinem schwarzen, zottigen Haar über meinen von einem dünnen Hemd bedeckten Oberkörper bis zu meiner abgewetzten Lederhose wandern. Als er wieder aufsah, blickte er mir direkt in die Augen.

»Sheera heißt du«, sprach er das Offensichtliche an.

»Stell dir vor, das weiß ich bereits«, sagte ich.

Er schnaubte verächtlich. »Ist es schon vorbei mit der Höflichkeit?«

Ich antwortete nicht.

Der Hauptmann warf dem Soldaten neben mir ein gehässiges Grinsen zu, wandte sich dann wieder an mich und beugte sich vor.

»Wir haben die ganze Stadt auf den Kopf gestellt, um eine Sheera Abendhauch zu finden«, erklärte er. »Dein Familienname hätte uns schon Hinweis genug sein sollen, aber keiner von uns hatte wirklich daran geglaubt, dass unser Auftrag darin bestand, eine Nachtalbe aufzustöbern.«

»Aber hier bin ich«, sagte ich.

Der Hauptmann lehnte sich wieder zurück.

»Ja, hier bist du …«, murmelte er nachdenklich.

Ich sah aus dem Fenster, ließ meinen Blick über die Weite Farhirs schweifen und versuchte, mir die Schönheit des Landes einzuprägen.

Das Schimmern zarter Tropfen auf dem hohen Gras erinnerte an die Sterne. Als wären sie vom Himmel gestürzt und hätten im Reich der Alben ihre letzte Ruhestatt gefunden. In der Ferne schmiegten sich beschauliche Gutshäuser an sanfte Hügel, Bäche schlängelten sich durch das Tal, und auf den Weiden grasten friedlich die Pferde der Bauern. Ihre Mähnen wehten in einem kräftigen Morgenwind, der den Duft wilder Blumen mit sich trug. Ich atmete tief ein und versuchte, die Erinnerung an diesen Geruch, den Geruch nach Freiheit in mein Herz zu schließen.

Es hieß, kein Land wäre mit Farhir vergleichbar, keines von solch einer Farbenpracht, kein Volk so gütig und friedlich zugleich. Mein Leben lang war es mir vorgekommen, als würde ich all das bloß durch einen Spiegel betrachten. Ich sah die Schönheit und Anmut Farhirs, aber ich war nichts weiter als eine Beobachterin. Kein Teil davon. Dennoch liebte ich meine Heimat, und es war erschreckend, nicht zu wissen, ob mir dieser Anblick je wieder vergönnt sein würde.

Ich wusste, was man denen antat, die im Palast angeklagt und verurteilt wurden. Das war nicht vergleichbar mit den Hinrichtungen in meiner Heimatstadt. Bei lebendigem Leib verbrannt zu werden, war verglichen mit der Unbarmherzigkeit der königlichen Armee noch ein gnädiges Schicksal. Sie war da, um den Frieden, den wir alle so liebten, aufrechtzuerhalten, um Exempel zu statuieren und jeden Alben des Landes wissen zu lassen, dass es Schlimmeres gab als den Tod.

»Hauptmann Taros?«, sprach einer der Blutalben seinen Vorgesetzten an.

Ich sah, wie dem Hauptmann die Farbe aus dem Gesicht wich, und sofort lächelte ich breit und gehässig. Nun kannte ich seinen Namen. Ich konnte mit diesem Wissen zwar nichts anfangen, aber das wusste er ja nicht.

»Was?«, fuhr Taros ihn an.

Der Soldat schien sich seines Fehlers bewusst zu werden, denn mir entging nicht, wie ihm der Schweiß auf die Stirn trat.

»Wir … wir sind bald da«, brachte der arme Kerl schließlich mit bebender Stimme heraus.

Taros sah ihn scharf an. »Und du glaubst, das weiß ich nicht?«

Der Soldat zerrte am engen Kragen seiner Uniform. »Es ist nur, weil sie noch gefesselt ist«, meinte er.

»Ach ja? Und was willst du jetzt tun? Sie losbinden und hoffen, dass sie brav hier sitzen bleibt? Ist das hier deine erste Begegnung mit einer Nachtalbe? Wie dumm bist du eigentlich?«

Mein Grinsen wurde breiter. »Ich verspreche, ich werde ganz brav sein«, behauptete ich.

Der Hauptmann lachte. »Vergewissere dich, dass die Fesseln gut sitzen«, befahl er.

Ich schaute den Soldaten herausfordernd an – entschlossen, mich von ihm nicht anfassen zu lassen –, wurde jedoch von dem abgelenkt, was ich in seinem Rücken erkennen konnte. Hinter den Hügeln im Osten waren die ersten Türme des Palastes zu sehen.

Mein Herz pochte schneller. Ich war noch nie in der Hauptstadt gewesen. Es hieß, Haran sei voller Wunder und atemberaubender

Schönheit, sodass es einem jeden, der die Stadt das erste Mal betrete, die Tränen in die Augen triebe.

Der Soldat griff nach meinen Fesseln, und ich wehrte mich nicht, als er sie fester zog. Ich hätte ihm mühelos ein Ohr blutig beißen können, doch ich war kein wildes Tier, wie man mir nachsagte, und selbst wenn, zog mich der Anblick der weißen Türme, funkelnd wie ein See im Morgenlicht, zu sehr in den Bann.

»Warum?«, fragte ich den Hauptmann. Ich riss mich von der Aussicht los. »Wie seid ihr auf mich gekommen?«

Ich war mir sicher, immer vorsichtig gewesen zu sein. Meinen Namen kannte nur, wem ich rückhaltlos vertraute – also weder jene, die meine Dienste in Anspruch nahmen, noch die Opfer meiner Raubzüge. Einzig der Baron von Embran hatte mein Gesicht gesehen, und so abgelenkt, wie er von meinem Körper gewesen war, hätte er mich wohl kaum wiedererkannt.

»Angst?«, fragte der Hauptmann hämisch. »Ich frage mich, was du alles angestellt hast, dass du vor der Leibgarde der Königin geflohen bist, kaum dass wir nach dir gefragt haben.«

Die Leibgarde höchstpersönlich? Ich hatte sie für einfache Soldaten gehalten. Sie mussten von meinen schlimmsten Verbrechen wissen, wenn sie so weit gingen, mir diese Männer auf den Hals zu hetzen. Und wenn dem so war, würde ich Haran nie lebend verlassen.

»Ich bin eine Nachtalbe. Ich habe keine Angst. Vor nichts und niemandem«, entgegnete ich und hoffte, dass niemand hörte, wie meine Stimme dabei zitterte.

KAPITEL 3

Lysander

Lysander hätte sie ewig einfach nur beobachten können. Amelia war atemberaubend schön. Beinahe unbekleidet lag sie neben ihm im Himmelbett, bedeckt nur von einem hauchdünnen Seidenlaken. Sein Blick glitt über die Wölbungen ihres perfekten und doch so zerbrechlichen Körpers, der sich deutlich unter dem durchscheinenden Stoff abzeichnete.

Dass vor den Fenstern der Burg von Agrino bereits die Vögel sangen, erinnerte ihn daran, wie wenig gemeinsame Zeit ihnen noch blieb. Die Sonne war aufgegangen und warf ihre goldenen Strahlen auf Amelias gebräunte, von Schweiß glitzernde Haut. Sie kitzelte die junge Zofe an ihrer kleinen Stupsnase, sodass Amelia sie runzeln musste und Lysander damit zum Lächeln brachte.

Sie war einfach das schönste Wesen, das er je gesehen hatte. Er konnte kaum glauben, dass er neben ihr liegen durfte.

Er war einfach ein Glückspilz. Seit geraumer Zeit sah er ihr nun schon beim Schlafen zu und fragte sich, ob er selbst überhaupt wach war. Das alles kam ihm vor wie ein Traum. Hatte sie ihm letzte

Nacht wirklich jenes Versprechen gegeben, oder gehörten die Worte, die sie ihm ins Ohr gehaucht hatte, während sie einander näher gewesen waren denn je, ebenfalls zu einem Traum, der bald schon enden würde? Das alles kam ihm zu unwirklich vor, als dass es wahr sein konnte. Und dennoch war es das.

Amelia drehte sich im Schlaf um und wandte ihm nun das Gesicht zu. Es war nur noch eine Handbreit von ihm entfernt – nah genug, um sie auf die Stirn küssen zu können. Es kostete ihn seine ganze Beherrschung, es nicht zu tun. Er wollte sie noch nicht wecken. Zu groß war seine Befürchtung, diesen friedlichen Moment zu zerstören.

Ihre Finger umschlossen das Kissen, auf dem sie ruhte, und sie seufzte leise auf.

Wie lang ihre Wimpern doch waren, wie elegant geschwungen ihre dichten dunklen Brauen. Egal, wie lange er sie anschaute, er fand immer wieder kleine Details, die seine Liebe zu ihr aufs Neue entfachten. Nichts auf der Welt konnte sich mit ihrer Schönheit messen. Ganz gleich, wie viele Schätze sein Vater auch anhäufte, wie viele Gemälde er anfertigen ließ, wie viele Statuen die Bildhauer ihm in die endlosen Gänge der Burg stellten: Nichts davon reichte auch nur ansatzweise an den Liebreiz einer schlafenden Frau heran. Keine Juwelen und kein Gold der Welt.

Es kam Lysander vor, als wäre das Gezwitscher vor den Fenstern an diesem Morgen nur für sie bestimmt. Als wäre es der einzige Lebenssinn der Vögel, die Stunden, die Liebende miteinander teilten, mit Musik zu untermalen.

Sollte er sie wecken? Mit einem sanften Kuss oder einem leisen

Flüstern in ihre entzückende Ohrmuschel? Vielleicht mit einem zarten Biss in ihre blutroten Lippen? Allein bei dem Gedanken daran hörte er schon ihr glockenhelles Lachen und sehnte sich danach, ihre Haut auf seiner zu spüren. Vorsichtig beugte er sich über sie und strich ihr eine der ebenholzfarbenen Locken aus dem Gesicht. Wieder seufzte sie leise auf, reckte sich ihm entgegen, und noch bevor er sie küssen konnte, schlug sie die Augen auf.

Grün waren sie. Ein leuchtendes Grün, durchzogen von fast schon goldenen Linien.

»Guten Morgen, Sonnenschein«, flüsterte er und erhielt zum Dank ein Lächeln. Während er drohte, im Glanz ihrer Augen zu versinken, zog er das Laken, das ihre beiden Körper voneinander trennte, beiseite. Er spürte die Hitze ihrer Haut und sehnte sich nach nichts mehr, als das Feuer erneut zu entfachen. Er konnte kaum glauben, dass Amelia schon in zwei Tagen für immer ihm gehören würde. Er würde jeden Morgen neben ihr aufwachen dürfen, und es gäbe niemanden, der sich ihnen in den Weg stellen würde.

Langsam beugte er sich über sie und berührte ihren schlanken Hals mit den Lippen, als ein lauter Knall sie plötzlich zusammenfahren ließ.

Porzellan zersprang, und Amelia schrie ihm laut und panisch ins Ohr. Noch bevor Lysander begriff, was gerade geschah, entriss sie ihm das Laken, bedeckte damit ihre Blöße und beförderte ihn zugleich rücklings aus dem Bett.

Er knallte unsanft auf den harten Steinboden, sprang sofort wieder auf und sah, dass die Zimmertür aufgestoßen worden und mit einem Krach gegen die Wand geflogen war. Dabei hatte sie eine Blumenvase von der Anrichte gefegt. Die Scherben verteilten sich über das halbe Zimmer.

Ausgerechnet Vinzenz war es, der ihre Eintracht störte. Am frühen Morgen schon in voller Montur, mit Harnisch, Schwert und Dolch bewaffnet, stand er wild schnaubend im Türrahmen. Ehe Lysander ihn fragen konnte, was dieser Aufstand sollte, stürmte er mitsamt vier seiner Gardisten ins Zimmer.

»Was soll das werden?«, brüllte Lysander ihn an.

Vinzenz antwortete nicht. Sein Kopf war hochrot, seine Hand lag auf dem Knauf seines Schwertes, als würde er tatsächlich mit dem Gedanken spielen, es gegen den Kronprinzen einzusetzen, und er umrundete das Bett mit weit ausholenden Schritten.

Zwei seiner Männer packten Amelia und zerrten sie vom Bett, während Vinzenz sich im Vorbeigehen Lysanders Hose vom Stuhl schnappte und sie ihm hinschleuderte. Lysander fing sie auf.

»Zieh dir verdammt noch mal was an!«, schrie Vinzenz ihn wutentbrannt an.

»Lasst eure Finger von ihr!«, verlangte Lysander von den Gardisten.

Amelia hörte nicht auf zu schreien. Sie hatte sich das Laken fest um den Leib geschlungen, wurde an den Armen über den von Scherben übersäten Boden gezerrt und hinterließ eine Blutspur, quer durch Lysanders Schlafgemach.

Was fiel diesen Flegeln ein? Warum gehorchten sie seinem Befehl nicht? Hatten sie vergessen, wem sie dienten?

Auf einem Bein hüpfend, schlüpfte Lysander in seine Hose, stieß

Vinzenz beiseite und folgte diesen miesen Verrätern der Krone. So durften sie Amelia nicht behandeln!

»Lysander!«, fuhr Vinzenz ihn an.

»Zu dir komme ich noch«, drohte er und stolperte ums Bett herum. »Lasst sie sofort los!«

Er trat auf eine Scherbe und schrie vor Wut und Entrüstung auf. Die zwei übrigen Gardisten packten ihn an den Armen, bevor er Amelia erreichen konnte, und hielten ihn fest.

Das arme Mädchen wurde aus der Tür gezerrt. Sie flehte, schluchzte und schrie ihre Scham und Verzweiflung hinaus. Und Lysander fühlte sich machtlos. Niemand durfte so mit einer wehrlosen Frau umgehen. Niemand!

Er riss sich von einem der Gardisten los, verpasste ihm einen Kinnhaken und warf sich mit dem Rücken gegen den anderen, sodass der Mann stürzte und ihn mit sich zu Boden zog. Lysander rollte von ihm herunter und wollte gerade aufspringen, als er die Spitze eines Schwertes an seiner Kehle spürte. Vinzenz war es, der sich über ihm aufgebaut hatte und ihn am Aufstehen hinderte.

»Du wagst es nicht, Hand an den Kronprinzen zu legen«, sagte Lysander. Vinzenz konnte sich in seiner Position ja vieles erlauben. Auf dem Übungsplatz sogar weitaus mehr als sonst jemand. Aber Lysander offen anzugreifen, ging selbst für ihn zu weit.

»Willst du es auf einen Versuch ankommen lassen?«, fragte Vinzenz herausfordernd.

Und wie er das wollte! Dass er niemand Geringeren als Vinzenz Demitron vor sich hatte – seinen Ausbilder im Schwertkampf und

Befehlshaber der königlichen Wache –, war ihm egal. Vinzenz und seine Männer waren einfach zu weit gegangen.

Die Augen fest auf seinen Lehrmeister gerichtet, griff Lysander in die Klinge und schob sie von sich. Er zuckte nicht einmal zusammen, als ihm das scharfe Metall ins Fleisch schnitt. Es war ein Machtkampf, der nur mit Blicken ausgefochten wurde, und Lysander wusste, dass der Mann vor ihm der Krone viel zu treu ergeben war, um es auf die Spitze zu treiben.

Vinzenz schnaubte durch die Nase. Noch immer war sein Kopf hochrot, seine Augen waren nur mehr schmale Schlitze, und seine Miene war versteinert.

»Verdammt!«, fluchte er schließlich und senkte das Schwert.

Nichts anderes hatte Lysander erwartet. Er sprang sofort auf und folgte den Gardisten in den Korridor. Sie hatten die arme Amelia, unbekleidet, wie sie war, bereits an mehreren Zimmertüren und ein paar verschreckten Dienstmädchen vorbeigezerrt. Als Lysander mit rutschender Hose an den Frauen vorbeilief, erröteten diese und senkten den Blick. In seinem Rücken hörte er sie leise kichern.

»Knöpf wenigstens deine Hose zu!«, rief Vinzenz ihm nach.

Erst in der Eingangshalle der Burg holte Lysander die Männer ein.

»Das reicht!«, fuhr er die Gardisten an. »Ihr hattet euren Spaß. Lasst sie jetzt los, und ich sehe davon ab, euch mit eigener Hand den Kopf vom Rumpf zu trennen.«

Es kam ihm vor, als würde er gegen Wände reden. Waren diese Vollidioten denn taub? War ihnen nicht klar, mit wem sie es zu tun hatten? Ohne ihn auch nur eines Blickes zu würdigen, bugsierten sie die zitternde und wimmernde Amelia zum Haupttor.

»Bitte!«, flehte sie unter Tränen. »Bitte tut mir das nicht an.«

»Hört ihr nicht?«, schrie Lysander.

Er schaute sich nach einer Waffe um. Irgendwie musste er diesem ganzen Irrsinn ein Ende setzen.

Während er noch suchte und sich nicht zwischen den fast zwei Meter hohen Kerzenständern und einem der rostigen Schwerter an der Wand entscheiden konnte, entriegelten die Wachposten für die Gardisten das Haupttor und zogen die schweren Flügeltüren auf.

Lysander stürzte blindlings voran, packte einen der Gardisten und zerrte ihn von Amelia weg. Ehe der Mann wusste, wie ihm geschah, hatte Lysander nach dessen Schwert gegriffen und es blankgezogen.

Tageslicht fiel in die Eingangshalle, und während Lysander damit beschäftigt war, den entwaffneten Mann in Schach zu halten, sah er aus den Augenwinkeln, wie Amelia vom zweiten Gardisten grob aus der Burg geworfen wurde. Wie einen räudigen Köter setzten sie sie einfach vor die Tür. Amelia stolperte ein paar Schritte ins Freie und drehte sich dann zu ihm um. Flehend und voller Verzweiflung schaute sie ihn an.

»Euer Hoheit …«, begann der Gardist ihm gegenüber vorsichtig und mit erhobenen Händen, doch Lysander brachte ihn mit einer winzigen Bewegung der Schwertspitze zum Schweigen. Es sprach nicht gerade für den Mann, dass er sehr wohl wusste, wen er vor sich hatte, und ihm dennoch nicht gehorchte.

Lysander wollte gerade den zweiten Gardisten beiseitestoßen und Amelia wieder zurückholen, als Vinzenz an ihm vorbeistapfte, Amelia ihr Unterkleid zuwarf und den Wachen mit einer Geste den Befehl gab, das Tor zu schließen.

Mit weit aufgerissenen Augen starrte Amelia Lysander an. Es brach ihm das Herz, sie so verzweifelt zu sehen. Vor wenigen Stunden noch hatte es nur sie beide gegeben. Sie und den Schwur, den Rest ihres Lebens miteinander zu verbringen. Sie waren so glücklich gewesen, und alles schien perfekt zu sein. Und nun stand sie fast nackt und mit blutenden Füßen auf den Stufen zur Burg, und ihre Pläne für die Zukunft waren in weite Ferne gerückt. Von einem Moment auf den anderen hatte Amelia alles verloren, einschließlich ihrer Würde, und wurde von den Männern und Frauen, die frühmorgens schon auf dem Marktplatz von Agrino unterwegs waren, begafft, während die Wachen ihr schweigend das Tor vor der Nase zuschlugen.

»Nein!«, schrie Lysander und stürmte vorwärts.

Vinzenz verstellte ihm den Weg. »Lass es bleiben«, riet er ihm und packte ihn an beiden Armen.

Obgleich Lysander längst nicht mehr der schmächtige Junge mit runden Knopfaugen und Pferdeschwanz war, den Vinzenz mit dem Holzschwert grün und blau geprügelt hatte, und Vinzenz seine ruhmreichsten Tage bereits hinter sich hatte, gelang es dem Mann noch immer, ihn unter Kontrolle zu bringen. Und das auch fernab des Übungsplatzes. Dem einzigen Ort, an dem sich ein Mann erlauben durfte, den Prinzen offen anzugreifen.

Wie Vinzenz das anstellte, wusste Lysander nicht. Er baute sich vor ihm auf, und allein sein unbeugsamer Blick brachte Lysander dazu, das Schwert zu senken.

Enttäuscht schüttelte Vinzenz den Kopf.

»Ihr könnt sie nicht einfach vor die Tür setzen«, beharrte Lysander. »Was fällt dir überhaupt ein, ungefragt in meine Gemächer zu stürmen und sie und mich zu behandeln, als wären wir gemeine Verbrecher?«

»Wäre es dir lieber, wir würden sie öffentlich auspeitschen lassen?«

»Auspeitschen?«, stieß Lysander ungläubig aus. »Sie hat nichts getan!«

»Sie hat das Bett mit dem Kronprinzen geteilt. Ihr sollte bewusst gewesen sein, auf was sie sich da einlässt. Ebenso wie dir.« Missmutig musterte er Lysander von oben bis unten. »Und jetzt geh und zieh dir um Gottes willen was über.«

Ungläubig sah Lysander ihn an. Schon früher hatte er sich auf die eine oder andere Liebelei eingelassen, und bisher hatte sich niemand daran gestört. Aber diesmal war es anders. Amelia lag ihm wirklich am Herzen. War das der Grund, warum sie so behandelt wurde? Durfte er es sich nicht erlauben, wahre Liebe zu empfinden, nur weil er in der Thronfolge nach oben gerutscht war? Oder war Vinzenz hinter seine Pläne gekommen? Wusste er, dass Lysander vorhatte, sich ein neues Leben mit ihr aufzubauen?

Er schaute zum Tor und beschloss, Amelia zu folgen. Sie hatten ihre Pläne, und zur Not würde er sie einfach beschleunigen. Und was konnte Vinzenz schon tun, um ihn aufzuhalten? Ihn niederstrecken? Ihn an den Thron seines Vaters fesseln, bis der an Altersschwäche krepierte und die Krone auf Lysander überging?

»Denk nicht mal dran«, warnte ihn Vinzenz, als hätte er seine Gedanken gelesen. Sofort kreuzten die Wachen am Tor ihre Lanzen.

»Wo soll sie denn jetzt hin?«, fragte Lysander.

Sein Lehrmeister ließ keinen Anflug von Mitgefühl erkennen. »Auch das hätte sie sich vorher überlegen sollen.«

Lysander schnaubte vor Wut. Der Alte verstand einfach nicht, was Liebe bedeutete. Er hatte weder Frau noch Kind. Das Einzige, was ihm am Herzen lag, waren sein Schwert und der Dienst an der Krone. Für Lysander spielte das alles keine Rolle. Ihm war es egal, wer auf dem Thron saß und wie viele Schätze sich in den Kellergewölben der königlichen Burg anhäuften. Ob er auf einem Strohlager oder auf seidenen Kissen lag, machte für ihn keinen Unterschied. Hauptsache, Amelia war dabei an seiner Seite. Er brauchte weder Reichtum noch Macht. Alles, was er wollte, war, ihr noch einmal in die leuchtend grünen Augen blicken zu dürfen. Und niemand hatte das Recht, ihm das zu verwehren. Nicht einmal Vinzenz Demitron.

Bei diesem Gedanken ballte er unwillkürlich die Hände, und die Wut flammte erneut in ihm auf. Allmählich verstand er, was hier vor sich ging. Natürlich hatte Vinzenz allein nicht die Befugnis, ihn so zu behandeln. Nur einer konnte so gewissenlos sein, ein armes, unschuldiges Mädchen vor die Tür zu setzen. Nur einer hatte die Macht, den Gardisten zu befehlen, sich gegen ihren eigenen Kronprinzen zu wenden. Und das war sein Vater. Der König.

Lysander machte auf dem Absatz kehrt und steuerte geradewegs auf den Speisesaal zu.

»Tu das nicht«, riet Vinzenz und versuchte, ihn aufzuhalten. »Lass es einfach auf sich beruhen. Zieh deine Lehre daraus und werd endlich erwachsen.«

»Er ist zu weit gegangen!«, knurrte Lysander, riss sich los und lief weiter.

Reichte es nicht, dass der König ihm das Leben zur Hölle machte? Musste er sich jetzt auch noch an unschuldigen Zofen vergreifen?

Dass Vinzenz auf der Seite seines Vaters stand, wunderte ihn nicht. Der Alte tat alles, was der König von ihm verlangte. Er würde sich auch das Herz aus der Brust reißen und es ihm als Geschenk darbringen. Und König Nabran von Amberan hätte keine Skrupel gehabt, es auch anzunehmen. Das Schlimmste aber war: Lysander wusste, dass Vinzenz trotz der vielen Jahre, die sie miteinander verbanden, nicht zögern würde, auch ihm das Herz aus dem Leib zu reißen, wenn der König es befahl. Und Lysander seine Liebe zu rauben und damit seine Pläne für ein gemeinsames Leben mit Amelia zu durchkreuzen, war doch nichts anderes als genau dies.

Seine Fingernägel bohrten sich in seine Haut, als er die Fäuste noch fester ballte. Die Schnittwunde, die er Vinzenz' Schwert verdankte, pulsierte dabei heftig.

»Bleib stehen!«, verlangte Vinzenz, der ihm noch immer folgte.

Lysander ignorierte ihn. Die Wut rauschte ihm in den Ohren, er stieß die Tür zum Speisesaal auf und betrat den leeren Raum. Schnaubend schaute er sich um. »Wo ist er?«

»Jetzt beruhig dich erst mal«, bat Vinzenz.

Lysander brauchte die Antwort nicht zu hören. Wenn sein Vater nicht mehr am Frühstückstisch saß, brütete er bereits über seinen Eroberungsplänen.

Mit großen Schritten durchquerte Lysander den Raum, stieß die nächste Tür auf und zog die Blicke der Dienstleute auf sich, als er zielstrebig durch die vielen Räume, Gänge und Säle der weitläufigen Burg stapfte. Vinzenz hatte ihn noch nicht eingeholt, da gab er den beiden Wachen vor einer zweiflügeligen Tür bereits den Befehl, ihn durchzulassen.

Die Männer wirkten verunsichert. Schließlich stand nicht alle Tage der Kronprinz mit nur halb zugeknöpfter Hose, nackten Füßen und entblößtem Oberkörper vor ihnen.

Lysander wartete nicht ab, bis die Wachposten ihre Entscheidung getroffen hatten, und erst recht nicht, bis Vinzenz um die Ecke gebogen kam. Entschlossen stieß er die Flügeltür auf und betrat das Ratszimmer, in dessen Mitte sich ein großer runder Tisch befand. Ein Dutzend graue Männer in wallenden Roben aus edelsten Stoffen hatten sich darum geschart und hob verwundert den Blick. Unter ihnen auch der König.

Nabran von Amberan war ein Mann von imposanter Erscheinung. Unter seiner samtenen Robe verbarg sich ein stattlicher, von zahllosen Schlachten gestählter Körper, mit breiten Schultern und Händen wie Pranken. Auch wenn sein Bart bereits grau war und seine kleinen, tief in den Höhlen sitzenden Augen von Falten umgeben waren, war er noch immer ein gefürchteter Kämpfer und erbarmungsloser Kriegsherr, der seine juwelenbesetzte Krone voller Stolz trug und sie bisher noch gegen jeden Feind verteidigt hatte.

Auf dem Tisch befand sich eine detailgetreue Holzschnitzerei des Königreiches Amberan sowie der angrenzenden Länder. Berge und Städte waren erhaben, Flüsse und Seen durch blaue Vertiefungen dargestellt.

Eine ähnliche Karte zierte auch die Decke des Zimmers. Doch während die Malerei über ihren Köpfen die alte, vom Volk längst vergessene Größe Amberans darstellte, zeigte das Schnitzwerk auf dem Tisch die Wirklichkeit. Rote Linien verdeutlichten, wie sich die Grenzen über die letzten Jahrzehnte verschoben hatten. Viele große Reiche waren in Dutzende kleine Provinzen zerfallen, und auch Amberan hatte Territorium eingebüßt. Immer mehr Grafschaften und Fürstentümer sagten sich von ihrem König los, weil sie nicht länger bereit waren, hohe Abgaben für einen Krieg zu zahlen, der vielleicht nie kommen würde. Zwar überschattete Farhir, das verfluchte Reich der Mahr, noch immer den gesamten Süden, aber nur selten zeigte sich eines dieser Biester. Es fielen auch keine Horden von ihnen in Amberan ein und schon gar kein ganzes Kriegsheer. Zudem wusste jeder, dass kein Amberaner die Landesgrenze überschreiten konnte. Es reichte völlig, diese Kreaturen zurück in die Wälder zu treiben, wenn sie sich zu nahe an die Siedlungen der Menschen heranwagten. Wieso also vor etwas, was kaum mehr als eine düstere Legende war, in Angst und Schrecken leben?

Lysander ließ seinen Blick über die Karte schweifen und konnte schnell erkennen, dass der König und seine Berater einen Angriff auf die nördlich gelegene Provinz Selo planten.

Nabran baute sich vor Lysander auf. »Was fällt dir ein?«, verlangte er mit herrischer Stimme zu erfahren.

Lysander ließ sich nicht von ihm einschüchtern. Schon lange nicht mehr.

»Selo also?«, fragte er. Die einstige Grafschaft hatte sich erst kürzlich von Amberan losgesagt. Sie konnte dem königlichen Heer nichts entgegensetzen und sollte nun offensichtlich auf blutige Weise zurückerobert werden.

»In welchem Aufzug zeigst du dich deinem König und Vater?«, fuhr Nabran ihn an.

Lysander ließ sich nicht beirren. Allmählich ergab das alles einen Sinn. »Hast du es deswegen getan?«, fragte er. »Die Garde auf Amelia gehetzt? Ist es dir zuwider, dass dein Sohn das Bett mit einer einfachen Frau aus Selo teilt?«

Die Berater wichen zurück und begannen zu tuscheln. Der König beobachtete es mit einer Mischung aus Missmut und Wut. Ihm musste klar sein, dass es nicht lange dauern würde, bis das ganze Königreich von der Beziehung seines Sohnes zu einer einfachen Zofe wusste. Man würde sich das Maul darüber zerreißen, dass sie ausgerechnet aus Selo stammte.

Er wandte sich Lysander zu. »Es ist mir zuwider, dass mein Sohn, mein eigen Fleisch und Blut, sich durch die gesamte Dienerschaft hurt wie ein nichtsnutziger, dahergelaufener Bauernlümmel! Das hat jetzt ein Ende. Ein für alle Mal. Es wird Zeit, dass du deine neue Rolle in der Dynastie unserer Familie begreifst und ausfüllst. Du stehst hier halb nackt vor deinem König und bettelst um das Leben einer dahergelaufenen, namenlosen Zofe. Schämen solltest du dich!«

»Du schämst dich schon genug für uns beide«, sagte Lysander. »Aber mit Sicherheit nicht halb so sehr, wie ich mich dafür schäme, dein Sohn zu sein.«

Er hatte den Satz kaum ausgesprochen und war einen Schritt vorgetreten, als Vinzenz das Ratszimmer betrat und ihn am Arm zurückhielt. Hätte er das nicht getan – Lysander hätte nicht gewusst, wie weit er gegangen wäre.

»Schafft ihn mir aus den Augen«, verlangte Nabran mit einer herrischen Geste. »In den Kerker mit ihm, und holt ihn dort erst wieder raus, wenn er seine Lektion gelernt hat.«

»Was?«, stieß Lysander hervor und versuchte, sich von Vinzenz loszureißen.

»Mach es nicht noch schlimmer, als es ohnehin schon ist«, warnte Vinzenz ihn mit leiser Stimme.

Er drängte Lysander in den Korridor, doch der wehrte sich mit aller Macht und wollte zurück in das Ratszimmer stürmen. Wenn er schon im Kerker landen sollte, wollte er sich das wenigstens verdienen. Er hätte in diesem Moment alles dafür getan, seinen Vater bluten zu sehen. Er wollte ihn den Schmerz spüren lassen, den er Amelia zugefügt hatte. Doch Vinzenz ließ ihn nicht los, und die Wachen schlossen die Flügeltür, ehe Lysander sich losreißen konnte.

»Das kann er nicht tun«, sagte Lysander fassungslos.

»Er hat es bereits getan«, korrigierte Vinzenz ihn und nickte seinen Gardisten zu. »Festnehmen.«

Lysanders Herz machte einen Satz. Das passierte doch nicht wirklich? Das konnte nur ein übler Albtraum ein. Ein von den Mahr selbst geschickter Fluch, der sein Glück ins Gegenteil verkehrte. Erst war ihm Amelia aus den Armen gerissen worden, und nun sollten auch noch ihre gemeinsamen Pläne durchkreuzt werden. Was würde sie tun, wenn er in zwei Tagen nicht an dem vereinbarten Treffpunkt auftauchte? Was würde sie von ihm denken?

Die Gardisten packten ihn an den Armen und hielten ihn trotz seiner Gegenwehr fest im Griff. Und Vinzenz verzog keine Miene, als er ihnen den Befehl gab, den Kronprinzen abzuführen.

KAPITEL 4

Sheera

Gegen Haran war meine Heimatstadt ein Dreckloch. Die Türme des Palastes erhoben sich weit über die zahllosen Kuppeldächer, die hinter dem Hügel zum Vorschein kamen. Hunderte reich verzierte Fenster, umrahmt von Rundbögen und schmalen Säulen, ließen die Bauten filigran und anmutig wirken. Es gab hier keine plumpen Steinhäuser, keine strohgedeckten Dächer und keine unbefestigten Straßen. Haran wirkte wie ein aus Papier gefaltetes Kunstwerk. Zart und zerbrechlich. Und doch war die Hauptstadt Farhirs weit über tausend Jahre alt.

Sie stand auf einer Klippe, inmitten eines mächtigen Flusses erbaut. Die reißende Strömung brach zwischen den Türmen und Gebäuden hervor, stürzte in Dutzenden Wasserfällen in die Tiefe, die sich im Tal wieder zu einem weiß schäumenden Strom vereinten – dem Harandesh. Dieser Fluss, so hieß es, war die Pulsader Murayas, der Göttin allen Lebens und der Magie. Solange Muraya uns Alben wohlgesonnen war, würde unsere Hauptstadt, allen Widerständen zum Trotz, am Rand des Abgrundes bestehen. Und solange der Harandesh durch ganz Farhir floss, würden das Land fruchtbar, die Sommer warm und die Winter mild bleiben.

Die Kutsche folgte der Straße, die bis zum Flussufer führte. Von dort konnte man nur über eine Brücke nach Haran gelangen. Links und rechts davon waren Wachen postiert. Blutalben in weißer Uniform, mit Applikationen und Stiefeln in dunklem Blau. Die Männer hielten uns nicht auf, und wir passierten die Brücke unbehelligt.

Ich sah hinauf zum Torbogen, als wir in die Stadt einfuhren. Er war höher als das höchste Gebäude Bashtanas, weiß wie Kalk und geformt nach dem Ebenbild zweier mächtiger Birken, deren Kronen sich am höchsten Punkt trafen. Die Hufe der Pferde klackerten auf dem Pflaster der befestigten Straßen, und das Geräusch hallte durch die schmalen, endlos scheinenden Gassen.

Ich konnte den Fluss rauschen hören, aber keine Kanäle und dergleichen sehen und schloss daraus, dass das Wasser unterhalb der Straßen floss. Die Gebäude waren so hoch, dass es mir vorkam, als würden wir durch eine tiefe Schlucht fahren. Es war bedrückend und löste in mir das Gefühl aus, nicht frei atmen zu können.

Der Palast der Königin war noch einmal mit einer Mauer umgeben, und diesmal hielten die Wachen die Kutsche an.

»Wohin des Weges?«, fragte der Blutalbe, der an das Kutschfenster getreten war. Er sah sich im Inneren um, und sein Blick blieb an mir hängen.

Der Hauptmann reichte ihm das Schreiben, das schon den Priester in Bashtana überzeugt hatte.

»Ist das ein Scherz?«, fragte die Wache ungläubig und überflog die Zeilen noch einmal.

»Sehe ich aus, als würde ich scherzen?«, erwiderte Taros.

Der Mann schaute vom Schreiben auf und begutachtete mich, als wäre ich nichts weiter als ein wildes Tier. Wenn er das von mir dachte, wollte ich ihn nicht enttäuschen. Ich fauchte missmutig. Am liebsten hätte ich so getan, als wollte ich ihm die Augen auskratzen, um ihn ängstlich zurückschrecken zu sehen, aber meine Fesseln hinderten mich daran.

»Ihr müsst die falsche Albe aufgegriffen haben«, meinte er. »Das schmächtige Ding ist ja kaum erwachsen, geschweige denn zu so etwas fähig.« Er wedelte mit dem Schreiben, woraufhin Taros es ihm aus der Hand riss.

Hätte der Mann gewusst, wozu ich alles fähig war, hätte er es sich verkniffen, so abfällig über mich zu reden.

»Ich mache keine Fehler«, warf der Hauptmann dem Wachposten an den Kopf.

»Also gut«, brummte der, trat einen Schritt zurück und winkte uns durch. »Weiterfahren!«, rief er dem Kutscher zu.

Wir fuhren auf einen Vorplatz, der von mindestens einem Dutzend weißer Steintreppen umschlossen war. Die untersten Stufen waren kaum zwei Meter breit, doch sie fächerten nach oben hin immer weiter aus, bis sie oben an einem runden Arkadengang endeten und zu einer einzigen Treppe verschmolzen.

»Du rührst dich nicht«, befahl mir Taros mit erhobenem Zeigefinger, als wäre ich ein kleines Kind, das man ermahnen musste, brav zu sein. In seinem Blick war deutlich die Abscheu zu erkennen, die er mir entgegenbrachte – einer Nachtalbe, die er ganz offensichtlich verachtete.

»Wo sollte ich auch hin?«, giftete ich ihn gereizt an.

Er quittierte es mit einem schiefen Grinsen. Dann stieg er aus und wechselte ein paar Worte mit den Palastwachen.

Ich nutzte die Gelegenheit und versuchte, mir einen Überblick über meine Lage zu verschaffen. Irgendwo musste es verborgene Seitentüren geben, dunkle Nischen oder andere Versteckmöglichkeiten, die mir die Flucht erleichtert hätten. Doch alles, was dafür infrage gekommen wäre, waren die Tore zwischen den Treppen. Ehe ich mehr herausfinden konnte, packte Taros mich am Arm und zerrte mich aus der Kutsche.

Ich wehrte mich nur halbherzig. An Körperkraft waren mir die Blutalben weit überlegen. Wenn ich fliehen wollte, dann bestimmt nicht, indem ich mich losriss und blindlings davonlief. Ich brauchte einen besseren Plan und das noch, bevor man mich in Ketten legte.

Wortlos führte Taros mich zu einer der Treppen. Seine Finger gruben sich schmerzhaft in meinen Oberarm.

»Wohin bringst du mich?«, wollte ich wissen.

Taros antwortete nicht.

Ich hatte erwartet, durch eines der Tore geschleift und direkt in den Kerker gebracht zu werden. Doch der Hauptmann ging zu einer goldbeschlagenen Tür, stieß sie auf und zerrte mich ins Innere des Palastes.

Der Boden war so glatt poliert, dass ich mich darin spiegelte, und die hohen stuckverzierten Wände endeten in einer bemalten Decke, an der in regelmäßigen Abständen Kristallleuchter aus reinem Silber hingen. Die darin eingelassenen Edelsteine waren klar wie frisches Wasser und groß wie Augäpfel.

Wenn ich auch nur einen dieser Kronleuchter in die Finger bekäme, hätte ich für den Rest meines Lebens ausgesorgt. Aber wahrscheinlich waren sie so schwer, dass selbst ein Blutalbe Mühe gehabt hätte, sie zu tragen.

»Nicht trödeln«, fuhr Taros mich an, als ich an einer offen stehenden Tür langsamer wurde. Sie führte zu etwas, was wie ein Musikzimmer aussah. Eine Gruppe adliger Hochalben hatte sich dort um eine Harfenspielerin versammelt, die ihr Spiel unterbrach, als sie mich sah.

Ebenso verwundert wie ich sie, blickten die Palastbewohner mich an. Dass reinblütige Hochalben größer und schmaler als Nachtalben waren, wusste ich längst. Mir waren in den letzten Tagen mehr von ihnen begegnet, als mir lieb war. Aber diese hier schienen noch einmal von einem ganz anderen Schlag zu sein. Sie alle waren weit über einen Kopf größer als ich, hatten lange, spitze Ohren und Haare wie aus Silber und Weißgold gesponnen. Sie wirkten um so vieles eleganter und graziler als jene, die nahe der Grenze lebten, dass mir der Baron von Embran und seine Sippschaft schon fast plump vorkamen. Ihre Gewänder waren aus Satin, der den Körper wie Milch umfloss, ihre Haut war so makellos und von einem so blassen Rosa, als wären sie gerade erst geboren worden, und ihre Augen strahlten in kristallklarem Blau. Ich konnte nicht einmal sagen, wer von ihnen Frau und wer Mann war. Ihre Schönheit hielt sich nicht an Geschlechterrollen und flößte mir Ehrfurcht ein, ohne dass ich es gewollt hätte.

Ich musste daran denken, dass man in Farhir bereits als Hochalbe galt, wenn man seit fünf Generationen nachweislich kein Menschen- oder Nachtalbenblut in sich trug. Wenn ich diese Alben sah, konnte ich mir gut vorstellen, dass sich ihre Vorfahren bis in die alten Zeiten zurückverfolgen ließen. Ihr Blut war mit Sicherheit so rein, dass es klarer war als das Wasser des Harandesh.

Taros drängte mich in einen anderen Korridor. Wer uns begegnete, hielt gebührenden Abstand, und kaum dass wir vorbeigelaufen waren, hörte ich die Palastbewohner tuscheln.

Das alles kam mir überaus suspekt vor. Wieso saß ich nicht längst im Kerker? Es konnte doch unmöglich sein, dass jeder Verbrecher quer durch den Palast der Königin geführt wurde. Und egal, wie schwer meine Vergehen auch sein mochten, warum hatten sie mir nicht gleich auf dem Marktplatz meiner Heimatstadt die Hände abgehackt? Vielleicht, weil das Verlieren von ein paar Gliedmaßen oder der schnelle Tod am Galgen für eine wie mich zu gnädig gewesen wäre? Ich konnte nicht leugnen, dass mich diese Mutmaßungen erschaudern ließen. Angst beherrschte meine Gedanken und das, obwohl ich genau wusste, wie unvorsichtig sie einen werden ließ.

Wir gelangten in ein Empfangszimmer, ausgestattet mit Sitzmöbeln, riesigen Vasen und einem aufwendig geschnitzten Tisch in der Mitte des Raumes. In der Schale, die darauf stand, lag Obst, bei dessen Anblick mir das Wasser im Mund zusammenlief. Wie gern hätte ich doch in einen dieser saftigen Äpfel gebissen!

Doch dazu blieb mir keine Gelegenheit. Taros zerrte mich ohne Umschweife in den großen Raum, der hinter dem Empfangszimmer lag.

Eine kühle Brise wehte mir entgegen. Uns gegenüber gab es keine Mauer, nur hohe Rundbögen und dahinter einen Abgrund. Man konnte weit über die Dächer Harans blicken, und ich hörte das Rauschen der Wasserfälle.

An einer der Säulen stand ein Mann, der uns den Rücken zugekehrt hatte. Wie Taros trug auch er eine schwarze Uniform. Nur waren seine Stiefel ebenfalls schwarz und nicht rot wie die der anderen Blutalben.

Taros räusperte sich, ließ mich los und wartete, bis der Mann sich ihm zugewandt hatte. Erst dann verbeugte er sich vor ihm.

Er war das Musterbeispiel eines Soldaten. Sehnig, mit kantigem Gesicht, scharfem Blick und funkelnden Augen. Sein für einen Reinblüter ungewöhnlich dunkelblondes Haar war kurz geschoren, unter der Uniform zeichneten sich seine Muskeln deutlich ab, und obwohl er freundlich wirkte, lag etwas Gefährliches in seinen Zügen.

»Kommandant«, grüßte Taros ihn.

Der Kommandant sah mich skeptisch an. Er schien allerdings nicht überrascht zu sein, eine Nachtalbe zu sehen.

»Was soll das?«, fragte er in hartem Ton.

Taros richtete sich wieder auf.

»Wie bitte?«, fragte er.

»Die Fesseln«, erklärte der Kommandant. »Warum sind ihr die Hände auf den Rücken gebunden?«

»Nun, sie wollte nicht freiwillig mitkommen, und sie …« Er stockte und schaute mich an. »Sie beißt.«

»Du kannst wegtreten«, befahl der Kommandant.

Taros verbeugte sich abermals und tat, was von ihm verlangt wurde. Ich blickte ihm nach, bis er den Raum verlassen hatte, und schrak zusammen, als ich mich wieder dem Kommandanten zuwandte und der plötzlich vor mir stand. Ein sanftes Lächeln umspielte seine Lippen. Er hatte sich mir lautlos genähert. Eine Eigenschaft, die man für gewöhnlich uns Nachtalben zusprach. Ich konnte nicht leugnen, dass sie mir imponierte.

»Lass mich dir helfen«, bot er an.

Nicht nur sein Haar war ungewöhnlich dunkel für einen Hochalben. Von Nahem sah ich, dass auch seine Augen kein reines Blau aufwiesen. Es wirkte, als läge ein brennender Kranz um seine Pupillen. Feuer, dessen Flammen sich in die tiefseeblaue Farbe fraßen.

Widerwillig drehte ich ihm den Rücken zu.

»Was wird hier gespielt?«, fragte ich geradeheraus.

Der Kommandant befreite mich von meinen Fesseln, und ich nutzte die Zeit, um mich umzusehen.

Dieser Raum, der nur aus drei Wänden bestand, schien eine Art Arbeitszimmer zu sein. Viel zu groß, um nur diesem Zweck zu dienen, jedoch mit kaum mehr als einem Schreibtisch und bis zur Decke reichenden Bücherregalen an der dahinterliegenden Wand ausgestattet. So viele Bücher auf einem Haufen hatte ich in meinem ganzen Leben noch nicht gesehen.

Ich wandte mich wieder dem Kommandanten zu, rieb mir die wund gescheuerten Handgelenke und schaute zu der Tür, die in seinem Rücken lag. Neben dem Haupteingang schien sie der einzige Ausweg zu sein. Der oder ein Sprung in die Tiefe. Ich bezweifelte aber, dass ich weit käme, würde ich es auf einen unüberlegten Fluchtversuch ankommen lassen.

»Mein Name ist Athura«, stellte er sich vor. »Ich bin Kommandant der königlichen Armee. Und du bist Sheera Abendhauch, nicht wahr?«

Ich musterte ihn mit zusammengekniffenen Augen. Für so eine hohe Position kam mir der Mann ungewöhnlich jung vor. Ob es sein gutes Aussehen gewesen war, das ihm zu dieser Stellung verholfen hatte? Ich glaubte nicht, dass er es seinen Vorfahren verdankte. Denn bei dem dunklen Haar und diesen Augen konnte ich mir nur vorstellen, dass er Mischblut in sich trug. Dennoch musste er als reiner Hochalbe gelten, denn sonst hätte er es gewiss nicht so weit gebracht.

»Du nennst mir deinen Namen?«, fragte ich.

Solange Athura sich freundlich zeigte, wollte ich es ihm gleichtun. Ich entspannte mich, blieb aber wachsam.

Der Kommandant lächelte zufrieden. »Es heißt, viele Nachtalben hätten der Sprache ganz und gar abgeschworen. Sie lebten mit den Wölfen in den Wäldern, heulten den Mond an und erlegten ihre Beute mit bloßen Zähnen. Du gehörst offenkundig nicht zu diesen Abtrünnigen. Du kannst dich gewählt ausdrücken. Aber ich schätze, das tust du nur, wenn du es willst.«

»Der Hauptmann geriet jedenfalls in Panik, als ich seinen Namen herausfand.«

»Er hängt dem alten Aberglauben an«, erklärte Athura. »Es müssten mehr Nachtalben in Haran leben, um den Gerüchten entgegenzuwirken, die sich auch nach so vielen Jahrhunderten noch hartnäckig halten. Heutzutage ist es ja eine Seltenheit, wenn man einen von euch zu Gesicht bekommt.«

»Man hat mich sicher nicht herbringen lassen, damit ich irgendeine Quote erfülle«, sagte ich bissig. »Warum hat mich die Leibgarde der Königin mitten in der Nacht aufgegriffen und wie ein wildes Tier durch ganz Bashtana gejagt?«

Athura seufzte. »So hätte das nicht ablaufen sollen.«

»Ich will nur wissen warum«, verlangte ich zu erfahren.

Das undurchsichtige Lächeln des Mannes wurde breiter.

»Weil die Königin dich sehen will, Sheera«, behauptete er. »Weil die grauen Priester hörten, wie Muraya deinen Namen im Rauschen der Wasserfälle flüsterte, und weil du womöglich diejenige sein wirst, die Farhir in eine neue Ära führt. Du bist auserwählt, Sheera Abendhauch. Auf dich wartet ein Schicksal, das du dir nicht einmal in deinen kühnsten Träumen hättest vorstellen können.«

»Blödsinn«, entgegnete ich.

Athura lachte amüsiert. »Vielleicht ist das so. Vielleicht hat sich ganz Haran gegen dich verschworen, und wir alle, die Wachen, die Leibgarde der Königin und meine Wenigkeit, erlauben uns einen üblen Scherz mit dir. Hältst du das für wahrscheinlicher?«

Ich hielt beides für ausgemachten Unfug. Aber womöglich steckte wirklich mehr dahinter. Versuchte Athura, mein Vertrauen zu gewinnen, um mir ein Geständnis zu entlocken, oder wusste er wirklich nichts von meiner Vergangenheit? Ich konnte mir nicht erklären, warum sie sich solche Umstände machten. Wie viele Unschuldige hatte ich schon brennen sehen, deren Todesurteil ausschließlich auf Gerüchten und Mutmaßungen beruhte? Es gab keinen Grund, mir etwas vorzuspielen. Wäre ich meiner Verbrechen wegen hier, hätte ich schon längst tot sein müssen.

»Wenn die Königin mich sehen will, dann bring mich zu ihr«, forderte ich ihn auf.

Ich war mir sicher, dass sie mich nicht belügen würde. Königin Valtherna regierte Farhir seit über sechs Dekaden. Sie war bekannt dafür, stets die Wahrheit zu sagen und jede von Muraya gesegnete Kreatur gleichzubehandeln. Egal ob reinblütig oder nicht.

»Das werde ich«, versprach Athura ohne Ausflüchte. »Aber nicht in diesem Zustand. Unter dem vielen Dreck steckt sicher eine ganz ansehnliche Albe. Wenn wir die gefunden haben und du etwas Vernünftiges zum Anziehen bekommen hast, wirst du deine Audienz bei Königin Valtherna erhalten.«

Die Art, wie er mich ansah, missfiel mir. Als würde er glauben, man könnte mir mein Nachtalbenblut mit Wasser und Seife von der Haut waschen. Als würde ich zu etwas Besserem werden, wenn man mir die Haare kämmte und mich in hübsche Kleider steckte. Das alles hätte doch nichts an dem geändert, was ich war. Und das wollte ich auch nicht. Ich war stolz darauf, eine Nachtalbe zu sein.

»Da kannst du lange suchen«, stieß ich hervor. »Niemand wird mich anrühren, bevor ich nicht die ganze Wahrheit kenne. Ich lasse mich nicht baden und frisieren wie ein verlauster Straßenhund, damit ich den Ansprüchen der Palastbewohner genüge. Wenn die Königin nur halb die Albe ist, für die sie sich ausgibt, stört sie sich nicht an meinem Aussehen.«

Athura hob eine Braue. »Du bist integer. Das rechne ich dir hoch an. Aber dein Stolz kann dir bei dem, was dich erwartet, auch im Weg stehen.«

»Und was soll das sein?«, fiel ich ihm ins Wort.

Er schaute mich lange an. Es schien, als wollte er in mir lesen, so wie er es sicherlich in den vielen Büchern getan hatte, die die Regale füllten. Ich hielt seinem Blick stand, versuchte meinerseits, seine Absichten zu durchschauen, musste aber bald einsehen, dass er ein Rätsel für mich war. Und das kam selten genug vor.

»Königin Valtherna ist schwer erkrankt«, sagte er schließlich unverblümt.

Die Worte trafen mich wie ein Schlag. In meinen Ohren rauschte es, und tausend Gedanken schossen mir gleichzeitig durch den Kopf. Eine reinblütige Hochalbe wie sie konnte dreihundert Jahre und älter werden und wurde selten krank.

Valtherna war zu jung, um ernsthaft krank zu werden. Unsere Göttin würde das nicht zulassen. Oder etwa doch?

»Warum erzählst du mir das?«, fragte ich.

»Weil der Rat der Grauen beschlossen hat, eine Nachfolgerin für unsere Königin zu suchen. Dass sie nur noch wenige Wochen zu leben hat, ist in Haran bereits bekannt, und sehr bald schon wird es ganz Farhir erfahren. Das Volk muss sich darauf verlassen können, dass es nicht führerlos sein wird, und so haben die Priester Murayas die Göttin um ihren Beistand gebeten.«

»Es wird eine Königinnenwahl geben?«, brach es aus mir heraus. Ich stolperte einen Schritt von Athura weg und schüttelte ungläubig den Kopf. Was er mir zu sagen versuchte, konnte niemals wahr sein. Vielleicht hatte Taros nicht lange genug gesucht. Es gab sicher eine andere Sheera. Irgendeine Hochalbe, die rein zufällig meinen Namen trug.

»Es ist Murayas Wille«, behauptete Athura.

»Noch nie …«, sagte ich, stockte aber. Eine Nachtalbe als Königin? Das war doch lächerlich. Mehr noch: Es war völlig ausgeschlossen.

»Es gibt für alles ein erstes Mal.«

Ich stieß ein hohles Lachen aus. »Das ist nicht wahr. Es kann nicht wahr sein! Muraya ist die Göttin der Magie, und Nachtalben haben keinen Funken davon im Leib. Wieso sollte sie also meinen Namen nennen? Wahrscheinlich haben sich die Alben vom Orden der Grauen verhört.«

Ganz abgesehen davon, dass noch nie eine Nachtalbe Anwärterin auf den Thron gewesen war, musste Muraya, die alles wusste, doch die Wahrheit über mich bekannt sein. Wenn ich nach Haran gehörte, dann allenfalls in den Kerker und nicht auf den Thron.

»Es ist, wie es ist, Sheera«, sagte Athura. »Zehn junge Frauen aus dem Volk der Alben wurden erwählt, und du bist eine davon. Die Aufgaben, die euch gestellt werden, sind gefährlich. Sie fordern euer Geschick, euer Wissen und euren Mut heraus. Sie können euch das Leben kosten. Vielleicht hat Muraya dich nicht dazu auserkoren, Königin zu werden, sondern dazu, dem Volk zu beweisen, was wirklich in euch Nachtalben steckt. Es bietet sich dir die einmalige Gelegenheit, mit alten Gerüchten und Aberglauben aufzuräumen. Natürlich kannst du ablehnen, aber willst du das? Willst du bestätigen, was man über deinesgleichen sagt? Dass ihr feige seid und vor schweren Aufgaben zurückschreckt? Ich habe dir gesagt, dass du

Farhir in eine neue Ära führen kannst, und ich meine es auch so. Nun liegt es bei dir, Sheera Abendhauch. Morgen schon wirst du vor die Königin treten. Ob erhobenen Hauptes oder in Ketten ist deine Entscheidung. Du wirst entweder verzichten oder die Herausforderung annehmen. Aber egal, wie du dich entscheidest – du wirst diese Entscheidung vor der Königin und dem versammelten Adel Farhirs aussprechen. Rechtfertigen musst du sie am Ende nur vor dir selbst.«

KAPITEL 5

Sheera

Sie hatten mich in ein Zimmer gesteckt und dort mit meinen wirren Gedanken allein gelassen. Bevor ich am morgigen Tag vor die Königin treten sollte, konnte ich weder ihnen noch dem Palast entkommen. Auch wenn vor den Gemächern keine Wachen standen, kam ich mir dennoch wie eine Gefangene vor.

Der Raum war größer als Baldurs ganzes Haus. Licht drang durch die hohen Rundbogenfenster, und die weißen Möbel, Wände und Teppiche ließen alles noch heller und reinlicher wirken. Ich ging auf und ab, und meine verdreckten Stiefel hinterließen deutliche Spuren auf dem Boden. Hätte ich mich auf die blütenweiße Überdecke des Himmelbettes gesetzt, wäre auch sie beschmutzt worden. Ich fühlte mich wie ein Fleck, der beim Putzen übersehen worden war. Ich gehörte einfach nicht an diesen Ort.

Was Athura gesagt hatte, war und blieb undenkbar für mich. Ich konnte weder glauben, dass Valtherna sterben würde, noch dass die Göttin der Magie meinen Namen genannt hatte. Es war, als hätte man mir ein Rätsel gestellt, und ich kam einfach nicht auf die Lösung.

Was steckte wirklich dahinter? Eine Verschwörung, ein makaberer Scherz, ein Trick? Doch wozu der Aufwand? Es frustrierte mich, keine Antworten zu finden. Es machte mich wütend. Doch viel schlimmer war, dass jeder Faden, dem ich folgte, immer am selben Punkt endete: Alles sprach dafür, dass Athura die Wahrheit gesagt hatte, und das konnte ich einfach nicht akzeptieren.

Ich schrie, schlug mit der Faust gegen die Wand, und mein Blick fiel auf eine Vase, die auf der Kommode neben mir stand. Vor lauter Wut packte ich sie und schleuderte sie mit voller Wucht quer durch den Raum. Sie zersprang am Pfosten des Himmelbettes in tausend Scherben.

Mein Atem ging stoßweise, und meine Hände ballten sich zu Fäusten. Ich war darauf gefasst gewesen, irgendwann am Galgen zu enden – aber nicht auf das hier. Solange ich mich zurückerinnern konnte, hatte ich so getan, als wäre ich eine andere. Als wäre ich ein unschuldiges, einfaches Mädchen, das Kräuter sammelte und verkaufte. Ich hatte dieses Bild von mir geschaffen, um die Wahrheit über das, was ich des Nachts tat, zu verstecken, und vielleicht hatte ich mich zu gut versteckt. So gut, dass selbst Muraya mein wahres Ich nicht kannte.

Sollte ich nun dazu gezwungen sein, tatsächlich diese unscheinbare Albe zu werden? Sollte ich ganz Haran, dem Adel und selbst der Königin etwas vormachen? Das wollte ich nicht. Das konnte ich nicht! Aber die Wahrheit durften sie auch nicht erfahren. Eine Diebin als Anwärterin auf den Thron. Das würde den Glauben an Muraya erschüttern. Ganz Farhir könnte daran zerbrechen, und für die Nachtalben würde ich genau das Gegenteil von dem erreichen, was Athura mir vorgeschwärmt hatte. Ich würde durch meine Taten untermauern, was alle von uns dachten: dass wir verlogene, hinterlistige Verbrecher waren.

Was blieb mir anderes übrig, als abzulehnen und dann möglichst schnell in der Versenkung zu verschwinden? Ich würde nie wieder stehlen dürfen. Denn würde man mich irgendwann fassen, käme die Wahrheit doch noch ans Licht.

Aber stehlen war das, was ich wirklich gut konnte. Eine Diebin zu sein, war mein wahres Ich, und egal, wie ich es auch drehte und wendete – ob ich die Herausforderung annahm oder ablehnte –, ich würde mich selbst verleugnen und mich dabei verlieren. Dieser Gedanke schürte meine Wut aufs Neue. Ohne nachzudenken, packte ich die Kommode und brüllte laut, als ich sie durch den Raum schleuderte.

Mit weit aufgerissenen Augen starrte ich auf das Möbelstück. Was machte ich da bloß? Es tat gut, meine Gefühle rauszulassen, doch die Einrichtung zu zerstören, änderte nichts an meiner Lage. Ganz im Gegenteil. Es bestätigte nur, was alle von uns Nachtalben dachten. Ich benahm mich wie ein wildes Tier in Gefangenschaft – schlug gegen die Gitterstäbe meines goldenen Käfigs und verletzte dadurch am Ende doch nur mich selbst.

Ich atmete tief durch und versuchte, mich zu beruhigen, als es an der Tür klopfte.

»Verzeihung?«, hörte ich eine zaghafte Stimme fragen.

Das hatte mir gerade noch gefehlt. Im Raum sah es aus wie auf einem Schlachtfeld. Ich hätte am liebsten gesagt, dass ich in Ruhe gelassen werden will, aber das Mädchen öffnete bereits die Tür.

Es handelte sich um eine junge Albe, ein Zimmermädchen, kaum älter als ich. Ihr schieferfarbenes Haar verschwand unter einer Haube und ihr Kleid hinter einer weißen Schürze. Mit Entsetzen starrte sie auf mich und die Verwüstung.

Mir blieb nicht die Zeit, mich zu erklären oder zu entschuldigen, denn gerade als ich den Mund öffnete, lief hinter ihr eine Gruppe junger Frauen durch den Korridor.

»Vorsicht!«, rief eine von ihnen, packte das Zimmermädchen am Arm und zog es von der Tür weg.

Es war eine Hochalbe von sonnengleicher Schönheit. Ihr Haar floss wie flüssiges Gold über ihren anmutigen Körper, ihre Haut schien von innen heraus zu leuchten, und ihre Gesichtszüge waren so perfekt, als hätte Muraya sie als Abbild aller Anmut und Grazie erschaffen.

Ich war zu gebannt von diesem imposanten Auftritt, um zu reagieren, als sie mir die gespreizten Finger entgegenstreckte. Obwohl sie die Augen zusammengekniffen hatte und mich voller Entschlossenheit anschaute, waren keine Falten auf ihrer Stirn oder um ihre Augen zu sehen. Sie war eine Hochalbe, wie sie im Buch stand und wie man sie nur von den Zeichnungen alter Königinnen kannte. So musste eine Anwärterin auf den Thron aussehen. So und nicht anders.

Ihre Finger bewegten sich, als würden sie Sonnenlicht weben, ihre Hand glühte, und ich drehte mich gerade noch rechtzeitig zur Seite, um dem Zauber auszuweichen. Ein gleißender Strahl schoss durch den Raum, traf ein Fenster und ließ das Glas zerspringen.

»Ruft die Wachen!«, verlangte sie mit glockenheller Stimme. »Eine gemeine Diebin hat sich in den Palast geschlichen.«

Wie recht sie damit doch hatte. Allerdings schienen ihr die Umstände nicht klar zu sein.

»Aber …«, begann das Zimmermädchen.

»Bleib hinter mir!«, unterbrach die Hochalbe sie, hob beide Hände und richtete sie auf mich.

»Ist das schon die erste Aufgabe?«, flüsterte eines der Mädchen in ihrem Rücken.

»Wohl kaum«, widersprach eine andere. »Die Eröffnungszeremonie ist doch erst morgen.«

»Wachen!«, rief die Hochalbe und tat einen Schritt auf mich zu.

»Sei vorsichtig, Mayla«, riet das Mädchen hinter ihr. »Diese Kreaturen können beißen und kratzen wie tollwütige Katzen.«

Kreatur? So nannten sie mich? Als wäre ich keine Albe, genau wie sie. Als wäre ich nicht besser als irgendein dahergelaufener Mensch.

»Ich kratze und beiße gleich dich!«, drohte ich, machte einen Schritt auf das Mädchen zu und fauchte dabei bedrohlich.

Zu meiner Genugtuung quiekten die jungen Hochalben wie eine Schar aufgeschreckter Ferkel und wichen zurück. Nur Mayla zeigte keine Furcht. Sie wob erneut das Licht zu einem Angriff und schleuderte es mir entgegen.

Ich sprang hoch, warf mich zurück, und der Zauber rauschte knapp unter meinem Rücken vorbei. Ich fing mich mit den Händen ab, zog die Beine nach und kam auf allen vieren auf.

Als ich aufsah, erkannte ich, dass Mayla noch längst nicht bereit war aufzugeben. Ich musste zur Seite wegrollen, um ihrer Magie zu entkommen, stieß mich ab, kaum dass ich wieder auf den Füßen war, und landete mit einem Satz auf der umgestürzten Kommode. Sie zersprang in ihre Einzelteile, als die Hochalbe ihren Zauber auf sie richtete, doch da saß ich bereits oben auf dem Gestell des Himmelbettes.

Mayla brauchte einen Moment, um mich wiederzufinden. Vielleicht war ich nicht so hübsch, vornehm und begabt wie sie, aber schneller war ich allemal. Sie würde das ganze Zimmer zerlegen und hätte dennoch keine Chance, mich auch nur zu streifen.

So weit käme es aber wohl nicht, denn sie keuchte bereits, und der Schweiß trat ihr auf die Stirn. Der Zauber kostete sie zu viel Kraft.

Ich grinste breit und zufrieden, als das Geräusch von reißendem Stoff an mein Ohr drang. Mir blieb gerade noch Zeit, mir bewusst zu machen, was geschah, als ich schon durch den Betthimmel brach und auf der Matratze landete.

Eilig stemmte ich mich hoch, doch Mayla war bereits zu mir gelaufen und richtete ihre Hände direkt auf mein Gesicht.

»Keine Bewegung!«, verlangte sie und sah flüchtig zur Tür. »Wo bleiben die Wachen?«

Das Zimmermädchen kam zu ihr gelaufen, wollte sie am Arm berühren, traute sich aber nicht.

»Mylady?«, sprach sie Mayla ängstlich an. »Das ist keine Diebin.«

»Ach ja?«, fragte Mayla. »Und was hat eine Nachtalbe dann im Palast verloren?«

Schnelle Schritte waren zu hören, und einen Moment später standen die Wachen im Türrahmen. Unter ihnen auch Athura. Er erfasste die Lage auf einen Blick, befahl den Männern abzuwarten und ging zu Mayla.

»Du kannst die Hände jetzt senken«, sagte er und legte seine auf ihren Arm.

»Aber sie ist gefährlich«, beteuerte Mayla.

Athura lächelte sie vertrauensvoll an. »Nicht so gefährlich wie du, meine Liebe. Aber glaube mir, es gibt keinen Grund, Sheera zu misstrauen. Sie ist ein Gast der Königin.«

Mayla schaute von Athura zu mir und wieder zurück. Plötzlich schien sie zu begreifen und riss die Augen auf.

»Sie ist eine Anwärterin!«, stieß sie fassungslos aus.

Athura nickte, und Mayla schnappte nach Luft.

»Geh jetzt«, bat er sie und küsste sie auf die Stirn. »Ich kümmere mich um das Chaos.«

Anscheinend waren die beiden mehr als nur Bekannte.

Das passte wirklich gut zusammen. Die edle Hochalbe und ihr Geliebter, der Kommandant der königlichen Armee. Sie waren ein Paar, wie man es nur aus sentimentalen Liebesgeschichten kannte.

Mayla warf mir noch einen letzten Blick zu, der wahrscheinlich Argwohn und Missmut ausdrücken sollte, bei ihrem niedlichen Gesicht, der kleinen Stupsnase und den großen Kulleraugen aber einfach nur bezaubernd wirkte. Dann verließ sie erhobenen Hauptes das Zimmer und begann, mit ihren Freundinnen zu tuscheln, kaum dass sie in den Korridor getreten war.

»Du auch«, forderte Athura das Zimmermädchen auf.

Die junge Albe knickste und eilte zur Tür.

Athura deutete auf die Matratze. »Darf ich?«

»Es ist nicht mein Bett«, gab ich schlecht gelaunt zurück und setzte mich auf.

Das alles hier lief genauso ab, wie ich es erwartet hatte. Und ich war daran nicht unschuldig. Wie sollte ich jemanden davon überzeugen, dass meinesgleichen den anderen Alben ebenbürtig war, wenn ich mich aufführte, als wäre ich durchgedreht?

Athura nahm neben mir Platz und schaute sich in dem Chaos um. Zu meiner Verteidigung musste ich sagen, dass nur ein Teil davon mir zu verdanken war. Bevor Mayla mich angegriffen hatte, hätte es genügt, die Scherben aufzukehren und die Kommode wieder an die Wand zu rücken.

»Ich könnte dir jetzt sagen, dass es besser wird«, begann Athura. »Aber damit würde ich dich belügen, und das weißt du auch.«

»Mit deiner Freundin komme ich klar«, sagte ich.

»Mayla? Sie ist mehr als das. Sie ist eine der Anwärterinnen – und zwar nicht irgendeine. Mayla wird schon jetzt als nächste Königin gehandelt. Sie entstammt zweier der ältesten Adelsfamilien Farhirs und wurde ihr Leben lang auf den morgigen Tag vorbereitet.«

Ich fand es abschreckend, dass junge Adlige auf den unwahrscheinlichen Fall hinarbeiteten, dass die Königin vor ihrer Zeit starb und sie sich um den Thron prügeln mussten.

»Dann habe ich mich ja mit genau der Richtigen angelegt«, meinte ich spöttisch.

Athura lachte. »Freundinnen werdet ihr wohl nicht.« Er wandte sich mir zu, und sein Lächeln erstarrte. Warum, verstand ich nicht. Was sah er in mir, das ich nicht sehen konnte? »Gib acht auf dich«, riet er mir eindringlich. »Leg dich nicht mit den Falschen an. Dieser

Palast birgt nicht nur Schönheit. Er birgt auch viele Gefahren. Wenn du dich entscheidest, zu bleiben, wird das wahrscheinlich das größte Abenteuer deines Lebens. Aber nicht jeder ist dazu geboren, Abenteuer zu erleben. Nicht jedem ist genug Mut gegeben.«

Für mich klang das mehr nach einer Herausforderung als nach einer Warnung. Wenn das ein Versuch war, mich zum Aufgeben zu bewegen, erreichte Athura damit genau das Gegenteil.

»Ich bin auf mich gestellt, seit ich mich zurückerinnern kann«, sagte ich gefasst. »So eine eitle Hochalbe macht mir keine Angst.«

Erst nachdem ich das ausgesprochen hatte, kam mir wieder in den Sinn, dass Mayla und Athura ein Paar waren. Sie zu beleidigen, war sicher nicht die beste Idee.

»Das glaube ich dir, Sheera«, sagte er, und sein Lächeln kehrte zurück. Doch diesmal wirkte es trübe, und sein Blick hing an der Tür, als er weitersprach. »Wir sind uns ähnlicher, als du vielleicht denkst. Alben wie du und ich haben gelernt, gegen alle Widrigkeiten anzukämpfen. Keiner von uns wäre heute dort, wo er ist, wenn wir uns von unseren Ängsten hätten leiten lassen, nicht wahr?«

Er schaute mich wieder forschend an, und es fiel mir schwer, diesem Blick standzuhalten. Normalerweise war es mir unangenehm, wenn man mich zu lange anstarrte, weil ich das Gefühl hatte, die Bestie, für die sie mich hielten, würde sich in ihren Blicken widerspiegeln. Aber in Athuras Augen sah ich nur mich. Keine Wilde, kein Tier. Da schien wirklich etwas zu sein, was uns miteinander verband und was mich in seinen Bann zog.

»Ich passe künftig besser auf«, murmelte ich und wandte mich von ihm ab. »Danke«, setzte ich kleinlaut hinzu.

Was war bloß los mit mir? Wieso verunsicherte er mich so? Mein Herz machte einen Satz, als Athura seine Hand auf mein Knie legte. Die Wärme seiner Haut ging auf mich über, und ich hielt einen Moment lang die Luft an.

»Das ist alles, was ich hören wollte«, sagte er und stand auf.

Ich starrte mit weit aufgerissenen Augen zu Boden. Mein Herz pochte wild, und ich war wie gelähmt. Ich hörte seine Schritte, hörte, wie er an der Tür noch einmal stehen blieb, und schaute unwillkürlich zu ihm auf. Doch er war bereits gegangen. Lautlos, wie es für einen Blutalben so untypisch war.

Allmählich dämmerte es mir, warum Athura mich so verunsicherte. Er hatte kein Mitleid mit mir. Er empfand keine Abscheu und keinen Ekel. Er sah mich als gleichrangig an, sah meine Stärken und meine Schwächen und machte mir weder aus dem einen noch aus dem anderen einen Vorwurf. Das war es, was mich so aufwühlte und mein Herz schneller schlagen ließ. Und ich konnte mir auf all das nur einen Reim machen: Wir waren uns wirklich ähnlicher, als man vermutet hätte. Er hatte es nicht offen ausgesprochen, aber angedeutet. Athura war kein Reinblüter, wie er es als Kommandant der königlichen Armee hätte sein müssen. Und wenn mich nicht alles täuschte, trug er das Erbe der Nachtalben in sich.

Wenn dem wirklich so war, dann verstand ich, gegen welche Ängste er anzukämpfen hatte. Denn käme diese Wahrheit ans Licht, wäre das sein Todesurteil.

Die Tür war kaum ins Schloss gefallen, da huschte das Zimmermädchen in den Raum. Die junge Albe lächelte verlegen und knickste.

»Verzeihung, Mylady«, sagte sie.

»Ist noch etwas?«, fragte ich verwundert.

»Ich … ich bin Euch zugeteilt worden«, erklärte sie und schaute sich flüchtig um. »Es tut mir leid, dass ich die jungen Damen nicht aufhalten konnte. Ich hätte schneller reagieren sollen, dann wärt Ihr nicht in Gefahr geraten.«

Ich grinste. »Gefahr? Wegen der paar Zaubertricks? Da muss schon mehr passieren.«

Sie blickte mich überrascht an. »Hattet Ihr denn keine Angst? Wie Ihr ausgewichen und hochgesprungen seid, das war unglaublich! Jetzt verstehe ich, wie eine … wie Ihr …«

»Sag es ruhig«, forderte ich sie auf. »Wie eine Nachtalbe Anwärterin auf den Thron sein kann.«

»Verzeihung«, entschuldigte sie sich und schaute verlegen zu Boden.

»Kein Problem. Wie ist dein Name?«

»Sirena, Mylady«, antwortete sie.

»Lass das bitte. Wir können uns duzen.«

»Oh, das würde ich mir niemals anmaßen!«, stieß sie hervor.

Ich stand auf und begutachtete das Chaos, das die kleine Auseinandersetzung mit Mayla hinterlassen hatte.

»Wir werden jetzt eine Weile miteinander zu tun haben«, meinte ich abwesend. Allein das Aufräumen würde schon den halben Tag in Anspruch nehmen. »Da können wir das höfliche Gehabe auch gleich bleiben lassen. Ich bin keine Lady, und das weiß auch jeder.«

»Mylady, ich stamme aus einer Familie von Alben, die sich dem Wissen verschrieben hat. All meine Vorfahren und Verwandten besuchten höhere Schulen, verfassten tiefschürfende Schriften und schlossen sich dem Orden der Grauen an. Und nun schaut mich an. Ich bin ein Zimmermädchen. Ich werde nie eine Hohepriesterin werden wie meine ältere Schwester, keine Meisterin der Magie wie meine Mutter oder ein Schriftsetzer wie mein Bruder. Der Orden der Grauen würde mich nie aufnehmen. Ich weiß, wie es ist, wenn man sich fehl am Platz und missverstanden fühlt.«

»Und ich weiß, warum ausgerechnet du mir zugeteilt wurdest«, sagte ich. »Weil die anderen Zimmermädchen sich zu fein waren, einer Nachtalbe zu dienen, nicht wahr?«

Sie sagte nichts, blickte nur schüchtern zu Boden und wusste nicht, was sie tun sollte.

»Und genau deswegen sollten wir beide zusammenhalten, Sirena«, schlug ich vor.

Sie lief rot an und knickste, ohne den Blick zu heben.

»Ja, Mylady, da habt Ihr recht«, antwortete sie und brachte mich damit zum Lachen.

»Sheera«, verbesserte ich sie. »Nenn mich einfach Sheera.«

KAPITEL 6

Sheera

Etwas zu essen, ein wenig Schlaf und ein ausgiebiges Bad waren alles, was ich gebraucht hatte, um einen klaren Kopf zu bekommen. Aber wirklich glauben konnte ich das Ganze noch immer nicht.

Während ich mich im Nebenzimmer gewaschen hatte, war mein Gemach aufgeräumt und das Fenster repariert worden, sodass nichts mehr an den Disput zwischen mir und dieser eitlen Hochalbe erinnerte.

Ich trat, nur mit einem Badetuch bekleidet, in den Raum, und die Zimmermädchen beendeten schleunigst ihre Arbeiten, bevor eine nach der anderen aus der Tür huschte.

Nur Sirena blieb und versuchte, sich nicht anmerken zu lassen, wie unangenehm ihr das Verhalten der anderen war.

»Mylady«, grüßte sie mich.

Ich nickte ihr zu und blickte zum Fenster. Der Mond war bereits aufgegangen, und die unzähligen Lichter der Hauptstadt strahlten heller als die Sterne. Dieser Anblick passte zu dem Bild, das ich von den Einwohnern Harans hatte. Selbst die Schönheit einer wolkenlosen Nacht versuchten die Hochalben, noch in den Schatten zu stellen.

Ich wollte nach meiner Kleidung greifen, doch der Stuhl, auf dem sie gelegen hatte, war leer. Ich stockte und runzelte die Stirn.

»Weißt du, wo meine Kleider sind?«, fragte ich.

»Wolltet Ihr sie wiederhaben?« Sirena sah merkwürdig verblüfft aus.

»Nackt wollte ich jedenfalls nicht vor die Königin treten«, erklärte ich, was eigentlich selbstverständlich sein sollte.

»Oh, macht Euch keine Gedanken!«, winkte sie ab. »Der Schneider wird gleich kommen. Soll ich Euch solange die Haare kämmen?«

»Nein, das sollst du nicht, und ich will auch nicht neu eingekleidet werden. Ich will meine Lederhose zurück. Sie hat mir jahrelang gute Dienste geleistet.«

»Es tut mir leid«, entschuldigte Sirena sich aufrichtig. »Aber sie wird jetzt schon verbrannt worden sein.«

»Verbrannt?«, entfuhr es mir. »Wieso tut ihr das?«

»Mylady, Ihr seid Anwärterin auf den Thron. Ihr solltet alle Vorzüge nutzen, die Euch der Palast bietet. Die anderen Damen sind in Samt und Seide gehüllt. Die meisten kommen aus gutem Haus und sind mit einem ganzen Hofstaat angereist, mit unzähligen Gewändern und ihren eigenen Leibschneidern. Die Aufgabe, die auf Euch wartet, zu lösen, wird schon schwer genug werden, aber ohne die hohen Häuser Farhirs auf Eurer Seite wird Euch das nichts nutzen. Wenn nicht das Unmögliche geschieht und alle anderen Anwärterinnen scheitern, wird es der Adel sein, der am Ende entscheidet, wer seine Aufgabe am besten gemeistert hat und den

Thron besteigen wird. Ihr müsst die hohen Damen und Herren Farhirs auf Eure Seite ziehen, und das gelingt nur, indem Ihr eine von ihnen werdet.«

Aber genau das wollte ich nicht. Um keinen Preis der Welt. Ich hatte gesehen, wie Reichtum und Macht die Alben vergifteten, war in Häuser eingebrochen, die von außen makellos und herrschaftlich ausgehen hatten und von innen verdorben waren wie die Seelen ihrer Besitzer – voll von Lügen und Intrigen.

Ich wusste zu viel von der wahren Natur der Mächtigen, um eine von ihnen werden zu wollen. Sie hielten mich für schmutzig, dabei war der Dreck der dunklen Gassen, in denen sie mich trafen, um meine Dienste in Anspruch zu nehmen, nichts im Vergleich zu dem, was auf ihrem Gewissen lastete.

Es klopfte, ehe ich dazu gezwungen war, Sirena eine Antwort zu geben.

»Ah, da ist er bereits!«, sagte sie freudig und öffnete die Tür.

Der Schneider war ein hochgewachsener Albe mit schütterem Haar und steifer Haltung. Er grüßte weder mich noch Sirena, schien es äußerst eilig zu haben und betrat den Raum in Begleitung einer ganzen Horde Gesellen.

Die eifrigen Jungen waren vollgepackt mit Stoffballen in bunten Farben. Sie umringten mich, hielten mir die Stoffe an, und ihr Meister lehnte einen nach dem anderen ab.

»Zu grell, zu blau, zu schwer«, sagte er in genervtem Ton und wedelte mit der Hand. Die Gesellen warfen die Stoffballen nach und nach auf das Bett und zeigten ihrem Meister eine neue Auswahl an fein gewebten Tüchern aus Batist und Damast.

Der Mann schaute mir nicht einmal ins Gesicht oder sprach mich direkt an. Er umrundete mich, rümpfte die Nase und wollte nach meinem Arm greifen, da wurde es mir endgültig zu viel und ich schlug seine Hand weg.

»Fass mich nicht an!«, fauchte ich.

»So kann ich nicht arbeiten«, sagte er empört und wandte sich Sirena zu.

Sie suchte nach Worten und lächelte schließlich verlegen. »Sie ist nur etwas aufgeregt. Nicht wahr, Mylady? Ihr wolltet sicher nicht den Hofschneider der Königin beleidigen.«

»Ich will vor allem keine Anziehpuppe sein«, entgegnete ich. »Ich will kein Kleid, in dem ich aussehe wie eine Hochalbe. Das bin ich nicht, und das werde ich auch nie sein.«

»Aber es ist meine Aufgabe …«, begann Sirena unschlüssig. »Ich soll aus Euch eine würdige Anwärterin machen.«

»Ich schätze, das ist verlorene Liebesmüh«, sagte der Schneider und bedachte mich mit einem herablassenden Blick. »Man kann aus einem gerupften Huhn keinen Adler machen.«

»Aber aus einem Hofschneider einen Bettvorleger«, knurrte ich und funkelte ihn giftig an.

Sirena blickte verunsichert von mir zu dem Mann. »Ihr … Ihr habt recht«, sagte sie schließlich. »Bitte geht jetzt, mein Herr. Ich danke Euch für Eure Mühe, aber Eure Dienste werden nicht länger benötigt.«

Sie deutete auf die Tür.

Woher kam ihr plötzlicher Sinneswandel? Wahrscheinlich war ich wieder einmal zu weit gegangen, und sie sah ein, dass es keinen

Zweck hatte, aus mir etwas machen zu wollen, was ich einfach nicht war.

»Wie du meinst«, sagte der Schneider. »Aber denk ja nicht, dass du in letzter Minute auf meine Hilfe zurückgreifen kannst, meine Liebe. Diese Nachtalbe ist jetzt ganz allein dein Problem, und wenn sie im Badetuch vor die Königin tritt, wirst *du* dich dafür verantworten müssen, nicht meine Wenigkeit.«

»Das weiß ich«, sagte Sirena.

Fragend schaute ich sie an.

Der Schneider gab mit einer Handbewegung den Befehl zum Abmarsch, und seine Gesellen sammelten eilig die Stoffballen zusammen. Einer von ihnen, mit dunklem Haar und braunen Augen, also offenbar kein Reinblüter wie die anderen, warf mir einen kurzen Blick zu und lächelte verschmitzt. Er war der Erste von ihnen, der mich überhaupt anschaute. Mit mehreren Ballen beladen lief er an mir vorbei.

»In dem Aufzug würdest du im Thronsaal Eindruck machen«, scherzte er leise und folgte dann den anderen Gesellen.

Als er an der Tür angelangt war, hielt Sirena ihn auf und flüsterte ihm etwas ins Ohr.

Ich schlang das Badetuch fester um meinen Körper. Lieber trat ich so vor die Königin, als zu einem schlechten Abklatsch einer Hochalbe zu werden. Kein Kleid der Welt würde aus mir eine würdige Anwärterin machen. Aber dass Sirena meinetwegen zur Verantwortung gezogen würde, war nicht in Ordnung. Sie konnte doch nichts dafür, dass ich stur und uneinsichtig war.

»Es tut mir leid«, sagte Sirena, nachdem sie die Tür geschlossen hatte. »Es tut mir so, so leid. Ich wollte, dass Ihr Euch nicht zu schämen braucht. Ich wollte, dass Ihr mindestens so hübsch seid wie die anderen Anwärterinnen. Alle haben über mich gelacht, weil ich mich bereit erklärt habe, Euch beizustehen. Sie sagten, das würde meinen Ruf ruinieren. Aber ich wollte ihnen und mir beweisen, dass alles möglich ist, und habe dabei meine eigenen Vorstellungen über Eure gestellt. Wie der Hofschneider mit Euch umgegangen ist, war nicht rechtens, und Ihr sollt Euch nicht fühlen, als würde man versuchen, eine Hochalbe aus Euch zu machen. Nicht, wenn Ihr das nicht wollt.«

»Wieso sollte das deinem Ruf schaden?«, fragte ich. »Es kann dir doch niemand zum Vorwurf machen, wer oder was ich bin.«

»So ist das nun mal bei Hof«, erklärte sie. »Fällt ein Adliger in Ungnade, betrifft das auch dessen Bedienstete. Wenn der Hofschneider einer Dame ein Kleid näht, das während eines Tanzes reißt, würde man ihn dafür zur Rechenschaft ziehen und nicht den Adligen, der ihr auf die Schleppe getreten ist. Und der Hofschneider würde die Schuld einem seiner Gesellen geben, um seinen Namen und den der anderen Gesellen reinzuwaschen. Ansonsten würden sie alle bestraft werden. Wenn also eine Anwärterin auf den Thron die Gunst des Adels zu verlieren droht, betrifft das immer auch ihre Dienerschaft. Scheitert Ihr, so scheitere auch ich.«

Fassungslos starrte ich Sirena an. Nun verstand ich den wahren Grund dafür, dass kein Zimmermädchen für mich arbeiten wollte. Sie hatten Angst, ich würde einen Fehler begehen, einen Adligen oder gar die Königin beleidigen und dafür mit dem Tod, mit Folter oder Verbannung bestraft werden. Wie immer meine Strafe ausfallen würde – jeder, der mir diente, wäre ebenfalls davon betroffen. Also in meinem Fall Sirena.

»Und du hast trotzdem nicht abgelehnt, als man dich mir zuweisen wollte?«, fragte ich.

»Aber nein«, bestätigte sie mit leuchtenden Augen. »Weil ich an Euch glaube! Weil ich weiß, dass Muraya Euren Namen nicht grundlos genannt hat. Ihr müsst etwas ganz Besonderes sein, sonst wärt Ihr nicht hier. Und ich war so dumm, das zu vergessen. Ich habe Euch zu einer Puppe machen wollen. Verzeiht mir.«

»Sirena, es ist schon gut. Da gibt es nichts zu verzeihen. Wenn, dann muss ich mich entschuldigen. Ich kann doch nicht im Badetuch, mit zerkratztem Gesicht und Zottelhaar vor die Königin treten. Der Hofschneider war vielleicht nicht gerade freundlich, aber damit wäre ich zurechtgekommen, wenn ich gewusst hätte, was für dich auf dem Spiel steht.«

»Ihr müsst Euch nicht sorgen. Nicht um mich. Denn ich mache mir auch keine Sorgen«, versprach sie und kam auf mich zu. »Ihr seid keine zerbrechliche Adlige. Ihr seid eine Kämpferin. Mutig, entschlossen und voller Tatendrang. Das alles macht eine wahre Königin aus. Wenn ich das erkennen kann, dann können es auch andere sehen. Ihr werdet Eure Aufgabe mit Bravour meistern und dadurch den Adel für Euch gewinnen. Auf Eure Weise.«

Ein breites Lächeln stahl sich auf meine Lippen. Ich hätte mir niemand Besseren an meiner Seite wünschen können.

Nachdem Sirena mich eine gefühlte Ewigkeit mit der Haarbürste gefoltert und mir ein Vogelnest nach dem anderen aus der störrischen Mähne gekämmt hatte, war ich ihr nicht mehr so wohlgesonnen wie zuvor. Sollte Sirena einmal kein Zimmermädchen mehr sein wollen, konnte sie es auf jeden Fall als Foltermeister versuchen. Das Talent dazu hatte sie jedenfalls.

Es klopfte, und endlich wurde ich erlöst. Erleichtert atmete ich auf, als Sirena die Bürste beiseitelegte. Sie lächelte mich wissend an und lief zur Tür.

Ich zog mir die Überdecke, die ich mir anstelle des Badetuches um den Körper geschlungen hatte, enger um die Schultern und war überrascht, als ich sah, dass Sirena den frechen Schneidergesellen von vorhin eintreten ließ.

Ich hatte den Eindruck, dass das Erbe der Menschen in ihm vorherrschte. Sein Haar hatte einen brünetten Schimmer, seine Augen waren dunkel und nicht etwa blau, weißlich oder von hellem Grün, und seine Haut war sonnengebräunt. Er war nur einen halben Kopf größer als Sirena und höchstens zwei oder drei Jahre älter.

»Du hast keine Ahnung, was ich für dich riskiere, Siri«, sagte er und drückte ihr ein Bündel aus weichem Leder und Stoffresten in die Arme. Dann schaute er zu mir. Wieder huschte ein verschmitztes Lächeln über seine Lippen, und in seinen Augen funkelte es herausfordernd. Es war eindeutig das Erbe der Menschen, das ich da sah. »Wo liegt denn das Problem? Mit der Überdecke ist sie doch schon fast vorzeigbar. Viel besser als das Badetuch. Sie verdeckt die Schürfwunden an den Armen und passt wunderbar zu ihrem Teint.«

»Weißt du, was wunderbar zu deinem Teint passen würde?«, fragte ich kämpferisch.

»Beißt sie?«, flüsterte er Sirena zu und grinste daraufhin noch breiter.

Ich sprang auf und hätte mich auf ihn gestürzt, wenn die Überdecke nicht so lang und unhandlich gewesen wäre. Sie hing noch halb über dem Bett, und da ich nicht nackt vor ihm stehen wollte, zog und zerrte ich daran, drehte mich und fluchte, als sie sich um meine Beine wickelte, sodass ich beinahe gestürzt wäre.

Der Geselle hob verteidigend die Hände und wich vor mir zurück. »Ich sehe schon, sie ist eine ganz Wilde.«

»Sei nicht so, Kanan«, bat Sirena ihn.

Ich sah ihn scharf an. Diesen Namen kannte ich, und er bedeutete nichts Gutes. Meine Wut ebbte augenblicklich ab.

»Das ist dein Name?«, fragte ich.

»Ist das ein Problem für dich?«, entgegnete er schroff.

Kanan war ein Wort der alten Sprache und hieß so viel wie Schmach. Wenn er diesen Namen offen trug, konnte das nur eines bedeuten: Die Verbindung zwischen seinen Eltern war missbilligt worden, und sie hatten ihn dennoch in Murayas Tempel taufen lassen.

Nur die Hohepriester der Grauen konnten so unbarmherzig sein, einem Kind diese Bürde aufzuerlegen. Und zugleich war es auch ein Geschenk, denn dieser Name besagte, dass seine Eltern ihren Fehltritt bereuten und Buße getan hatten, statt ihren Familien den Rücken zuzukehren und sich in einer grenznahen Stadt zu verstecken. Wahrscheinlich waren sie für ihren Sohn in den Tod gegangen und hatten ein Waisenkind zurückgelassen. Nach dem Segen Murayas für dieses Kind, hatte kein Albe mehr das Recht, es zu benachteiligen. Nur so konnte einer wie er eine angesehene Stellung am Hof bekommen. Und dennoch würde man immer auf ihn herabblicken. Allein schon, weil er ein Mischblüter war und man das Erbe der Menschen so deutlich erkennen konnte. Wahrscheinlich hielt man ihm vor, er würde nach ihnen stinken. Eine übliche Hänselei, unter der alle Alben litten, die von Menschen abstammten oder nahe der Grenze wohnten.

»Nein, kein Problem«, sagte ich.

Ich war die Letzte, die das Recht hatte, ihn oder die Taten seiner Eltern zu verurteilen. Obwohl ihm das klar sein sollte, schaute er mich dennoch misstrauisch an.

»Was hast du damit vor?«, fragte ich und deutete auf das Bündel in Sirenas Armen. »Das sieht mir nach Schnittresten aus der Schneiderei aus.«

»Besser als nichts, oder?«

»Vertraut mir«, bat Sirena. »Kanan ist der beste Schneider in ganz Farhir. Eines Tages wird er Hofschneider werden. Er wird dafür sorgen, dass Euer morgiger Auftritt unvergesslich wird.«

Dafür brauchte ich keinen Schneider. Dafür musste ich nur sein, was ich war. Eine Nachtalbe als Anwärterin konnte niemand übersehen. Aber ich vertraute Sirena. Wenn sie sagte, Kanan sei der Beste, dann war dem auch so.

KAPITEL 7

Sheera

Es war eine lange Nacht geworden, und ich hatte nur wenige Stunden Schlaf gefunden, bevor der Duft nach frisch aufgebrühtem Tee und Gebäck mich weckte.

»Es ist so lächerlich!«, hörte ich ein Mädchen flüstern.

»Ob Muraya uns testen will?«

Ich brauchte einen Moment, um wach zu werden. Dass der letzte Tag kein Traum gewesen war, wurde mir erst richtig bewusst, nachdem ich die Augen aufschlug und hinauf zum notdürftig geflickten Betthimmel blinzelte.

»Sie wird wach«, flüsterte jemand.

Ich richtete mich auf und entdeckte am Fußende meines Bettes Mayla mit ihren Freundinnen. Hastig schaute ich mich um. Sirena war nicht da, statt meiner neuen Kleider, die Kanan in der Nacht für mich genäht hatte, hing ein langes Gewand aus ungefärbtem Leinen über dem Stuhl.

»Guten Morgen«, grüßte Mayla mich mit einem Lächeln im Gesicht.

»Was willst du hier?«

Die Mädchen kicherten.

»Verzeih, wir wussten nicht, dass du um diese Zeit noch schläfst. In einer Stunde erwartet uns die Königin.«

»Ich habe gefragt, was du hier willst«, wiederholte ich.

»Mit dir reden«, erklärte sie. »Mich entschuldigen und mich vorstellen.«

»Aber sicher«, schnaubte ich verächtlich.

»Mein Name ist Mayla Morgentau aus dem dritten Haus Tachadeas.« Sie deutete auf die Hochalbe neben sich. »Dies hier ist Arenia Blütenglut, Tochter der hohen Alben des Nordens.« Arenia, eine schmale Albe mit weißem Haar, setzte ein falsches Lächeln auf. »Und die hübsche Albe neben ihr ist Riella Federglanz, Priesterin des Tempels von Turrah. Wir alle sind Anwärterinnen auf den Thron und wollen dich als eine von uns willkommen heißen. Sheera Abendhauch heißt du, nicht wahr? Aus welchem Haus stammst du?«

»Das geht euch gar nichts an«, entgegnete ich schroff. Sie wussten sehr genau, dass meinesgleichen keine Ahnentafeln führten.

»Sei bitte nicht so abweisend«, sagte Mayla und umrundete das Bett. »Ich habe mich doch entschuldigt. Weißt du, wir alle haben uns dazu entschieden, dass wir keine Konkurrentinnen sein wollen. Wir wurden von Muraya erwählt, und jede von uns könnte Königin werden.«

»Und einer Königin stehen Neid und Missgunst nicht gut zu Gesicht«, erklärte Arenia. Sie verengte ihre ohnehin schon schmalen Augen zu dünnen Schlitzen und lächelte süffisant.

»Wir wollen Freundinnen sein«, setzte Riella nach und kam einen Schritt näher. Sie war etwas kleiner als die anderen beiden, trug ihr silbergraues Haar hochgesteckt und war in eine Priesterkutte gehüllt, statt edle Kleider zu tragen.

»Und wenn ich nicht mit euch befreundet sein will?«, fragte ich an Mayla gerichtet.

»Wenn du lieber für dich allein kämpfst, liegt das natürlich bei dir. Als Nachtalbe bist du es ja gewohnt, dich nur um dich selbst zu kümmern.«

Ich sah Mayla mit festem Blick an. Ihr hätte ich nicht einmal so weit getraut, wie ich spucken konnte. Freundinnen werden? Zusammenarbeiten? Nie im Leben. Ihr Auftauchen gehörte doch nur zu einem arglistigen Plan, mich auszuspionieren und zu hintergehen. Am Ende würde nur eine Anwärterin auf dem Thron sitzen, und diese intriganten Alben wollten sichergehen, dass ich gar nicht erst in seine Nähe kam. Sie machten auch gar keinen Hehl daraus. Ihre Worte konnten nicht über ihren Tonfall und ihre biestigen Blicke hinwegtäuschen.

Ich schaute noch einmal zu dem Stuhl neben mir. »Wo sind meine Kleider?«, fragte ich.

Wieder kicherten die beiden Mädchen am Fußende des Bettes, währen Mayla ruhig blieb. »Ach, dieser seltsame Anzug? Was sollte das darstellen? Eine Art Rüstung aus Lederresten? Wie gesagt, wollen wir uns bloß gegenseitig unterstützen. Wir wollen auch dir helfen, und in dem Aufzug hätten wir dich unmöglich vor die Königin treten lassen können. Ich habe das Ding entsorgt und stelle dir großzügig eines meiner Kleider zur Verfügung.«

Ich sprang auf, packte Mayla am Arm und schleuderte sie gegen die Wand. Die Mädchen schrien erschrocken auf, während Mayla mich nur aus großen Augen anstarrte. Sie war wie ein Reh, das scheinbar furchtlos ins Visier des Jägers blickte.

»Wie kannst du es wagen?«, fauchte ich.

»Ich wollte nur helfen«, beharrte sie.

»Das soll eines deiner Kleider sein?«, giftete ich sie an. »Das ist ein Sack, weiter nichts!«

»Wenn du mir auch nur ein Haar krümmst, wird man dich mit Schimpf und Schande aus der Stadt jagen. Dich und deine Anhänger«, warnte sie mich. Ihr Blick lag kühl und berechnend auf mir. »Ich finde heraus, wie du es geschafft hast, dich unter die Anwärter zu schummeln, und ich werde deine wahren Absichten enthüllen. Niemand entehrt Murayas Namen ungestraft.«

Meine Hand schloss sich fester um ihren Arm, während ihr aufgesetztes Lächeln noch breiter wurde. Ich knirschte mit den Zähnen und hätte ihr am liebsten meine Faust ins Gesicht gepfeffert. Stattdessen überwand ich mich, ließ sie los und trat einen Schritt zurück. Um Sirenas willen durfte ich mir keine Fehler erlauben.

»Danke für deine Hilfe«, sagte ich verbissen. »Das ist zu großzügig von dir.«

Mayla schmunzelte, strich ihr Kleid zurecht und richtete sich die Frisur. »Gern geschehen«, sagte sie und gab ihren Freundinnen mit einem Nicken zu verstehen, dass sie nun gehen würden. »Wir sehen uns dann im Thronsaal. Du brauchst sicher noch etwas Zeit für dich, um die richtige Entscheidung zu treffen, bevor du sie vor allen verkünden wirst. Du willst dir bestimmt ganz sicher sein, ob es gut für dich ist, die Herausforderung der Anwartschaft auf den Thron anzunehmen.«

Mit erhobenen Häuptern zogen sie von dannen, und ich schaute ihnen nach. Meine Hände hatte ich zu Fäusten geballt. Diese Drohungen machten mir keine Angst, ihre Arroganz hingegen schürte meine Wut.

In der Tür trafen die Mädchen mit Sirena zusammen, die zwar höflich knickste, ihre Verwunderung aber nicht verbergen konnte.

»Was hat Mayla hier gesucht?«, fragte sie, kaum dass die drei Anwärterinnen verschwunden waren.

Ich sah zu dem Stuhl, und Sirena folgte meinem Blick. Erschrocken schlug sie die Hände vor den Mund.

»Aber wir haben die ganze Nacht daran gearbeitet!«, stieß sie hervor.

Ich nahm das Kleid und hob es an. Mehr als ein Sack war es wirklich nicht. Ein bodenlanges Unterkleid aus ungefärbtem Leinen. Darunter lag noch ein ärmelloses Überkleid in verblasstem Rot. Kein Gürtel, keine Kordeln oder irgendetwas, um dem Ganzen Form zu verleihen. Was Kanan in wenigen Stunden geschaffen hatte, war ein Meisterwerk gewesen. Doch neben mir in diesem Fetzen würde jede Bäuerin eine bessere Figur machen.

»Ich werde den ganzen Palast absuchen, wenn es sein muss«, versprach Sirena.

»Schon gut«, sagte ich. »Ich trage das hier. Es macht ohnehin keinen Unterschied.«

Sicher war Mayla nicht die Einzige, die glaubte, ich hätte betrogen, um hierher zu gelangen. Und das war alles, was sie je in mir sehen würden. Eine Betrügerin – eine hinterlistige, verlogene Nachtalbe.

»Aber …«

»Sirena, ich bin, was ich bin. Egal, welche Kleider ich trage.«

Sie schaute mich noch einen Moment lang besorgt an, gewann dann aber ihre Zuversicht zurück und lächelte. »Das stimmt. So oder so werdet Ihr sie von Euren inneren Werten überzeugen können. Wen interessiert es da, was Ihr tragt?«

Sirena hatte mir einen Gürtel besorgt, sodass ich das Kleid wenigstens zusammenbinden konnte. Es war zu lang, die Ärmel reichten mir über die Fingerknöchel, und es saß mir zu locker um die Hüften. Immer wieder rutschte es von den Schultern, und die Wachen, die mich abgeholt hatten und durch die weiten Arkadengänge führten, warfen mir missbilligende Blicke zu, wenn ich es zurechtrückte.

Ich fühlte mich wie eine Gefangene. Zwei von ihnen liefen voraus, zwei weitere folgten mir. Ob sie die anderen Kandidatinnen auch auf diese Weise eskortierten? Oder wollten sie nur sichergehen, dass ich auf dem Weg zum Thronsaal keine Dummheiten anstellte?

Wir gelangten in einen Vorraum, der von vier Säulen umrahmt wurde. Der Anblick erinnerte mich an das Eingangstor der Stadt. Auch hier waren die Säulen wie Bäume geformt, und über uns schloss sich ein verschlungenes Blätterdach aus weißem Stein. Sah man genauer hin, erkannte man zahllose Kerzen, deren Licht wie das der Sonne durch die filigranen Baumkronen fiel. Ich konnte mir nur vorstellen, dass es Magie war, die diese Kerzen entzündet hatte. Selbst die zartesten Hände hätten sich nicht durch die schmalen Schlitze zwischen den Blättern schieben können.

»Warte hier«, brummte eine der Wachen missmutig. »Man wird dich aufrufen.«

Ich nickte.

Wenn es schon den Wachen schwerfiel, mich nicht wie ein Tier zu behandeln, wie sollte ich da die Königin von mir überzeugen können?

Die Männer hatten mich nicht einmal direkt angesehen. Als sie endlich gingen, schnaubte einer von ihnen noch verächtlich, dann blieb ich allein zurück. Ich stellte mich vor der Flügeltür auf, richtete mich gerade auf und atmete tief durch. Dabei konnte ich nicht verhindern, dass die Aufregung von mir Besitz ergriff. Ich war schon so viele Male in streng bewachte Häuser eingebrochen, hatte den Bewohnern ihre wertvollsten Schätze unter der Nase weggestohlen, doch nie hatte mein Herz so heftig geschlagen wie in diesem Moment.

Vielleicht war das Ganze ein Fehler. Noch konnte ich mich anders entscheiden. Ich hätte nur vortreten und ablehnen müssen, sobald man mich aufrief.

Angespannt wartete ich darauf, dass etwas geschah, als ich schnelle Schritte in einem der Seitengänge hörte. Irgendjemand war auf direktem Weg zu mir, und ich befürchtete, dass das nichts Gutes zu bedeuten hatte.

Lautlos trat ich einen Schritt zurück und warf einen Blick in den Seitengang. Ich rechnete fest damit, bewaffnete Blutalben zu sehen und fliehen zu müssen, noch bevor ich die Königin zu Gesicht bekommen hatte. Stattdessen war es Athura, der sich mir näherte. Er hatte mich noch nicht entdeckt, als neben ihm eine Tür geöffnet wurde.

»Hier rein«, flüsterte jemand.

Athura blickte sich verstohlen um. Ich zog eilig den Kopf zurück und hörte, wie er den Raum betrat.

»Was tust du hier?«, fragte er aufgebracht. »Wenn man dich erwischt …!«

»Ich mache mir weniger Sorgen um mich«, meinte der Fremde. »Hat sie ihre Wahl bereits getroffen?«

»Ich war gerade auf dem Weg zu ihr. Sie wird jeden Moment aufgerufen, und ich wüsste die Antwort, wenn du mich nicht abgefangen hättest.«

Es stand außer Frage, dass sie über mich sprachen. Offensichtlich ahnten sie nicht, wie gut das Gehör einer reinblütigen Nachtalbe war, sonst wären sie leiser gewesen. Auch wenn sie mehrere Meter von mir entfernt hinter einer Tür standen, konnte ich sie klar und deutlich verstehen.

»Das müssen wir jetzt dem Schicksal überlassen«, meinte der Fremde. »Du kommst mit mir. Es gibt bereits erste Gerüchte. Dein Geheimnis ist nicht länger sicher, nun, da eine Nachtalbe am Hof ist, was von dir nicht nur toleriert, sondern sogar unterstützt wird. Es ist an der Zeit, dich in Sicherheit zu bringen.«

Also lag ich richtig? Athura war ein Mischblüter? Ein Mann mit dem Blut der Nachtalben in seinen Adern als Kommandant der königlichen Armee … Er wäre des Todes, würde das aufgedeckt werden.

»Ganz sicher nicht«, widersprach Athura. »Ich kann hier weitaus mehr ausrichten als versteckt in einem eurer Klöster. Sheera braucht jemanden, der ihr beisteht und sie ermutigt, sonst ist alles umsonst gewesen. All unsere Entbehrungen und Opfer. Willst du das wirklich? Wir sind zu weit gekommen, um jetzt übervorsichtig zu sein.«

Es musste eine Verschwörung geben. Anders konnte ich mir das nicht erklären. Seit so langer Zeit schon unterdrückten die Hochalben das Volk. Doch nun gab es jemanden, der etwas daran ändern wollte. Jemand, der einflussreich genug war, um einen wie Athura in so eine hohe Position zu bringen. Aber wie sahen ihre Pläne aus und welche Rolle spielte ich darin?

»Das verlangt auch niemand«, meinte der Fremde.

»Dann reißt euch zusammen und lasst mich machen. Ich bin derjenige, der hier täglich sein Leben riskiert. Vergiss das nicht. Ich tue das für unsere Zukunft. Für die Zukunft aller Alben. Und ich brauche niemanden, der mich daran erinnert, wie gefährlich es ist. Alles, was ich brauche, ist eure Unterstützung und etwas Geduld. Haben wir uns verstanden?«

Wenn der Fremde antwortete, dann ohne etwas zu sagen.

Zu gern hätte ich gewusst, mit wem Athura redete und welche geheime Gruppierung hinter ihm stand. Dass bei den Aristokraten Intrigen und Verrat zum Alltag gehörten, war nichts Neues für mich. Dass es unter ihnen aber welche gab, die bereit waren, alles zu riskieren, um unser Land in eine bessere Zukunft zu führen, hätte ich niemals für möglich gehalten. Ich war in viel mehr hineingeraten als nur in eine abgekartete Königinnenwahl. Ich war Teil einer Verschwörung, die es offenbar darauf anlegte, die Hochalben zu stürzen. Wenn sie aber glaubten, das erreichen zu können, indem sie dafür sorgten, dass eine Nachtalbe den Thron bestieg, hatten sie auf das falsche Pferd gesetzt. Sie ahnten ja nicht, wer ich wirklich war – eine ganz gewöhnliche Diebin.

»Sheera Abendhauch von Bashtana!«, hörte ich eine laute Stimme hinter der Tür zum Thronsaal rufen.

Die Worte ließen mich zusammenzucken. Nun war es zu spät, um davonzulaufen. Ich trat vor die Tür und atmete tief durch. Ein letztes Mal stellte ich sicher, dass der Lumpen von einem Kleid vernünftig saß, bemerkte, dass mir der Ärmel wieder von der Schulter gerutscht war, und richtete ihn eilig.

Das Gemurmel vieler Stimmen drang an mein Ohr, und als ich aufsah, hatte man die Tür bereits geöffnet. Alle Augen waren auf mich gerichtet.

Ich verfluchte die einwandfrei gearbeiteten Scharniere dafür, dass sie nicht geknarzt und mich dadurch gewarnt hatten. Denn so waren mehrere Dutzend prunkvoll gekleidete Adlige, Priester in Festtagsgewändern und hochdekorierte Mitglieder der königlichen Armee in den zweifelhaften Genuss gekommen, mir dabei zuzusehen, wie ich ungeschickt an meinem Kleid herumfummelte.

Ich versuchte, mir nichts anmerken zu lassen, blickte nach vorn und lief los. Dabei kam ich mir vor, als wäre ich durchsichtig. Als würden sie mich vollkommen durchschauen und in mir die Betrügerin erkennen, die ich in Wirklichkeit war. Wie viele von diesen Alben gehörten Athuras Verschwörung an? Hatte er überhaupt Unterstützer unter den Bewohnern des Palastes, oder war er ganz auf sich allein gestellt?

Egal, ob Muraya mich erwählt hatte oder nicht, ob es zwei oder zwanzig unter diesen Adligen gab, die sich eine neue Zeit wünschten: Ich war eine Diebin, und wenn das bekannt wäre, würden sie alle jubelnd dabei zusehen, wie man mir bei lebendigem Leib die Haut abzog.

Dieser Gedanke ließ mich kurz stocken. Mein Verstand spielte mir einen Streich, und für einen kurzen Moment sah ich mich selbst in Ketten, wie ich durch die Reihen der brüllenden Adligen gezerrt wurde. Angewidert blickten sie auf mich herab, die lichtdurchflutete Halle war zu einer bedrohlichen Höhle und die Gesichter um mich herum waren zu verzerrten Fratzen geworden, die mich auslachten und verhöhnten.

Ich verbannte diese erschreckende Vision der Zukunft aus meinem Kopf, richtete mich so hoch auf, wie ich konnte, und lief weiter. Dabei versuchte ich, mich auf den Thron zu konzentrieren und mich nicht von meiner aufkeimenden Angst lenken zu lassen.

Es hieß, über einhundert Generationen von Alben hatten bereits auf ihm gesessen. Murayas Kinder – von ihr selbst verbannt und dazu verdammt, ein sterbliches Leben zu führen – hatten ihn mit bloßen Händen aus einem Berg geschlagen. Einem Berg, der so hoch gewesen war, dass er das Reich der Magie berührte.

Sie hatten diesen Thron mit all seiner Schönheit, den zarten Mustern und Ornamenten, der mannshohen Lehne und dem Podest, in das er nahtlos überging, für ihre Mutter erbaut. Und das alles in der Hoffnung, dadurch ihre Gnade zurückzugewinnen. Doch Murayas Kinder brauchten ein ganzes sterbliches Leben, um den Berg abzutragen und den Thron fertigzustellen. Und erst ihre

Nachkommen konnten seine wahre Pracht bewundern und sehen, wie das Licht der aufgehenden Sonne ihn berührte.

Muraya zeigte keine Gnade. Sie konnte ihren Kindern auch über deren Tod hinaus nicht verzeihen, dass sie die Menschen erschaffen und auf ihr unberührtes Reich losgelassen hatten. Sie erschuf den Harandesh, indem sie sich tief ins Fleisch schnitt und ihr Blut sich über das Land ergoss. Der Strom brach über den Thron herein und verschlang ihn.

Doch die Nachkommen der verbannten Kinder der Göttin gaben nicht auf. Sie erbauten eine Stadt um den Thron herum und teilten dadurch den Fluss.

Muraya erkannte daraufhin, dass sie den Kindeskindern Unrecht getan hatte. Sie sah, dass eines von ihnen ebenso schön und anmutig war wie sie selbst, und eines war weise und demütig. Das dritte der Kinder war mutig und tapfer und das vierte edel und erhaben. Und obwohl das fünfte und letzte unter ihnen durchtrieben und hinterlistig war, zeigte sie sich gnädig und schenkte ihnen, die sich Alben nannten, das Reich Farhir und den Thron selbst. In dem Wissen, dass die Nachkommen ihrer Kinder dieses Land gegen die Menschen verteidigen und den Namen ihrer Göttin in Ehren halten würden, versprach sie, auf ewig über sie zu wachen.

Jeder kannte diese Geschichte, und nun, da ich den Thron Farhirs mit eigenen Augen sah, fiel es mir schwer, noch an ihr zu zweifeln. Ehrfurcht ergriff mich, und meine Schritte wurden langsamer.

Valthernas Anblick auf dem Thron ließ mich glauben, die erste Königin der Alben sei aus dem Reich der Magie zurückgekehrt. Ihr Kleid lag hauchzart wie frisch gefallener Schnee um ihre Schultern, und auf ihrem Haupt trug sie eine Krone aus Bergkristall, von der man sagte, Muraya habe sie aus Mondglanz und Sternenlicht geformt.

Ihr Blick war auf mich gerichtet, doch auf ihrem Gesicht war keine Regung zu erkennen.

Sie war eine Hochalbe von zarter Gestalt, mit Augen wie Goldmünzen und Haar wie gewobenes Sonnenlicht. Aber ihre Haut war von ungewöhnlicher Blässe, und ich sah einzelne Schweißperlen auf ihrer Stirn glitzern. Sie war also wirklich krank. Auch jetzt fiel es mir noch schwer, das zu glauben.

Vor den Stufen zum Podest blieb ich stehen, kniete hin und neigte mein Haupt, so wie ich es von den Priestern kannte, die Muraya ihre Ehrerbietung entgegenbrachten. Das Getuschel hinter mir wurde lauter, und ich wusste, dass ich etwas falsch gemacht hatte.

»Erhebe dich, Sheera Abendhauch«, bat die Königin mich.

Ihre Stimme war zart und klar wie Kristallglas, und doch übertönte sie das Geraune der Menge mit Leichtigkeit.

Ich stand auf, wagte es aber nicht, sie anzusehen. Noch immer pochte mein Herz wild, und ich verstand nicht, warum es mir mehr Angst machte, vor einer kranken, zerbrechlichen Frau zu stehen, als an einem Dutzend bewaffneter Blutalben vorbeizuschleichen.

»Nach all den Jahren hat Muraya auch den Nachkommen ihres fünften Kindeskindes vergeben«, sagte sie. »Wir sollten den Tag feiern, an dem die Nachtalben ihre Gunst zurückgewannen und deinen Namen ehren, meine liebe, schöne und anmutige Sheera.«

Ich schaute nun doch zu ihr auf. Ein sanftes Lächeln lag auf ihren Lippen, und mein Herz machte einen Satz. Ich wollte erneut auf die Knie fallen und ihre Hand küssen. Ein einziger Blick dieser Frau war so voller Stolz, Weisheit und Güte, dass es mich demütig machte. Sie verkörperte alles, wofür eine Königin stand, und ich hätte Muraya dafür verfluchen können, dass sie ihr das Leben nehmen wollte und stattdessen eine gemeine Diebin und einen Haufen verzogener, selbstverliebter Gören dazu auserwählt hatte, um den Thron der Alben zu streiten.

»Doch erst musst du dich entscheiden«, fuhr die Königin fort. »Willst du Murayas Gnade annehmen oder lehnst du im Namen aller Nachtalben ab?«

Um meinetwillen hätte ich ablehnen sollen. Solange ich hier war, trennte mich nicht viel von einem grausamen Tod. Aber weder Valtherna noch die Umstände ließen mir eine echte Wahl. Wie hätte ich mein eigenes Schicksal über das aller Nachtalben stellen können? So viele Generationen waren in dem Glauben groß geworden, dass eines der Kindeskinder aus den alten Geschichten hinterlistig und garstig gewesen war. Dass Muraya sich den Alben gegenüber trotz dieses Kindes und nicht wegen ihm gnädig gezeigt hatte. Dieses Kind, so hieß es, war der Vorfahre aller Nachtalben. Unfähig, Magie zu wirken, von Muraya selbst in die Nacht verbannt und ihrer Güte und Liebe nicht würdig. Und nun behauptete die Königin, das alles nähme mit mir und diesem Tag ein Ende. Und mehr noch – nach all der Zeit gab es Alben, die bereit waren, ihr Leben zu riskieren, um Farhir in eine bessere Zukunft zu führen. Wie hätte ich unter diesen Umständen noch ablehnen können?

»Ich nehme die Herausforderung an«, sagte ich mit fester

Stimme, ignorierte die empörten Stimmen in meinem Rücken und verbeugte mich vor meiner Königin.

Das Rascheln ihrer Gewänder bewegte mich dazu, wieder aufzusehen. Valtherna hatte sich erhoben und kam auf mich zu. Sie war wackelig auf den Beinen, musste sich am Thron abstützen, lehnte aber ab, als eine Hofdame ihr zu Hilfe eilen wollte.

Ich schaute verwundert dabei zu, wie sie die Stufen nach unten nahm. Ihr breit ausgefächertes Kleid und ihr aus Silberfäden gesponnener Umhang flossen wie Wasser über das Podest. Das Getuschel hinter mir hob erneut an, und ich blickte mich flüchtig um. Offenbar war ich nicht die Einzige, die sich fragte, was die Königin vorhatte.

Valtherna stellte sich neben mich, lächelte wohlwollend und schaute dann zum Thron.

»Du kreuzt die Beine«, begann sie zu erklären und hob ihr Kleid leicht an, sodass ich sehen konnte, was sie tat. »Dann ergreifst du deinen Rock an den Seiten und hältst den Rücken gerade. Du senkst den Blick und beugst die Knie. Siehst du? Versuch es selbst.«

Ich starrte die Königin an, als wäre sie ein Vogel, der zu sprechen begonnen hatte. Konnte es sein, dass sie zu Athuras Unterstützern gehörte? Wieso sonst sollte sie sich dazu herablassen, sich auf eine Stufe mit mir zu stellen? Ihr freundliches Lächeln holte mich aus meiner Erstarrung, und ich tat, wozu sie mich aufgefordert hatte.

»So knickst man vor seiner Königin«, sagte Valtherna zufrieden. »Es freut mich außerordentlich, dass du Murayas Ruf folgst. Was sie in dir gesehen hat, wird sicher auch bald unsere Herzen erreichen.«

Ich öffnete den Mund, wusste aber nicht, was ich sagen sollte. In Gegenwart der Königin fühlte ich mich wie ein hilfloses kleines Kind.

Eine Dienerin kam und half Valtherna die Stufen hinauf und zum Thron. Die Königin deutete zur Seite, wo bereits Mayla und noch fünf weitere Anwärterinnen in atemberaubenden Ballkleidern standen und das Geschehen mit Missgunst beobachtet hatten. Eine war schöner als die andere, und jede hätte auf diesem Thron eine gute Figur gemacht. Ich gesellte mich zu ihnen und kam mir vor wie eine Gans unter Schwänen.

»Riella Federglanz, Priesterin des Tempels von Turrah!«, verkündete der Mann, der zuvor mich aufgerufen hatte.

Die Königin setzte sich wieder und nahm Haltung an.

»Noch mal danke für das Kleid«, flüsterte ich Mayla zu.

»Nichts zu danken«, sagte sie, ohne mich dabei anzusehen. Eine Weile blickte sie stur nach vorn, dann setzte sie hinzu: »Sieh dir die Gesichter der Adligen in diesem Raum gut an, Sheera. Sie entscheiden am Ende, wer Königin wird. Nicht Valtherna. Selbst wenn du die dir gestellte Aufgabe erfüllen solltest, werden sie sich für eine ihresgleichen entscheiden und nicht für eine offensichtliche Betrügerin, die nur deswegen von der Königin anerkannt wird, weil sie Murayas Wort nicht infrage stellen will.«

»Wie du meinst«, erwiderte ich.

Mayla warf mir einen flüchtigen Blick zu, schaute aber gleich darauf wieder nach vorn, wo Riella in einem nachtblauen Kleid, auf dem das Wappen ihres Priesterordens prangte, vor die Königin trat.

»Aber ich bewundere deinen Mut«, fügte Mayla leise hinzu.

KAPITEL 8

Sheera

Man hatte mir ein Glas Wein in die Hand gedrückt, und nun stand ich, umringt von Adligen, im Thronsaal und klammerte mich daran fest, als würde mich das davor bewahren, in ein tiefes Loch zu stürzen.

»Das ist wirklich sehr aufregend«, meinte ein Hochalbe mit näselnder Stimme. Er nippte an seinem Glas und schmunzelte mich über dessen Rand hinweg gekünstelt an.

»Ich bin zu neugierig, mehr über die Nachtalben zu erfahren«, sagte ein in die Jahre gekommener Priester. »Ich reiste einmal zu einem Tempel nach Duranda. Die Kutsche fuhr durch einen dunklen Wald, und ich konnte leuchtende Augen und Gestalten sehen, die sich durch die Schatten bewegten. Es war beängstigend, muss ich zugeben. Ich hoffe, das beleidigt dich nicht.«

Er legte seine Hand auf meinen Arm, und unwillkürlich wich ich vor ihm zurück. Ich zwang mich, zu lächeln und rückte mein verrutschtes Kleid zurecht.

»Aber nein«, murmelte ich.

Es fühlte sich an, als wäre ich für diese Leute nur eine Attraktion – ein dressiertes Tierchen, das in albische Kleidung gesteckt worden war und zur Unterhaltung aller Kunststücke vollführte.

»Wie du den Raum betreten hast, Sheera«, sinnierte eine untersetzte Albe mit grauem Haar und abstehenden Spitzohren. Ihr eher schlichtes Kleid in kräftigem Rot und Gelb wies sie als Mitglied eines Magierordens aus. »Ich fühlte mich direkt in meine Kindheit zurückversetzt, als ich das erste Mal vor so vielen hochrangigen Adligen stand.«

Sie kicherte, und die anderen stimmten mit ein.

Ich versuchte, etwas breiter zu lächeln, kam mir aber vor, als würde ich eine Grimasse schneiden.

»Es ist sehr erfrischend, ein so unbedarftes junges Ding in unseren Reihen zu wissen«, meinte der Hochalbe.

»Wie ein Rohdiamant«, fügte die Magierin hinzu. »Ich bin gespannt, wie die nächsten Wochen dich schleifen werden.«

Eine junge Albe, in einem Kleid so zart wie Nebel, glitt an uns vorbei, als würde sie schweben. Ihr Blick huschte nur flüchtig in meine Richtung, doch die Abscheu, die darin lag, war unverkennbar. Sie fraß sich direkt in mein Inneres. Meine Hand schloss sich fester um das Glas.

Sie war nicht die Einzige, die mich so anschaute. Die wenigen Adligen, die sich mit mir abgaben, taten das sicher nur aus reiner Neugier und geheuchelter Höflichkeit. Was sie tatsächlich von mir hielten, konnten sie kaum verbergen.

Ein lautes Klirren ließ mich und die Alben um mich herum aufschrecken. Das Glas in meiner Hand war zersprungen.

»Oje!«, stieß die Magierin aus und schlug sich die Hand vor den Mund.

»Habt ihr das gesehen?«, flüsterte jemand in meinem Rücken.

Ein Diener kam angelaufen, nahm mir die Scherben aus der Hand und kehrte die Reste vom Boden auf. Ich wollte ihm helfen, aber er wehrte mit einem gemurmelten Schon-gut ab.

»So ein Missgeschick kann jedem mal passieren«, behauptete der Priester.

»Ich bin es eben nur gewohnt, aus Totenschädeln zu trinken«, gab ich zurück und bereute mein loses Mundwerk sofort.

Die drei Alben starrten mich voller Entsetzen an, und ich zwang mich zu einem Lächeln, woraufhin sie verhalten zu kichern begannen.

»Welch ein Humor!«, sagte die Magierin.

Ich schaute mich um. Der Thron war leer und Valtherna auch sonst nirgends zu sehen. So kränklich, wie sie gewirkt hatte, fehlte ihr sicher die Kraft, um an den Feierlichkeiten teilzunehmen. Ich fragte mich, wie lange ich das noch durchhalten musste. Wahrscheinlich den ganzen Tag. Wäre ich nicht gezwungen gewesen, zu bleiben, bis die erste Aufgabe verkündet worden war, hätte ich mich längst schon verdrückt.

Ich hatte ohnehin weder Chancen noch Ambitionen, Königin zu werden, und je weniger ich mich zeigte, desto weniger konnte ich falsch machen. Mir ging es nur darum, die Aufgabe zu erfüllen, die man mir stellen würde, und damit zu beweisen, dass wir Nachtalben keine Versager waren. Die Wahl würde danach auf eine der anderen fallen, also musste ich mich beim Adel nicht einschmeicheln. Nur blamieren sollte ich mich nicht allzu sehr. Falls das überhaupt möglich war.

»Sheera«, sprach mich jemand an. Ich drehte mich um, und Athura stand vor mir. »Meine Dame, meine Herren«, grüßte er meine Belagerer und drückte mir ein neues Glas in die Hand. Ich starrte es an, als hätte er mir ein rohes Ei überreicht.

Athura beugte sich vor und flüsterte mir ins Ohr. »In diesem Bauernkleid hätte ich dich beinahe nicht wiedererkannt.«

Als wäre das ihr Stichwort, tauchte Mayla neben ihm auf und schob ihren Arm unter seinen. »Athura, du warst plötzlich verschwunden. Wolltest du mir nicht etwas zu trinken holen?«

Ich schaute zu dem Glas in meiner Hand, und Mayla folgte meinem Blick. Wenn sie daraus Schlussfolgerungen zog, ließ sie es sich nicht anmerken. Sie wandte sich den Adligen zu und hielt dem Hochalben ihre Hand hin.

»Es ist zu lange her, Batherus«, meinte sie, während er einen Handkuss andeutete. »Du hast abgenommen, oder?«

Der Mann richtete sich auf und lief rot an. »Ein wenig.«

Mayla nickte der Magierin zu. »Wie geht es den Kindern, Arina? Die beiden müssen beinahe schon alt genug sein, um in den Orden der Magie eingewiesen zu werden, nicht wahr?«

»Oh ja, und ich werde sie schmerzlich vermissen«, seufzte Arina. »Doch meine Hoffnungen sind groß. Zumindest mein Ältester scheint äußerst begabt zu sein. Und wenn es sich erweisen sollte, dass meine Jüngste diese Begabung nicht teilt, ist bereits beschlossen, sie im Tempel der Muraya zur Priesterin weihen zu lassen.« Bei den letzten Worten nickte sie dem anwesenden Priester zu.

Es kam mir vor, als würde Mayla beweisen wollen, wie viel sie mir vorausһatte. Die Adligen, die sich mit einer Nachtalbe wie mir aus reiner Neugier abgaben, sahen sie mit leuchtenden Augen an. Sie schienen sich geehrt zu fühlen, von Mayla Morgentau angesprochen worden zu sein – der Albe, die bald schon Königin werden würde.

Wozu dieses ganze Ritual, mit der Wahl und den Aufgaben, wenn der Adel seine Entscheidung längst gefällt hatte? Mayla musste lediglich die ihr gestellte Aufgabe erfüllen, und schon war ihr der Thron sicher. Ganz egal, was die anderen Anwärterinnen taten.

»Sheera, du siehst heute besonders bezaubernd aus«, stellte Mayla fest. »Das Kleid steht dir viel besser als die löchrigen, verdreckten Lumpen, in denen du hier angekommen bist. Es verdeckt deine vielen Blessuren. Und dein Haar ist gekämmt! Ich hatte befürchtet, man müsste es abschneiden, so verfilzt, wie es war.« Sie schaute zu den anderen und lachte. »Wie ein zottiger Bär sah sie aus. Als hätte man sie geradewegs im Wald gefangen und hergebracht.«

»Das Kompliment kann ich zurückgeben«, erwiderte ich und trank demonstrativ aus dem Glas, das ihr Freund mir gereicht hatte. »So ein Lächeln im Gesicht steht dir auch viel besser als der zornige Blick bei deinem Angriff auf mich.«

»Angriff?«, fragte die Magierin.

»Oh, das war ein Missverständnis«, winkte Mayla ab und ergriff plötzlich meine Hand. Ich wollte mich von ihr losreißen, besann mich aber eines Besseren und ließ sie gewähren. »Nun sind wir Freundinnen, nicht wahr?«

»Die besten«, heuchelte ich.

»Hach!«, stieß Batherus aus. »Eine Nachtalbe und eine Hochalbe, in Freundschaft vereint. Dass ich so etwas noch erleben darf.«

Eine Glocke ertönte, die Adligen wandten sich dem Eingang zu, und Mayla ließ meine Hand fallen, als hätte sie sich plötzlich in einen fauligen Kadaver verwandelt.

Kaum dass die Flügeltüren geöffnet wurden, bewegte sich die Gesellschaft in den Thronsaal, und ich nutzte die Gelegenheit, mein Glas loszuwerden.

Wieder ertönte ein Glockenschlag. Es wurde still, und alle Blicke richteten sich auf den Hohepriester, der die Gasse zwischen den Adligen betrat. Seine wallende Festtagsrobe, verziert mit aufwendig bestickten Borten, war prunkvoller als die Gewänder der Adligen. In den Händen hielt er einen Kelch aus reinem Gold, den er wie ein heiliges Artefakt vor sich hertrug.

Ihm folgte ein ganzer Zug weiterer Priester. Alle in edlen Roben, mit goldenen Applikationen und dem Zeichen Murayas auf den Gürteln – eine von einem Kreis umschlossene Birke.

Der Hohepriester stieg zum Podest hinauf, blieb vor dem Thron stehen und wandte sich der Gesellschaft zu, während seine Begleiter sich links und rechts von ihm in einer Reihe aufstellten.

»Hört das Wort Murayas!«, rief er und hob den Kelch. Wieder ertönte die Glocke wie ein Donnerschlag. Die anderen Priester begannen, ein Gebet zu murmeln, hoben die Arme in die Höhe, spreizten die Finger, und ihre Handflächen leuchteten auf.

Der Hohepriester trank aus dem Kelch, schloss dabei die Augen, und als er ihn wieder absetzte und die Augen aufschlug, strahlten sie in reinem Weiß. »Es nähert sich der Tag, an dem mein geliebtes Reich Farhir neuer Führung bedarf«, sagte er mit fremdartiger Stimme. »Ihr, meine Kinder, mein Volk, sollt zwischen denen wählen, die ich als würdig erachte. Zehn junge Alben aus allen Teilen des Landes sind meinem Ruf gefolgt. Zehn Aufgaben werden ihnen gestellt, die ihr Geschick, ihre Weisheit und ihren Mut auf die Probe stellen. Tritt vor: Riella Federglanz.«

Ein Raunen ging durch die Menge, alle sahen sich um, und ihre Blicke fielen auf die hübsche Albe.

Waren es wirklich Murayas Worte, die wir gerade hörten? Ich war nie sonderlich fromm gewesen. Ich bezweifelte einfach, dass es unsere Göttin interessierte, ob ich meine Gebete an sie richtete oder nicht. Aber ich hatte meine Vorstellungen von ihr. Ich glaubte nicht daran, dass sie ein greifbares Wesen mit einem Körper und einer Stimme war. Ich hielt sie für allgegenwärtig, für das Leben selbst, das in allem, was wuchs und gedieh, pulsierte. Nicht für eine verstellte Stimme, die durch einen tattrigen Priester zu uns sprach.

Konnte es Zufall sein, dass ausgerechnet ein Mitglied des Ordens der Grauen ausgewählt worden war, die erste Aufgabe zu erfüllen? Mayla schien jedenfalls nicht sehr erfreut darüber, dass diese Ehre nicht ihr zuteilwurde.

Riella trat vor den Hohepriester, kniete nieder und senkte ihr Haupt, so wie ich es unwissentlich vor der Königin getan hatte.

»Riella Federglanz«, sagte der Priester, »seit Anbeginn ist es das Vorrecht der Königinnen Farhirs, den Silberwald zu betreten. Nur ihnen zeigen sich die edelsten Geschöpfe des Waldes. Es soll deine Aufgabe sein, zu beweisen, dass du dieser Ehre würdig bist. Erlege in den heiligen Jagdgründen einen weißen Hirsch und bringe deiner Königin sein Geweih.«

Das Gemurmel um mich herum wurde lauter, und ich wusste auch wieso. Die weißen Hirsche galten seit gut einem Jahrzehnt als ausgestorben.

»Ich nehme die Herausforderung an und werde unserer Königin dieses Geweih bringen«, sagte Riella mit fester Stimme.

»Erhebt Euch!«, forderte der Hohepriester sie auf, und während sie das tat, schien ihn die Kraft zu verlassen. Er schwankte und seine Lider flatterten. Als er wieder aufsah, hatten seine Augen ihre normale Farbe zurückgewonnen. Die anderen Priester senkten die Arme, und der Adel applaudierte.

»Sehr schön!«, sagte ein Hochalbe neben mir erfreut. »Eine Jagdgesellschaft hatten wir schon lange nicht mehr.«

Er bemerkte, dass ich ihn anschaute, rümpfte die Nase und zog es dann vor, etwas Abstand zwischen uns zu bringen.

Ein erneuter Glockenschlag sorgte wieder für Ruhe im Saal. Riella war von ihren Freundinnen umringt und beiseitegezogen worden, und die Priester verließen das Thronpodest in Richtung Ausgang.

Hinter ihnen schlossen sich die Reihen, und ich sah, dass ein paar der Gäste ebenfalls den Saal verließen. Genau das wollte ich auch. Ich musste raus aus der Enge und frische Luft schnappen.

Eilig drängte ich mich durch die Menge. Niemand schenkte mir Beachtung, weil alle mit Riella beschäftigt waren, und so erreichte ich unbehelligt die Flügeltür, bis Athura mir den Weg verstellte.

»Wohin so eilig?«, fragte er.

»Weg von hier«, antwortete ich und schob mich an ihm vorbei.

»Warte!« Er griff nach mir und hielt mich fest.

Ich schaute zu seiner Hand, die mühelos meinen Oberarm umschloss, und dann voller Wut zu ihm auf. Doch kaum, dass sich unsere Blicke trafen, fühlte ich mich wie betäubt. Die Glut, die in seinen Augen glomm, brannte sich mir ein. Ich war mit einem Mal wie eine Motte, die wehrlos um eine todbringende Flamme herumflatterte. Dass etwas Gefährliches in seinem Blick lag, hatte ich bereits bei unserer ersten Begegnung bemerkt. Es faszinierte mich und übte eine ungebührlich starke Anziehungskraft auf mich aus. Floss wirklich Nachtalbenblut in seinen Adern? War das der Grund dafür, dass ich mich so von ihm angezogen fühlte? Es fiel mir schwer, mich dem zu entziehen, und so vergingen mehrere Sekunden, bis ich wieder zur Besinnung kam und mich losreißen konnte.

»Fass mich nie wieder so an«, warnte ich ihn. Mein Herz schlug schnell, und ich war wie benebelt. Dass mich ein einziger Blick von ihm fast hilflos machte, gefiel mir gar nicht. So etwas war mir noch nie passiert. Und ich wollte auch nicht, dass es wieder geschah.

Athura schmunzelte, als würde es ihm imponieren, dass ich mir nicht alles gefallen ließ. »Warte noch ein wenig«, forderte er mich auf. »Du wirst feststellen, es gibt Alben, die sich eine Veränderung wünschen. Du kannst diese Veränderung sein, und spätestens wenn du deine Aufgabe erfüllt hast, werden das alle erkennen. Das verspreche ich dir. Du musst nur mutig sein und darfst dich von ein paar Sticheleien nicht von deinem Ziel abbringen lassen.«

Er ahnte offenbar nicht, dass ich sein Gespräch mit dem Fremden belauscht hatte und wusste, dass es unter den Anwesenden welche gab, die ihre Hoffnung in mich setzten. Allen voran Athura selbst. Er riskierte sein Leben für ein neues, besseres Farhir. Wie hätte ich da nicht zumindest versuchen können, die mir gestellte Aufgabe zu erfüllen? Auch wenn ich nichts lieber getan hätte, als das alles schnellstmöglich hinter mir zu lassen. Ich gehörte nicht hierher, und das wussten wir beide. »Geh zurück zu Mayla«, riet ich ihm. »Sie sucht sicher schon nach dir.«

»Sheera, gib nicht auf«, bat er mich. Seine Worte kamen mir fast wie ein Flehen vor. Ich wollte mir nicht ausmalen, wie es sein musste, in seiner Position verheimlichen zu müssen, wer man wirklich war. Jede Sekunde seines Lebens war er von Feinden umringt. Jedes falsche Wort konnte das letzte sein. Er trug eine Maske, und ich tat das ebenfalls.

»Das habe ich nicht vor«, sagte ich und entlockte ihm damit ein Lächeln.

Ich schaute ihn länger an, als mir lieb war. In gewisser Weise konnte ich verstehen, warum Mayla sich so an ihn heranschmiss. Seine Anziehungskraft war wie ein Sog, dem man sich nur schwer entziehen konnte. Hinter seinen gekräuselten Lippen und dem durchdringenden Blick lagen Geheimnisse, die man unbedingt ergründen wollte. Geheimnisse, von denen niemand zu ahnen schien, welcher Natur sie waren. Zu unser beider Glück.

Mit Mühe befreite ich mich von dem Bann, den er über mich

gelegt hatte, ließ ihn stehen und verließ den Saal. Niemanden schien es zu kümmern. Aber womöglich hatte Athura recht. Vielleicht musste ich ihnen einfach nur beweisen, was in mir steckte. Vielleicht musste ich es mir selbst beweisen.

KAPITEL 9

Lysander

Lysander wusste nicht, ob es die Kälte oder das Fieber war, aber er konnte nicht aufhören zu zittern. Die Schnittwunde an seiner Hand brannte, schien jedoch gut zu verheilen. Sein Fuß hingegen, mit dem er in die Scherbe getreten war, pochte heiß und schmerzhaft. Die Hitze war ihm bereits das Bein hinaufgekrochen, und Schweißperlen standen ihm auf der Stirn.

Er hockte in einer Ecke der Zelle, an die kalte, feuchte Steinwand gelehnt, und starrte ins Leere. Wie es so weit hatte kommen können, begriff er einfach nicht. König Nabran war ein jähzorniger Mann, aber diese Strafe übertraf alles Vorhergegangene. Glaubte er wirklich, seinen Sohn auf diese Weise gefügig machen zu können?

Es stank nach Moder, Pisse und Verwesung. Und als ob das allein nicht ausgereicht hätte, um ihn zu quälen, hielt ihn ein stetes Tropfen von der Decke schon die ganze Zeit wach. Es hämmerte sich ihm in den Schädel und raubte ihm schier den Verstand. Doch selbst wenn das nicht gewesen wäre – und wenn er nicht obendrein die Schreie, das Husten und das Rasseln der Ketten der anderen Gefangenen hätte ertragen müssen –, war er klug genug, wach zu bleiben.

Er traute seinen Mitgefangenen nicht. Wie viele von ihnen wussten, wer er war? Wie viele hatte er selbst in den Kerker werfen lassen? Er war von Dieben, Mördern und Schändern umgeben, und er wusste nicht, ob ihre Ketten kurz genug waren, um sie von ihm fernzuhalten. Ein Moment der Unaufmerksamkeit hätte ihn das Leben kosten können.

Sein Blick wanderte über die Gesichter der Männer auf der anderen Seite der Zelle. Zwischen verkrustetem Dreck und verfilzten Haaren stach das Weiß ihrer Augen deutlich hervor. Sie beobachteten ihn, genauso wie er sie. Noch hielten sie Abstand, warteten aber wohl nur darauf, dass er die Besinnung verlor.

War es das, was sein Vater wollte? War ihm sein Sohn so zuwider, dass er ihn im Kerker verrecken ließ? Wohl wissend, dass der Abschaum in den Kellergewölben nur darauf wartete, jemanden wie ihn in die Finger zu bekommen? Sie würden ihn in Stücke reißen, wenn sich die Gelegenheit dazu bot. Dass sie es darauf abgesehen hatten, konnte Lysander in ihren Blicken lesen. Es war bloß eine Frage der Zeit.

Kurz schloss er die Augen. Sie brannten von seinem eigenen Schweiß und machten es ihm unmöglich, klar zu sehen. Er hob schwerfällig die Hand, wollte sich über die Lider reiben, als ein lautes Geräusch ihn alarmiert den Kopf heben ließ. Sein ganzer Körper war mit einem Mal angespannt, und sein Herz schlug schneller.

Gehetzt schaute er sich um, bis ihm klar wurde, dass lediglich die Nachbarzelle aufgesperrt worden war. Mehr nicht.

Seine Mitgefangenen begannen, hämisch zu lachen. Lysanders Verhalten schien sie zu amüsieren, und schließlich stand einer von ihnen stand auf und kam auf ihn zu.

War es also so weit? Hatten sie darauf gewartet, dass Hunger und Schlafmangel ihn genügend schwächten, um ihn zu einem leichten Opfer zu machen? Dabei hatten sie keine Ahnung, mit wem sie sich da anlegen wollten. Es brauchte mehr als ein paar Tage im Kerker, um ihn zu brechen.

Der vollbärtige Mann schien das nicht zu ahnen. Er grinste so breit, dass seine fauligen Zähne zum Vorschein kamen. Zumindest die wenigen, die ihm noch geblieben waren. Er trug lediglich einen abgewetzten Lendenschurz, seine Arme und Beine glichen den Ästen eines toten Baumes, und die krumme Haltung wies auf eine lange Zeit in Gefangenschaft hin. Träge zog er die Kette, die sich um sein Fußgelenk wand, hinter sich her, bis er plötzlich nach vor stürzte.

Lysander war sofort auf den Beinen, bereit, den Mann abzuwehren, doch der hatte seinen Angriff nur vorgetäuscht. Mit erhobenen Armen und stramm gezogener Kette stand er noch gut zwei Meter von Lysander entfernt. Er lachte laut und ausgelassen, und seine Mitgefangenen stimmten mit ein.

»Ruhe da hinten!«, brüllte ein Wärter und schlug gegen die Gitterstäbe.

Der Mann warf Lysander einen abfälligen Blick zu, schlurfte dann wieder zurück zur Wand und kauerte sich zwischen den anderen Verbrechern zusammen.

Wütend und enttäuscht von sich selbst, sank Lysander zu Boden. Er hatte sich von diesem Kerl täuschen lassen, und dass er dadurch zum Gespött dieser Männer geworden war, war beinahe schwerer zu ertragen als Gestank, Hunger und Durst.

Aber wenigstens wusste er jetzt, dass die Ketten nicht lang genug waren. Vielleicht kämen sie an ihn heran, wenn sie sich auf den Boden legten und sich nach ihm ausstreckten, aber dann konnte er noch immer aufstehen und ihnen ausweichen. Denn im Gegensatz zu ihnen war er nicht an die Wand gekettet worden. Vielleicht war ja auch das der Grund für ihre Missgunst und nicht etwa, weil sie wussten, wer er war. Nur mit einer Hose bekleidet, wies ihn schließlich nichts als Kronprinzen von Amberan aus.

Er lehnte den Kopf an die Wand und blickte zur Decke. Sein Atem ging stoßweise, und sein Herz rebellierte in seiner Brust. Und das nur, weil er kurz aufgestanden war. Wie lange würde es dauern, bis er die Besinnung verlor?

Er konnte sich nicht vorstellen, dass es die Absicht seines Vaters war, ihn hier krepieren zu lassen. Wahrscheinlich dachte der König, ein paar Tage ohne Essen, Wasser und all die anderen Annehmlichkeiten würden ihn lehren, ein gefügiger Diener der Krone zu sein. Dass er an einem elenden Kratzer verrecken würde, ehe er etwas aus seinen Fehlern gelernt hatte, damit rechnete wohl niemand.

Sein Blick wanderte zur Zellentür. Ob die Wachen ihn herausholen würden, wenn er nach ihnen rief und beteuerte, die Lektion verstanden zu haben? War er denn so stolz und starrsinnig obendrein, dass er lieber sterben wollte, als sich dem Willen seines Vaters zu beugen? Die Tatsache, dass er die Gitterstäbe nur anstarrte, ohne ein Wort zu sagen, bedeutete entweder, dass er zu geschwächt war oder wirklich so stur. Er wusste es selbst nicht genau.

Weitere endlos scheinende Stunden vergingen, bis erneut das knarzende Geräusch rostiger Scharniere zu hören war. Diesmal schreckte Lysander nicht hoch. Er war ganz versunken in das stete Tropfen des fauligen Wassers von der Decke und hob nicht einmal den Blick.

Erst als sich ein Schatten über ihn legte, sah er auf.

»Du siehst scheiße aus«, stellte Vinzenz fest.

»Du auch«, konterte Lysander mit krächzender Stimme. Er lachte, was in einem Hustenanfall endete.

Vinzenz ging in die Hocke, musterte ihn von oben bis unten und wirkte trotz seiner steinernen Miene tatsächlich ein wenig besorgt. »Warum hast du nichts gesagt?«

»Was gesagt?«, entgegnete Lysander. »Das wolltet ihr doch. Du und mein Vater. Ihr wolltet, dass ich hier unten sitze und schmore.«

»Aber nicht, dass du dabei draufgehst.« Er packte grob Lysanders Hand und begutachtete die Wunde. Dann befühlte er seine Stirn.

Er hatte keine Ahnung, wie weit Lysander für Amelia gegangen wäre. Ein paar Tage Kerker ertrug er, wenn er sie danach nur wiedersehen würde.

»Ich liebe sie«, sagte er und blickte Vinzenz direkt an.

»Das tust du nicht«, wiedersprach er. »Du weißt doch gar nicht, was das bedeutet. Was du liebst, ist diese Art zu leben. Von einem Tag zum nächsten, ohne Pflichten und Ziele. Dich immer wieder Hals über Kopf in solche Liebeleien zu stürzen, ist doch nur ein Versuch, dich vor deiner Verantwortung zu drücken.«

Kraftlos schüttelte Lysander den Kopf. So war das nicht. Amelia Dimass war etwas ganz Besonderes. Vom ersten Tag an hatte er sich zu ihr hingezogen gefühlt. Die Art, wie sie ihn ansah, hatte ihm die Knie weich werden lassen, und wenn sie nicht bei ihm war, fühlte er sich verloren. Vinzenz konnte das nicht verstehen und der König erst recht nicht. Glaubte er wirklich, ihm diese Gefühle austreiben zu können? Lieber verrottete er im Kerker, als Amelia aufzugeben.

Vinzenz entdeckte die Schnittwunde an Lysanders Fuß. »Noch ein paar Tage, und du verlierst das Bein«, drohte er. »Willst du das wirklich riskieren, nur um deinem Vater zu trotzen? Bist du wirklich so stur und dumm dazu?«

»Ich sterbe lieber, als bei seinen Machtspielchen mitzumachen«, sagte Lysander fest entschlossen.

»Und du denkst, das ist es, was er will? Glaubst du, er tut das alles nur, um dich zu quälen? Was er braucht, ist ein würdiger Nachfolger. Ein Prinz, der fähig ist, die Bürde der Krone zu tragen. Schau dich doch an. Davon bist du weit entfernt. Und wenn dich ein paar Tage hier unten Demut lehren, bin ich ganz auf seiner Seite.«

»Demut? Was mein Vater will, ist doch nichts weiter als jemanden, der nach seiner Pfeife tanzt. So wie Lynos es getan hat.« Lysander bereute diese Worte, kaum dass er sie ausgesprochen hatte. Schlecht von seinem Bruder zu reden, war das Letzte, was er wollte. Es waren die Erschöpfung, das Fieber und der Hunger, die ihn so weit trieben.

»Lynos war ein Held«, erinnerte Vinzenz ihn.

»Ich weiß …«, sagte Lysander reumütig. Es war nicht seine Absicht gewesen, das Andenken seines Bruders zu beschmutzen. Lynos war ein großer Mann gewesen, und Lysander konnte ihm bei Weitem nicht das Wasser reichen. Er konnte die Fußstapfen, die sein Bruder hinterlassen hatte, nicht ausfüllen. Geschweige denn seine Rolle als ältester Sohn und damit Thronfolger einnehmen. Und es hätte niemals so weit kommen dürfen, dass er dazu gezwungen war. Vielleicht war ein Funken Wahrheit in dem, was Vinzenz über ihn sagte. Vielleicht weigerte er sich ja wirklich, seine Pflicht zu tun. Er wollte kein König sein, Verantwortung für ein von Krieg zerrüttetes Land übernehmen und selbst zum Kriegstreiber werden, wie sein Vater einer war. Aber seine Gefühle für Amelia waren echt.

»Das Volk wäre ihm gefolgt«, fuhr Vinzenz fort. »Er hätte die Provinzen unter sich vereint, die Mahr zurückgeschlagen und Frieden nach ganz Amberan gebracht. Aber er ist tot, und alles, was deinem Vater bleibt, ist ein sturer Taugenichts, der zwar gut mit dem Schwert umgehen kann, seinen Kopf aber nicht zum Denken nutzt.« Bei den letzten Worten klopfte ihm Vinzenz unsanft an die Stirn. »Dabei bist du doch ein kluger Junge. Zu dem, was ich vor mir sehe, habe ich dich nicht erzogen.«

Lysander grinste. »Du und mich erzogen? Du hast mir das Kämpfen beigebracht. Du bist nicht mein Vater.«

»Zu unser beider Glück. Ich hätte dir deine Flausen längst ausgetrieben.« Obwohl seine Worte hart klangen, blitzte ein Lachen in Vinzenz' Augen auf.

Auch wenn Lysander etwas anderes behauptete, war dieser Mann ihm mehr ein Vater gewesen, als es der König je sein könnte. Er wollte ihn nicht enttäuschen, aber die Liebe aufgeben, nur um ihm zu gefallen, konnte er auch nicht.

»Warum bist du hier?«, fragte Lysander. »Hat dich der König

geschickt, um herauszufinden, ob mich die Zeit im Kerker schon gefügig gemacht hat?«

»Er weiß gar nicht, dass ich hier bin. Deinen Starrsinn hast du eindeutig von ihm geerbt. Wenn es nach ihm ginge, würde er sein Land lieber an seine Feinde abtreten, als dich freilassen, bevor du deine Fehler eingesehen hast.«

Lysander lachte bitter. Genau so kannte er König Nabran, und genau deswegen war er auch nicht bereit, sich für ihn zu verbiegen. Er wollte nicht zu dem Mann werden, den sein Vater versuchte, aus ihm zu machen. »Dann sag ihm, dass er lange warten kann.«

Vinzenz erhob sich, löste wortlos das Schwert von seinem Gürtel und warf es Lysander zu. Er fing es auf und schaute fragend zu seinem Lehrmeister hoch.

»Hast du schon vergessen, dass heute ein Turnier stattfindet?«

Lysanders Herz begann, schneller zu schlagen. Dann saß er also seit zwei Tagen in diesem verdreckten Verlies? Und wenn das Turnier noch nicht begonnen hatte, war auch noch nicht alles verloren. Er würde Amelia wie vereinbart treffen können. Vorausgesetzt natürlich, er käme raus und konnte sich von den Turnierkämpfen loseisen.

»Sehe ich aus, als könnte ich kämpfen?«, fragte er.

»Du bist schon in erbärmlicherem Zustand angetreten«, erinnerte ihn Vinzenz. »Dieses Turnier zu gewinnen, ist der einzige Weg, deinem Vater Respekt zu erweisen, ohne vor ihm zu Kreuze kriechen zu müssen. Entweder du bleibst hier und verrottest, oder du nimmst meinen Vorschlag an.«

Lysander zog sich auf die Füße. Er war kaum fähig aufzutreten, aber Vinzenz hatte recht. Wenn er sich verkatert auf den Übungsplatz schleppen und gegen die besten Männer des Königs antreten konnte, dann schaffte er es auch humpelnd und übermüdet auf den Turnierplatz. Sein Blick wanderte zu seinen Zellengenossen. Auch wenn sie schwiegen, sprachen ihre Gesichter Bände. Sollten sie vorher nicht gewusst haben, wer er war, dann wussten sie es spätestens nach Vinzenz' Ansprache. Würde er bleiben, wäre das sein sicherer Tod. Sie gierten danach, einen Adligen in die Finger zu bekommen und sich an ihm für alles zu rächen, was ihnen widerfahren war. Aber selbst wenn ihm von diesen Männern keine Gefahr gedroht hätte: Für Amelia war er bereit, alles zu tun. Auch im Namen seines Vaters in den Kampf zu ziehen.

»Also gut«, sagte er. »Ich nehme am Turnier teil.«

KAPITEL 10

Sheera

Als mir die Tür zum Vorplatz geöffnet wurde und ich die Anwärterinnen und Adligen unten an der Treppe im Damensattel auf den geschmückten Pferden sitzen sah, wollte ich sofort wieder umkehren.

Ihre langen Röcke hingen beinahe bis zum Boden. Sie hatten die bunten Ballkleider aus zarten, luftigen Stoffen gegen Brokat und Samt in dunklen Farben getauscht und trugen Hüte, unter denen ihre schmalen, spitz zulaufenden Ohren keck hervorlugten. Lederne Handschuhe, hohe Kragen und festes Schuhwerk rundeten ihre Jagdkleidung ab. Dass man darin tatsächlich jagen konnte, bezweifelte ich. Das galt allerdings auch für das Kleid, das Kanan gestern Abend noch für mich umgenäht hatte.

Ich wollte nicht dort hinuntergehen. Wie angewurzelt blieb ich stehen und suchte nach einer guten Ausrede. Was würde es für einen Eindruck machen, wenn die anderen Anwärterinnen auf ihren edlen Pferden saßen, während ich mit den Jagdhunden mitlief?

Die Frage, ob ich jetzt noch umkehren könnte, erübrigte sich, als sich eine falbe Stute aus dem Pulk der Reiter löste und auf mich zusteuerte. Mayla saß darauf. Sie schaute mit einem selbstgefälligen Lächeln zu mir hinauf und betrachtete mein Kleid.

»Du hättest es gleich umnähen lassen sollen«, meinte sie. »Man hat schon im Thronsaal gesehen, dass es dir zu groß ist.«

»Und du hättest tot umfallen sollen«, konterte ich wenig schlagfertig.

Mayla riss die Augen auf und starrte mich empört an. Ich hob meinen Rock, nahm die Stufen nach unten und lief geradewegs an ihr vorbei. Es war keine gute Idee, mich immer wieder von ihr provozieren zu lassen, aber ich konnte nicht anders. Sie machte mich wütend, kaum dass sie den Mund aufmachte.

Vielleicht lag es an dem, was sie in mir sah. Vielleicht daran, dass sie mich besser durchschaute, als ich zugeben wollte. Sie hielt mich für eine Betrügerin, und in gewisser Weise hatte sie damit auch recht.

»Siehst du? Genau deswegen hast du hier nichts verloren!«, rief sie mir nach und lenkte ihr Pferd neben mich. »Du solltest dir dein loses Mundwerk mit Seife auswaschen. Glaubst du, dich in den Palast einzuschleichen reicht, um auf den Thron zu kommen? Eine Königin würde nie so mit jemandem reden. Abgesehen davon: Hast du mal in Betracht gezogen, dass ich dir mit dem Kleid wirklich nur einen Gefallen tun wollte?«

Ich blieb abrupt stehen. »Das glaubst du doch wohl selbst nicht«, giftete ich sie an.

»In dem anderen Aufzug hättest du dich jedenfalls nicht im Thronsaal blicken lassen können«, entgegnete sie mit fester Überzeugung.

Ich rollte die Augen und lief weiter. Hielt sie sich tatsächlich für eine Wohltäterin? Wenn Mayla glaubte, was sie da sagte, belog sie sich nur selbst.

»Pah!«, rief sie mir nach, trieb ihr Pferd an und trabte so dicht an mir vorbei, dass ich ausweichen musste.

Ich konnte nicht an mich halten und wollte ihr einen Fluch hinterherbrüllen, als mir jemand auf die Schulter tippte.

»Mylady?«

Ich war so aufgewühlt und voller Wut, dass ich »Was?« brüllte und mich so rasch umdrehte, dass der Stallbursche erschrocken vor mir zurückwich. Zum Glück fauchte ich ihn nicht an, sonst wäre er wahrscheinlich schreiend davongelaufen.

»Ähm …«, stammelte er und hielt mir die Zügel eines Pferdes hin. »Ich soll …«

»Für mich?«, fragte ich verwundert.

Der Junge räusperte sich.

»Man sagte mir, Ihr hättet kein eigenes Pferd«, erklärte er. »Ich soll Euch dieses hier zur Verfügung stellen. Es stammt aus dem königlichen Gestüt und ist sehr zuverlässig.«

»Danke«, murmelte ich leicht verlegen.

Wenn ich mich nicht bald zu beherrschen lernte, würde man mich noch aus dem Palast werfen, lange bevor ich erfuhr, worin meine Aufgabe bestand. Alle starrten mich bereits an, und ich nahm eilig die Zügel.

Der Stallbursche atmete erleichtert auf und war so schnell verschwunden, dass ich ihn nicht einmal nach dem Namen des Pferdes fragen konnte.

Ein Blick auf den Sattel verriet mir, was ich bereits befürchtet hatte. Ich würde im Damensitz reiten müssen. Für eine Diebin war es wichtig, reiten zu können. Man wusste nie, wann man ein Pferd zur Flucht brauchte. Ich hatte sogar schon einige gestohlen. Aber noch nie in einem solchen Sattel gesessen.

»Wie wäre es, wenn ich dich einfach Brauner nenne?«, fragte ich das Pferd. Ich beugte mich nach unten, um herauszufinden, ob ich es mit einem Hengst oder einer Stute zu tun hatte, als sich ein Schatten über mich legte.

»Suchst du etwas?«, fragte Athura.

»Nein. Höchstens meine Selbstachtung«, sagte ich und richtete mich auf. »Die ging mir verloren, als ich den Palast vor zwei Tagen betreten habe.«

Athura saß auf einem schwarzen Hengst, dessen Temperament nur schwer zu bändigen war. Das Pferd schnaubte und trat unruhig von einem Bein auf das andere. Mit einer feinen Korrektur seiner Haltung lenkte Athura das ungebärdige Tier näher an mich heran.

»Davon habe ich aber nichts bemerkt«, sagte er mit einem verstohlenen Lächeln auf den Lippen. »Weißt du, wie man in einem Damensattel reitet?«

»Ich finde es schon heraus«, sagte ich.

»Athura!«, rief Mayla und winkte ihm zu.

Er nickte in ihre Richtung, schaute noch einmal flüchtig zu mir und trieb dann sein Pferd an.

Anscheinend war Mayla wenig begeistert davon, ihn wieder in meiner Gesellschaft zu sehen. Sie blickte ihn mit großen Rehaugen an, sagte etwas, was ich aus der Entfernung nicht verstehen konnte, und er strich ihr, als er antwortete, mit dem Handrücken über die Wange. Sofort stahl sich ein Lächeln auf ihre Lippen, und sie lief rot an.

Sie tat gut daran, ihn von mir fernzuhalten. Je öfter man ihn mit mir sah, desto größer war die Gefahr, dass Gerüchte aufkamen. Ich wollte nicht der Grund dafür sein, dass man hinter sein Geheimnis kam. Und dennoch konnte ich nicht leugnen, dass ich mich selten wohler gefühlt hatte als in seiner Nähe. Vielleicht deswegen, weil wir uns beide hinter Masken versteckten. Viel zu lange blickte ich ihm nach, bis es mir endlich gelang, diese Gedanken abzuschütteln.

Ich wandte mich wieder dem Pferd zu und überlegte, wie ich auf seinen Rücken kommen sollte, ohne mir die Beine zu brechen.

»Da ist sie!«, rief jemand.

Ich schaute in die Richtung, in die alle den Kopf drehten und erkannte hinter dem Gewusel der Reiter die Flanke eines stämmigen Grauschimmels. In seinem Sattel saß Riella, von der ich nur ihr silbernes Haar erkennen konnte.

»Beeindruckend«, meinte der Hochalbe auf dem Pferd neben mir.

»Das sieht wahrlich königlich aus«, stimmte ein anderer zu.

Vom Boden aus war kaum etwas zu erkennen. Zumal ich als Nachtalbe einen Kopf kleiner war als die meisten der Anwesenden.

Riella lenkte ihr Pferd durch die Reihen und heimste Lob und bewundernde Zurufe ein. Schließlich gelang es mir, einen Blick auf sie zu werfen, und mir klappte die Kinnlade runter.

Sie trug meine Kleidung! Den eng sitzenden Harnisch aus Lederresten hatte sie um einen kurzen Umhang und feste Handschuhe ergänzt. Den Kragen trug sie hochgeschlossen, und ihr Haupt zierte ein spitzer, mit Rabenfedern geschmückter Hut. Wie ein Ritter saß sie breitbeinig auf dem Pferd, hatte sich kniehohe Stiefel über die Lederhose gezogen und eine Armbrust auf den Rücken gebunden.

»Eine gewagte Kombination. Sehr elegant«, murmelte jemand.

»Eine ganz außergewöhnliche junge Frau.«

»Diebin«, zischte ich und tat einen Schritt auf sie zu. Mein Blick fiel auf Mayla, die im ersten Moment ebenso überrumpelt wirkte wie ich. Doch das legte sich schnell wieder, sie hob eine Braue und schaute mich herausfordernd an. Als wartete sie nur darauf, dass ich ausrastete und mich selbst in Schwierigkeiten brachte. Ich hätte ja schlecht erklären können, woher ich die Kleidung hatte. Käme heraus, dass Kanan Stoff und Leder von seinem Meister gestohlen und mir hinter dessen Rücken geholfen hatte, würde er im schlimmsten Fall seine Stellung und wahrscheinlich auch eine Hand verlieren.

Zähneknirschend trat ich wieder einen Schritt zurück und fraß meine Wut in mich hinein.

Die heiligen Jagdgründe lagen nicht weit von Haran entfernt. Ich stand auf einem Hügel abseits des Lagers und ließ meinen Blick über das Meer silbrig glänzender Blätter wandern. Sie rauschten in demselben Wind, der an meinen Haaren zupfte, und mich überkam ein seltsames Gefühl der Verbundenheit. Ähnlich wie ich es auch von den Wäldern meiner Heimatprovinz kannte. Es war, als würde der Wald nach mir rufen, meinen Namen flüstern und mir von verborgenen Wünschen erzählen, die so tief in meinem Herzen vergraben lagen, dass ich sie selbst nicht kannte.

»Wunderschön, nicht wahr?«, fragte Athura.

Ich wandte mich ihm nicht zu. »Hatte ich dir nicht gesagt, dass du dich von mir fernhalten sollst?«

»Nicht, dass ich wüsste.«

»Dann tue ich es jetzt«, sagte ich und kämpfte gegen den Drang an, mich ihm zuzuwenden. Er stellte sich neben mich und schaute ebenfalls zum Silberwald.

Verstand er denn nicht, dass es ein Fehler war, immer wieder meine Nähe zu suchen? Wenn bisher niemand ahnte, welches Geheimnis er hütete, dann war es – so oft, wie man ihn mit mir sah – nur eine Frage der Zeit, bis man ihm auf die Schliche kam.

Dabei wusste ich doch, dass das nicht der wahre Grund dafür war, warum ich ihn nicht in meiner Nähe haben wollte. Ich brauchte ihn nur anzusehen und fühlte mich schon schwach. Und das wollte ich nicht sein. Er hatte diese Ausstrahlung, die meine Knie weich werden ließ und es mir schwer machte, klar zu denken. Auch ohne dass ich im Feuer seiner Augen versank. Allein sein süßlich herber Geruch raubte mir beinahe den Verstand.

Ich blickte stur nach vorn und versuchte, mir nichts anmerken zu lassen. Zu diesen jungen Dingern, die dumm und naiv einem gut aussehenden Mann hinterherliefen, wollte ich nicht gehören. So war ich nie gewesen, und so durfte ich nicht werden. Insbesondere nicht seinetwegen.

»Kommst du mit dem Damensattel gut zurecht?«, fragte er.

»Ich sagte doch, dass das kein Problem für mich ist«, flunkerte ich. Tatsächlich war es der seltsamste Ritt gewesen, den ich je erlebt hatte. Wie andere Frauen das meisterten, würde mir wohl immer ein Rätsel bleiben.

»Du stehst hier ganz allein, während die anderen Anwärterinnen die Gelegenheit nutzen, um neue Bande zu knüpfen. Es ist wichtig, Freunde zu gewinnen, und diese Jagdgesellschaft bietet die beste Gelegenheit dafür.«

Ich bezweifelte, dass irgendeiner dieser Adligen wusste, was Freundschaft bedeutete.

»Wie lange wird Riella weg sein?«, fragte ich, um das Thema zu wechseln. Sie war bereits vor mehreren Stunden aufgebrochen, und bisher gab es noch kein Zeichen von ihr.

»Der Silberwald ist groß, und die weißen Hirsche wurden schon lange nicht mehr gesichtet«, erklärte er. »Wusstest du, dass die Legende besagt, dass die Wurzeln des Silberwaldes durch ganz Farhir reichen und mit jedem anderen Wald des Landes in Verbindung stehen?«

»Athura?«, hörte ich Mayla nach ihm rufen. Ich blickte zum Lager und entdeckte sie zwischen den Zelten. Glaubte sie denn, er würde ihr davonlaufen, wenn sie ihn nicht ständig im Auge behielt?

»Deine Freundin sucht nach dir«, sagte ich.

»Verlobte«, verbesserte er mich.

Das Wort traf mich wie ein Schlag. Aber was scherte es mich, dass sie ihm versprochen war? Es hätte mich gar nicht berühren dürfen. Und dennoch fühlte ich mich verraten. »Aber du bist …?«, begann ich verwundert.

»Ich bin was?«, unterbrach er mich, als würde er nicht verstehen, worauf ich hinauswollte. Beinahe vorwurfsvoll schaute er mich an. »Unsere Verbindung wurde schon vor Jahren arrangiert. Es ist für unsere beiden Familien von Vorteil.«

Glücklich wirkte er darüber nicht. Ganz im Gegenteil. Er sagte das, als hätte er es auswendig gelernt und so oft wiederholt, bis er selbst daran glaubte. Doch wenn ich ihn ansah, schien die Fassade, die er aufrechterhielt, zu bröckeln. Er wirkte auf mich wie ein Gefangener seiner Pflichten seinem Land, seinem wahren Volk und seiner Familie gegenüber. Führte er denn überhaupt noch ein eigenes Leben? Empfand er denn etwas für Mayla, oder war er gar nicht mehr fähig, irgendetwas zu empfinden? Wahre Gefühle, die über das Schauspiel hinausgingen, in das er sich so tief verstrickt hatte.

Ihm musste doch klar sein, wie gefährlich es sein würde, eine Ehe mit einer Reinblütigen wie ihr einzugehen. Irgendwann würde sie die Wahrheit herausfinden. Spätestens, wenn sie Kinder bekämen.

Ich konnte mir nicht vorstellen, dass Mayla bisher auch nur ahnte, worauf sie sich bei ihm einließ. Und so wie sie mich bei unserer ersten Begegnung angegangen war, hätte sie Athura schneller an die Blutalben verraten, als er an ihre Liebe zueinander appellieren konnte.

Aber vielleicht missverstand ich das, was zwischen den beiden war. Vielleicht kannte ich Mayla nicht so gut, wie ich bisher geglaubt hatte.

»Weiß sie es denn?«, fragte ich. »Ahnt sie es zumindest?«

»Ich weiß nicht, wovon du sprichst«, entgegnete er kühl und wandte sich wieder dem Wald zu. Seine Miene blieb hart, doch in seinen Augen sah ich etwas anderes. Dort schien das Feuer, das in ihm loderte, jedes aufkommende Gefühl zu verbrennen. Er durfte sich keine Schwäche erlauben. Niemandem gegenüber. Nicht einmal mir, obwohl ich in diesem Moment nichts lieber getan hätte, als ihm zu versprechen, dass er mir vertrauen konnte. Ich kannte die Wahrheit und war die Letzte, die ihn verraten würde.

Doch er hatte mir nie offen gesagt, dass das Blut der Nachtalben in seinen Adern floss. Wahrscheinlich waren ihm seine Andeutungen gar nicht bewusst gewesen, und nun konfrontierte ich ihn einfach damit. Ich konnte mir sehr gut vorstellen, wie es sich anfühlte, wenn ein Geheimnis, das man sein Leben lang gehütet hatte, mit einem Mal enthüllt wurde.

»Du muss dich vor mir nicht verstellen«, versprach ich leise und wandte mich ebenfalls wieder dem Wald zu.

Eine ganze Weile schwiegen wir, und ich glaubte, Athura würde jeden Moment einfach gehen und mich stehen lassen. Aber dann schaute er mich an. Ein sanftes Lächeln stahl sich auf seine Lippen, und mir war, als würde das Feuer in seinen Augen eine Wärme ausstrahlen, die mich tief im Innersten berührte.

»Doch Sheera, das muss ich«, widersprach er.

Ich schüttelte den Kopf. Wenn schon wir Nachtalben voreinander Geheimnisse haben mussten, wie sollte sich da je etwas ändern?

Er hob die Hand, berührte meine Wange, und wieder war es dieser Bann, einem Zauber gleich, der sich über mich legte und mich lähmte. Athura kam mir so nah, dass ich beinahe glaubte, das Pochen seines Herzens hören zu können.

»Es gibt Dinge, die kann ich nicht laut aussprechen«, erklärte er. »Dinge, die immer ein Geheimnis bleiben müssen. Auch vor dir und vor allem vor Mayla. Und du solltest versuchen zu vergessen, was du zu wissen glaubst. Um unser beider willen. Kannst du das? Kannst du mir das versprechen?«

»Nein«, sagte ich.

Seine Augen wurden schmal, und das erste Mal, seit wir einander begegnet waren, ahnte ich, dass auch er Ängste in sich trug. Er konnte sie gut verbergen, aber in diesem Moment lagen sie offen vor mir. Sein Leben hing davon ab, das Geheimnis seiner Herkunft zu bewahren.

War er ein Bastard oder ein Waisenkind? Hatte man ihn bei der Geburt ausgetauscht, um ihn in eine adlige Familie einzuschleusen und als Waffe gegen die Hochalben zu benutzen? Ich hatte so viele Fragen, konnte aber keine einzige davon stellen.

»Ich kann nicht vergessen«, fügte ich hinzu. »Aber ich kann schweigen.«

»Das glaube ich dir«, sagte er und senkte die Hand wieder. Er trat einen Schritt zurück und schüttelte sich, als läge der Bann, den seine Nähe auf mich ausübte, auch über ihm. Konnte es denn sein, dass auch er diese Verbindung zwischen uns spürte? Wenn dem so war, versuchte er, es ebenso zu leugnen wie ich.

Er räusperte sich und blickte wieder zum Silberwald. »Sollte Mayla Königin werden, wird sie keine Nachkommen zeugen«, erklärte er. »Dann wird Farhir ihr einziges Kind bleiben.«

Das erklärte, warum er bereit war, diese Ehe einzugehen. Ein Kind könnte seine Herkunft enthüllen. An der Seite einer Königin musste er sich darüber keine Gedanken machen. Aber ob Athura sich sein Leben so vorgestellt hatte? Eine arrangierte Hochzeit, keine Kinder und eine Frau, die als Königin nicht nur mächtiger und einflussreicher war als er, sondern auch seine direkte Befehlshaberin? Und in all der Zeit durfte niemand erfahren, wer er wirklich war. Farhir würde auseinanderbrechen, käme ans Licht, dass der Kommandant der königlichen Armee und Gatte der Königin das Erbe der Nacht in sich trug.

Vielleicht war er deswegen so sehr um mich bemüht. Würde meine Kandidatur den Namen der Nachtalben reinwaschen, war das für ihn die einzige Chance, irgendwann seine Maske fallen zu lassen. Bloß ahnte er ja nicht, dass alles nur noch schlimmer werden würde, käme ans Tageslicht, wer ich wirklich war.

»Athura!«, rief Mayla wieder.

Ich schaute zum Lager. Sie suchte noch immer nach ihrem Verlobten und entdeckte ihn schließlich bei mir – der verhassten Nachtalbe. Kurz entglitten ihr die Gesichtszüge, doch sie hatte sich schnell wieder gefangen, lächelte und winkte ihm zu.

»Dann gehe ich wieder«, sagte er, schaute mich aber noch einmal aus schmalen Augen an. »Es heißt, die Nachtalben würden die Sprache der Wälder verstehen. Lass dich nicht von ihnen anlocken. Es wäre doch schade, wenn du uns hier verloren gingest, noch bevor du die Aufgabe, die dir gestellt wurde, erfüllen kannst.«

»Ich kann mein Bedürfnis, ein wildes Tier mit bloßen Händen zu erlegen, gerade noch im Zaum halten«, entgegnete ich trocken.

Athura schmunzelte, bevor er ging, und ich blickte wieder zu den Wäldern.

Der Wind frischte auf, als würde er sich darüber freuen, meine Aufmerksamkeit zurückgewonnen zu haben. Ich atmete den Duft nach Moos und schwerer Erde ein und lauschte dem Rauschen in den Blättern.

Es war wirklich so, wie Athura gesagt hatte. Der Wald rief nach mir. Viel lauter, als ich es von den mir bekannten Wäldern gewohnt war. Womöglich, weil die heiligen Jagdgründe voller Magie steckten, und vielleicht sehnte sich ein Nachtalbenherz, das nicht fähig war, Zauber zu wirken, ja nach dieser unerreichbaren Macht.

Wenn ich mich auf dieses leise Flüstern konzentrierte, war es beinahe so, als würde ich verstehen, was mir die Bäume zu sagen versuchten.

Es war mehr ein Gefühl als greifbare Worte, aber es überrollte mich mit einem Mal so heftig, dass ich zurückstolperte. Er kommt.

Ich machte kehrt und rannte zum Lager. Was der Wald zu sagen gehabt hatte, hallte deutlich in mir nach.

Das Gefolge, das die Jagdgesellschaft begleitete, hatte Teppiche ausgelegt, Stühle und Tische aufgestellt, und überall roch es nach Gebäck und den Duftwässern der Hochalben. Ich sprang über die Spannseile und lief zwischen den Zelten hindurch.

»Er kommt!«, rief ich.

Die Adligen starrten mich an.

»Was hat die Nachtalbe gesagt?«, fragte einer der Umstehenden.

Ich keuchte, weil ich zu schnell den Hügel hinabgerannt war. Ich schaute zum Waldrand. Dieses Lager war nicht auf das vorbereitet, was auf uns zukam. Überall waren Schnüre gespannt, und die Zelte standen viel zu dicht beieinander.

»Alle müssen das Lager verlassen«, verlangte ich. »Sofort!«

»Hat sie den Verstand verloren?«, mutmaßte jemand.

»Was ist denn in sie gefahren?«

Es war bereits zu spät. Im Geäst knackte es, ich tat einen Schritt zurück, und ehe ich noch etwas sagen konnte, brach ein riesiger weißer Hirsch aus dem Dunkel des Waldes.

Das Tier war um einiges größer als ein ausgewachsener Stier, mit einem Geweih, das zwei mächtigen Eichen glich und Hufen so groß wie Bratpfannen.

Das Lagerfeuer hielt den Hirsch auf. Er riss die Vorderläufe in die Höhe, schnaubte aus geweiteten Nüstern und warf den Kopf zur Seite. In seinem Hals steckten mehrere Armbrustbolzen, und tiefrotes Blut quoll aus seinen Wunden.

Die Adligen schrien und liefen panisch in alle Richtungen davon, während ich wie angewurzelt stehen blieb und versuchte, einen klaren Gedanken zu fassen. Irgendwie musste ich ihn aufhalten. Aber wie? In seinem Blick loderten ungezügelter Zorn und Todesangst. Er würde alles niedertrampeln, was ihm in die Quere kam.

Plötzlich tauchte Riella hinter ihm auf. Sie zügelte ihr Pferd und hob die Armbrust.

»Nein!«, schrie ich und streckte den Arm nach ihr aus, doch schon hatte sie einen Schuss abgesetzt.

Der Bolzen bohrte sich in die Flanke des Hirsches. Das Tier röhrte vor Schmerz, preschte in seiner Panik blindlings voran und trampelte das Lagerfeuer nieder. Die Funken stoben in alle Richtungen davon, brannten sich durch die Planen der Zelte, und an mehreren Stellen züngelten Flammen in die Höhe.

Ich rührte mich nicht. Ich musste ihn unbedingt aufhalten, bevor er das ganze Lager zerstört hatte und ihm die angebundenen Pferde, auf die er geradewegs zusteuerte, zum Opfer fielen.

Der Hirsch riss mit seinem mächtiges Geweih eines der Zelte aus der Verankerung und schleuderte es wie Herbstlaub durch die Luft. Ich sah die flatternden Zeltschnüre, und das brachte mich auf eine Idee. Wenn es mir gelänge, sie ihm um die Beine zu wickeln, würde ihn das zu Fall bringen.

Ich rannte los, direkt auf das Tier zu, hatte eine der Zeltschnüre schon fest im Blick, als mich etwas von der Seite traf und zwischen zwei Zelte riss.

Athura lag über mir und drückte mich zu Boden. Ich starrte ihn mit weit aufgerissenen Augen an.

»Geht es dir gut?«, fragte er besorgt.

»Ich … ich hatte ihn fast!«, stieß ich aus, befreite mich von ihm und rappelte mich hoch.

Der Hirsch hatte die Zeltplane zerrissen, stürmte an uns vorbei und zerlegte das Lager, als wären die Zeltstangen nur trockenes Stroh.

Ein gleißendes Licht zwang mich, meine Arme schützend vor die Augen zu heben. Ich blinzelte und sah, wie dem Hirsch die Vorderläufe wegbrachen. Er schlug mit der Brust auf, rammte sich dabei die Bolzen tiefer in den Leib und schlitterte durch ein weiteres Zelt, bevor er in der Nähe der angebundenen Pferde zusammenbrach.

Es wurde ruhig. Der aufgewirbelte Staub legte sich allmählich, und die Adligen wagten sich wieder aus ihren Verstecken hervor.

Unter ihnen auch Mayla, mit erhobenen Händen. Der Zauber, mit dem sie die Beine des Hirsches gebunden hatte, glühte noch zwischen ihren gespreizten Fingern.

Sie schaute sich um, und ihr Blick fiel auf mich und ihren Verlobten, die wir nebeneinander auf dem Boden lagen. Wenn es überhaupt möglich war, dass sie mich noch mehr hassen konnte als bisher, dann war das ab diesem Moment sicher der Fall.

Ich stand auf und brachte Abstand zwischen mich und Athura.

Die Adligen begannen zu applaudieren. Mayla lächelte in falscher Bescheidenheit, ließ die Hände sinken und winkte ab, als ihr jemand seine Dankbarkeit ausdrücken wollte.

Riella trieb ihr Pferd durch das zerstörte Lager und sprang neben dem Hirsch aus dem Sattel.

Mit erhobener Armbrust näherte sie sich dem Tier. Panik lag in ihrem Blick und drohte sie zu übermannen, als ihr klar wurde, dass der Hirsch nicht von ihr erlegt worden war.

»Es tut mir leid, Riella«, entschuldigte sich Mayla. »Aber es ging nicht anders.«

»Nein!«, stieß Riella aus und blickte von einem Adligen zum nächsten.

»Es war … ich hatte ihn beinahe …!«, stammelte sie.

»Aber nur beinahe«, sagte Arenia, die hochgewachsene Anwärterin mit weißem Haar. Sosehr Riella, Mayla und Arenia bei ihrem Besuch in meinem Zimmer auch behauptet hatten, Freundinnen zu sein, war nun doch nicht zu übersehen, wie sie wirklich zueinander standen. Ein zufriedenes Lächeln huschte über Arenias Lippen. Mit Riellas Ausscheiden hatte sie eine Konkurrentin weniger.

»Das … das lag nur an diesem Harnisch!«, schrie Riella und suchte weiter das Lager nach jemandem ab, der ihr beipflichten würde. »Ich konnte meine Arme nicht richtig heben. Ich hätte ihn erlegt, wenn nicht …« Ihr Blick fiel auf mich. »Du!«, stieß sie hervor und kam auf mich zu. »Du bist schuld!«

»Ich?«, fragte ich ungläubig.

Mayla folgte Riella und legte ihr die Hand auf die Schulter, doch sie entzog sich ihr.

»Das hast du mit Absicht gemacht!«, warf sie mir vor und schaute sich noch einmal zwischen den Adligen um. Sie deutete auf mich. »Ich habe die Kleidung von ihr! Sie ist schuld, dass ich den Hirsch nicht rechtzeitig erlegen konnte. Diese hinterlistige Nachtalbe wusste genau, was sie tun muss, um mich scheitern zu sehen! Sie wird das mit uns allen tun. Ich bin nicht die Letzte!«

»Niemand hat dich gezwungen, mich zu bestehlen«, erinnerte ich sie. »Dass deine Schultern breiter sind als meine und dir der Harnisch, der mir auf den Leib geschneidert wurde, nicht passt, ist wohl kaum meine Schuld.«

»Bestohlen?«, tuschelten die Umstehenden.

»Sie ist eine Diebin?«

Riella schaute mich mit hasserfülltem Blick an. »Nichts habe ich gestohlen! Man kann niemandem etwas stehlen, was ihm gar nicht gehört. Oder willst du behaupten, dass du das Leder und die Stoffe bezahlt hast?« Sie wartete meine Antwort nicht ab. »Wer war es? Wer hat das für dich geschneidert?«

»Das geht dich gar nichts an«, entgegnete ich.

»Mylady?«, sprach eine Dienerin Riella vorsichtig an und tat einen Schritt auf sie zu.

»Nicht«, bat Mayla.

Die Dienerin zögerte. »Es tut mir leid«, entschuldigte sie sich bei Mayla und blickte dann wieder zu Riella.

»Es war Kanan. Ein Lehrling des Hofschneiders.«

Mayla schaute die junge Dienerin vorwurfsvoll an, und das Mädchen senkte beschämt den Kopf.

Mein Herz pochte schneller. Riella war wütend, aber würde sie wirklich so weit gehen?

»Ihr habt es gehört!«, rief Riella. »Wenn jemand die Schuld an meinem Versagen trägt, dann dieser Kanan. Er und die Nachtalbe sollten dafür ihre Köpfe verlieren!«

»Hast du jetzt völlig den Verstand verloren?«, fuhr ich sie an.

»Hatte er die Erlaubnis seines Meisters?«, fragte sie. »Und woher hatte er das Leder? Doch sicher gestohlen.«

»Es waren nur Schnittreste. Abfall«, entgegnete ich.

»Gestohlen ist gestohlen«, beharrte Riella.

»Du wirst es nicht wagen, ihn für deine Unfähigkeit büßen zu lassen«, knurrte ich und ballte meine Hände zu Fäusten.

»Ist das wahr?«, fragte Athura, der neben mir stand.

Ich schnaubte vor Wut. »Was spielt das für eine Rolle? Sie will doch nur von sich ablenken.«

»Wenn er wirklich gestohlen hat …«, begann Athura beschwichtigend.

Riella baute sich mit einem gehässigen Grinsen vor mir auf.

»Du und deine Anhänger werden mich nicht aus dem Rennen werfen«, sagte sie. »Ich werde dafür Sorge tragen, dass er hängt und du gleich neben ihm. Und dann verlange ich eine neue Aufgabe.«

Das genügte. Ich stürzte mich brüllend auf sie, doch Athura packte mich von hinten und zog mich von ihr weg.

»Bring dich nicht noch mehr in Schwierigkeiten«, ermahnte er mich, während ich um mich schlug und nach ihm trat.

»Du falsche Schlange!«, schrie ich Riella an und versuchte, von Athura loszukommen. Ich war so wütend, dass ich alles getan hätte, um ihr das fiese Grinsen auszutreiben.

Riella hob zufrieden die Brauen und wandte sich von mir ab. »Wer hilft mir nun mit dem Geweih?«, fragte sie in die Runde.

Die Dienerschaft schien wenig begeistert. Sie wagten es nicht einmal, Riella anzusehen und taten so, als hätten sie sie nicht gehört.

»Das war keine Frage!«, schrie sie aufgebracht.

Auch die Adligen gingen auf Abstand. Sosehr sie es auch versuchte zu leugnen, sie hatte nicht nur bei ihrer Aufgabe versagt, sondern zudem die Leben aller Anwesenden gefährdet. Wenn sie die Schuld niemand anderem in die Schuhe schieben konnte, würde sie die längste Zeit Anwärterin auf den Thron gewesen sein und womöglich auch ihr Gesicht verlieren.

Ich durfte nicht zulassen, dass Kanan ihrem Stolz zum Opfer fiel, und endlich gelang es mir, mich von Athura loszureißen.

»Es bringt nichts, dagegen zu protestieren«, erklärte er. »Lass den Dingen einfach ihren Lauf.«

»Also soll ich hinnehmen, dass Kanan sterben muss, nur weil sie einen Sündenbock braucht?«, fragte ich fassungslos. Gerade von ihm hätte ich etwas anders erwartet.

Athura seufzte. »Er hat nun mal gegen das Gesetz verstoßen. Dich wird deine Position als Anwärterin schützen, doch bei ihm sieht das anders aus. Aber ich werde sehen, was ich tun kann.«

Ich schnaubte vor Wut. Deswegen also wollte Riella auch ihn mit in die Sache hineinziehen. Ihr war klar geworden, dass sie so leicht nicht an mich herankam.

»Das ist zu wenig!«, warf ich Athura vor und lief entschlossen zu den Pferden. Ich würde nicht zulassen, dass Kanan meine Kämpfe ausfechten musste. Athura mochte gelernt haben, dass man Opfer bringen musste, um im Kreis der Adligen zu bestehen, aber ich war nicht dazu bereit. Lieber ging ich mit Kanan unter, als tatenlos dabei zuzusehen, wie er für das Versagen anderer büßen musste.

»Was hast du vor?«, verlangte Riella zu erfahren.

Ich dachte nicht daran, ihr zu antworten.

»Ich leihe mir dein Pferd!«, rief ich Athura zu.

So wie ich ihn kennengelernt hatte, gab er sich mit nicht weniger zufrieden als mit dem schnellsten Hengst in den königlichen Stallungen. Ich würde den Palast lange vor den anderen erreichen, wenn ich ihn statt meiner gemütlichen Stute nahm.

»Wie bitte?«, fragte er.

»Keine Sorge.« Ich schaute zu Riella. »Ich stehle es nicht, ich borge es nur.«

Ich löste die Zügel, raffte meinen Rock und schwang mich auf den Rücken des Hengstes. Der Rappe tänzelte unruhig, warf mich aber nicht ab.

»Warte!«, rief Athura noch, doch da trieb ich das Pferd bereits an und galoppierte los.

KAPITEL 11

Sheera

Auf dem Vorplatz angelangt, sprang ich aus dem Sattel. Weder die Wachen am Haupttor noch die vor dem Palast hatten mich aufgehalten. Zu jeder anderen Zeit wäre eine Nachtalbe, die im gestreckten Galopp auf einem wild schnaufenden Pferd auf die Hauptstadt zusteuerte, schon von Weitem niedergeschossen worden. Aber ich war nicht irgendeine Nachtalbe. Nicht mehr.

Vielleicht würde sich nun, da eine wie ich von Muraya auserwählt worden war, wirklich alles ändern. Aber nach dem, was ich vorhatte, vielleicht nicht unbedingt zum Guten.

»Mylady«, grüßte mich der Stallbursche, vor dem ich den Hengst zum Stehen gebracht hatte.

Ich hatte es zu eilig, um mich mit Höflichkeiten aufzuhalten, schob ihn beiseite und rannte die Stufen hinauf. Auf direktem Weg ging ich zu den Gemächern der Anwärterinnen. Eigentlich hätte ich sofort nach Kanan suchen müssen, um ihn zu warnen, aber der Palast war riesig, und ich wusste nicht einmal, wo ich anfangen sollte, geschweige denn, wem ich trauen konnte.

Als ich im Korridor zu den Gästequartieren angekommen war, keuchte ich bereits. Ich stieß die Tür zu meinem Zimmer auf, doch der Raum war leer. Sirena war nirgends zu sehen.

Ich hatte wertvolle Zeit verloren. Mein Herz schlug mir bis zum Hals, in meinen Ohren rauschte es, und die Bilder von all den Verbrechern und Unschuldigen, die ich hatte sterben sehen, drohten, mich zu überwältigen. Ich sah ihre entstellten Körper auf dem Marktplatz von Bashtana brennen, sah die nackte Panik in ihren Gesichtern, hörte ihre Schreie und roch das verbrannte Fleisch.

Mir war, als würde ich an diesem Gestank ersticken. Das Gefühl der Machtlosigkeit schnürte mir die Kehle zu. Ich griff mir ans Herz, zerrte an meinem Kleid und rang nach Luft.

In meinem Geist hallten die Schritte von Kinderfüßen auf losem Kopfsteinpflaster wider. Meine Schritte. Mein rasselnder Atem, wie ich mich als schmächtiges Mädchen durch den aufgewiegelten Pöbel kämpfte, mit Tränen in den Augen und demselben unbändigen Gefühl von Hilflosigkeit in der Brust, wie ich es auch in diesem Moment spürte.

Die Schatten, durch die ich mich damals gedrängt hatte, waren meine Beschützer gewesen, doch das konnte ich erst verstehen, nachdem ich aus der Menge gestolpert war und direkt in das von Todesangst verzerrte Gesicht meiner Mutter geblickt hatte.

Der Gestank des Feuers, in dem mein Vater verbrannt war, hing mir noch in den Kleidern, Ruß verklebte mein Haar.

Meine geliebte Mutter, mein einziger Halt, starrte mich aus weit aufgerissenen Augen an. Den Strick um den Hals gelegt, stand sie unter dem Galgen und formte lautlos Worte mit ihren Lippen, als der Henker auch schon am Hebel zog. Sie stürzte in die Tiefe, und ich erfuhr nie, was ihre letzten Worte gewesen waren. Aber ich erinnerte mich an das Klappgeräusch der Falltür und würde nie vergessen, wie verloren ich mich gefühlt hatte – herausgerissen aus den Schatten, ans Licht gezerrt, wo Bilder über mich hereinbrachen, die mich nie wieder loslassen würden.

Nach jenem Tag hatte ich noch unzähligen weiteren Hinrichtungen beigewohnt, in der Hoffnung, meine Erinnerungen darin ertränken zu können. Ich wollte mich abhärten und mir immer wieder vor Augen führen, was mich irgendwann erwarten würde. Dasselbe Schicksal, wie es meine Eltern ereilt hatte, deren einziges Verbrechen es gewesen war, Nachtalben zu sein.

Wie viele von denen, die ich hatte sterben sehen, waren unschuldig gewesen? Kanan durfte keiner von ihnen werden. Nicht meinetwegen und nicht, nachdem sie mir schon meine Eltern genommen hatten.

Jemand berührte meinen Arm, ich erschrak, wirbelte herum und schleuderte Sirena gegen den Türrahmen. Erst nachdem ich sie erkannte, den Schock in ihren geweiteten Augen sah und das Blut, das aus den Kratzern auf ihrer Brust trat, stolperte ich von ihr weg.

Ich starrte auf meine zitternde Hand, an der Blut klebte. Was hatte ich bloß getan?

»Es … es tut mir leid!«, stieß ich aus, unfähig, zu ihr aufzusehen.

»Was, in Murayas Namen, ist denn geschehen?«, fragte Sirena und zog sich ihr zerrissenes Kleid über die Wunden.

Ich starrte weiter meine Hand an. Was hatte ich hier nur verloren? Wieso war ich so einfältig gewesen, zu glauben, einen Platz an diesem in Licht getränkten Ort zu finden? Ich gehörte in die Schatten. Dorthin, wo mich niemand sah und wo ich niemandem ein Leid zufügen konnte. So stark wie Athura war ich nicht. So würde ich nie werden.

Sirena packte meine Handgelenke und fing meinen Blick auf.

»Mylady, geht es Euch gut?«, fragte sie besorgt.

Ich schaute zu ihr auf. Da waren keine Wut und auch keine Angst in ihrem Antlitz. Wie konnte sie mir, nachdem ich ihr das angetan hatte, noch immer so viel Vertrauen entgegenbringen? Ich durfte sie jetzt nicht enttäuschen, indem ich mich von der Vergangenheit überwältigen ließ und einfach aufgab.

»Sie haben herausgefunden, dass Kanan uns geholfen hat«, erklärte ich mit gefasster Stimme. »Riella gibt ihm die Schuld an ihrem Versagen. Sie hat meine Kleidung getragen und behauptet, der Harnisch sei schuld daran, dass sie nicht ungehindert hatte schießen können. Athura sagt, er will sich für Kanan einsetzen, aber sie werden ihn anklagen, und wenn wir nichts unternehmen …«

»Wird er hingerichtet«, beendete Sirena meinen Satz voller Entsetzen.

»Wir müssen zur Königin. Sie ist die Einzige, die ihm jetzt noch helfen kann.«

Die Gemächer der Königin lagen am anderen Ende des Palastes. Je länger wir durch die endlos scheinenden Korridore eilten, desto unruhiger wurde ich. Kanan ahnte noch nichts von dem, was auf ihn zukam. Vielleicht hätten wir ihn doch warnen sollen, aber das würde uns entscheidende Minuten kosten.

Wir näherten uns einer Treppe, und Sirena knickste vor den beiden Wachen, die links und rechts davon standen. »Sheera Abendhauch, Anwärterin auf den Thron, wünscht die Königin zu sprechen.«

Die Wachen tauschten kurze Blicke. »Sag deiner Herrin, dass die Königin derzeit keine Audienzen gibt«, erklärte einer der beiden.

»Es eilt«, setzte Sirena nach. »Sehr!«

Wieder sahen sie einander an.

»Wir haben keine Zeit für so etwas!«, warf ich ihnen entgegen.

Ein Zimmermädchen näherte sich von der anderen Seite des Korridors. Der Duft nach Salbei und Kamille umgab sie. Sie trug ein Tablett mit Tee und Gebäck, schaute uns verwundert an und wurde dann von den Wachen nach oben gelassen.

»Amana!«, rief Sirena ihr nach. »Wir müssen zur Königin. Es geht um Leben und Tod.«

Das Zimmermädchen blieb stehen und musterte Sirena skeptisch. Ihr Blick fiel sofort auf das zerrissene Kleid und die blutigen Kratzer.

»Bitte!«, flehte Sirena.

»Also gut«, sagte sie. »Lasst die beiden durch. Ich spreche mit der Herrin.«

Wir folgten Amana nach oben und durch einen langen Korridor, der zu einer Seite offen und von Sonnenlicht durchflutet war.

»Ihr wartet hier«, verlangte sie von uns, klopfte an einer Tür und schob sie sacht auf.

Der Raum dahinter war abgedunkelt, und ich konnte nur einen

kurzen Blick auf ein Himmelbett und eine schmale Gestalt darin werfen, bevor sich die Tür wieder schloss.

Es verging eine gefühlte Ewigkeit, in der meine Panik immer weiter anwuchs. Ich lief auf und ab, und nichts geschah. Im Raum blieb es ruhig, Amana kehrte nicht zurück, und die Zeit schritt unaufhaltsam voran.

Ich hätte niemals zulassen dürfen, dass Kanan mir half. Ich hätte ihn spätestens dann wegschicken müssen, nachdem ich das Bündel mit den gestohlenen Lederresten gesehen hatte. Auch Sirena tat sich keinen Gefallen, indem sie mir beistand. Jeder, der sich auf meine Seite schlug, würde früher oder später Probleme bekommen. Jeden meiner Fehler würden andere für mich ausbaden müssen. Genau wie damals meine Eltern. Der Gedanke daran presste mir die Kehle zusammen und raubte mir schier den Verstand. Was würde erst geschehen, wenn die Wahrheit über mich ans Licht käme? Kanans Diebstahl war nichts im Vergleich zu meinen Verbrechen.

Wäre ich doch nie darauf eingegangen, an dieser Wahl teilzunehmen! Ich hatte die Wälder nach mir rufen hören und verstand mittlerweile, warum so viele Nachtalben diesem Ruf gefolgt waren. Auch ich hätte mich dafür entscheiden müssen, dann wäre mir eine Menge Ärger erspart geblieben.

Endlich kehrte Amana zurück. Ich sah ungeduldig und voller Erwartung dabei zu, wie sie durch die Tür schlüpfte und diese leise hinter sich schloss.

»Die Königin schläft«, erklärte sie.

»Dann weck sie auf!«, verlangte ich mit einer herrischen Geste in Richtung der Gemächer.

Sirena besänftige mich, indem sie ihre Hand auf meinen erhobenen Arm legte, und wandte sich dann an Amana. »Wir haben keine Zeit«, erklärte sie. »Kanan soll hingerichtet werden für ein Verbrechen, das gar keines ist. Nur die Königin kann einschreiten, bevor es zur Anklage kommt.«

»Es tut mir leid«, beteuerte Amana.

Ich konnte nicht zulassen, hier zu scheitern. Nicht, wenn mich nur eine hagere Albe und eine Tür davon trennten, zur Königin zu gelangen.

Ich stieß Amana beiseite und stürzte in die Gemächer.

»Warte!«, rief das Zimmermädchen mir nach.

»Majestät?«, fragte ich leise. Nichts geschah.

»Ich rufe die Wachen!«, drohte Amana.

»Nein, schon gut«, hörte ich Valthernas leise Stimme. »Komm näher, Kind.«

»Verzeiht mir«, entschuldigte ich mich, »aber ich wäre nicht hier, wenn es nicht um Leben und Tod ginge.«

Ich hörte ein leises Lachen. »Das glaube ich dir, und nun komm näher, damit ich nicht so laut sprechen muss.«

Ich trat neben das Bett und versuchte, mir nicht anmerken zu lassen, wie sehr mich der Anblick der kranken Königin erschreckte. Ihre Haut war fahl, das Haar schweißnass, und ihre Augen wirkten trübe und leer. Das Lächeln auf ihren Lippen konnte nicht darüber hinwegtäuschen, wie nah sie dem Tod war. Ich war mir nicht einmal sicher, ob sich ihr Geist noch in unserer Welt befand. Sie blickte durch mich hindurch, als stünde ich nicht wirklich an ihrem Bett.

»Was ist geschehen, dass du so aufgewühlt bist?«, fragte sie.

Ich schaute zu Sirena. Sie war am Eingang stehen geblieben.

»Es geht um einen Freund«, begann ich und erzählte ihr mit knappen Worten die ganze Geschichte.

Mehrmals schloss die Königin die Augen, und ich befürchtete, dass sie nur einen Teil von dem, was ich zu berichten hatte, mitbekam.

»Das ist sehr traurig«, sagte sie, nachdem ich geendet hatte.

»Ich bitte Euch, verhindert, dass er angeklagt wird«, flehte ich.

»Wie sollte ich das tun, Kindchen?«, fragte sie. »Er ist schuldig.«

Mir war, als würde mir das Herz stehen bleiben. Es verkrampfte sich in meiner Brust, und der Boden tat sich unter mir auf. Ich suchte nach Worten, an die ich mich klammern konnte. »Aber, Ihr … Ihr seid die Königin! Ihr könnt ihn begnadigen. Ihr seid gütig und großherzig und …«

Mein Glaube war erschüttert. Konnte es denn sein, dass all die Geschichten über Valtherna erlogen waren? War sie nicht besser als die verzogenen Gören, die um ihren Thron stritten? Ich fühlte mich wie ein dummes Kind, das begriff, wie viel von den Wundern, an die es immer fest geglaubt hatte, bloß der reinen Fantasie entsprangen.

»Beruhige dich«, bat Valtherna mich.

Ich schüttelte den Kopf. »Wie könnte ich?«

»Auch ich bin den Gesetzen verpflichtet.«

»Dann ändert sie!«, verlangte ich.

Die Königin schloss erneut die Augen und schwieg eine viel zu lange Zeit. Wieder schaute ich zu Sirena, sah die Hoffnung in ihrem Blick und hatte Angst davor, sie ihr nehmen zu müssen.

Valtherna lächelte trübe. »Ich kann nicht einmal an meinem Tee nippen, ohne dass man mir die Tasse hält«, sagte sie. »In ein paar Tagen geht es mir vielleicht wieder etwas besser, aber in meinem jetzigen Zustand …«

»Ein Wort von Euch, und ihm wird nichts geschehen!«

»Nein, Sheera. Ein Wort reicht nie. Eine wahre Königin weiß zu überzeugen. Sie bringt die Wahrheiten hinter den Verstrickungen der Lügen ans Licht. Und da gibt es immer Wahrheiten, die nur darauf warten, zutage gefördert zu werden. Beweise du, dass in dir eine Königin schlummert, und kämpfe für deinen Freund. Du kannst die Herzen der Alben erreichen, wenn du es versuchst.«

Ihre Herzen erreichen? Ich wusste ja nicht einmal, ob sie welche hatten. Die Adligen, die Anwärterinnen, sie alle kamen mir wie leere Hüllen vor. Wie Puppen, die sich zu einer schaurigen Musik bewegten. Sie lachten und tanzten, und nichts davon war ein Ausdruck ihrer wahren Gefühle.

Es war vielleicht so, dass ich mich durch die Schatten bewegte, aber ich tat alles dafür, mir im Inneren einen kleinen Funken Licht zu bewahren. Sie hingegen standen im Licht und waren von Dunkelheit erfüllt.

»Mylady?«, flüsterte Sirena. Sie klang aufgewühlt.

»Beeil dich«, forderte die Königin mich auf.

Ich nickte. Was hatte ich denn für eine Wahl? Wenn sie mir nicht helfen konnte, dann niemand.

Mich bei ihr zu bedanken, brachte ich nicht fertig. Ich wusste nicht, was ich von einer schwer kranken, ans Bett gefesselten Frau erwartet hatte. Aber es war mehr gewesen. Mehr als das.

Ich verließ das Zimmer, und Sirena zog mich augenblicklich von der Tür weg.

»Was ist?«, fragte ich, während sie mich zu einem der Fenster führte.

Sie musste nichts weiter sagen. Von hier oben konnte man den Vorplatz mit der eben heimgekehrten Jagdgesellschaft sehen.

Sirena schaute mich flehend an. »Bitte sagt mir, dass die Königin etwas unternehmen wird.«

KAPITEL 12

Sheera

Wir erreichten die Gesinderäume gleichzeitig mit den Soldaten. Sirena blieb wie angewurzelt stehen, als sie die vier Blutalben am anderen Ende des Korridors sah.

Ich beschleunigte meine Schritte, wurde aber von ihnen abfangen und versuchte, mich loszureißen, während sie Kanan aus seinem Zimmer zerrten.

»Was soll das?«, schrie er und wehrte sich verzweifelt.

»Lasst ihn los!«, verlangte ich.

»Misch dich da nicht ein«, ermahnte mich der Soldat, der mir den Weg versperrte. »Sonst bist du die längste Zeit Thronanwärterin gewesen.«

»Sehe ich aus, als ob mich das interessiert?«, warf ich ihm entgegen und spuckte ihm auf seine schwarze Uniform. Der Soldat neben ihm schlug mir ins Gesicht, ich stolperte von ihm weg und stürzte zu Boden.

»Du solltest da unten liegen bleiben«, höhnte er. »Denn dort gehörst du hin.«

Ich hielt mir die schmerzende Wange, wollte aufspringen und mich auf ihn stürzen, doch Sirena ergriff meinen Arm, half mir hoch und hielt mich von weiteren Dummheiten ab.

»Lasst es gut sein, Mylady. Wir werden für ihn sprechen. Mehr können wir jetzt nicht tun.«

Ich sah dabei zu, wie sie Kanan wegzerrten. Er wehrte sich, verlangte zu erfahren, was man ihm vorwarf, doch die Soldaten straften ihn mit Schweigen.

Die Wut in mir war kaum zu zügeln. Ich wollte diese Männer bluten sehen. Aber war es das, was Valtherna von mir erwartete? So würde ich niemanden von Kanans Unschuld überzeugen können.

»Komm«, forderte ich Sirena auf.

Wir folgten den Soldaten in gebührendem Abstand und waren bald nicht mehr die Einzigen auf dem Weg zum Thronsaal. Von überall her kamen die Schaulustigen, um dem Spektakel beizuwohnen. Offenbar sprach es sich im Palast schnell herum, wenn ein Kopf rollen sollte.

Der Saal füllte sich, und ich kämpfte mich durch die Menge, um nach vorn zu gelangen, wo sie Kanan vor das Thronpodest zerrten. Die Erinnerungen an jenen Tag, als sie mir meine Eltern genommen hatten, lag wie ein Schatten über mir, und ich fühlte mich klein und machtlos, als wäre ich wieder zu dem verängstigten Kind von damals geworden. Aber diesmal würde ich nicht zu spät kommen und tatenlos zusehen müssen. Dieses Mal nicht.

Kanan hatte keine Ahnung, was man ihm vorwarf, wehrte sich vergebens und verlangte immer wieder nach Aufklärung.

Aus einem der Seiteneingänge kamen weitere Soldaten, und als zwei von ihnen einen abgewetzten Schemel hereinschleppten, dämmerte es ihm. Das Blut all jener, deren Köpfe auf diesem schlichten Holzbock abgeschlagen worden waren, hatte die Maserung in einem so dunklen Rot gefärbt, dass sie schon fast schwarz aussah.

Ich hielt inne. Ein Raunen ging durch die Menge, und bald wurde es still. Sie stellten den Schemel vor den Stufen zum Thronpodest auf und zwangen Kanan auf die Knie.

Den Soldaten folgte ein weiterer Mann. Taros. Ausgerechnet der Blutalbe, der mich quer durch meine Heimatstadt gejagt und zum Palast verschleppt hatte. Mit steinerner Miene näherte er sich dem Angeklagten, während er noch dabei war, seine Handschuhe anzuziehen.

Eine der Wachen kam zu ihm gelaufen und flüsterte ihm etwas ins Ohr. Taros nickte, nahm in zwei großen Sätzen die Stufen auf das Podest und baute sich vor Kanan auf.

»Wartet!«, verlangte ich, wurde aber sofort von zwei Blutalben gepackt und zur Seite gezerrt.

»Sei nicht dumm«, warnte mich einer der beiden.

»Lasst es uns schnell hinter uns bringen«, sagte Taros knapp. »Die Anklägerin soll vortreten.«

Die Flügeltüren am anderen Ende des Thronsaales wurden aufgezogen, eine Gasse bildete sich, und Riella trat ein. Wieder murmelten die Zuschauer. Alle Blicke waren auf die junge Albe gerichtet, die erhobenen Hauptes durch die Reihen lief. Sie wirkte entschlossen und selbstsicher. Doch mir entging nicht, wie ihre Brust bei jedem Atemzug bebte. Sie war gekommen, um ihren Namen reinzuwaschen, indem sie das Leben eines Unschuldigen opferte. Wenn ihr das nicht auf dem Gewissen lastete, wäre sie wirklich durch und durch herzlos gewesen.

Kanan wehrte sich so lange gegen die Männer, die ihn zu Boden drückten, bis es ihm gelang, einen Blick nach hinten zu werfen. Er riss die Augen weit auf, starrte die Albe an, die seinen Harnisch trug, und alle Farbe wich aus seinem Gesicht.

»Riella Federglanz, was werft Ihr diesem Schneidergesellen vor?«, fragte Taros.

Riella deutete vor dem Gericht eine Verbeugung an und wandte sich dann den versammelten Alben zu.

»Diese Kleidung wurde mit der bösen Absicht angefertigt, zu verhindern, dass ich meine Aufgabe erfülle«, erklärte sie. »Ich fand den weißen Hirsch, ich war bereit, ihn zu erlegen, doch der Harnisch hinderte mich daran, einen gezielten Schuss abzugeben. Es gelang mir nicht, meine Arme hoch genug zu heben, und so konnte das Tier fliehen und das Leben anderer gefährden.« Sie deutete auf Kanan. »Dieser unfähige Schneidergeselle trägt die alleinige Schuld an diesem Vorfall!«

»Das ist eine Lüge!«, schrie ich.

Riella warf mir einen hasserfüllten Blick zu, hob das Kinn und näherte sich mir mit großen Schritten. Vor mir blieb sie stehen. Die Soldaten hielten mich im Zaum, und wären sie nicht gewesen, hätte ich ihr die Augen ausgekratzt.

»Hast du oder hast du nicht Stoffe und Leder gestohlen?«, fragte sie an Kanan gerichtet, aber ohne den Blick von mir abzuwenden.

Kanan sah sich Hilfe suchend um.

»Ich …«, begann er.

»Antworte!«, forderte Taros. Er winkte einen Mann herbei, der eine Axt mit sich führte.

»Ich habe sie genommen, aber …«

»Das genügt«, unterbrach Taros ihn und ergriff die Axt.

»Aufhören!«, verlangte ich und versuchte noch einmal, mich loszureißen. »Der Harnisch war nicht für sie gedacht.«

»Hat die Nachtalbe der Anklage etwas hinzuzufügen?«, fragte Taros. »Aber bedenke, mehr als einmal köpfen können wir ihn nicht.«

Ein paar Zuschauer lachten, während in Kanans Augen die blanke Panik lag. Er rang um Luft und zitterte am ganzen Leib.

Die Soldaten ließen mich endlich los, und ich trat vor. Dass an allen Ausgängen Palastwachen standen, die Hände an den Schwertern, entging mir nicht. Dennoch wäre es mir ein Leichtes gewesen, einen von ihnen zu entwaffnen, eine Geisel zu nehmen und mich bis zum Vorplatz durchzukämpfen. Aber wie standen die Chancen, Kanan unbeschadet aus der Stadt zu schaffen? Und welche Folgen hätte es für ganz Farhir, wenn ich den Glauben, den unsere Göttin in mich setzte, mit Verrat vergalt? Wie Valtherna gesagt hatte, musste meine Waffe die Wahrheit sein. Etwas, was die meisten nicht einmal dann sehen wollten, wenn es ihnen mitten ins Gesicht sprang.

»Der Harnisch, den Kanan angefertigt hat, war für mich gedacht, nicht für Riella«, erklärte ich. »Es stand keine böse Absicht dahinter, nur ein pummeliges Mädchen, das sich seine Niederlage nicht eingestehen will.«

»Wie nennst du mich?«, fuhr Riella mich an.

»Dick«, sagte ich geradeheraus.

Verhaltenes Lachen war zu hören. Riella sah sich verunsichert um, und ich begann, sie zu umkreisen. Sie war alles andere als dick, aber ich wusste, dass ich sie nur so aus der Reserve locken konnte.

»Du hättest mich fragen sollen, bevor du dir meine Kleidung ausleihst«, sagte ich. »Dann hätte ich dir gleich sagen können, dass sie dir nicht passt.«

»Wie kannst du es wagen!«, fuhr sie mich an. »Du … du solltest ebenfalls dort oben stehen! Für dich hat er gestohlen. Gib es zu, damit man dich deiner gerechten Strafe zuführen kann.«

Gemurmel war zu hören.

»Sie klagt eine Mitanwärterin an?«, flüsterte jemand.

»Damit lehnt sie sich weit aus dem Fenster«, sagte ein anderer.

Riella schaute sich verunsichert um. Sie war nicht grundlos umgeschwenkt und hatte Kanan die Schuld gegeben. Offenbar schützte mich selbst als Nachtalbe meine gegenwärtige Position. Dennoch schlug mir ihre Wut ungezügelt entgegen und entlockte mir ein schiefes Grinsen. Auch wenn Riella sich hütete, mich weiter anzuklagen, sah ich ihr an, wie sehr sie danach gierte, es mir heimzuzahlen. Noch ein bisschen, und ich hatte sie genau dort, wo ich sie haben wollte.

»Was denn?«, fragte ich und breitete die Arme aus. Ich trat einen Schritt zurück, bereit, ihren Angriff abzuwehren, sollte sie sich auf mich stürzen. »Angst vor der Wahrheit?«

Die Stimmen um uns herum wurden lauter. Niemand lachte mehr, und ich sah aus den Augenwinkeln, wie sich bereits zwei Wachen näherten. Wenn Riella nicht bald handelte, würden die Männer dazwischengehen, bevor mein Plan aufging.

Doch Riella tat nichts. War es denn wirklich so schwer, sie zur Weißglut zu bringen? Ich hatte fest damit gerechnet, dass sie mich nach meinen Beleidigungen angreifen würde.

»Das genügt!«, brüllte Taros.

»Noch lange nicht«, zischte ich, stürzte auf eine der Wachen zu, entriss ihr sein Schwert, und die Menge stöhnte erschrocken auf.

Wenn ich Riella nicht dazu bringen konnte, eine Dummheit zu begehen, musste ich die Wahrheit auf anderem Weg ans Licht zerren.

Alle wichen vor mir zurück, während Taros seinen Soldaten den Befehl gab, dem ein Ende zu setzen. Mit ausgestreckter Klinge hielt ich die Wachen und Taros' Männer von mir fern, wirbelte herum und schlug das Schwert mit der stumpfen Seite in Riellas Kniekehlen.

Sie ging vor mir auf alle viere. Ich hob die Klinge, und sie riss schützend die Arme in die Höhe.

Zufrieden blickte ich auf sie hinab. In der Bewegung erstarrt stand ich vor ihr, lauschte der Stille von Dutzenden Alben, die die Luft angehalten hatten, und wartete darauf, dass alle begriffen, was da gerade geschah.

Ich trat einen Schritt zurück, ließ das Schwert sinken, und die Soldaten stürzten sich auf mich. Ich wurde entwaffnet, und man drehte mir die Hände auf den Rücken, sodass ich kaum mehr aufrecht stehen konnte.

Riella ließ erleichtert die Arme sinken.

»Schafft sie fort«, befahl Taros.

»Wartet!«, rief jemand.

Zu meinem Erstaunen war es Mayla, die vortrat und alle Blicke auf sich zog. »Hauptmann, wir haben alle gesehen, wie Riella die Arme gehoben hat. Die Beweisführung der Nachtalbe mag ungewöhnlich gewesen sein, aber sie war schlüssig. Der Harnisch hat Riella nicht behindert.«

Mayla schaute zu ihrer Freundin, und in ihrem Blick lagen Enttäuschung und Mitleid. Ich hielt nicht viel von dieser Hochalbe, aber zumindest musste ich ihr zugestehen, dass sie mehr Anstand besaß, als ich ihr zugetraut hätte.

Taros schien zu überlegen. Er sah sich prüfend um und wandte sich schließlich an Kanan.

»Gut, wenn man Freunde hat, die sich für einen einsetzen, nicht wahr?«, sagte er.

Kanan nickte, und man konnte sehen, wie erleichtert er war. Er senkte den Blick, sein verkrampfter Körper entspannte sich, und er atmete tief ein.

»Deine Hand«, verlangte Taros und deutete mit der Axt auf den Schemel.

Kanan riss den Kopf wieder hoch.

»Nein!«, schrie ich und wollte dazwischengehen. Doch die Wachen hielten mich weiter fest, verdrehten mir die Arme, und ich sank auf die Knie.

»Seine Arbeit kann noch so gut gewesen sein. Die Materialien dafür hat er dennoch gestohlen«, erinnerte Taros die Anwesenden. »Also?«

Er schaute auffordernd zu Kanan, und als der nicht reagierte, zwang einer der Soldaten ihn, die Hand auf den Schemel zu legen.

»Bitte!«, flehte Kanan.

Athura trat vor. »Wartet«, verlangte er mit durchdringender Stimme. Er musste nicht brüllen, um Autorität auszustrahlen. Sofort hielten alle inne und sahen ihn erwartungsvoll an.

Er ging zum Podest hinauf, und man konnte sehen, wie Taros um einen halben Kopf schrumpfte, als sein Vorgesetzter sich vor ihm aufbaute. Athura zog eine kurze Klinge aus seinem Gürtel und reichte sie mit dem Griff voran an Kanan weiter.

»Strafe muss sein, das weißt du, Junge, oder?«, fragte er.

Kanan sah sich Hilfe suchend um. Die Soldaten ließen von ihm ab, und schließlich hob er die zitternde Hand, unfähig, nach dem Dolch zu greifen, den er mit weit aufgerissenen Augen anstarrte.

»Er hat nichts Falsches getan!«, beharrte ich, kämpfte mich auf die Beine und wehrte mich erneut gegen die Männer, die mich festhielten. Das sollte Athuras Hilfe sein? Ich konnte es nicht fassen.

Kanan wandte sich mir flüchtig zu. Seine Lippen bebten, doch irgendwie fasste er neuen Mut. Er griff zu, packte den Dolch, sah nach vorn und legte seine gespreizte Hand auf den Schemel.

Ich riss mich los, stürzte nach vorn, als er gerade die Klinge ansetzte, doch Athura fing mich ab.

»Neeiiin!«, stieß ich aus.

Meine Stimme wurde von Kanans Schrei verschluckt. Er ging mir durch Mark und Bein, schnitt sich mir tief ins Herz, und mein Atem stockte. Ich fiel. Stürzte in ein tiefes Loch, sah nur noch Blut, wo zuvor Kanans Finger gewesen waren, und vergrub mein Gesicht an Athuras Brust. Ich klammerte mich an ihm fest und kämpfte gegen die Wut an, die mich zu übermannen drohte.

»Es ist nur ein Finger«, flüsterte er mir ins Ohr.

Aber ich hörte ihn kaum, weil Kanan immer weiter schrie und wimmerte.

»Schafft ihn fort!«, verlangte Taros.

Sirena stürzte an mir vorbei und sank neben Kanan zu Boden. Ich wollte mich von Athura befreien und Kanan ebenfalls helfen, doch er ließ es nicht zu.

»Denkst du nicht, du hast schon genug getan?«, fragte er. »Mach es nicht schlimmer, indem du dich vor den Augen der Adligen mit Blut besudelst.«

Ich riss mich los und verpasste ihm eine schallende Ohrfeige. »Der Adel interessiert mich nicht!«, fuhr ich ihn an.

Meine Hand zitterte von dem Schlag. Athura fasste sich an die Wange, blickte mich enttäuscht an, und ich schämte mich für meinen Jähzorn. Dennoch konnte ich ihn kaum ansehen, geschweige denn mich entschuldigen. War das denn wirklich alles gewesen, was der Kommandant der königlichen Armee auszurichten vermochte? Er hatte Kanan gezwungen, sich selbst zu verstümmeln, dabei wäre er doch in der Position gewesen, Taros Einhalt zu gebieten, nachdem ich Riella der Lüge überführt hatte. Doch offenbar war ihm sein Ruf wichtiger als alles andere. Gab er denn schon so lange vor, einer von ihnen zu sein, dass er vergessen hatte, wer er wirklich war und dass er mehr mit Kanan gemein hatte als mit jedem einzelnen Hochalben in diesem Saal?

Ich ließ Athura stehen, lief zu Kanan und fiel neben ihm auf die Knie.

Er saß zusammengekauert da, den Dolch noch immer fest umklammert, und presste sich die Hand an die Brust. Überall war Blut, und auf dem Schemel sah ich seinen Ringfinger liegen. Er wirkte merkwürdig unecht. Nur ein lebloses Stück Fleisch in einer Suppe aus klebrigem Rot.

Ich löste kurzerhand meinen Gürtel, zog mir das Überkleid aus und wickelte es um Kanans Hand. Es gelang mir kaum, den Dolch aus seinen verkrampften Fingern zu lösen. Er fiel klirrend zu Boden und ließ Kanan zusammenzucken.

»Ich bringe ihn zum Hofarzt«, sagte Sirena.

Wir halfen Kanan auf die Beine und führten ihn durch die Reihen der Schaulustigen zu einem der Seitenausgänge. Als wir an Mayla vorbeikamen, hielt sie mich am Arm zurück.

»Ich wusste es nicht«, behauptete sie.

Ich betrachtete die zierliche Hochalbe von oben bis unten. Unschuldsbeteuerungen änderten nun auch nichts mehr an dem, was geschehen war.

Ohne ihr zu antworten, folgte ich den anderen und war froh, den Thronsaal verlassen zu können. Die Tür fiel ins Schloss, und ich wollte Kanan wieder stützen, doch er entzog sich mir.

»Lass mich!«, fuhr er mich an. »Ich will … ich will nichts mit dir zu tun haben.«

Erschrocken zog ich meine Hände zurück und schaute zu Sirena. Ich hätte gern behauptet, dass ich nicht verstand, warum er meine Hilfe nicht wollte, aber damit hätte ich mich selbst belogen.

»Er meint es nicht so«, beteuerte sie und führte ihn von mir weg.

Ich blieb, nur mit einem blutverschmierten Unterkleid angetan, allein im Korridor zurück.

Er hatte so recht. Ich brachte Unglück über jeden, der mir beistehen wollte. Es war der Fluch meines Erbes, und nichts würde das je von uns waschen – von uns, die wir im Tageslicht nichts zu suchen hatten.

Ich hörte, wie hinter mir die Tür geöffnet wurde und sich wieder schloss, drehte mich aber nicht um.

»Sheera?«, sprach Athura mich an.

Augenblicklich loderte meine Wut erneut auf. Wieso konnte er mich nicht endlich in Frieden lassen?

»Verschwinde!«, fauchte ich.

»Die nächste Aufgabe wird bald verkündet«, erklärte er. »Der Hohepriester hält es für angebracht, die Zeremonie vorzuziehen, um die Stimmung zu heben. Alle sind außer sich, nach deinem Auftritt und Riellas Betrug.«

»Hörst du mir nicht zu?«, wollte ich wissen.

»Eine Königin weiß, dass es immer Gerechtigkeit geben muss«, erinnerte er mich. »Dein Freund hätte um Erlaubnis bitten müssen, bevor er das Leder genommen hat. Egal, ob es nun Reststücke waren oder nicht.«

»Gerechtigkeit?«, fuhr ich ihn an. »Was daran soll gerecht sein? Riella hat mich bestohlen, und wer bestraft sie? Mit Gerechtigkeit hat das nichts zu tun. Du hast bloß vergessen, was dieses Wort bedeutet, weil du dich so darum bemühst, einer von ihnen zu sein. Du hast dich verbiegen lassen und leugnest deine Herkunft. Aber wofür? Um genauso grausam und kaltherzig zu werden wie die ganzen Reinblüter in diesem Raum?« Ich deutete auf den Thronsaal, schnaubte vor Wut und sah Athura direkt an. In seinem Blick konnte ich lesen, wie enttäuscht er von mir war. Ich hatte versprochen zu schweigen, und spie ihm nun lauthals ins Gesicht, was er um jeden Preis geheim halten wollte. Auch wenn wir allein hinter der verschlossenen Tür zum Thronsaal waren und ich es nicht direkt ausgesprochen hatte, fühlte ich mich wie eine Verräterin.

»Muraya hat sie bereits bestraft«, erklärte er ungerührt. »Riella ist an ihrer Aufgabe gescheitert. Der Thron bleibt ihr verwehrt, und nach dem, was eben passiert ist, wird ihre Familie sie wahrscheinlich verstoßen. Aber wenn dir das nicht genügt, wenn du das nicht als gerecht empfindest, dann ändere etwas daran. Werde Königin und setze dich für die Rechte der Unterdrückten und Schwachen ein.«

Ich starrte ihn fassungslos an. »Wieso bestehst du darauf? Es sollte dir doch klar sein, dass ich keine Chance habe. Selbst wenn es mir gelingen sollte, die mir gestellte Aufgabe zu erfüllen. Es wäre besser für dich, wenn deine Verlobte auf dem Thron sitzt.«

Eine Glocke ertönte und lenkte mich kurz ab. Sie machten einfach weiter wie bisher. Und ich fragte mich, ob der Hohepriester gerade in Kanans Blut stand, während er verkündete, wer als Nächstes zur Unterhaltung aller eine abwegige Aufgabe zu erfüllen hatte.

»Ich glaube an dich«, sagte er und trat einen Schritt auf mich zu. »Ich weiß, dass mehr in dir steckt, als die meisten dieser Männer und Frauen in dem Saal hinter uns ahnen. Und ich will nicht, dass du aufgibst, bevor du es ihnen allen bewiesen hast.«

Wieder ertönte die Glocke.

»Und wenn ich dir das nicht glaube?«, fragte ich.

Im Thronsaal wurde es still, ich hörte das ferne Gemurmel des

Hohepriesters, die Gesänge seiner Begleiter und dann eine klare, fremdartige Stimme, die einen Namen rief. »Sheera Abendhauch!«

Ich wich einen Schritt zurück. Mein Herz machte einen Satz, und mir war mit einem Mal, als würde man mich beobachten. Es fühlte sich an, als wäre Muraya mit mir im Raum – als würde sie das Gespräch fortsetzen wollen, das ich mit Athura begonnen hatte.

»Vertraue auf deine Göttin«, forderte Athura mich auf. »Vertraue darauf, dass sie einen Plan hat und sich alles fügen wird.«

»Und wie soll dieser Plan aussehen?«, fragte ich. »Wenn Muraya mich wirklich kennen würde, dann …«

»Was dann?« Er schaute mich herausfordernd an.

»Sheera Abendhauch!«, rief der Hohepriester noch einmal.

»Du wirst doch nicht davonlaufen, oder? Nicht nach allem, was du getan hast, um bis hierher zu gelangen. Das ist deine Chance, zu erfahren, was Muraya wirklich von dir erwartet – also geh.« Er deutete auf die Tür.

Ich hasste ihn dafür, dass er recht hatte. Würde ich davonlaufen, wäre ich feige und müsste mich immer fragen, warum Muraya ausgerechnet mich dazu auserwählt hatte, an dieser Wahl teilzunehmen. Die Antworten warteten im Thronsaal auf mich. Sie waren greifbar nah, und ich konnte mich ihnen nicht verweigern.

Ich atmete tief durch, richtete mich auf, und Athura öffnete mir mit einem zufriedenen Lächeln auf den Lippen die Tür.

Wieder waren alle Blicke auf mich gerichtet. Ich hatte keine Mühe, durch die Reihen zu gelangen, weil man vor mir zurückwich, als ich mich dem Hohepriester näherte.

Ich kniete vor ihm nieder und starrte zu Boden, wo noch ein

paar Schlieren davon zeugten, dass man Kanans Blut eilig weggewischt hatte.

»Sheera Abendhauch, höre die Worte deiner Göttin«, begann der Priester mit seiner verstellten Stimme zu mir zu sprechen. »Einst versündigten sich deine Vorfahren an unserem Volk, indem sie dem Orden der Grauen ein heiliges Artefakt stahlen. Der Dämmerstein gelangte in die Hände der Menschen, wo er bis heute unentdeckt unter ihren größten Schätzen verweilt. Es soll deine Aufgabe sein, Mut, Tapferkeit und Geschick zu beweisen, wie sie nur einer wahren Königin innewohnen. Bringe zurück, was aus dem Haus deiner Göttin gestohlen wurde. Bringe den Dämmerstein zurück nach Farhir.«

Ich schnaubte leise. Wie hatte ich je daran zweifeln können, dass Muraya mein wahres Ich kannte? Sie wollte, dass ich Gleiches mit Gleichem sühnte und jedem zeigte, wer ich wirklich war. Und das war alles andere als eine würdige Königin der Alben.

Dem Raunen in meinem Rücken nach zu urteilen, hielten die Adligen die Aufgabe für unlösbar, doch mir entlockte sie nur ein müdes Lächeln. Ich wäre mit dem Dämmerstein zurück, noch bevor Riella ihre Sachen gepackt hatte. Und dann würde ich vor sie treten als das, was ich schon immer gewesen war. Als Diebin.

»Stellst du dich dieser Herausforderung?«, fragte der Hohepriester.

Ich stand auf und nickte langsam, aber entschlossen. »Das tue ich«, sagte ich mit fester Stimme.

KAPITEL 13

Lysander

Lysander fixierte die Tür, die zum Kampfplatz führte, während der Knappe die Lederriemen seines Harnisches festzog. Wie oft er schon, umgeben von Waffen, Schildern und Rüstzeug, in dieser Kammer gestanden und sich im Geist auf den Kampf vorbereitet hatte, konnte er nicht zählen.

Diesmal aber erwarteten ihn kein Übungskampf und kein Geplänkel unter den Rittern des Königs. Sondern ein Turnier. Das größte des Landes und das erste, an dem er selbst teilnahm. Anstelle seines Bruders.

Wenn es ihm nicht gelang, sich auf dem Kampfplatz zu behaupten, würde er in wenigen Stunden nicht am vereinbarten Treffpunkt sein und Amelia in die Arme schließen können. Stattdessen würde er blutend auf einer Trage liegen und vom Hofarzt zusammengeflickt werden.

Zu verlieren kam daher nicht infrage. Gar nicht erst anzutreten ebenso wenig. Denn wie hätte er Amelia wiedersehen können, wenn der König ganz Agrino nach ihm absuchen ließ?

»Ihr seht, mit Verlaub, nicht sehr gut aus«, meinte der Knappe kleinlaut, ohne es zu wagen, Lysander dabei direkt anzusehen.

»Warum sagt mir das heute jeder?«, murrte er.

»Ihr solltet vielleicht besser nicht antreten«, schlug der Junge vor. »Euer Vater wird das doch sicher verstehen.«

Lysander hätte lachen können, so weit war das von der Wahrheit entfernt. Schließlich war er nur deswegen nicht mehr eingekerkert, weil Vinzenz dem König gegenüber behauptet hatte, am Turnier teilzunehmen, wäre das Mittel der Wahl seines Sohnes, ihm Ehre zu erweisen.

König Nabran war die Art von Mann, die lieber dabei zusah, wie der eigene Sohn in einem ruhmreichen Kampf von Schwertern aufgespießt wurde, als ertragen zu müssen, dass man seine Nachkommen für schwach hielt. Und genau das wäre der Fall, würde Lysander so kurz vor Turnierbeginn eines Kratzers wegen doch nicht teilnehmen.

»Mein Schwert«, forderte er.

Der Junge reagierte nicht. Er schaute ihn nur völlig entgeistert an, als hätte er vergessen, wie ein Schwert aussah. Er war schmächtig, höchstens vierzehn Jahre alt, in ein grob gewebtes Leinenhemd und Lederhosen gekleidet. Sicher stammte er aus einfachem Haus, denn er trug kein Familienwappen an der Kleidung oder an einem Ring. Mit seinem dunklen Haar, der schmächtigen Figur und den großen Augen erinnerte er Lysander an sich selbst, wie er in diesem Alter gewesen war. Kaum zu glauben, dass das erst wenige Jahre zurücklag.

Auch er war im Vergleich zu anderen Jungen ein Hänfling gewesen, und auch er hatte dieses Leuchten in den Augen gehabt, wenn ihm die Ehre zuteilwurde, seinem großen Bruder als Knappe zu dienen. Er hatte immer zu Lynos aufgesehen, wollte so werden wie er und war nicht müde geworden, hart dafür zu trainieren.

Wann ihm bewusst geworden war, dass er Lynos nie das Wasser würde reichen können und sein Vater ihn nie mit demselben Respekt behandeln würde, wusste er nicht. Aber irgendwann war dieses Leuchten verschwunden, und diesem jungen Knappen würde es eines Tages ähnlich ergehen. Spätestens dann, wenn er einsah, dass er seiner einfachen Herkunft wegen selbst nie ein Ritter werden würde.

»Wie ist dein Name?«, fragte Lysander.

Dem Jungen klappte die Kinnlade runter. »Th… Theo«, stotterte er.

»Mein Schwert, Theo«, bat Lysander erneut.

»Aber natürlich«, sagte der Junge eifrig und griff nach dem Gürtel samt Schwertscheide.

Wahrscheinlich hatte es ihn allen Mut gekostet, seinem Prinzen zu raten, nicht anzutreten. Lysander musste aussehen wie der Tod selbst, wenn sich Theo dazu erkühnte. Dabei hatte er geglaubt, dass ein Bad und die Behandlung des Hofarztes genügen würden, um ihn wiederherzustellen. Der Verband um seinen Fuß und die engen Lederstiefel ließen ihn den Schmerz kaum noch spüren. Humpeln würde er nicht müssen. Zudem hatte ein Sud aus Kräutern Wunder gegen das Fieber gewirkt.

»Ihr werdet den König mit Stolz erfüllen«, sagte Theo, nachdem er ihm den Gürtel umgelegt hatte.

Lysander dankte ihm die aufmunternden Worte mit einem knappen Nicken. Er wusste, dass Theo ihn oft beim Training beobachtet hatte. Der Junge war fest davon überzeugt, dass Lysander jeden Gegner besiegen konnte und das bei diesem Turnier allen beweisen würde. Und genau das hatte er auch vor. Er würde antreten, wie es sein Vater und Vinzenz von ihm erwarteten, zeigen, dass in den letzten Jahren aus einem naiven Kind ein Mann geworden war. Aber er hatte nicht vor, dieses Turnier im Namen des Königs zu gewinnen. Denn sein Herz gehörte nicht dem Königreich und dem Dienst an der Krone. Es gehörte der wunderschönen Amelia Dimass. Der Liebe seines Lebens.

Bei dem Gedanken huschte ein Lächeln über seine Lippen, verschwand aber gleich wieder, als sich die Tür zum Kampfplatz öffnete und Tageslicht die kleine, fensterlose Waffenkammer flutete. Lysander zog sein Schwert, und seine Finger schlossen sich fest um den Griff.

Er tauchte in das gleißende Licht und den Jubel der Zuschauer ein. Ganz Amberan schien sich zu dem feierlichen Anlass versammelt zu haben. Es war das erste jährlich stattfindende Ritterturnier seit geraumer Zeit, bei dem nicht von vornherein feststand, dass Prinz Lynos daraus als Sieger hervorgehen würde.

Vielleicht war in Wahrheit das der Grund dafür, dass der König Lysander hatte einkerkern lassen. Vielleicht hatte es gar nichts mit Amelia zu tun, und es war ihm lieber, seinen Sohn im Verlies zu wissen, wo er zumindest keinen Schaden anrichten konnte, als mit ansehen zu müssen, wie er den König vor versammeltem Volk blamierte. Schon jetzt gierten die Feinde des Königshauses nach dem

Thron. Ein Versagen des Prinzen würde noch zusätzlich Öl ins Feuer gießen.

Irgendwie war es Vinzenz aber wohl doch gelungen, den König umzustimmen. Denn sonst würde Lysander jetzt nicht kampfbereit den Platz betreten. Gemeinsam mit weiteren Rittern, angereist aus allen Teilen des Königreiches, trat Lysander vor die versammelten Adligen.

Die Massen um sie herum schrien, schwenkten die Fahnen ihrer Provinzen oder bunte Tücher. Es war ein riesiges Spektakel, für das man das Trainingsgelände der königlichen Ritter weitläufig geräumt und eigens Tribünen aufgebaut hatte. Die ganze Hauptstadt Amberans, deren Zentrum die Burg bildete, quoll von Besuchern über. Alle Gasthäuser waren überfüllt, sämtliche Zimmer der Burg vom Adel belegt und Zelte aufgestellt worden, wo auch immer sich Platz dafür bot.

Es war die perfekte Gelegenheit für Amelia und Lysander, zu fliehen und im Getümmel zu verschwinden. Lange hatte er auf diesen Tag gewartet. Den Tag, an dem sein neues Leben beginnen sollte.

»Angst?«, fragte der Ritter, der sich neben Lysander eingereiht hatte.

Er trug das Wappen des Hauses Ileos auf der Brust seines Plattenpanzers. Zwei ineinander verschlungene Löwen, die sich gegenseitig in den Schwanz bissen. Unter seinem gestutzten Bart blitzte ein hämisches Grinsen hervor. Er war, obwohl Lysander selbst nicht gerade als winzig galt, fast einen halben Kopf größer als er und muskelbepackt bis hin zum oberschenkeldicken Hals.

Lysander erkannte in ihm den Sohn des Grafen von Ileos. Rheon war sein Name. Ein niederträchtiger Krieger, der keinen Hehl daraus machte, nach dem Thron zu gieren und sich damit rühmte, mehr Mahr abgeschlachtet zu haben als alle Ritter des Königs zusammen.

Dass Lysander kaum Farbe im Gesicht hatte, täuschte wohl über seine Entschlossenheit, diesen Kampf zu gewinnen, hinweg. Wahrscheinlich glaubte Rheon, leichtes Spiel mit ihm zu haben, ohne zu ahnen, dass Lysander mit einem so schwer gerüsteten und dadurch trägen Gegner spielend fertig werden würde.

»Du etwa?«, gab er zurück.

Noch bevor Rheon antworten konnte, erhob sich der König. Alle Ritter ließen sich auf ein Knie nieder und rammten ihre Schwerter vor sich in den Boden.

»Dir ist schon klar, dass sich alle sofort auf dich stürzen werden, oder?«, fragte Rheon. »Jeder hier will dem Prinzen die Krone vom Haupt schlagen, wenn du verstehst, was ich meine.«

»Sollen sie es doch versuchen«, raunte Lysander, ohne aufzusehen.

Er hörte kaum zu, während der König eine Lobeshymne auf die stärksten Kämpfer des Landes und die Tradition, einmal im Jahr ihre Kräfte zu messen, hielt. Lysander hatte lange darauf gewartet, zu beweisen, dass er nicht mehr der schmächtige Junge war, der seinen Bruder anhimmelte und auf dem Trainingsplatz von Vinzenz den Hintern versohlt bekam. Da jedes der Adelshäuser nur einen Teilnehmer am Turnier stellen durfte, war diese Ehre immer Lynos zugefallen. Nicht ein einziges Mal hatte Lysander sich mit seinem

Bruder messen dürfen. Und damit auch nicht beweisen können, dass er kein Schwächling mehr war.

Als erneut Jubel ausbrach und die Zuschauer auf den Rängen aufsprangen, hob Lysander den Kopf. Die Rede des Königs war vorbei, die anderen Ritter erhoben sich bereits, und er tat es ihnen gleich.

»Lasst die Kämpfe beginnen!«, gebot der König, und die angetretenen Ritter zögerten nicht, diesem Befehl zu folgen.

Die ersten Sekunden eines Kampfes waren wie ein Tanz. Man lotete die Schwächen seines Gegners aus, bewegte sich umeinander, ohne durch allzu hastige Bewegungen einen Angriff zu provozieren, wartete darauf, wer den ersten Schritt machte – den ersten Fehler beging.

Einer der Kämpfer war sich dessen wohl nicht bewusst. Vielleicht war es auch die Angst oder der Übermut, die ihn trieb. Aber er stürzte sich blindlings und laut brüllend in den Kampf. Er war kaum zwei Schritte weit gekommen, als er auch schon den Schulterpanzer eines anderen Ritters quer übers Gesicht gezogen bekam. Die Menge stöhnte auf, als die Nase des Mannes laut krachend brach und er der Länge nach auf dem staubigen Boden des Turnierplatzes landete.

Die Zuschauer hielten kurz erschrocken die Luft an, dann folgten Gegröle und wilder Applaus. Der Ritter, der seinen Gegner so brutal niedergestreckt hatte, riss die Arme hoch, badete im Jubel der Massen und bekam erst mit, dass er selbst zum Opfer auserkoren worden war, als ihm Rheon in die Kniekehlen trat, sein Schwert hob und gnadenlos zustach.

Lysander riss die Augen auf. Er hatte die Turnierkämpfe schon viele Male beobachtet und wusste, dass es dort anders zuging als bei den Übungskämpfen. Knochenbrüche, Schnittwunden und sogar Todesfälle gehörten dazu. Dass einer der Ritter sein Schwert aber mit voller Absicht zwischen Harnisch und Schulterplatte rammte, um seinem Gegner den halben Arm abzuhacken, stellte alles bisher Gesehene in den Schatten.

Rheons rücksichtslose Art, sich durch seine Gegner zu metzeln, zog Lysander einen Moment zu lang in den Bann. Erst als er aus den Augenwinkeln bereits den Schatten eines Angreifers sehen konnte, drehte er sich um und parierte dessen Schlag in letzter Sekunde. Das Klirren von blankem Metall auf Metall wiegelte nicht nur die Zuschauer auf. Auch Lysander zog es nun gänzlich in den Kampf. Er blendete seine Umgebung und alle ablenkenden Gedanken völlig aus und konzentrierte sich ganz auf das Geschehen. Ein weiterer Ritter nutzte die Gelegenheit, sich auf ihn zu stürzen, während er noch damit beschäftigt war, den Angreifer wegzustoßen. Gerade noch rechtzeitig wirbelte Lysander herum und wehrte den Schwerthieb des Mannes ab.

In einem hatte Rheon völlig recht: Sie alle gierten danach, Lysander zu Fall zu bringen. Und Lysander scheute nicht davor zurück, es mit acht Gegnern gleichzeitig aufzunehmen. Geschickt wich er ihren Angriffen aus, wehrte ihre Schwerter ab und nutzte ihre Schwächen, um sie gegen sie zu richten. Es war leicht, einen voll gepanzerten Ritter zu Fall zu bringen, wenn man ihn aus dem Gleichgewicht brachte. Und Lysander musste zugegen, dass er es genoss, in seinem Element zu sein und einen Gegner nach dem anderen niederzustrecken. Bald schon staubte der Platz kaum noch, weil Blut den Sand getränkt hatte. Auch Lysander musste die eine oder andere Schnittwunde und Prellung einstecken. Das gehörte nun einmal dazu.

Die geschlagenen Ritter lagen quer über das Schlachtfeld verstreut und bildeten zusätzliche Hindernisse. Sie waren gezwungen auszuharren, bis nur noch zwei Kämpfer standen. Aus diesem Grund vermied man es auch, zu schwere Verletzungen zuzufügen. Damit keiner auf dem Platz verblutete, während die Kämpfe noch in vollem Gang waren. Schließlich dienten sie alle demselben König und waren somit keine Feinde. Rheon schien das allerdings nicht zu scheren.

Das Jubeln der Zuschauer war zu einem Rauschen in Lysanders Ohren geworden, sein Herz schlug wild, und es gab nur noch ihn, sein Schwert und diesen Moment.

Geschickt wich er dem Schwerthieb eines Ritters aus, ließ ihm die Zeit, erneut auszuholen. Doch der Mann war völlig außer Atem, hob sein Schwert und stolperte einfach an Lysander vorbei, als dieser einen Schritt zur Seite machte.

Lysander wollte ihm eine weitere Chance geben, doch kaum war der Mann zum Stehen gekommen war, stand Rheon vor ihm, hob laut brüllend sein Schwert und zog es ihm quer über die Kehle. Das Blut des Mannes benetzte Plattenpanzer und Gesicht seines Gegners, und der Ritter stürzte zu Boden und blieb reglos liegen.

Lysander atmete schwer. Allmählich spürte er, wie ihm der Kampf zusetzte. Sein Blick wanderte über den Platz, und er erkannte, dass nur noch er und Rheon standen.

Kein einziges Mal hatte der muskulöse Krieger Lysander angegriffen. Obwohl seine Drohung eindeutig gewesen war. War es seine Absicht gewesen, im Endkampf gegen den Kronprinzen anzutreten? Diente dieses ganze Gemetzel nur dem Zweck, Lysander zu zeigen, was ihn im Kampf Mann gegen Mann erwartete?

Rheon riss die Arme hoch, verlangte regelrecht, dass man ihn feierte, und die Zuschauer kamen der Aufforderung nach. Sie sprangen auf, schwenkten ihre Fahnen, brüllten und applaudierten.

»Da waren es nur noch zwei«, sagte er an Lysander gerichtet.

Auch der König erhob sich, und Rheon senkte die Arme wieder. »Welch ein Kampf!«, dröhnte die Stimme des Königs über den Platz. »Schaut sie euch an! Das sind sie, die stärksten Kämpfer unseres Landes. Ritter Rheon von Ileos und mein Sohn Lysander, Kronprinz von Amberan!«

Wieder brach Jubel aus, und Lysander kam es vor, als würde ihn der Lärm wie ein Schlag treffen. Er schwankte, versuchte, sich nichts anmerken zu lassen, aber wirklich gelingen wollte ihm das nicht. Rheon bemerkte es und grinste breit und gehässig. Dieser Mann schien eindeutig nicht zu der Art Ritter zu gehören, die Gnade zeigten, wenn ein Gegner unterlegen war.

»Räumt den Platz für die Tjost und die Turnierteilnehmer zu Pferde«, befahl der König. »Im Anschluss an ihren Wettstreit erwartet uns der finale Schwertkampf des Ritters Rheon von Ileos gegen den Kronprinzen Amberans.«

Von überall her kamen die Knappen angelaufen und halfen ihren verletzten Herren vom Feld. Für einen von ihnen kam jedoch jede Hilfe zu spät.

Rheon wurde sofort von einer Schar Bediensteter umringt, die ihm Wasser anboten, ihm Schwert und Armschienen abnahmen und ihn vom Turnierplatz führten, den er in ein Schlachtfeld verwandelt hatte.

Auch Theo kam und nahm Lysander das Schwert ab. »Geht es Euch gut?«, fragte er.

»Aber sicher.«

»Ihr … Ihr habt es allen gezeigt. Nicht wahr? Euer Vater könnte nicht stolzer sein.«

Lysanders Blick huschte zum König und der Schar Hofschranzen, die ihn umschwirrten. Vielleicht war er das tatsächlich. Lysander hoffte, er würde wirklich so etwas wie Stolz empfinden. Umso schmerzhafter wäre dann der Stich, wenn sein Sohn zum entscheidenden Kampf nicht antrat. Er verließ gemeinsam mit Theo den Kampfplatz und kehrte zur Waffenkammer zurück, wo Vinzenz bereits auf ihn wartete.

»Du hast dich tapfer geschlagen«, empfing dieser ihn anerkennend.

»Hattest du etwas anderes erwartet?«, brummte Lysander erschöpft. Er sank auf die Sitzbank und entledigte sich mit Theos Hilfe seiner Rüstung.

Sein ganzer Körper schmerzte, war von Schürfwunden, Schnittverletzungen und Prellungen übersät, aber die Aufregung des Kampfes hallte noch in ihm wider und verlieh ihm ein Hochgefühl, wie es kaum etwas anderes vermochte. Die Schmerzen waren ein Preis, den er gern dafür zahlte.

»Ich nicht, aber dein Vater wird positiv überrascht sein. Du kannst davon ausgehen, dass die Vorfälle von vor zwei Tagen vergessen sein werden. Selbst wenn du gegen diesen Aufschneider verlieren solltest, wäre dir der Respekt deines Vaters gewiss.«

»Auch wenn Rheon mich da draußen abschlachtet?« Lysander lachte trocken.

»So weit wird es nicht kommen«, meinte Vinzenz. »Aber du weißt, warum er das tut, oder? Du verstehst die Absicht dahinter? Er will den Thron. Das ist offensichtlich. Er nutzt dieses Turnier, um allen seine Überlegenheit zu beweisen und zielt darauf ab, im letzten Kampf den Sohn des Königs bloßzustellen und am Ende zu töten.«

Dass es das Haus Ileos auf den Thron abgesehen hatte, war kein Geheimnis. Und Lysander bezweifelte auch nicht, dass Rheon sich als stärkster Krieger und potenzieller König präsentieren wollte. Doch es war eine Sache, im Getümmel einen Ritter niederzustrecken und eine ganze andere, den Kronprinzen im Kampf Mann gegen Mann vor aller Augen zu töten. »Er würde den Platz nicht lebend verlassen«, sagte Lysander. »Wie soll ein Toter Anspruch auf die Krone erheben?«

»Glaubst du das wirklich? Natürlich wäre es ein Skandal. Vielleicht müsste er fürs Erste sogar fliehen. Aber das Haus Ileos hat viele Freunde, dein Vater wäre ohne Thronerbe, und jeder würde von Rheon sprechen. Es wäre nur eine Frage der Zeit, bis er auf dem Thron säße.«

Lysander blickte zu Boden. Es sollte ihn eigentlich nicht kümmern. Er hatte ohnehin nicht mehr die Zeit, um beim letzten Kampf anzutreten, und ihm war klar, dass die Krone an ein anderes Haus übergehen würde, nachdem er sich mit Amelia aus dem Staub gemacht hatte. Wieso also nicht an Ileos? Was sprach gegen Rheon als König? Er war auch nicht besser oder schlechter als seine Vorgänger.

Und noch stand es keinesfalls fest, wer König Nabran nachfolgen würde. Viele Familien schlichen um den Thron herum. Würde Lysander als Erbe wegfallen, bevor Rheon ihn vor versammelter Adelsgesellschaft töten konnte, war alles offen. Dann konnte jeder der nächste König werden. Vielleicht sogar einer, der es wirklich verdient hatte.

»Hast du mich deswegen aus dem Kerker geholt?«, fragte Lysander. »Hast du von Rheons Plänen gewusst?«

»Ich weiß so einiges«, sagte Vinzenz. »Ich weiß, dass du ein besserer Kämpfer bist als er und dass ein großer König in dir schlummert. Heute bietet sich dir die Gelegenheit, es allen zu beweisen. Lass sie nicht ungenutzt verstreichen. Mach keinen Fehler, den du den Rest deines Lebens bereuen würdest.«

Lysander schnaubte verächtlich. Er hatte vorgehabt, sich von all diesen Intrigen und Machtspielen loszusagen. Er war es leid, eine Rolle ausfüllen zu müssen, die nicht für ihn gedacht war, und ein Mensch werden zu müssen, den er selbst nicht ausstehen konnte. Und statt jetzt beim Kirchturm auf Amelia zu warten, wie er es geplant hatte, saß er hier und spielte mit dem Gedanken, sich auf einen Kampf auf Leben und Tod einzulassen. Und wofür? Um einer Familie von barbarischen Kriegstreibern den Thron eines Landes zu sichern, das dabei war, auseinanderzubrechen?

»Ihr werdet doch kämpfen, oder?«, mischte Theo sich ein. »Ihr könnt ihn besiegen. Ich weiß es!«

»Theo, hol mir etwas Wasser«, sagte Lysander zu seinem Knappen.

»Sofort.«

Lysander stand auf. Sein verletzter Fuß meldete sich schmerzhaft, als er auftrat, aber das konnte er ignorieren.

»Ich gehe mir die Beine vertreten«, erklärte er.

Vinzenz musterte ihn prüfend. »Bist du sicher, dass du das tun willst?«

»Was tun? Spazieren gehen?«

Enttäuscht schüttelte sein Lehrmeister den Kopf. »Dann geh, wenn ich dich nicht aufhalten kann.«

Ahnte er etwas? Wusste er es vielleicht sogar? Ein ungutes Gefühl beschlich Lysander. Was, wenn Vinzenz seine Pläne längst kannte? Wenn ihm klar war, dass er am heutigen Tag mit Amelia fliehen wollte? Er hätte es doch nicht gewagt, ihr etwas anzutun. Oder etwa doch? Beim Gedanken daran schnürte es ihm die Kehle zu. Ohne ein weiteres Wort zu verlieren, drehte er sich um und lief los.

KAPITEL 14

Lysander

Lysander hatte vorgehabt, Pferde und genügend Proviant mitzunehmen, doch dafür blieb nun keine Zeit mehr. Sein Schwert und das, was er am Leib trug, mussten genügen. Wenn Vinzenz wirklich um seine Pläne wusste, musste er Amelia möglichst bald finden, bevor es die königlichen Wachen taten. Falls das nicht schon längst geschehen war.

In einen Umhang gehüllt, die Kapuze tief ins Gesicht gezogen, verließ er die Burg durch einen der kaum bewachten Hinterausgänge. Wegen des Turniers war die Stadt voll von Fremden und das Gedränge so groß, dass es ihm die beste Tarnung bot. Überall sah man Stände, die Händler priesen ihre Waren an und versuchten, den Besuchern von Keramiken über Schmuck und fein gewebte Stoffe bis hin zu herrlich duftenden Leckereien alles anzubieten, was sich verkaufen ließ. Der Geruch nach Brot, süßem Gebäck, Tee und gebratenem Fleisch überdeckte sogar den Gestank, der sonst in den engen Gassen Agrinos vorherrschte.

Lysander schob sich durch die Menge und hatte den Kirchturm

noch nicht erreicht, als es bereits Mittag schlug. Nicht nur er hielt kurz inne und blickte zur Glocke hinauf. Auch andere Passanten wurden durch ihren Klang an den letzten Kampf des Turniers erinnert. Die Tjost musste jeden Moment beendet sein. Eilig schlossen die Leute ihre Geschäfte ab, bezahlten die erstandenen Waren und machten sich auf den Weg zur Burg.

Lysander lief genau in die entgegengesetzte Richtung. Sein Herz schlug schneller, je näher er dem Kirchturm kam. Es war erfüllt von einer Mischung aus Angst um Amelia und Vorfreude, sie endlich wiederzusehen und sich von seinem Vater loszusagen. Morgen schon könnte er Agrino und die Burg weit hinter sich gelassen haben und ein neues Leben beginnen.

Er schlüpfte zwischen den Menschen hindurch, kämpfte sich immer weiter voran, bis er endlich die Stufen, die zur Kirche hinaufführten, erreicht hatte.

Amelia war nirgends zu sehen, aber das hieß noch gar nichts. Er lief zur Seitengasse, tauchte in die Dunkelheit ein und ließ seinen Blick ungeduldig über die Häuserwände streifen. Es dauerte ihm viel zu lange, bis sich seine Augen an die schlechten Lichtverhältnisse gewöhnt hatten.

»Amelia?«, flüsterte er. Erst dann wurde ihm klar, dass sie sich nicht in den Schatten versteckte.

Etwas in seinem Inneren krampfte sich zusammen, und tausend Gedanken schossen ihm durch den Kopf. Was, wenn sie hingerichtet worden war? Wenn sein Vater sie auf dem Marktplatz hatte köpfen lassen, während er im Kerker gesessen hatte und nichts dagegen unternehmen konnte? Bei dieser Vorstellung wurde ihm ganz übel.

War er im Namen des Mannes zum Turnier angetreten, der ihm seine Liebe geraubt hatte? Konnte Vinzenz wirklich so berechnend sein, dass er ihm diese grausame Wahrheit vorenthalten und ihn wissentlich in den Kampf geschickt hatte?

»Lysander?«

Er wirbelte herum, und alle Schreckensszenarien, die er sich ausgemalt hatte, fielen mit einem Mal von ihm ab. Da stand sie. Im Licht am Rand der engen Gasse, kaum mehr als eine zarte Silhouette. So zerbrechlich und wunderschön, dass Lysander befürchtete, der nächste Windhauch könnte ihre Gestalt wie flüchtigen Nebel davontragen.

»Amelia«, hauchte er ihren Namen voller Erleichterung.

Er lief auf sie zu, packte sie und drückte sie fest an sich. Erst als er ihre weiche Haut unter seinen Fingern spürte, war er sich ganz sicher, nicht zu träumen. »Ich dachte schon, unser Plan würde scheitern. Ich dachte, alles wäre verloren.«

Er schob sie von sich, nahm ihr Gesicht in beide Hände und lächelte sie an. Sie lächelte gequält zurück.

Lysander beugte sich vor und wollte sie küssen, doch Amelia entzog sich ihm. Etwas Trauriges lag mit einem Mal in ihrem Blick.

»Was hast du?«, fragte er besorgt.

Sie löste sich von ihm, trat einen Schritt zurück und schaute ihn nicht an, als sie mit erstickter Stimme sagte: »Es tut mir leid.« Dann wandte sie sich ihm doch zu. Tränen standen in ihren Augen. »Oh, Lysander! Es tut mir so leid.«

»Was? Was tut dir leid?«, wollte er wissen.

»Ich kann das nicht tun, verstehst du? Ich habe Familie und ein

Leben … und du … Ich kann von dir nicht erwarten, dass du alles aufgibst.«

Er verstand nicht, was gerade geschah. So oft hatten sie davon geredet fortzugehen. Woher kam dieser Sinneswandel? Verwirrt schüttelte er den Kopf. »Aber wir hatten einen Plan.«

»Nein«, widersprach sie. »Du hattest Pläne. Die hast du immer. Große Träume von einer glücklichen Zukunft. Ich habe es geliebt, diesen Geschichten zu lauschen. Aber Lysander, dir muss doch klar sein, dass es tatsächlich nur Geschichten waren. Wir können uns nicht von unseren Pflichten lossagen. Ich nicht, aber vor allem du nicht.«

»Aber natürlich können wir das. Deswegen sind wir doch hier.«

Beschämt blickte sie zu Boden. »Du vielleicht. Ich bin hier, um Lebewohl zu sagen.«

Lysander konnte nicht glauben, was er gerade hörte. Es fühlte sich an, als hätte sie ihm einen Dolch mitten ins Herz gestoßen. Unfähig, dem Schmerz zu entkommen, stand er ihr gegenüber und spürte, wie er Stück für Stück auseinanderbrach. Er starb. Innerlich. Durch die Worte der Frau, für die er alles getan hätte.

Aber er konnte das nicht so einfach hinnehmen. Was Amelia behauptete, durfte nicht wahr sein. Das waren nicht ihre Worte. Jemand zwang sie, ihn zu zerstören. So musste es sein!

»Sag ihm die Wahrheit«, verlangte Vinzenz von Amelia.

Die Stimme seines Lehrmeisters zu hören, ließ augenblicklich Wut in Lysander auflodern. Er riss den Kopf herum und entdeckte Vinzenz, der neben dem Kircheneingang lehnte.

»Du …!«, rief er hasserfüllt, nahm die Stufen und stürzte auf ihn zu. Er packte ihn am Kragen und schüttelte ihn. »Was hast du getan? Hast du ihr gedroht? Sie foltern lassen?«

Beschwichtigend hob Vinzenz die Hände. »Beruhige dich erst einmal«, forderte er ihn auf.

»Beruhigen?«, entgegnete Lysander aufgebracht.

»Bitte hör auf«, flehte Amelia und folgte ihm.

Lysander stieß Vinzenz von sich und baute sich zwischen ihm und Amelia auf. Auch wenn Vinzenz nicht das Recht hatte, die Hand gegen ihn zu erheben, galt Selbiges nicht für die Frau, die er liebte. Er musste sie vor ihm beschützen. Wer konnte schon sagen, was er ihr im Namen des Königs angetan hatte und wozu er noch fähig wäre. »Was auch immer er dir angetan hat, es ist vorbei«, versprach Lysander. »Er kann und wird dir nichts mehr tun. Das schwöre ich bei meinem Leben!«

»Sag es ihm«, wiederholte Vinzenz. »So war es vereinbart.«

»Lysander«, sagte Amelia vorsichtig und berührte dabei seinen Arm.

»Nein«, wehrte er ab. »Du musst nicht auf ihn hören. Egal, wozu er dich zwingen will, tu es nicht.«

Amelia trat neben ihn. Verzweiflung lag in ihrem Blick. Sie schaute an ihm vorbei zu Vinzenz, flehte ihn geradezu mit den Augen an, doch Vinzenz blieb ungerührt. Schließlich wandte sie sich wieder an Lysander. »Ich liebe dich nicht«, sagte sie mit tonloser Stimme.

Lysander riss die Augen auf. Was hatte man ihr angetan, damit sie diese Worte aussprach? Wie bösartig musste man sein, zu versuchen, sie auf diese Weise zu entzweien?

»Das ist nicht wahr«, widersprach er.

»Wenn ich nicht zugestimmt hätte, mit dir die Stadt zu verlassen, wäre ich dir doch bald schon langweilig geworden«, erklärte sie in bitterem Ton. »Ich habe das nur gesagt, weil ich unsere gemeinsame Zeit wirklich genossen habe. Ich mag dich sehr. Aber ich liebe dich nicht, und du liebst auch mich nicht. Du liebst nur die Vorstellung von uns beiden.«

»Das sind seine Worte«, sagte Lysander hart und deutete dabei auf Vinzenz. »Er hat sie dir in den Mund gelegt. Aber wieso? Wieso tust du mir das an?«

»Es ist die Wahrheit, und du hast es verdient, sie zu hören«, beharrte sie.

Lysander fuhr zu Vinzenz herum. »Was hast du ihr angetan?«

Vinzenz griff unter sein Wams und zog eine klimpernde Geldkatze hervor. Noch bevor Lysander eins und eins zusammenzählen konnte, war Amelia bei ihm und griff rasch nach dem Beutel.

Verwirrt sah Lysander dabei zu, wie sie die Münzen in ihren Händen wog und ihre Augen zu leuchten begannen. Noch einmal schaute sie ihn direkt an. Mitleid lag in ihrem Blick. Keine Liebe, kein Schmerz. »Es tut mir wirklich unglaublich leid«, versicherte sie.

Sie tat einen Schritt auf Lysander zu, doch der wich vor ihr zurück. Es kam ihm vor, als hätte er eine Fremde vor sich. War denn alles, was zwischen ihnen gewesen war, eine Lüge? Konnte er so dumm und naiv gewesen sein, dass er wahre Liebe empfunden hatte, während es bei ihr nichts weiter gewesen war als eine Mischung aus Lust und Geldgier? Ihr Mitleid konnte sie sich sparen. Benommen schüttelte er den Kopf. Das durfte alles nicht wahr sein.

»Versteh doch«, bat sie. »Ohne den Reichtum deines Vaters hätten wir kein glückliches Leben führen können. Du weißt doch gar nicht, wie hart das Leben sein kann, wenn man kein Prinz ist. Mit diesen Goldmünzen kann ich neu anfangen! Ich kann mein eigenes Glück finden und du deines. Das haben wir beide verdient, meinst du nicht auch?«

Lysander presste die Lippen zusammen. In ihr hatte er geglaubt, sein Glück gefunden zu haben. In ihr allein. Aber sie empfand das anders. Sie hatte sich in seinen Reichtum verliebt. In seinen Namen – nicht in ihn selbst.

»Bitte verzeih mir«, flehte sie ihn an.

Er bezweifelte allmählich, dass es so etwas wie wahre Liebe überhaupt gab. Sein Leben lang hatte er nach etwas gesucht, was nichts weiter war als ein Trugbild. Und der Beweis dafür stand direkt vor ihm und bat ihn um Verzeihung. Aber das konnte er nicht. Sie hatte etwas in ihm zerbrochen, was nichts in der Welt mehr heilen konnte.

»Geh«, forderte er sie auf. Seine Hände ballten sich zu Fäusten, und sie wich erschrocken vor ihm zurück.

»Ich wünschte, ich hätte dich lieben können«, schwor sie.

»Geh!«, brüllte er.

Amelia zuckte zusammen, zögerte noch einen Moment, dann rannte sie davon.

»Wenn sie dich geliebt hätte …«, begann Vinzenz.

Lysander ließ ihn nicht aussprechen. Er stürzte sich auf ihn, drängte ihn gegen die Wand des Kirchturms und packte ihn am Kragen.

»Wag es ja nicht!«, verlangte er.

»Ich weiß, es tut weh, aber es musste sein. Es war zu deinem Besten.«

Lysander schnaubte verächtlich. »War es das? Oder war es vielmehr das Beste für die Krone?«

»Du *bist* die Krone. Vergiss das nicht!«, zischte Vinzenz. »Und sie war deiner nicht würdig. Ein paar Goldmünzen, und du warst für sie Geschichte. Ich hätte sie auch aus der Stadt jagen können, gleich nachdem ich von euren törichten Plänen erfuhr. Aber ich wollte, dass du es verstehst. Du musstest es aus ihrem Mund hören.«

Lysander drängte ihn fester gegen die Wand. Er hob seine geballte Faust und war drauf und dran, zuzuschlagen. Seine Muskeln waren zum Zerreißen gespannt, und er zitterte vor Wut und Enttäuschung. Vinzenz hatte ihn verraten! Alles, was es je an Vertrauen zwischen ihnen gegeben hatte, war zerstört worden. Er würde diesen Mann nie mehr mit denselben Augen sehen können, und er wusste nicht, was mehr wehtat: Amelia zu verlieren oder den Mann, der ihm wie ein Vater gewesen war.

Aus den Augenwinkeln sah er einige Gardisten, die sich zwischen den gut besuchten Marktständen hindurchschoben. Sie waren offensichtlich auf der Suche nach ihm. Wahrscheinlich geschickt vom König, der seinen Sohn zur Not auf den Kampfplatz prügeln würde, sollte er nicht freiwillig antreten. Das hatte ihm gerade noch gefehlt.

»Lass deine Wut an mir aus, wenn es dir damit besser geht«, forderte Vinzenz ihn auf. »Aber dann nutze sie und beweise allen, was in dir steckt.«

»Als ob ich so wenig Ehrgefühl im Leib hätte, jemanden zu schlagen, der sich nicht wehren darf«, erwiderte Lysander und stieß Vinzenz von sich. Es brachte ohnehin nichts mehr, zu streiten. Die Gardisten hatten ihn mittlerweile entdeckt und drängten sich durch die Menschenmenge auf ihn zu.

»Wenn es dir darum geht …«, sagte Vinzenz, und ehe Lysander reagieren konnte, rammte er ihm die Faust ins Gesicht.

Lysander taumelte zurück und griff sich an die schmerzende Wange. Mit weit aufgerissenen Augen starrte er zu Boden. Das hatte Vinzenz doch nicht wirklich getan? Was glaubte er, damit anderes zu bezwecken, als Verrat an der Krone zu begehen?

Lysander richtete sich auf und stellte fest, dass die Gardisten die Szene beobachtet hatten. Sie waren stehen geblieben und zückten ihre Waffen. Ein paar Umstehende schrien vor Schreck auf, Panik brach aus und machte es den Männern noch schwerer, zum Prinzen vorzudringen.

»Schlag zu«, forderte Vinzenz ihn auf.

»Willst du eingekerkert werden?«, fragte Lysander verständnislos. »Was sonst glaubst du, damit zu erreichen?«

»Ich helfe dir zu bekommen, wonach es dich verlangt. Aber wenn du deine Wut wirklich loswerden willst, dann lass sie nicht an mir aus, sondern an dem Mann, der auf dem Kampfplatz wartet. Der Mann, der dir alles nehmen will, was du jetzt noch besitzt: dein Anrecht auf die Krone.«

Lysander schnaubte verächtlich. »Glaubst du wirklich, dass ich nach alldem brav nach deiner Pfeife tanze?«

»Du kannst mich gern den Rest deines Lebens hassen. Wenn du dich dann besser fühlst, bestrafe mich für meinen Verrat. Ich nehme alles auf mich, solange du nur bereit bist, anzuerkennen, dass sie nicht gut genug für dich war.«

»Und das entscheidest du? Du kennst weder sie noch mich.«

»Niemand kennt dich besser als ich«, widersprach er. »Ich allein weiß, wer du wirklich bist. Ich weiß, dass in deiner Brust ein gutes Herz schlägt. Das Herz eines wahren Königs. Wenn du es nur zulässt. Aber andere können das nicht sehen. Noch nicht. Sie halten dich für einen Schürzenjäger, einen Draufgänger und ein Kind, das mit einem goldenen Löffel im Mund geboren wurde. Also bitte tu, was du nicht lassen kannst. Ich habe meine Wahl getroffen und dich hintergangen. Im vollen Wissen, dass ich die Konsequenzen tragen muss. Aber du musst dich noch entscheiden. Auf dich wartet ein Kampf, durch den du allen beweisen kannst, was in dir steckt.« Er deutete auf die Gardisten, die gerade die Stufen zur Kirche erreicht hatten.

Lysanders Gedanken rasten. Vinzenz hatte kein Recht, das von ihm zu verlangen. Erst raubte er ihm seine Liebe, ließ ihn offenen Auges ins Messer laufen, im Wissen, dass er daran zerbrechen würde – und nun erwartete er von ihm, im Namen des Königs zu kämpfen? Das ging einfach zu weit.

»Euer Hoheit?«, sprach einer der Gardisten ihn an.

»Ruhe!«, zischte Lysander.

Waren es denn wirklich alle anderen, die sich in ihm täuschten? War es nicht vielmehr Vinzenz, der etwas in ihm sah, was es gar nicht gab?

»Am heutigen Tag entscheidest du nicht nur über dein Schicksal, Lysander«, sagte Vinzenz eindringlich. »Du entscheidest über das des ganzen Königreiches. Was heute geschieht, wird bestimmen, ob Amberan im Kampf um den Thron auseinanderbricht oder gestärkt unter der Führung eines neuen Königs daraus hervorgeht. Wenn dir unsere Freundschaft irgendetwas bedeutet, dann triffst du die richtige Entscheidung.«

Freundschaft? Hätte ein wahrer Freund ihm das angetan? Hätte er ihn derart verraten, statt ihm beizustehen? Auge in Auge stand er dem Mann gegenüber, der ihn aufgezogen, ihn das Kämpfen gelehrt und ihm den Ehrenkodex der Ritter beigebracht hatte. Vor wenigen Jahren noch wäre es Lysander nie in den Sinn gekommen, ihn zu enttäuschen. Er hätte alles für Vinzenz getan. Aber nun sah er ihn mit anderen Augen. Den Schlag konnte er ihm verzeihen. Das spielte für ihn keine Rolle. Dass er ihn derart belogen und benutzt hatte, aber sehr wohl.

»Führt ihn ab«, verlangte er von den Gardisten, ohne Vinzenz aus den Augen zu lassen.

Die Männer packten seinen Lehrmeister an den Armen und drehten ihm die Hände auf den Rücken. Lysander beobachtete es mit regloser Miene, und Vinzenz ließ sich diese Behandlung gefallen, ohne Gegenwehr zu leisten. In dem Moment, in dem er die Hand gegen seinen Prinzen erhoben hatte, musste ihm klar gewesen sein, welche Konsequenzen das nach sich ziehen würde. Die Gesetze hatte nicht Lysander gemacht. Es gab sie seit jeher, und er konnte nicht daran rütteln.

Er sah zu, wie sie Vinzenz abführten. Nur einer der Männer blieb zurück.

»Euer Hoheit, Euer Vater schickt uns«, erklärte der Gardist.

Lysander nickte. Im Grund war ihm klar, dass Vinzenz die Wahrheit gesagt hatte. Niemand hielt große Stücke auf den Kronprinzen, und in gewisser Weise war ihm das auch immer ganz recht gewesen. Eine Enttäuschung für seinen Vater zu sein, erfüllte ihn mit Genugtuung und gab ihm das Gefühl, sein Schicksal selbst bestimmen zu können. Aber nun musste er sich fragen, ob das alles nicht bloß ein Versuch gewesen war, seiner wahren Bestimmung zu entkommen. Sein Bruder war tot, sein Vater würde das Land nicht ewig regieren können. Und er trauerte einem Mädchen nach, das ihm für ein paar Münzen Gold das Herz gebrochen hatte.

Normalerweise hätte er den Gardisten fortgeschickt. Einfach nur, um das Gegenteil von dem zu tun, was der König von ihm erwartete. Diesmal aber nicht. Bereitwillig ließ er sich zurück zur Burg geleiten.

Lysander blieb nicht die Zeit, die Rüstkammer aufzusuchen. Die Stimmung war bereits aufgeheizt, die Zuschauer brüllten, und Rheon stachelte sie immer weiter an.

»Wo ist er jetzt, euer Kronprinz?«, höhnte er. »Wo ist der zukünftige Herrscher dieses Landes, wenn es drauf ankommt? Hat er Angst? Versteckt er sich wie ein armseliges Kleinkind? Wie ein feiger Hund?«

Seine höhnischen Bemerkungen wiegelten nicht nur die Zuschauer auf. Sie schürten auch Lysanders Kampflust, als er den Platz betrat.

Er schob sich durch die Zuschauermenge und sah vom Seitenrand aus, wie der König aufstand und einigen seiner Wachen Befehle erteilte. Wahrscheinlich wollte er dieses Theater beenden und Rheon vom Turnierplatz schaffen. Und genau darauf zielte der Ritter wohl auch ab. Er wollte das Volk auf seiner Seite wissen, den König und Lysander bloßstellen und damit seinen Weg zum Thron ebnen.

Lysanders Finger schlossen sich fester um den Griff seines Schwertes. Selten war er so entschlossen gewesen wie in diesem Augenblick. Es war ihm egal, ob er nun tat, was Vinzenz von ihm wollte und der König sich von einem guten Sohn erhoffte. Alles, was in diesem Moment für ihn zählte, war, diesem überheblichen Wichtigtuer eine Lektion zu erteilen.

Entschieden trat er vor und war kaum zwei Schritte weit gekommen, als die Zuschauer ihn erkannten, aufsprangen und jubelten. Andere buhten ihn unverhohlen aus, was Rheon zu genießen schien.

»Das verkraftet das Jüngelchen also nicht«, höhnte er und schwang sein Schwert. »Kaum nennt man ihn feige, kommt er angerannt und protestiert. Warum hat das so lange gedauert? Haben wir dich aus deinem Mittagsschlaf geweckt?«

Lysander ließ sich nicht dazu verleiten, auf diese Sticheleien einzugehen. Er hob sein Schwert, lief geradewegs auf Rheon zu und ließ seine Klinge sprechen.

Das Volk grölte, als sich ihre Schwerter kreuzten. Wieder und wieder schlug Lysander zu, ließ Rheon keine Chance, zu Atem zu kommen, parierte jeden seiner Schläge und spürte weder Schmerz noch Erschöpfung. Auch die Rufe der Zuschauer waren bald in weite Ferne gerückt. Er dachte nicht mehr nach, ließ einfach all die Wut heraus, die sich in ihm aufgestaut hatte.

Ein weiterer Schlag, und Rheons Schwert flog quer über den Platz. Lysander riss das eigene über den Kopf hoch, hörte sich selbst brüllen, und erst als er in die weit aufgerissenen Augen seines Gegners blickte, kam er allmählich wieder zur Besinnung.

Sein Atem ging stoßweise, während die Menge um ihn herum die Luft anzuhalten schien. Rheon kniete vor ihm, und Lysander hielt sein Schwert weiter hoch. Er schrie, als er es mit der Spitze voran auf Rheon heruntersausen ließ. Der Mann warf sich auf den Rücken, zog die Hände schützend vors Gesicht, und die Klinge bohrte sich zwischen seinen Beinen tief ins Erdreich.

Lysander ließ den Griff los. Erst jetzt spürte er, wie seine Hände zitterten. Als er einen Schritt zurücktrat und sich aufrichtete, während Rheon vorsichtig die Arme sinken ließ, rasteten die Zuschauer völlig aus. Sie riefen seinen Namen, schwenkten die Landesfahne, Applaus und Jubel brandeten auf.

Rheons Blick wanderte von Lysander zu dessen Schwert. Er stürzte vor, wollte es packen, doch Lysander war schneller und riss es an sich, bevor sein Gegner es in die Finger bekam.

Rheon stolperte rückwärts und schnaubte wütend durch die Nase. Dann schaute er sich um und begriff, was alle anderen längst wussten: Er hatte verloren, und das weitaus schneller, als er es für möglich gehalten hätte.

Widerwillig beugte er das Knie und neigte das Haupt vor dem Prinzen. Lysander nahm es mit Genugtuung hin. Noch einen Augenblick lauschte er dem Jubel des Volkes, dann wandte er sich dem König zu.

Sein Vater war aufgestanden. Noch hatte er den Sieger des Turniers nicht verkündet, doch nun hob er die Arme und brachte die Zuschauer damit zur Ruhe.

Lysander trat in dem festen Glauben vor, zu wissen, was er in des Königs Augen lesen würde. Zufriedenheit darüber, seinen Sohn aufgespürt und zum Kampfplatz gezerrt zu haben. Zufriedenheit darüber, ihn kontrollieren zu können.

Doch das war es nicht, was Lysander sah. Das erste Mal in seinem Leben stand er dem König gegenüber und erkannte in dessen Blick das, was bisher nur seinem Bruder vergönnt gewesen war. Stolz.

Lysander hatte alles erwartet, nur das nicht. Und er musste sich fragen, ob er vielleicht wirklich feige gewesen war. Er hatte sich hinter Träumereien versteckt, sich auf Gefühle eingelassen, für die es im Leben eines Prinzen keinen Platz gab. Dass Amelia ihm das Herz gebrochen hatte, war am Ende womöglich ein Geschenk. Denn in diesem Moment fühlte er sich stärker denn je. Nichts würde ihn mehr derart verletzen können. Nie wieder.

Er ließ sich auf ein Knie sinken, beugte das Haupt und streckte dem König sein siegreiches Schwert entgegen.

Von diesem Tag an wollte er der Krone dienen. Er würde tun, was vor ihm sein Bruder geschworen hatte und Amberan ein für alle Mal von den Mahr befreien. Jeden Einzelnen von ihnen würde er im Namen des Königs seine Klinge spüren lassen, sie allesamt in die verfluchten Lande Farhirs zurückjagen und dem Reich Frieden bringen.

KAPITEL 15

Sheera

Auf meine Bitte hin hatte mir Sirena Lederhosen und ein einfaches Hemd besorgt. Ähnlich der Kleidung, in der ich damals den Palast betreten hatte. Und diesmal waren wir ganz sichergegangen, dass uns niemand einen Diebstahl anlasten konnte. Noch so einen Vorfall wie den mit Kanan hätte ich nicht verkraftet.

»Das ist zu viel verlangt«, sagte Sirena nun schon zum wiederholten Mal.

Sie ging in meinem Zimmer auf und ab, während ich alles, was sie mir für meine Reise besorgt hatte, in eine Tasche packte. Einen Trinkschlauch, Feuersteine, ein einfaches Messer, etwas Proviant, Seile und eine Decke. Nichts Besonderes. Nichts, was mir viel dabei geholfen hätte, den Menschen ihren wertvollsten Schatz zu stehlen.

Ich würde auf dem Weg in ihr Reich Bashtana aufsuchen müssen und mir meine Dietriche holen. Um solche Werkzeuge konnte ich niemanden im Palast bitten. Zumindest nicht, ohne Fragen aufzuwerfen.

Der Gedanke, dorthin zurückzukehren, sorgte bei mir allerdings für Bauchweh. So lange schon führte ich zwei Leben. Eines bei Tag und eines bei Nacht. Und ich hatte alles dafür getan, beides fein säuberlich voneinander getrennt zu halten, um die wenigen mir Nahestehenden nicht zu verletzen. Doch nun hing so viel mehr davon ab. Es ging nicht mehr nur um Baldur und meine kleine Heimatstadt. Mittlerweile musste sich die Kunde, dass eine Nachtalbe um den Thron kämpfte, im ganzen Reich verbreitet haben. Wie viele Bewohner Farhirs setzten große Hoffnungen in mich? Wie viele von ihnen, die von den Hochalben unterdrückt wurden, glaubten, dass sich durch mich alles ändern würde? Und was würde geschehen, wenn ich die Nächste wäre, die kniend vor dem Thron ihre Schandtaten rechtfertigen musste? Wenn ich mehr als einen Finger verlieren würde? Sogar mehr als meinen Kopf … Denn in dem Spiel, das ich fast mein Leben lang gespielt hatte, war durch meine Anwartschaft auf die Krone der Einsatz erheblich erhöht worden. Es ging nicht mehr nur um mich. Es ging um das Ansehen aller Nachtalben und all jener, in deren Adern unser Erbe floss. Wie sollte ich den Bewohnern Bashtanas in die Augen blicken, wenn ich doch genau wusste, dass ich sie alle hinterging?

Ich hielt meine Reisetasche fest. Ein Kloß hatte sich in meinem Hals gebildet, und ich blickte stur aus dem Fenster.

War das alles Murayas Strafe für mich? Sie wusste um mein Doppelleben, sonst hätte sie mir keine Aufgabe gestellt, die nur eine Diebin erfüllen konnte. Wollte sie mich daran zerbrechen sehen? So oder so war ich gezwungen, mein Geheimnis weiterhin zu bewahren und zu tun, was unsere Göttin von mir verlangte.

»Mylady?«, sprach Sirena mich besorgt an. »Sheera?«

Ich schrak aus meinen Gedanken hoch und widmete mich wieder eilig dem Gepäck. »Es ist die Aufgabe, die mir gestellt wurde, und ich werde sie erfüllen.«

»Mylady, Ihr werdet«, begann sie, brach aber ab und setzte neu an. »Du wirst das Menschenreich nicht lebend betreten können, Sheera. Diese Bestien sind barbarisch, blutrünstig und töten jeden Alben, der die Grenze überschreitet. Insbesondere auf die Nachtalben haben sie es abgesehen. Kennst du die Geschichten denn nicht?«

Ich wandte mich ihr zu. »Natürlich kenne ich sie, Sirena. Und sie machen mir keine Angst.«

»Aber das sollten sie!« Flehend schaute sie mich an.

»Weißt du überhaupt, warum sie es auf uns Nachtalben abgesehen haben?«, fragte ich.

Verwirrt schüttelte sie den Kopf.

»Weil die Hochalben meinesgleichen nicht in ihrer Nähe haben wollen. Also ziehen sich viele Nachtalben immer tiefer in die Wälder zurück, bis sie irgendwann die Grenze nach Amberan überschreiten und von den Menschen gnadenlos niedergemetzelt werden. Unschuldige Männer, Frauen und Kinder, die nichts weiter suchen als etwas Frieden, werden im Menschenreich wie Tiere gejagt, weil sie in ihrer Heimat wie welche behandelt werden. Niemand hasst diese barbarischen Menschen mehr als ich. Ich werde mich ganz bestimmt nicht von ihnen töten lassen, und wenn doch, dann ist es Murayas Wille, und ich verspreche dir, ich nehme so viele von diesen Ungeheuern mit ins Grab wie nur möglich.«

»Ich habe einen besseren Vorschlag«, sagte Sirena, sah sich um, als bestünde die Möglichkeit, dass uns jemand belauschte, und kam etwas näher. »Du solltest die Gelegenheit nutzen und fliehen. Ich weiß, ich habe gesagt, dass ich an dich glaube. Und das tue ich noch immer. Aber in Amberan erwartet dich doch nur der Tod. Vielleicht ist es Murayas Absicht gewesen, dir diese Aufgabe zu stellen, damit du der Königinnenwahl den Rücken kehren kannst.«

»Und was würde dann mit dir passieren?«, fragte ich. »Was würde man dir antun, wenn ans Licht käme, dass sich deine Herrin feige aus dem Staub gemacht hat? Wie würde sich das auf das Ansehen aller Nachtalben auswirken? Mein Versprechen, mich dieser Aufgabe zu stellen, war bindend. Ich kann es nicht brechen, und ich bringe weder dich noch andere in Gefahr, indem ich auch nur eine Sekunde lang darüber nachdenke.«

»Es muss doch niemand erfahren. Sollen sie dich doch für tot halten.« Sirena blickte mich mit großen runden Augen an. Ich sah Tränen darin glitzern, sah ihre Bewunderung für meinen Mut und meine Opferbereitschaft, und ich schämte mich, weil ich sie genauso belog wie alle anderen. Was würde sie von mir halten, wenn sie die Wahrheit wüsste?

»Sirena …«, begann ich, wurde aber unterbrochen, als jemand an der Tür klopfte.

»Ja bitte?«, fragte Sirena und räusperte sich.

Ein Page betrat mit gesenktem Blick den Raum. »Mylady«, grüßte er knapp. »Kommandant Athura lässt ausrichten, dass die Pferde gesattelt bereitstehen. Wenn Ihr so weit seid?«

Ich nickte, schnürte meine Tasche zu und warf sie mir über die Schulter.

»Viel Glück«, wünschte Sirena mir. »Wir werden uns wiedersehen, nicht wahr?«

»In ein paar Tagen schon«, versprach ich. »Kannst du Kanan von mir ausrichten, dass …«

»Er weiß es«, versicherte sie mir mit sich überschlagender Stimme. »Er braucht nur etwas mehr Zeit.«

Wieder nickte ich. Zu gehen, ohne noch einmal mit ihm gesprochen und ihn um Verzeihung gebeten zu haben, fiel mir nicht leicht. Aber wenn er mich nicht sehen wollte, konnte ich ihn nicht dazu zwingen.

Ich folgte dem Pagen durch die Gänge des Palastes. Sie zu durchschreiten, fühlte sich an wie ein Trauermarsch. Überall blieben die Alben stehen und blickten mir schweigend nach. Mit Sicherheit rechneten die wenigsten damit, mich lebend wiederzusehen, und in einigen Gesichtern konnte ich lesen, dass sie froh darüber waren. Wahrscheinlich wurde hinter meinem Rücken gemunkelt, dass Muraya mir eine unlösbare Aufgabe gestellt hatte, um dem ganzen Irrsinn ein Ende zu setzen. Vielleicht suchten die Priester des Ordens der Grauen bereits nach einer anderen Sheera Abendhauch. Nach einer jungen, hübschen Hochalbe, die zufällig denselben Namen trug und die wahre Anwärterin auf den Thron war. Das käme wohl allen recht.

Auf dem Hof angelangt, erwarteten mich vier gesattelte Pferde. Keine Gruppe Adliger mitsamt ihrer Bediensteten oder dergleichen. Offenbar gab es vonseiten der Palastbewohner kein Interesse, mich bis zur Grenze Farhirs zu begleiten, so wie sie Riella zum Silberwald gefolgt waren.

Die Pferde gehörten Taros, zwei Blutalben und Athura, der die Zügel seines Rappens hielt. Verwundert schaute ich mich um. Für mich gab es diesmal wohl kein Pferd. Ich war mit einer vornehmen Kutsche abgeholt und zum Palast gebracht worden, würde den Weg zurück aber zu Fuß zurücklegen müssen.

Es wunderte mich nicht, dass man mir eine Eskorte zur Seite stellte. Man wollte wohl sichergehen, dass ich die Grenze zum Menschenreich tatsächlich überschritt. Auch dass Taros mich begleiten würde, ärgerte mich zwar, überraschte mich aber nicht. Mit Athura hätte ich allerdings nicht gerechnet. Der Begleitschutz gehörte wohl kaum zu den Aufgaben eines Kommandanten, und ihm sollte mittlerweile doch klar sein, dass es für uns beide besser war, Abstand voneinander zu halten.

»Sheera!«, grüßte er mich. Ein erleichtertes Lächeln lag auf seinen Lippen. Er schien sich bis zuletzt nicht sicher gewesen zu sein, ob ich mich meiner Aufgabe stellen würde. Dabei war seine Ansprache doch wirklich überzeugend gewesen. Ohne ihn hätte ich wahrscheinlich längst aufgegeben.

Ich blickte mich noch einmal um. »Wo ist deine Verlobte?«, fragte ich.

Athura sah mich scharf an. »Hattest du sie erwartet?«

»Ebenso wenig wie den Kommandanten der königlichen Truppen«, erwiderte ich.

»Ich bin hier, um dir Glück zu wünschen«, erklärte er. »Noch ist der Hof leer, aber glaube mir: Wenn du deine Aufgabe erfüllt hast, wird man dich mit Jubelrufen empfangen.« Er hielt mir die Zügel seines Pferdes hin. »Nimm.«

Fragend schaute ich ihn an.

»Du hast bewiesen, wie geschickt du im Sattel bist. Er wird dir gute Dienste leisten.«

»Das ist zu viel«, lehnte ich ab.

»Es ist das Mindeste«, widersprach er, und ehe ich reagieren konnte, hatte er meine Hand ergriffen, mir die Zügel übergeben und hielt mich fest.

Ein Schauer überlief mich, und die Knie wurden mir weich. Wie konnte es sein, das eine Berührung von ihm ausreichte, dass ich mich derart machtlos fühlte? Wieso tat er das, hielt mich fest, strich mir mit dem Daumen über den Handrücken und blickte mir dabei in die Augen? Er brachte sich dadurch doch nur in Schwierigkeiten. Wenn Gerüchte aufkämen, wäre vielleicht nicht ich, sondern er der Nächste, der vor dem Thronpodest knien und um sein Leben bangen musste.

Ich wollte ihm meine Hand entziehen, war aber nicht fähig, mich zu bewegen. Das Feuer in seinem Blick schien auf mich überzugehen, löste eine Hitze in mir aus, die ich nicht kontrollieren konnte, und hielt mich gefangen. Unfähig, etwas zu sagen, schaute ich zu ihm auf.

»Hör mir gut zu«, sagte er und warf den Blutalben einen verstohlenen Blick zu. Dann trat er näher an mich heran und fuhr mit gesenkter Stimme fort. »Ich bin hier, weil es die letzte Gelegenheit ist, dich zu warnen. Du darfst den Stimmen des Waldes nicht folgen. Verstehst du? Das ist deine eigentliche Aufgabe. Den Dämmerstein an dich zu bringen, wird dir mit Leichtigkeit gelingen. Er ist schon seit jeher im Besitz der Königsfamilie von Amberan, und die sollte leicht zu finden sein. Die Herausforderung besteht darin, den Grenzwald zu überwinden.«

»Ich verstehe«, sagte ich und löste meine Hand aus seiner. Flüchtig wanderte mein Blick zu den Blutalben. Sie schienen nicht mitbekommen zu haben, was zwischen Athura und mir vor sich ging. Vielleicht taten sie aber auch nur so.

»Kümmere dich gut um Thorn«, bat Athura und tätschelte die Flanke des Hengstes. »Er ist das beste Pferd im Stall der Königin, und sie würde sich ebenso freuen, ihn wiederzusehen, wie ich. Du wirst uns nicht enttäuschen, oder?«

»Dafür werde ich schon Sorge tragen«, mischte sich Taros ein. Unwillkürlich wich ich ein Stück von Athura zurück. Taros schwang sich auf sein Pferd, und seine Männer folgten seinem Beispiel.

»Möge Muraya an deiner Seite sein«, wünschte Athura mir. Seine Hand berührte meinen Arm, er schaute mir in die Augen, und in mir wuchs der Wunsch, ihn wiederzusehen. Es gab so vieles, was ich nicht von ihm wusste. So viele Dinge, die unausgesprochen blieben. Dieser Tag durfte nicht der letzte sein, an dem wir uns gegenüberstanden.

Ich zwang mich, meinen Blick von ihm zu lösen, nickte knapp und schwang mich in den Sattel.

Taros und seine Männer beschränkten sich während unseres langen Rittes zur Grenze bei ihren Gesprächen auf das Nötigste. Und auch ich zog es vor zu schweigen.

Wir hatten den Palast schon vor Stunden hinter uns gelassen, und beinahe kamen mir die vergangenen Tage wie ein allmählich verblassender Traum vor. Das weite Land um uns herum, die in Sonnenlicht getauchten Ähren auf den Feldern und der sanfte Wind, der den Duft nach Blumen mit sich trug, erweckten ein Gefühl von Freiheit in mir. Aber seit Taros mich in den Gassen von Bashtana aufgegriffen hatte, war ich nicht mehr frei. Und auch wenn ich keine Fesseln trug, fühlte ich mich mehr wie eine Gefangene als an jenem Tag. Gebunden diesmal nicht durch ein Seil um meine Handgelenke, sondern durch meine Verantwortung. Ich machte mir mehr Sorgen, mein wahres Ich könnte enthüllt werden, als darüber, meine Aufgabe vielleicht nicht zu erfüllen.

Dabei hätte ich mir darüber sehr wohl Sorgen machen müssen. Schließlich hatte Sirena nicht übertrieben: Die Menschen waren unbarmherzig und grausam. Es hieß, dass an der Grenze zu Farhir Speere mit den Köpfen ermordeter Alben aufgepflanzt waren. Sie waren als Abschreckung gedacht und sollten uns von ihrem Reich fernhalten und uns daran erinnern, was sie meinem Volk vor vielen Hundert Jahren angetan hatten.

Jeder kannte die alten Geschichten. Jeder wusste, dass die Menschen eines Nachts von Haus zu Haus gegangen waren und jeden Mischblüter und Alben ihres Landes gnadenlos gemeuchelt hatten. Ihre Straßen waren mit dem Blut Tausender Unschuldiger getränkt, der Geruch nach Tod und Verwesung haftete ihnen noch immer an, und seit jener Nacht überschritt kein Albe mehr freiwillig die Grenze. Auch so viele Jahrhunderte nach dieser Gräueltat. Und dennoch stand ich kurz davor, genau das zu tun.

Als würde Athuras Hengst spüren, wie aufgewühlt ich war, begann er, nervös zu tänzeln und zu wiehern.

»Du musst die Zügel anziehen«, ermahnte Taros mich. »Wenn du ihm nicht zeigst, wer der Herr ist, geht er dir durch.«

»Ich weiß, was ich tue«, fuhr ich ihn an.

»Ach ja?«, sagte er abfällig und trieb sein Pferd neben meines. »So sieht es aber nicht aus. Ich habe versprochen, auf den Gaul aufzupassen, und ich halte meine Versprechen. So wie ich dich unbeschadet in den Palast gebracht habe, obwohl ich dir am liebsten bei lebendigem Leib die Haut abgezogen hätte, als du mir ins Gesicht gespuckt hast.«

»Das hätte dir gefallen«, entgegnete ich. »Aber du bist ein braver Soldat, nicht wahr? Du befolgst deine Befehle.«

»Abwarten, meine Liebe. Abwarten.«

Ich verstand sehr gut, wie der Hengst sich fühlte. Er war wild, und er hätte frei sein müssen. Stattdessen zwangen ihn Zaumzeug, Sporen und Gerte in ein Leben als Werkzeug. So viel geballte Kraft, so ein starker, ungebrochener Wille, geknechtet und in Schach gehalten.

Genauso wenig, wie ich abstreifen konnte, was mir das Leben auferlegte, konnte er sich von den Zügeln befreien.

Ich lockerte meinen Griff, lehnte mich vor und gab ihm mit den Schenkeln das Signal zum Galopp.

Sofort schoss er nach vorn. Seine Hufe trampelten über den schmalen Pfad hinweg, der sich durch endlos scheinende Felder schlängelte. Sie wirbelten Staub auf, trugen uns immer weiter und weiter von Taros und seinen Blutalben weg, und bald schon waren sie nicht mehr zu sehen.

Ein Lächeln legte sich auf meine Lippen. Ich schaute nach vorn und ließ mich tief in den Sattel sinken. Der Wind ließ mein Haar und die Mähne des Hengstes flattern. Er umspielte uns beide und gab mir das Gefühl, zu fliegen. Noch einmal blickte ich zurück. Hinter mir tauchten die Pferde der Blutalben auf und verschwanden gleich darauf wieder, als der Hengst noch schneller wurde.

Ich wusste, dass ich nicht wirklich entkommen konnte. Und das Pferd wusste es auch. Allmählich wurde es langsamer, ich nahm die Zügel wieder auf und lenkte es querfeldein auf eine Anhöhe. Auf dem Gipfel angekommen, lehnte ich mich zurück und brachte den Hengst dadurch zum Stehen.

Thorn tänzelte noch etwas, fügte sich aber schließlich in sein Schicksal. »Schon gut«, flüsterte ich und strich ihm über den Hals. Dann richtete ich mich auf und ließ meinen Blick über Bashtana schweifen.

Vom höchsten Punkt des sanft abfallenden Hügels aus konnte man gut über die strohbedeckten Dächer der Stadt und den dahinter liegenden Wald blicken. In den Straßen wimmelte es von Anwohnern. Rauch stieg von den vielen Schornsteinen auf, und der Geruch von kalter Asche, Morast und Jauche mischte sich mit dem nach getrockneten Kräutern und frisch geschnittenem Korn. Ich atmete tief ein.

Vielleicht war es nicht gerade der Duft einer Blumenwiese, der mich an zu Hause erinnerte, aber er war mir vertraut, schenkte mir das Gefühl von Heimat, und ich wollte mir die Erinnerung daran unbedingt bewahren, bevor ich die Grenze zum Menschenreich überschreiten und womöglich nie mehr zurückkehren würde.

»Du kleines Biest!«, brüllte Taros. Er und seine Männer hatten gerade das Tal erreicht und trieben ihre Pferde den Hügel hinauf.

»Was denn?«, rief ich ihm zu. »Ich wollte Bashtana vor Sonnenuntergang erreichen. Ist das ein Problem?«

Noch bevor Taros mich eingeholt hatte, ritt ich weiter. Schon von Weitem entdeckten mich die ersten Anwohner. Ein paar Kinder kamen auf mich zugelaufen und umringten mein Pferd.

»Sie ist zurück!«, rief jemand.

»Sheera ist wieder da!«

Ich versuchte, mir nichts anmerken zu lassen, aber innerlich fühlte ich mich wie eine Betrügerin. Sicher hatte unser Priester, gleich nachdem mich die königliche Kutsche fortgeschafft hatte, allen erzählt, was vor sich gegangen war. Nämlich dass mich Muraya höchstselbst dazu auserkoren hatte, zur Wahl der neuen Königin anzutreten. Mich, eine Nachtalbe, eine von ihnen, ein einfaches, unbescholtenes Waisenkind. Sie hatten ja keine Ahnung.

»Wie sieht Haran aus?«, fragte eines der Kinder.

»Sind die Türme des Palastes wirklich weiß wie Schnee?«, wollte ein anderes wissen.

Ich kam nur langsam voran, und Thorn gefiel es gar nicht, so bedrängt zu werden.

»Sheera!«, rief der Bürgermeister über die Köpfe der versammelten Alben hinweg. Er hatte die Arme weit ausgebreitet und kam auf mich zu. Ich brachte mein Pferd zum Stehen. »Wir haben sehnlichst auf den Tag deiner Rückkehr gewartet. Sicher wird dich eine ganz besondere Aufgabe zurück in deine bescheidene Heimat geführt haben, und wir wollen dich nicht lange aufhalten. Aber es ist spät, du hast eine lange Reise hinter dir und willst bestimmt rasten, bevor du Murayas Wegen folgst.«

»Rasten?«, brüllte jemand. »Feiern werden wir!«

Zustimmende Rufe wurden laut, und Thorn wieherte aufgebracht. Ich warf Taros einen fragenden Blick zu. Eigentlich brauchte ich seine Erlaubnis nicht, um dem Wunsch der Anwohner Folge zu leisten. Nirgends stand geschrieben, wie viele Pausen ich auf dem Weg nach Amberan einlegen durfte. Und eigentlich wollte ich auch nicht, dass er zustimmte. Ich wollte das genaue Gegenteil, denn nach feiern war mir wirklich nicht zumute, und das Gefühl, eine Betrügerin zu sein, lastete schwer auf mir.

Taros war allerdings zu beschäftigt, die Kinder von seinem Pferd wegzuscheuchen, um auf mich zu achten.

»Also gut«, stimmte ich schließlich zu und löste damit erneute Jubelrufe und Applaus aus.

KAPITEL 16

Sheera

Es war bereits spät in der Nacht, als es mir endlich gelang, mich loszueisen. Die Anwohner hatten den Marktplatz mit Blumen und Wimpeln geschmückt, ihre Tische aus den Häusern geholt und zu großen Tafeln zusammengestellt. Ein paar Musikanten standen im stillgelegten Brunnen und spielten fröhliche Musik, und die Frauen tanzten dazu in ihren schönsten Kleidern. Keine Feier im Palast konnte mit der fröhlichen und ausgelassenen Stimmung mithalten, die an diesem Abend in einem so ärmlichen Städtchen wie Bashtana herrschte. Ein jeder schien seine Sorgen vergessen zu haben. Trotz leerer Geldbörsen und viel zu hoher Abgaben an den Baron von Embran hatten sie aufgetischt, was ihre Speisekammern hergaben.

Taros und seine Männer schienen kein schlechtes Gewissen zu haben, sich bedienen zu lassen und sich die Bäuche vollzuschlagen. Einer von ihnen ließ sich sogar zum Tanz mit den Frauen überreden. Und das, obwohl alle Bewohner von Bashtana Mischblüter waren.

Ich nutzte die Gelegenheit, dass sich alle um den tanzenden Blutalben versammelt hatten, im Takt klatschten und ihn anfeuerten, um die Feier zu verlassen und mit den Schatten am Rand des Marktplatzes zu verschmelzen.

Ratten und Kakerlaken suchten das Weite, als ich eine schmale Seitengasse betrat. Ich huschte lautlos zu einer Wand, ging in die Hocke und tastete sie ab. Schnell hatte ich den losen Teil der Mauer gefunden und unter einem der Backsteine meine Dietriche hervorgezogen. Ich wollte gerade wieder gehen, als mein Blick auf einen kleinen, unscheinbaren Beutel fiel. Die Goldmünzen von meinem letzten Raubzug. Beinahe hätte ich sie vergessen.

»Ich wusste nicht, ob du wiederkommst«, sprach Baldur mich unerwartet an.

Ich fuhr innerlich zusammen und wandte mich um. Mit regloser Miene stand er da und beobachtete mich. Ein alter, gedrungener Mann mit spitzen Ohren und leuchtend blauen Augen. Nur seine bräunliche Haut wies ihn als weit entfernten Nachkommen der Menschen aus.

Wie viel hatte er gesehen? Mein Herz schlug schneller, und ich fühlte mich bloßgestellt. Als hätte seine Anwesenheit die Schatten vertrieben, in denen sich mein wahres Ich versteckte. Ohne den Blick von Baldur abzuwenden, schloss ich meine Hand um die Dietriche, in der Hoffnung, sie vor ihm verbergen zu können.

»Wieso folgst du mir?«, fragte ich.

»Wenn du nicht wiedergekommen wärst, hätte ich das Gold auf die Stufen des Tempels gelegt, so wie du es immer getan hast«, erklärte er ungerührt.

Verwundert schaute ich ihn an. Woher wusste er davon? War mein Geheimnis nicht so gut gehütet gewesen, wie ich geglaubt hatte?

»Aber da ich die Hoffnung hegte, du würdest heimkehren, habe ich es in deinem Versteck gelassen. Ich wusste ja nicht, ob du es dort, wo dich Murayas Wege hinführen, gebrauchen kannst.«

Wenn Baldur von diesem Versteck wusste, hatte er auch die Dietriche gesehen. Dann wusste er längst, was ich vor ihm zu verbergen versucht hatte.

Gefasst nahm ich das Gold, schob den Backstein an seinen Platz zurück und stand auf. War es nun so weit? Brach mein mühsam errichtetes Lügengebäude in sich zusammen? Ich hatte gewusst, dass es irgendwann geschehen würde, aber nie geglaubt, dass Baldur es wäre, der die Wahrheit ans Licht zerrte.

»Wie lange schon?«, fragte ich.

»Niemand verdient so gut mit dem Verkauf von Kräutern auf dem Markt«, erklärte er.

Also hatte er es die ganze Zeit gewusst und nie etwas gesagt? Oder war es immer nur eine Ahnung gewesen, die sich mit dem Fund meiner Dietriche bestätigt hatte? Es spielte wohl keine Rolle.

Sicher verurteilte er mich für das, was ich in Wirklichkeit war. Eine gemeine Diebin lebte seit Jahren unter seinem Dach, saß mit ihm am Tisch, hatte das Brot mit ihm geteilt und ihn über so lange Zeit hinweg belogen. Wie hätte er mir je verzeihen können? Das Bild von dem unschuldigen Mädchen, das ich vor ihm aufrechtzuerhalten versucht hatte, war unwiederbringlich zerstört.

»Es tut mir leid«, entschuldigte ich mich aufrichtig und senkte den Blick. »Ich wollte dir nichts vormachen.«

»Aber das hast du nicht«, meinte er. Erstaunt sah ich ihn an. »Du bist immer noch meine Sheera. Das bist du schon immer gewesen, und nichts, was ich über dich erfahre, kann etwas daran ändern.«

»Aber ich habe dich belogen«, beharrte ich.

»Das hast du«, stimmte er zu. »Aber Sheera, wenn man von einem Baum nur Stamm und Rinde kennt, bleibt er dennoch ein Baum, auch wenn man den Blick hebt und die Äste und Blätter entdeckt. Und auch wenn unter der Erde mindestens genauso viele Wurzeln vor uns verborgen liegen, wie der Baum Äste hat, bleibt er immer noch das, was er ist: ein Baum. Egal, wie viel man von ihm sieht. Genau wie du meine Sheera bleibst, auch wenn du Geheimnisse vor mir hast.«

Ungläubig starrte ich Baldur an. Mir war, als würde mir eine schwere Last von den Schultern genommen, und mit einem Mal fühlte ich mich um vieles leichter. Ich lief auf ihn zu und fiel ihm in die Arme.

»Schon gut«, flüsterte er mir ins Ohr und strich mir über den Rücken.

Allmählich begriff ich, dass ich mich selbst belogen hatte, indem ich mir einredete, nicht die Albe zu sein, die ich am Tag war. Dabei gehörte sie genauso zu mir wie alles andere, und vielleicht sah Muraya wirklich mehr in mir, als ich bisher für möglich gehalten hatte. Vielleicht würden sich mir Aufgaben stellen, die jemand, der bloß eine Diebin war, nicht bewältigen konnte, ich aber sehr wohl.

Ganz Bashtana verabschiedete sich am nächsten Morgen von mir. Ich brauchte keine Schar von Adligen und Bediensteten, die mich auf den Weg zur Landesgrenze begleiteten, wenn ich anstelle dessen das einfache Volk auf meiner Seite hatte.

Am Stadtrand blieben die meisten zurück. Ich bedankte mich ein letztes Mal mit einem Nicken bei Baldur, und er erwiderte es lächelnd. Dann trieb ich meinen Hengst an. Die Kinder folgten uns noch ein Stück weit die Straße entlang und hielten erst inne, als der Wald in Sicht kam.

»Viel Glück!«, rief mir eines der Mädchen nach.

Ich winkte ihr und den anderen zu und wandte mich wieder nach vorn. Meine Reisetasche war prall gefüllt mit Proviant, meine Dietriche und das Gold trug ich dicht am Körper, und mein Geheimnis war für mich nun keine Last mehr, sondern eine Waffe, die ich einzusetzen wusste.

Ich würde diesen Dämmerstein auftreiben und ihn in den Palast von Haran bringen. Und spätestens dann mussten die Adligen verstehen, dass wir Nachtalben kein feiges, nichtsnutziges Pack waren.

Entschlossen blickte ich zum dunklen Forst und lauschte dem leisen Flüstern in den Schatten. Schon oft hatte ich es gehört, mich aber nie von ihm verleiten lassen. Wie jedem Kind in Farhir war auch mir beigebracht worden, mich um jeden Preis von der Grenze fernzuhalten. Ich kannte die Geschichte über die Grausamkeit der Menschen und die Gefahren, die uns in Amberan drohten. Was dort im Dunkeln nach mir rief, war ein verführerisches Locken, das mich wie magisch anzog – ein Ruf, dem schon zu viele Nachtalben gefolgt und zum Opfer gefallen waren.

Ich war immer stolz darauf gewesen, keine von ihnen zu sein, und nun war ich im Begriff, die Grenze freiwillig zu übertreten.

Der Weg endete ein gutes Stück weit vor den ersten Bäumen. Näher hatte sich nie ein Albe Bashtanas an das Menschenreich herangewagt. Taros sprang aus dem Sattel und ließ seinen Blick über das Dickicht wandern.

»Hier geht es nicht weiter«, sprach er das Offensichtliche aus.

»Jedes Kind weiß, dass kein Weg nach Amberan führt«, sagte ich und zügelte mein Pferd. Auf seinem Rücken würde es kein Durchkommen geben, also stieg auch ich ab.

»Du wirst dich dort irgendwie durchschlagen müssen«, meinte Taros. »Aber das sollte einer wie dir ja nicht schwerfallen. Der Wald ist schließlich so etwas wie dein zweites Zuhause, nicht wahr?«

Die beiden Blutalben lachten verhalten.

»Ich komme schon zurecht«, knurrte ich.

»Bestimmt«, sagte Taros. »Und jetzt gib mir die Zügel.«

»Wie bitte?«, fragte ich.

»Dachtest du, ich lasse zu, dass du den edelsten Hengst im Gestüt der Königin in den sicheren Tod führst? Wer diesen Wald betritt, kommt nicht lebend zurück. Auch das weiß jedes Kind.«

Ich sah an Taros' Blick, dass er fest davon überzeugt war, mich nicht lebend wiederzusehen. Ein gehässiges Grinsen umspielte seine Lippen. Als läge mir eine Schlinge um den Hals und er wäre der Henker, dessen Hand sich gerade um den Hebel der Falltür schloss. Er wartete nur darauf, an ihm zu ziehen und mir damit den Todesstoß zu versetzen.

»Her damit«, forderte er mich noch einmal auf.

»Ihr werdet nicht einmal warten, oder?«, fragte ich und schaute von ihm zu den beiden Blutalben, die meinen Blick mieden. Nur Taros starrte mich an, und sein Grinsen wurde noch breiter.

So war das also. Noch bevor ich überhaupt herausgefunden hätte, wo die Menschen den Dämmerstein aufbewahrten, wäre Taros längst wieder im Palast, um von meinem bedauerlichen Ableben zu berichten. Wieso brachte er mich nicht gleich eigenhändig um? Oder war sein Glaube an Muraya stark genug, dass er ihr nicht ins Handwerk pfuschen wollte? Wollte er seine Hände nicht mit dem Blut einer dreckigen Nachtalbe beschmutzen?

Ich schnaubte verächtlich, nahm meine Tasche und wandte mich ihm wieder zu.

»Bitte sehr«, zischte ich, als ich ihm die Zügel übergab. »In ein paar Tagen bin ich mit dem Dämmerstein zurück.«

»Wir werden sehen«, sagte er.

Ich blickte zum Wald, suchte eine Stelle, an der das Dickicht nicht ganz so undurchdringlich wirkte, und tauchte dort in die Schatten ein. Erst als ich sicher war, dass Taros mich nicht mehr sehen würde, warf ich einen Blick zurück.

Er schwang sich bereits in den Sattel. Für ihn war ich in dem Moment, als ich den Wald betreten hatte, dem Tod geweiht, und für mich bedeutete das, keine Zeit verlieren zu dürfen. Ich musste des Dämmersteines habhaft werden, bevor Taros mich für tot erklärte.

Ich schaute mich im Wald um. Dass sich ein merkwürdiges Gefühl in meiner Brust breitmachte, konnte ich nicht leugnen. Die Schatten um mich herum schienen wie ein Teil von mir zu werden, und das fühlte sich auf seltsame Weise richtig an. Gut und irgendwie beruhigend.

Ich wusste nicht, wie viel ich mir von dem, was ich zu spüren glaubte, nur einbildete. War da wirklich ein Flüstern, oder war es nur das Rauschen des Windes? Beobachteten mich die Tiere des Waldes oder der Wald selbst, und wieso verunsicherte mich das nicht, sondern gab mir vielmehr das Gefühl, jemand würde auf mich aufpassen?

Dass ich keine Angst hatte, mich zu verirren, während ich immer tiefer in den Wald hineinlief, löste am Ende genau das in mir aus: Angst. Angst davor, zu sehr ein Teil des Waldes zu werden. So wie schon zu viele Nachtalben vor mir.

Bald hatte ich jegliches Zeitgefühl verloren. Lautlos bewegte ich mich über den weichen Boden, strich mit den Fingern über die Baumstämme, nahm den schweren Duft nach Erde und Moos tief in mir auf. Ich war nicht benebelt oder auf irgendeine Weise betäubt. Ganz im Gegenteil – meine Sinne waren schärfer denn je. Ich nahm jedes Knacken im Dickicht wahr, jedes Fiepen der Nager unter dem Laub. Sogar das Rascheln kleiner Insekten unter Rinde und Geäst.

Ich ging in die Hocke, schob ein paar Blätter beiseite und griff nach einem fetten Käfer, ehe er wusste, wie ihm geschah. Warum ich das tat, verstand ich selbst nicht. Durch schmale Augen beobachtete ich, wie er hilflos zwischen meinen Fingern zappelte, und das Wasser lief mir im Mund zusammen. Ich hob den Käfer an, leckte mir über die Lippen, als mich Hufgeräusche ablenkten.

Schnell hob ich den Kopf und entdeckte ein ganzes Stück weit entfernt eine Kutsche, die zwischen den Bäumen hindurchpreschte. Dort vorn musste es eine Straße geben. Hatte ich schon die Grenze zu Amberan überschritten? Hatte ich den Wald denn nicht erst vor wenigen Minuten betreten? Ein Blick hinauf zum Himmel verriet mir, dass bereits Stunden vergangen sein mussten.

Ich wandte mich wieder dem dicken schwarzen Käfer zu, der hilflos zwischen meinem Daumen und Zeigefinger hing. Erschrocken schnipste ich ihn weg. Was war bloß in mich gefahren? Beinahe hätte ich dieses Ding gegessen! Die Galle kam mir hoch, ich griff nach meinem Trinkschlauch, doch meine Hand fasste ins Leere.

Sofort sprang ich auf und tastete meinen Körper ab. Die Dietriche und der Beutel mit Gold waren noch da, doch wo war meine Tasche? Mein Atem ging schneller, ich schaute mich gehetzt um und begriff allmählich, dass ich sie irgendwo auf dem Weg zurückgelassen haben musste. Ich hatte es nicht einmal bemerkt.

Hatte Taros am Ende recht gehabt, mich in dem Moment abzuschreiben, als ich die Grenze zum Wald übertrat? Irgendetwas ging an diesem Ort vor sich. Etwas, was ich nicht erklären konnte. Wäre die Kutsche nicht gewesen, hätte ich vielleicht völlig den Verstand verloren.

Ich schaute mich nach ihr um. Sie war noch nicht außer Sicht, und wenn ich mich beeilte, konnte ich sie vielleicht noch einholen. Es war ein Gespann von zwei Pferden, begleitet von vier Reitern. Dass es sich dabei um Menschen handelte, riet ich nur, denn aus der Entfernung war nicht viel zu erkennen.

Lautlos huschte ich durch den Wald. Ich hielt mich, so gut es ging, in den Schatten versteckt und kletterte in das Geäst eines Baumes, als ich die Straße erreichte. Unmittelbar danach näherten sich mir die ersten beiden Reiter.

Ich wagte mich noch ein Stück weiter vor. Die Menschen waren wirklich seltsam anzusehen. An ihren Körpern trugen sie Platten aus Metall, klobig und verbeult. Darunter war gepolsterte Kleidung zu sehen, und darüber grob gewebte, bunte Stoffe. An ledernen Gürteln hingen Schwerter, wie ich sie noch nie gesehen hatte. Diese Reiter mussten unheimlich stark sein, wenn sie solche Waffen tragen konnten. Zwar waren ihre Gesichter ebenfalls hinter Metallplatten versteckt, aber es mussten Menschen sein, denn kein Albe wäre auf die Idee gekommen, sich in Eisen zu hüllen.

Die ersten beiden Reiter trabten unter mir hindurch. Die Kutsche folgte. Es war ein einfaches, geschlossenes Gefährt mit zugezogenen Vorhängen und jeder Menge Gepäck auf dem Dach.

Der Fahrer auf dem Bock trug keine Eisenkleidung, aber auch sein Gesicht war kaum zu erkennen. Er hatte Brauen, so dicht und wild, dass ich im ersten Moment an ein Stirnband aus Wolfspelz dachte. Die Augen darunter waren winzig, seine Züge grob und die Haut dunkel und ledrig.

Wo auch immer diese Reisegruppe hinfuhr, sie würden den Wald sicher verlassen, und genau das musste ich auch, wenn ich nicht vorhatte, seinem Zauber endgültig zu erliegen.

Ich ließ mich fallen, landete geräuschlos zwischen den Gepäckstücken auf dem Kutschdach und verharrte für einen Moment, um sicherzugehen, dass mich weder der Kutscher noch die nachfolgenden Reiter bemerkt hatten. Dann erst robbte ich zum Rand des Daches, schob mich vorsichtig über die Kante und warf einen Blick ins Kutscheninnere.

Nur eine Person saß dort. Ob Frau oder Mann, konnte ich nicht sofort erkennen. Der Mensch war in einen aschgrauen Umhang gehüllt, trug die gelockten Haare hochgesteckt und hatte blaue Farbe auf den Augenlidern. Gerade war er dabei, ein kleines, aufgeklapptes Schmuckstück zu betrachten und sich mit einer Art Schwamm Puder ins Gesicht zu tupfen.

Er oder sie war von kräftiger Statur, aber nicht so massig wie die Menschen auf den Pferden. Auch die Kleidung erinnerte eher an die der adligen Damen im Palast von Haran – wenn auch viel ausladender und von grober Machart. Erst als ich mir den Körper genauer anschaute, waren weibliche Rundungen zu erahnen.

Die Kutsche fuhr um eine Biegung, wodurch den Reitern der Blick auf die Seitenfenster verwehrt war, und ich konnte mich unbemerkt ins Innere schwingen.

Die Menschenfrau riss erschrocken die Augen auf, doch ehe sie schreien konnte, hatte ich ihr meine Hand fest auf den Mund gepresst.

»Schhhh!«, zischte ich.

Ein leises Wimmern entkam ihr. Es war ein helles, schwaches Stimmchen. Offenbar lag ich also richtig. Es handelte sich bei ihr tatsächlich um einen weiblichen Menschen.

»Kannst du sprechen? Verstehst du, was ich sage?«, fragte ich. Ich war mir bis zu diesem Moment nicht sicher, ob die Menschen eine Sprache hatten wie wir, aber die Frau nickte, also verstand sie mich.

Noch immer starrte sie mich aus geweiteten Augen an, und allmählich sammelten sich Tränen darin. Offenbar jagte ich ihr Angst ein.

»Ich will zum Palast von Amberan«, erklärte ich.

Die Frau riss die Augen noch weiter auf. Vorsichtig lockerte ich meinen Griff, legte aber den Zeigefinger auf meine Lippen, um klarzumachen, dass sie nicht schreien durfte.

»Was …?«, brachte sie mit zittriger Stimme hervor. »Was bist du?«

Mehr als ihre Verwirrung wunderte es mich, dass sie nicht irgendeine andere Sprache sprach. Wenn auch mit seltsamem Akzent, waren es albische Worte, die ihr holprig über die Lippen kamen. Aber wie war das möglich, wenn sie offenbar nie zuvor eine Nachtalbe gesehen hatte? Und das ausgerechnet so nahe der Grenze, wo der Boden von unserem Blut getränkt war.

»Der Palast, wo liegt er?«, verlangte ich zu erfahren.

Statt zu antworten, riss sie den Mund auf, um zu schreien. Ich hatte sie niedergeschlagen, noch bevor ihr auch nur ein Laut über die Lippen kam.

Von draußen drangen Geräusche zu mir. Ich zerrte sie vom Sitz und entriss ihr den Umhang. Als einer der Reiter durchs Fenster schaute, hatte ich mich bereits in den grauen Stoff gehüllt und den Platz der Frau eingenommen. Sie selbst lag vor neugierigen Blicken verborgen am Boden der Kutsche.

»Ist alles in Ordnung, Durchlaucht?«, fragte der Mann.

Ich war noch dabei, mir die Kapuze zurechtzurücken und nickte zustimmend.

»Es geht Euch wirklich gut?«, hakte er nach.

»Ja«, antwortete ich knapp und mit verstellter Stimme. Zu viel konnte ich nicht sagen, ohne zu wissen, wie sehr sich die Sprache der Menschen von meiner unterschied.

Der Mann schien zufriedengestellt. »Verzeiht die Störung«, bat er und ließ sich wieder zurückfallen.

Ich atmete erleichtert auf. Vorerst war ich sicher und würde den Wald hoffentlich bald hinter mir lassen.

Zu meinen Füßen stöhnte die Frau. Ich sank neben ihr zu Boden und presste ihr die Hand auf den Mund, als sie das Bewusstsein zurückgewann. Panisch blickte sie zu mir auf.

»Du bringst mich jetzt zu dem Palast von Amberan, verstanden?«, verlangte ich.

Es schien eine Weile zu dauern, bis meine Worte zu ihr vordrangen. Dann aber nickte sie eifrig.

KAPITEL 17

Lysander

Lysander beobachtete vom Fenster aus, wie die Kutschen auf dem Hof vorfuhren. Nachdem sich die Kunde über den Turniersieg des Prinzen im ganzen Reich verbreitet hatte, waren auch die letzten der missgünstigen Adligen aus ihren Löchern gekrochen, um an den Feierlichkeiten teilzunehmen. Schließlich mussten sie sich ihm gegenüber möglichst untertänig zeigen und ihm Treue schwören.

Dabei wusste Lysander genau, was sie wirklich über ihn dachten. Ein glorreicher Sieg änderte nichts daran, und noch immer trachteten viele von ihnen nach der Krone. Das war mit ein Grund dafür, warum Lysander nie der Sohn hatte sein wollen, den sein Vater sich wünschte. Denn niemand scherte sich um einen Taugenichts, der kein Interesse an Reichtum und Macht hatte. Niemand verschwor sich gegen ihn, schmiedete Pläne, ihn aus dem Weg zu schaffen, um selbst dem Thron näher rücken zu können.

Diesen Zeiten hatte Lysander mit seinem Turniersieg eigenhändig den Todesstoß versetzt, und er hatte noch immer Zweifel, ob es die richtige Entscheidung gewesen war.

In diesem Moment wünschte er sich, Vinzenz stünde ihm mit seinen Ratschlägen zur Seite, statt im Kerker zu sitzen. Aber so leicht bekäme Lysander ihn dort nicht wieder heraus. Nicht, nachdem er in aller Öffentlichkeit die Hand gegen den Kronprinzen erhoben hatte. Und noch war er auch nicht bereit, ihm zu verzeihen. Vinzenz verdiente es, mindestens genauso lange in einer Zelle zu schmoren, wie er selbst es getan hatte. Danach würde er sich etwas einfallen lassen, um das Gesetz zu umgehen und ihn aus dem Kerker zu holen.

Gerade fuhr eine eher schlichte Kutsche vor. Ein Page öffnete die Tür und bot einer Dame die Hand. Da sie in einen aschgrauen Kapuzenumhang gehüllt war, konnte Lysander nicht erkennen, um wen es sich bei ihr handelte. Wahrscheinlich war sie nur eine weitere Speichelleckerin, die sich zu schade gewesen war, dem Turnier beizuwohnen und erst nach dem Sieg des Prinzen herbeigeeilt kam.

Obwohl Lysander das dachte, konnte er die Augen nicht von der Frau abwenden. Er sah lediglich ihre Hand – schmal, zierlich und von einer ungewöhnlichen Blässe –, und doch übte sie eine kaum greifbare Faszination auf ihn aus.

Wie Mondschein wirkte ihre Haut. So etwas hatte Lysander noch nie gesehen, aber wahrscheinlich spielte ihm nur der nächtliche Wechsel von Licht und Schatten einen Streich.

Sie hob den Kopf und blickte genau in seine Richtung. Als hätte sie gespürt, dass sie beobachtet wurde. Obwohl es viel zu dunkel war und das Fenster, an dem Lysander stand, zu weit vom Vorplatz entfernt, schien sie ihn anzusehen. Er hingegen erkannte in den

Schatten kaum mehr als den Glanz ihrer großen dunklen Augen. Wer war diese Frau bloß?

Es klopfte an der Tür, und das riss ihn aus seinem Bann.

»Ja, bitte?«, fragte er gehetzt, ließ den Vorplatz dabei für eine Sekunde aus den Augen, und als er wieder hinsah, war die junge Adlige verschwunden.

Ein Bediensteter betrat die Gemächer.

»Euer Hoheit«, grüßte er, »wenn Ihr so weit seid?«

Lysander suchte mit den Augen noch einmal alles ab, konnte die Frau aber nirgends mehr entdecken.

»Ich komme«, antwortete er.

Kaum hatte er den Rittersaal betreten, wurde Lysander von einer Schar Adliger umringt. Solche Feierlichkeiten waren ihm schon immer zuwider gewesen. Der Parkettboden war eigens gebohnert worden, an den Kronleuchtern brannten die Kerzen, und Bedienstete liefen mit Tabletts voller Getränke und Häppchen durch die Reihen. Und das alles nur, um ein paar Dutzend Aristokraten zu beeindrucken. Männer und Frauen, die der Krone nur dann treu waren, wenn es ihnen von Nutzen war.

Keine drei Tage zuvor hatte Lysander noch gegen die Söhne und Abgesandten dieser Adligen gekämpft. Er war dabei alles andere als zimperlich mit ihnen umgegangen und hatte selbst einiges an Prügeln einstecken müssen. Die wenigsten wussten, dass man ihn dafür eigens aus dem Kerker geholt hatte, was er wohl so schnell nicht vergessen würde. Ein paar Nächte in seinem eigenen Bett hatten kaum ausgereicht, um sich völlig von den Strapazen des Kampfes zu erholen. Geschweige denn von seinem gebrochenen Herzen. Und dennoch stand er nun wie der Vorzeigesohn, der er nie hatte sein wollen, in Seide und Brokat gehüllt zwischen diesem Haufen Schleimer. Rundlichen, von Dekadenz und Völlerei aufgequollenen und abgestumpften Herzögen und Fürsten und deren aufgetakelten Frauen und Töchtern.

Die Heiratsfähigen unter ihnen hingen Lysander an den Lippen, als würde seinem Mund Gold entströmen. Allesamt sahen sie wunderhübsch aus. Aber das beeindruckte Lysander wenig.

Die junge Frau in dem aschgrauen Umgang konnte er nirgends entdecken. Und wahrscheinlich war das auch gut so. Denn sicher hatte der erste Eindruck getäuscht, und sie gehörte ebenfalls zu diesen übertrieben geschminkten Dämchen in ihren wallenden Festtagskleidern, so schwer mit Schmuck behangen, dass sie kaum aufrecht stehen konnten.

Und wenn nicht, dann war es umso besser, wenn er sie mied. Denn das Letzte, was er im Moment gebrauchen konnte, war, sich erneut Hals über Kopf in die Falsche zu vergucken. Er wusste ja, wie so etwas endete, und wollte das kein weiteres Mal erleben.

»Euer Hoheit«, sprach ein junger Adliger ihn an. Ein schmächtiger Kerl mit rotem Haar und Veilchen im Gesicht. »Frances von Lingen«, stellte er sich vor. »Es war mir eine Ehre, gegen Euch zu kämpfen.«

Lysander hatte keine Ahnung, wer sich alles unter den Ritterhelmen seiner Gegner verborgen hatte, aber dieser junge Mann gehörte offensichtlich dazu.

»Ganz meinerseits«, sagte er.

»Wenn ich Euch meine Schwester vorstellen darf ...«, fuhr Frances fort.

Lysander hörte ihm kaum noch zu, denn plötzlich sah er aus den Augenwinkeln einen aschgrauen Umhang. Nur kurz blitzte er zwischen den Gästen hervor und war ebenso schnell wieder verschwunden.

Davon abgelenkt, wandte er sich dem jungen Mann erst wieder zu, als dieser sich räusperte. Ein schmales Fräulein mit Sommersprossen und Glupschaugen war neben ihn getreten und strahlte Lysander verlegen lächelnd an.

»Meine Schwester«, wiederholte Frances. »Tessa von Lingen.«

Das Mädchen knickste. Obwohl sie nicht dem Schönheitsideal der Adligen entsprach, empfand Lysander ihr Aussehen als angenehm. Sie war in ein einfaches Kleid gehüllt. Wahrscheinlich, weil sie sich nichts Besseres leisten konnte. Doch dadurch, und weil sie kaum Schmuck und keine Schminke im Gesicht trug, wirkte sie viel natürlicher als die anderen adligen Damen.

Lysander schenkte ihr ein freundliches Lächeln, entdeckte dann aber erneut den aschgrauen Umhang und konnte seine Neugier nicht länger bezähmen.

»Bitte entschuldigt mich«, bat er und ließ die beiden stehen.

»Ich wusste es!«, hörte er Tessa aufgebracht sagen. »Von wegen, er bevorzugt einfache Mädchen. Jetzt schau mich an, wie ich hier stehe! Wie ein Bauerntölpel sehe ich aus. Alle starren mich an, und der Prinz interessiert sich trotzdem nicht für mich.«

»Einen Versuch war es wert«, entgegnete ihr Bruder kühl.

Lysander hatte nicht schlecht Lust, zu den beiden zurückzukehren und sie zur Rede zu stellen, lachte stattdessen aber nur verächtlich. Wie hätte er ihnen vorwerfen können, dass sie ihn durchschaut hatten? Vinzenz hatte ihn ja gewarnt, dass er in den Augen der meisten nichts weiter war als ein Taugenichts und Weiberheld. Dass diese Seite von ihm der Vergangenheit angehörte, würde er noch beweisen müssen. Nicht nur allen anderen, sondern auch sich selbst.

Er schob sich durch die Menge, wurde mehrmals angesprochen und verlor die junge Frau im grauen Umgang aus den Augen. Wahrscheinlich war das auch gut so, und er hatte sie schon beinahe aus seinen Gedanken verbannt, als er sie plötzlich nicht weit entfernt am Rand des Saales entdeckte.

Sie hatte sich die Kapuze vom Kopf gezogen, und nun konnte er ihr nachtschwarzes, glattes Haar sehen. Es sah aus wie das glänzende Gefieder eines Raben. Ihre Augen waren ungewöhnlich groß und rund, was ihn an eine Katze erinnerte, und ihre Haut, wie er bei ihrer Ankunft schon bemerkt hatte, war mondblass. Noch nie hatte er eine so schöne Frau gesehen.

Wie angewurzelt stand er da, starrte sie an und zwang sich, ihr nicht näher zu kommen. Hielt er es denn keinen Tag aus, auf seine alten Gewohnheiten zu verzichten? Reichte schon ein hübsches Gesicht, ihn Amelias Verrat vergessen zu lassen? Er hätte sich selbst ohrfeigen können, aber er konnte den Blick einfach nicht von ihr abwenden.

Sie musste keine Schminke tragen, um ihrer Schönheit Ausdruck zu verleihen. Sie leuchtete geradezu von innen heraus. Auch trug sie nicht übermäßig viel Schmuck. Lediglich eine feine Gliederkette lag wie ein Diadem über ihrer Stirn. Ihr Kleid, ebenfalls in blassem

Grau, umspielte einen ungewöhnlich zierlichen Körper und war ihr alles andere als auf den Leib geschneidert. Sie hatte die Schnürung so stark anziehen müssen, dass die Enden fast bis zum Boden reichten, damit es ihr passte. Auf so etwas wie Unterröcke, Polster oder Reifen hatte sie ganz verzichtet.

Sie wirkte ein wenig verloren, aber keineswegs ängstlich. Immer wieder spielte sie mit ihrem Haar, legte es sich über die Ohren, als hätte sie etwas zu verbergen, und sprach hin und wieder jemanden an. Sie schien Fragen zu stellen, bekam aber nur flüchtige Antworten.

In Lysander wuchs der Wunsch, ihr alles zu sagen, was sie wissen wollte. Ihr Anblick zog ihn wie magisch in den Bann, und er tat einen Schritt auf sie zu.

»Komm schon«, sagte er leise und enttäuscht von sich selbst. So dumm konnte er doch wirklich nicht sein. Diese junge Adlige hegte wahrscheinlich denselben Plan wie Frances und seine Schwester. Sie war ungeschminkt und in schlichter Kleidung zur Siegesfeier des Prinzen gekommen, um ihn um den Finger zu wickeln. Er würde sich nicht noch einmal Hals über Kopf in die Falsche verlieben. Nie wieder wollte er sich so etwas antun!

Er spielte mit dem Gedanken, die Feier frühzeitig zu verlassen, als ein helles Klirren erklang und die Aufmerksamkeit aller auf sich zog. Der König hatte mit einer Gabel gegen sein Weinglas geschlagen und wartete, bis Ruhe eingekehrt war.

»Meine lieben Freunde, treuen Untergebenen und Feinde, die Ihr Euch hier eingeschlichen habt«, begann er seine Rede. Die Adelsgesellschaft lachte verhalten, obwohl den meisten unter ihnen klar war, wie viel Wahrheit hinter den Worten des Königs steckte. »Erst einmal möchte ich mich für euer zahlreiches Erscheinen bedanken. Es waren harte Zeiten, die wir, unser Land und das Volk von Amberan durchmachen mussten. Entbehrungsreiche Jahre, die uns herbe Verluste zugefügt haben. Doch nun gibt es endlich einen Lichtschimmer am Horizont. Endlich können wir wieder nach vorn schauen. Denn der heutige Tag läutet eine neue Ära ein. Es ist der Tag, an dem wir den Sieg meines Sohnes im großen Turnier von Agrino feiern. Der erste Sieg von vielen und der erste Schritt in eine Zeit des Friedens und des Wohlstandes.«

Jubel brach aus, und Lysander musste einen Schwall hohler Phrasen und Lobeshymnen über sich ergehen lassen. Er nahm es mit einem Lächeln hin, bedankte sich und hoffte, dass es bald vorbei wäre. Wie viel Missgunst, bis hin zu Abscheu, in den Worten der Adligen lag, war nicht zu überhören. Nicht wenige von ihnen hatten wohl auf den Sieg von Rheon gehofft und damit auf einen tatsächlichen Neubeginn – auf das Ende der Dynastie der königlichen Familie, das mit dem Tod von Kronprinz Lynos schon zum Greifen nahe gewesen war.

Der König hob die Arme, um die Menge zur Ruhe zu bringen. »Doch nicht jeder sieht die Zukunft unseres geliebten Landes in den Händen meines Sohnes und rechtmäßigen Erben Amberans«, fügte er in bedrohlichem Tonfall hinzu. Ungläubiges Gemurmel wurde laut. Selbst diejenigen, von denen jeder wusste, wie wenig Vertrauen sie zur Königsfamilie hatten, taten entsetzt. Wieder musste der König die Menge zur Ruhe mahnen. »Ich, als derzeitiger und uneingeschränkter Regent Amberans, sehe es als meine Pflicht an, ein

Zeichen zu setzen. Um unser Land zu schützen – vor Feinden von außen wie auch von innen –, ist die absolute Loyalität eines jeden Dieners der Krone unabdingbar. Jedes Aufbegehren gegen die Königsfamilie muss im Keim erstickt werden, um die Zukunft zu sichern.«

Zwar wurden auch diesmal Stimmen des Zuspruchs laut, aber man konnte kaum übersehen, wie nervös einige der Adligen wurden. Auch Lysander hatte keine Ahnung, worauf sein Vater hinauswollte. Erst als die Wachposten an sämtlichen Ausgängen des Rittersaales ihre Waffen zückten, ahnte er Schlimmes.

Hektik brach aus. Ein paar der Damen schrien, und jene, die mehr oder weniger offen gegen den König konspirierten, versuchten, die Ausgänge zu erreichen. Einige zogen versteckte Dolche, um sich zu verteidigen. Der König wurde von seinen Gardisten abgeschirmt, auch vor Lysander baute sich plötzlich eine Wand aus bewaffneten Wachen auf, und binnen weniger Minuten wurde fast ein Dutzend Adlige überwältigt und aus der Menge gezerrt. Wie eine Herde verschreckter Schafe fanden sich die übrigen Gäste in Gruppen zusammen.

Lysander konnte über die Schultern der Wachen hinweg erkennen, dass auch der Graf von Ileos, der Vater seines Turniergegners Rheon, unter den Königsverrätern war. Seine Frau schrie panisch, versuchte, zu ihrem Mann zu gelangen, wurde von den Wachen aber weggestoßen und schließlich von ein paar Adligen festgehalten. Unter Tränen flehte sie um das Leben ihres Mannes.

Rheon selbst war nicht unter den Gästen. Sonst wäre er mit Sicherheit ebenfalls festgenommen und vor den König gezerrt worden. Man zwang die Verräter, in einer Reihe vor dem König niederzuknien. Allerdings wirkten sie viel weniger verängstigt, als sie es kurz vor ihrem Tod hätten sein sollen, und plötzlich brach erneut Unruhe aus. Die Gardisten gingen aufeinander los, und der König beobachtete mit Genugtuung, wie drei von ihnen entwaffnet und neben die Adligen in die Knie gezwungen wurden. Erst jetzt zeichnete sich Todesangst auf den Gesichtern der Gefangenen ab. Sie hatten wohl geglaubt, sicher zu sein, solange es unter den königlichen Wachen Spione gab.

Während der ganzen Aufregung hatte Lysander nur aus den Augenwinkeln mitbekommen, wie ein weiterer Königsverräter in den Saal gezerrt wurde. Erst als man Vinzenz zwischen den drei festgenommenen Gardisten auf die Knie zwang, erkannte er ihn.

Lysander konnte nicht glauben, was er sah. Tausend Gedanken gingen ihm durch den Kopf, und mit einem Mal schlug ihm das Herz bis zum Hals.

»Nein!«, schrie er und versuchte, sich zwischen den Wachen hindurchzuzwängen.

Vinzenz konnte unmöglich zu den Verrätern der Krone gehören! Es gab niemanden, der ihr treuer diente.

Lysander war nicht der Einzige, der protestierte. Im Geschrei und Getöse, das nun losbrach, ging sein Einspruch völlig unter. Frauen, Töchter und Söhne versuchten, zu den Gefangenen zu gelangen. Doch die königlichen Wachen schirmten die Gefangenen ab, zogen ihre Schwerter und drängten die Gäste und auch Lysander zurück. Währenddessen beobachtete der König zufrieden, wie sich seine Gardisten in einer Reihe hinter den Gefangenen aufbauten.

»Vater!«, schrie Lysander. Er musste ihn aufhalten, bevor es zu spät war. Wenn er doch nur sein Schwert dabeigehabt hätte! Das Gedränge war mittlerweile so dicht, dass er kaum den Arm heben, geschweige denn eine der Wachen überwältigen konnte.

»Bitte!«, flehte eine Frau gleich neben ihm. »Bitte, lasst meinen Sohn frei. Das muss ein Irrtum sein!«

Der König ließ seinen Blick auf der Suche nach Lysander über die Menge schweifen, entdeckte ihn, und Enttäuschung zeichnete sich auf seinen Zügen ab. Wahrscheinlich hatte er erwartet, seinen Sohn ebenso zufrieden zu sehen, wie er sich selbst gerade fühlte. Schließlich war er dabei, in Lysanders Namen den Widerstand gegen die Königsfamilie niederzuschlagen.

Sollte er vorgehabt haben, die Wachen aufzufordern, seinen Sohn zu ihm durchzulassen, verwarf er diesen Gedanken in diesem Moment wieder. Er wandte sich den Männern hinter den Gefangenen zu und hob die Hand.

»Lasst mich durch!«, verlangte Lysander. »Lasst mich zu meinem Vater.«

Endlich gelang es ihm, sich genug Platz zu verschaffen, um einen Ausfallschritt nach vorn zu machen und die Schwerthand einer Wache zu packen. Lysander zog den Mann mit einem Ruck an sich heran, und das Schwert fiel klirrend zu Boden, als er ihm seine Faust in die Magengrube rammte. Er stieß die taumelnde Wache beiseite, trat entschlossen aus dem Pulk verängstigter Adliger und kämpfte sich durch das Gedränge zu seinem Vater vor.

Er würde nicht zulassen, dass das geschah. Nicht in seinem Namen. Wie viele dieser Männer waren ebenso unschuldig wie Vinzenz? Auf einen Verdacht hin fast ein Dutzend Adlige zu töten, nur um ein Exempel zu statuieren, ging selbst für einen so gnadenlosen Herrscher wie König Nabran von Amberan zu weit.

Noch gut zwei Meter trennten Lysander von den Gefangenen, und so stand er genau zwischen ihnen und dem Adel in seinem Rücken, als sein Vater die Hand senkte.

Die Gardisten führten den Befehl, ohne zu zögern, aus und stachen zu. Das Schreien der Angehörigen wurde zu einem Rauschen in Lysanders Ohren; wie gelähmt starrte er aus weit aufgerissenen Augen auf die knienden Männer vor ihm.

Ihm stockte der Atem. Sein Inneres krampfte sich zusammen, und der Anblick ihrer bleichen, von Angstschweiß glänzenden Gesichter brannte sich ihm ein. Das alles kam ihm vor wie ein Albtraum. Das konnte nicht wirklich geschehen sein!

Für den Bruchteil einer Sekunde kehrte Stille ein, durchbrochen nur vom Röcheln der sterbenden Männer. Lysanders Blick hing unverwandt an Vinzenz, während sein Herz so heftig pochte, dass es beinahe wehtat.

Vinzenz hätte ihn hassen müssen, aber nichts davon war in seinen Augen zu lesen. Resigniert schaute er zu Lysander auf. Er zeigte weder Schmerz noch Panik, bis er schließlich leblos in sich zusammensackte. Auch die anderen Männer fielen zur Seite, und die Wachen traten einen Schritt zurück.

»Was hast du getan?«, stieß Lysander hervor.

Er schaute zu seinem Vater. Glauben konnte er es nicht. Weder Herr über seinen Körper noch über seine Gedanken, lief er auf ihn zu und wusste nicht, was er als Nächstes tun würde.

»Was hast du getan?«, schrie er noch einmal.

»Das war für dich, mein Sohn«, erklärte der König.

Lysanders Muskeln spannten sich an, und die Wut übermannte ihn. Er ballte die Fäuste, fest entschlossen zuzuschlagen, doch ehe er den König erreicht hatte, verstellten ihm zwei Gardisten den Weg.

»Du …!«, brüllte Lysander voll unbändigem Hass.

»Ich habe dir den Weg geebnet. Vergiss das nie«, erklärte der König und gab seinen Männern mit einem Kopfnicken den Befehl, ihm Lysander aus den Augen zu schaffen. Dann trat er vor seine verängstigten Gäste.

»Wie ich bereits sagte, läutet der heutige Tag eine neue Ära ein«, begann der König. »Frei von Verrat und Intrigen, erwartet uns eine Zeit des Friedens. Früher oder später wird ein jeder verstehen, wie wichtig es war, uns von der Last der Vergangenheit zu befreien. Und nun bitte ich euch, meinen Dienern zum Speisesaal zu folgen, wo eine reichlich gedeckte Tafel auf Euch wartet. Bitte!«

Der König deutete auf den Haupteingang, und hinter der verstörten Menge wurden die Türen geöffnet. Nach und nach verließen die Adligen den Rittersaal, während Lysander am anderen Ende des Raumes, im Rücken seines Vaters, von den Wachen weggeführt wurde.

»Er soll sich der Feier anschließen, wenn er sich beruhigt hat!«, rief der König einem seiner Männer zu.

Der Gardist wandte sich an Lysander. »Ihr habt die Worte des Königs gehört.«

»Das kann nicht sein Ernst sein!«, brüllte Lysander aufgebracht.

Verlangte der König von seinem Adel tatsächlich, zu speisen und zu feiern, nachdem er deren Verwandte aus ihren Reihen gezerrt und vor aller Augen ermordet hatte? Offensichtlich war dem so. Er wollte sich damit die Treue derer sichern, die mit dem Gedanken gespielt hatten, sich ebenfalls gegen die Krone zu wenden.

Die Gardisten stießen ihn durch den Seitenausgang aus dem Rittersaal und schlossen die Tür. Lysander blieb allein im Korridor zurück und schrie vor Wut. So fest er konnte, schlug er mit der Faust gegen die Wand, doch der heftige Schmerz, der ihm daraufhin bis hinauf zur Schulter schoss, war längst nicht stark genug, um den Aufruhr in seinem Inneren zu übertönen.

Noch immer wollte er nicht wahrhaben, was gerade geschehen war. Neben dem Hass auf seinen Vater bemächtigte sich seiner ein anderes Gefühl: Das alles war seine Schuld. Seine eigene, unbestreitbare Schuld. Er selbst hatte Vinzenz so weit gebracht, ihn zu schlagen und damit Verrat an der Krone zu begehen. Er hatte nicht augenblicklich versucht, ihn zu schützen, sondern ihn im Kerker schmoren lassen. Hätte er anders gehandelt, wäre Vinzenz noch am Leben.

Lysander fasste sich an den Kopf, raufte sich das Haar und ging noch einmal jeden Fehler durch, den er in den letzten Tagen begangen hatte. Jeden einzelnen Fehler, der Teil dieser Kette von Ereignissen war. Nichts davon konnte er rückgängig machen, und doch hätte er alles dafür getan. Er atmete tief durch. Eine Leere, die ihn zu verschlingen drohte, ergriff von ihm Besitz.

Als er sich dem Korridor zuwandte, stellte er verwundert fest, dass er nicht allein war. Ein paar Meter von ihm entfernt stand die junge Adlige in Aschgrau. Als hätte sie etwas zu verbergen, hatte sie sich die Kapuze ihres Umhanges wieder aufgesetzt und schaute ihn forschend an. Katzengleich, mit einem neugierigen, beinahe animalischen Blick, der ebenso Unwissenheit wie Weisheit hätte bedeuten können.

Was hatte sie hier zu suchen? Wie war es ihr gelungen, vor ihm aus dem Saal zu kommen? Die Wachen hatten alles abgeriegelt, und wäre sie bei den Adligen gewesen, die gezwungen waren, den Raum durch den Haupteingang zu verlassen, hätte sie es niemals so schnell durch die halbe Burg bis in diesen Korridor geschafft.

Lysander löste sich von der Wand und wollte sie gerade ansprechen, als sie um die Ecke huschte und verschwunden war.

Irgendetwas an dieser jungen Frau war merkwürdig. Etwas, was ganz und gar nicht an diesen Ort gehörte. Unschlüssig, was ihn so verwirrte, folgte er ihr. Er bog ebenfalls um die Ecke und fand nichts weiter als ihren Umhang. Achtlos abgeworfen, lag er auf dem Boden. Lysander ging in die Hocke und griff danach, als müsste er sich überzeugen, dass diese Fremde und ihre Kleidung nicht nur Einbildung waren. Er schaute sich um. Es gab nicht viele Wege, die sie hätte nehmen können, und da die meisten Türen verschlossen waren, schlug Lysander die Richtung ein, die ihm am sinnvollsten vorkam. Weg vom Speisesaal und den anderen Adligen.

KAPITEL 18

Sheera

Ich war zu weit gekommen, als dass ich mich von diesem neugierigen Menschen aufhalten lassen würde. Schon bei meiner Ankunft am Hof war mir sein Blick aufgefallen. Vom Fenster aus hatte er mich beobachtet, und mein erster Gedanke war gewesen, dass er mich als das erkannt hatte, was ich war: eine Nachtalbe, in der gestohlenen Kleidung einer menschlichen Adligen. Die lag geknebelt und gefesselt, nur im Unterkleid, in ihrer Kutsche und konnte jeden Moment entdeckt werden. Viel Zeit blieb mir also nicht. Zu wenig jedenfalls, um innezuhalten und meinen Verfolger auszuschalten. Ich musste ihn abschütteln, wenn ich ihn loswerden wollte.

Die Gänge dieser Burg waren gewunden und düster. Das erlaubte mir, mich unauffällig fortzubewegen. Es gab genügend Nischen, um darin zu verschwinden, und Schatten, in die ich tauchen konnte. Auch wenn ich einen Palast wie den der Hochalben in Haran erwartet hatte, wunderte es mich nicht, dass die Menschen in solch dunklen, monströs anmutenden Steinbauten hausten. Es passte zu ihrer grobschlächtigen Art.

Dass sie dazu neigten, sich gegenseitig an die Gurgel zu gehen wie ein Rudel hungriger Wölfe im Kampf um einen Kadaver, hatte es mir erlaubt, den Empfang unauffällig zu verlassen. Im Tumult war ich durch eine der Türen geschlüpft, und bis dahin hatte ich bereits alles erfahren, was ich wissen musste, um den Dämmerstein zu finden.

Es war fast schon zu einfach. Männer wie den König von Amberan kannte ich zur Genüge. Ich wusste, wie sie dachten und wo sie ihre größten Schätze aufbewahrten. Da waren die Menschen nicht anders als die Alben.

Des gestohlenen Gewandes hatte ich mich bereits entledigt, um in den unauffälligen Farben meiner eigenen Kleidung von Schatten zu Schatten huschen zu können. Keine Röcke rauschten mehr beim Gehen, keine hellen Farben zogen Aufmerksamkeit auf sich, und die Diener, an denen ich vorbeikam, bemerkten mich nicht einmal. Unbehelligt gelangte ich zu einer Treppe, von der ich mir sicher war, dass sie hinunter in die Schatzkammer führte. Warum sonst hätte sie bewacht sein sollen?

Ich warf einen Blick zurück. Von meinem Verfolger war nichts zu sehen. Sollte er mir noch auf den Fersen sein, würde ich ihn spätestens dann loswerden, wenn ich die Wachen überwunden hatte.

Ich kauerte mich in eine Fensternische. Der Mond warf sein Licht über meinen Kopf hinweg auf die gegenüberliegende Wand, und der Schatten darunter bot mir genügend Schutz. Ich lugte um die Ecke, studierte das Verhalten der Männer und schloss daraus, welche Ablenkung die beste war, um die beiden loszuwerden. Sie schienen von einfachem Gemüt und wirkten zudem sehr müde.

Noch während ich sie beobachtete, traf ich eine Entscheidung und kramte eine Goldmünze hervor. Am Ende war sie mir also tatsächlich von Nutzen.

Ich schnipste die Münze geschickt über den Boden, sodass sie auf der schmalen Kante landete und an den Wachen vorbeirollte. Wie erwartet, fragten die beiden nicht, woher das Gold kam, sondern stierten ihm verwundert hinterher.

»Ist das …?«, murmelte der eine ungläubig.

»… Gold?«, ergänzte der andere.

Sie verließen ihren Posten, liefen der Münze nach, und einer von ihnen hielt sie mit dem Fuß auf. Noch bevor sich der Mann gebückt hatte, huschte ich an der Wand entlang auf die Treppe zu. Im Rücken der beiden, kaum eine Armlänge von ihnen entfernt, nahm ich die Stufen nach unten und erreichte eine verschlossene Tür. Wenn sie jetzt schauten, woher das Gold gekommen war, würden sie nur einen leeren Korridor vorfinden.

Ich ging auf die Knie, nahm das Vorhängeschloss genauer unter die Lupe und warf noch einen letzten Blick nach oben, um sicherzugehen, dass man mich von dort aus nicht sehen konnte. Erst dann zog ich meine Dietriche hervor und machte mich daran, das Schloss zu knacken.

Im Korridor hinter der Tür erwartete mich tiefdunkle Schwärze. Ohne Fackellicht konnte selbst ich nicht viel erkennen. Dennoch kam ich zurecht. Auch nachdem ich die Tür zur Schatzkammer lautlos zugeschoben hatte.

Ein widerlicher Gestank schlug mir entgegen. Wenn ich es nicht besser gewusst hätte, wäre es naheliegend gewesen, zu mutmaßen, dass ich in den Abwasseranlagen gelandet war. Weit entfernt waren sie sicher nicht. Von außen hatte ich mir die Burg sehr genau angeschaut und gesehen, wo die Kloake in einen Fluss mündete.

Ich passierte mehrere Türen, hinter denen leises Plätschern zu vernehmen war. Vielleicht lag ich gar nicht so falsch, und durch die Schatzkammer verliefen tatsächlich Kanäle voller Exkremente und Abfall. Ich hielt mir die Nase zu. Die Menschen rochen auch so schon penetrant genug. Der Gedanke, dass sich der Gestank ihrer Hinterlassenschaften in meiner Kleidung und meinem Haar festsetzte, ließ Übelkeit in mir aufsteigen.

Doch ich wollte mich davon nicht irritieren lassen und setzte meinen Weg fort. Mit Sicherheit befanden sich einige Schätze, Waffen, vielleicht sogar das Tafelsilber des Königs hinter den Türen, an denen ich vorbeikam. Nichts davon interessierte mich.

Ich lief weiter, bis ich leise Stimmen und Schritte vernahm. Sie kamen aus einem offen stehenden, von Kerzenlicht beleuchteten Raum. Mein Herz schlug schneller, ich hielt den Atem an, um mich durch kein Geräusch zu verraten, und beobachtete die sich bewegenden Schatten. Erst als diese erkennen ließen, dass mir die Wachen den Rücken zugekehrt hatten, huschte ich an ihnen vorbei.

Aus den Augenwinkeln sah ich, wie einer von ihnen breitbeinig an der Wand stand und in einen der Kanäle pinkelte. Beinahe hätte mich das zum Innehalten gebracht und dadurch verraten.

Ich hatte mich also nicht geirrt. Dieser Menschenkönig bewahrte seine größten Schätze dort auf, wo auch sein Abfall landete. Oder lag ich die ganze Zeit falsch? Waren sich Menschen und Alben gar nicht so ähnlich, wie ich geglaubt hatte, und dieses bewachte Kellergewölbe im Herzen der Burg war gar nicht die Schatzkammer?

Es war zu spät, um zu zweifeln, und Zweifel allein reichten auch nicht aus, um mich umkehren zu lassen. Erst wenn ich mich mit eigenen Augen davon überzeugt hatte, am falschen Ort zu sein, würde ich meine Pläne überdenken.

Am Ende des Korridors versperrte mir eine mit Ketten gesicherte und mit gusseisernen Beschlägen verstärkte Eichentür den Weg. Wenn man das alles brauchte, um eine stinkende Kloake zu bewachen, verlor ich den Glauben an meine Göttin. Es dauerte eine Weile, bis ich die vielen Schlösser geknackt hatte. Aber ich machte mir keine Sorgen, erwischt zu werden. Die Wachen hatten mich nicht bemerkt und damit keinen Grund, nach dem Rechten zu sehen. Erst als die Ketten fielen, wurde ich nervös. So sorgsam ich auch vorging, konnte ich doch nicht verhindern, dass sie dabei rasselten.

Immer wieder warf ich einen Blick zurück, aber von den Wachen war nichts zu sehen. Sie waren zu sehr mit sich selbst beschäftigt. Ich hörte sie lachen und scherzen.

Nachdem ich auch das letzte Schloss geknackt hatte, zog ich die schwere Tür einen Spalt auf und schlüpfte ins Innere. Eine große Anspannung fiel von mir ab.

Von innen an die Tür gelehnt, schaute ich mich um. Es war zu dunkel, um Details erkennen zu können, aber was ich sah, bestätigte all meine Hoffnungen: Vor mir türmte sich ein unfassbar riesiger Schatz auf. Rubine, Diamanten, edelsteinbesetzte Schwerter und reines Gold. Geschmeide, wie ich es selbst in der Schatzkammer des Barons von Embran nicht gesehen hatte.

Dass zu beiden Seiten des Raumes stinkende Kanäle verliefen, tat dem beeindruckenden Anblick keinen Abbruch. Ich fragte mich mittlerweile, ob ich den Menschenkönig unterschätzt hatte. Konnte es sein, dass die Abwasseranlage zur Tarnung seiner Schatzkammer diente? Versteckten sich hinter den anderen Türen vielleicht nur weitere Kanäle und gar keine Reichtümer? Aber wen würde es nicht wundern, dass ein König seine Hinterlassenschaften bewachen ließ? Es sei denn natürlich, er gab vor, nicht sie zu bewachen, sondern mögliche Fluchtwege. Ein schelmisches Grinsen stahl sich auf meine Lippen. Ich war fast so weit, diesen Mann zu bewundern und war zugleich froh, keine Gelegenheit gehabt zu haben zu fragen, was sich in diesem Gewölbe befand. Ich war einfach davon ausgegangen, dass es die Schatzkammer sein musste, und hätte mich sonst vielleicht irritieren lassen. Womöglich wäre ich jetzt noch damit beschäftigt, durch die oberen Korridore zu streifen und nach einem gut bewachten Durchgang zu suchen, hätte man mir gesagt, dass dies hier nur die Abwasseranlagen waren.

Das war mir zum Glück erspart geblieben. Nun musste ich nur noch den Dämmerstein finden und schnellstmöglich von diesem bedrückenden Ort verschwinden. Je weniger Zeit ich im Menschenreich verbrachte, desto besser.

Ich ließ meine Blicke über die angehäuften Schätze wandern, und einen Augenblick lang glaubte ich, nun vor meiner schwersten Aufgabe zu stehen: einen einzelnen Edelstein in einem ganzen Berg davon zu finden.

Dann aber blieben meine Augen an einer hüfthohen Säule hängen. Ein unscheinbarer Stein in Tropfenform befand sich darauf. Ich wusste nicht, woran es lag, aber mein Inneres krampfte sich zusammen, als ich ihn sah, und mein Atem ging schneller. Er war weder besonders groß, noch wirkte er sehr rein. Warum er es verdiente, auf diese Weise aufbewahrt zu werden, während augenscheinlich wertvollere Juwelen achtlos auf dem Boden lagen, erschloss sich einem nicht sofort.

Doch da war etwas an ihm, was mich nicht losließ. Etwas, was eine Sogwirkung auf mich ausübte, die mir beunruhigend bekannt vorkam. Alles um mich herum schien stumm zu werden, die Dunkelheit verschlang den Rest des Raumes, und übrig blieben nur noch der Dämmerstein und ich. Und er rief nach mir, rief meinen Namen. Ebenso wie es die Wälder taten – wie das Flüstern des Windes in ihren Blättern.

Ich lief wie in Trance auf den Stein zu. Er war gerade einmal haselnussgroß, von nächtlichem Blau, rot schimmernd, wie der Sonnenuntergang, und von goldenen Adern durchzogen. Dass er ein magisches Artefakt war, daran zweifelte ich keinen Moment. Mir kam es beinahe vor, als gäbe es nur eine Erklärung für die Anziehungskraft, die er auf mich ausübte. Er musste den Alben von Muraya selbst geschickt worden sein. Er glomm regelrecht vor aufgestauter, reinster Magie. Direkt vor ihm blieb ich stehen und hob die Hand. Dieser unscheinbare Stein flößte mir so viel Ehrfurcht ein, dass ich es nicht wagte, ihn zu ergreifen.

»Stehen geblieben!«, rief jemand in meinem Rücken.

Ich zuckte zusammen, packte den Stein und wirbelte herum.

Wie konnte ich nur so unaufmerksam gewesen sein? In der weit geöffneten Tür stand mein Verfolger. Der junge Mann, den ich geglaubt hatte, abgehängt zu haben. Er hielt eine Fackel hoch, die den Raum erleuchtete. Ich musste meine Augen, die sich an die Dunkelheit gewöhnt hatten, mit dem Arm schützen, wich zurück, und mir entfuhr ein leises Fauchen.

»Wer zum Teufel bist du?«, verlangte der Fremde zu wissen.

In der freien Hand hielt er das Goldstück, das ich zur Ablenkung genutzt hatte. Wer auch immer er war, er musste genug Einfluss haben, um in die Schatzkammer vorgelassen zu werden. Damit hatte ich nicht gerechnet.

Ich warf einen Blick über seine Schulter in den leeren Korridor. Es entging ihm nicht.

»Sie holen Verstärkung«, erklärte er. »Du sitzt hier fest. Es gibt keinen Ausweg für dich, und jetzt beantworte meine Frage. Bist du ein Wechselbalg?«

Ich hatte nicht vor, ihm Rede und Antwort zu stehen. Ich wusste nicht einmal, was ein Wechselbalg war, wunderte mich aber, dass er mich nicht als Nachtalbe erkannte, jetzt, wo ich meine Ohren nicht mehr versteckte und ihn zudem angefaucht hatte. Tausende meiner Art waren durch die Hand der Menschen brutal zu Tode gekommen. Jeden Tag flohen mehr von ihnen in den Wald, und sicher gelangten viele, ohne es zu wollen, nach Amberan, wo sie den Menschen zum Opfer fielen. Wie konnte ihm mein Anblick da fremd sein?

Ich begann, vorsichtig einen Bogen um ihn zu laufen. Dass er die Wachen weggeschickt hatte, um Verstärkung zu holen, war ein großer Fehler gewesen. Wenn ich schnell genug an ihm vorbeikam, hätte ich das Gewölbe verlassen, bevor sie zurück sein würden.

Ein breites Grinsen legte sich auf seine Lippen, und seine ohnehin schon schmalen Augen verengten sich noch mehr. »Du kommst nicht an mir vorbei«, behauptete er selbstsicher. »Nicht, bevor du mir ein paar Dinge erklärt hast.«

Nur zu gern wollte ich ihm beweisen, wie sehr er sich darin irrte. Ich rannte direkt auf ihn zu, stieß mich ab, sprang in zwei Metern Höhe gegen die Wand, und er hob erschrocken den Kopf.

»Verdammt!«, brachte er ungläubig heraus, während ich mich schon abstieß und hinter ihm im Türrahmen landete.

Ich wollte losrennen, da packte er mich am Arm und schleuderte mich zurück in den Raum. Ungebremst landete ich in einem Berg aus Goldmünzen, rappelte mich aber sofort wieder auf. Meine linke Seite tat höllisch weh, aber ihm gegenüber wollte ich mir keine Schwäche anmerken lassen. In der Hocke saß ich vor ihm am Boden und ging in Gedanken meine Möglichkeiten durch.

Dieser Mensch war schneller, als ich ihm zugetraut hätte. Schnell, aber nicht schnell genug. Ein zweites Mal würde ich ihn nicht unterschätzen.

Sein Grinsen kehrte zurück, und diesmal war es noch breiter. »Netter Versuch«, höhnte er. »Fauchst du diesmal nicht, Kätzchen?«

»Ich fauche dann, wann es mir passt«, spie ich ihm entgegen.

»Der Wechselbalg kann also reden«, stellte er fest. Er ließ seinen Blick über den Boden wandern, fand meine Goldmünze, die er fallen gelassen hatte, und ließ sich auf ein Knie nieder, um sie mir hinzuhalten. »Wo hast du das her?«, fragte er. »Ich kenne weder die Prägung, noch kann ich die Schrift darauf lesen.«

»Ich habe sie dem Baron von Embran gestohlen«, sagte ich hämisch. »Genau wie ich dich heute bestehlen werde. Du wirst schon sehen.«

»Embran? Das sagt mir nichts, und ich kenne jeden Adelsnamen in Amberan.«

Sollte er seine Antworten doch selbst finden. Ich war nicht gekommen, um unwissende Menschen aufzuklären.

»Stammt sie aus Farhir?«, fragte er zu meiner Verwunderung. Anscheinend brauchte er mich wirklich nicht, um seine Rückschlüsse zu ziehen. »Dann warst du dort? Wie hat es ein Wechselbalg wie du lebend durch die Mahr geschafft? Wie bist du über die Grenze gekommen? Nein, das kann unmöglich wahr sein. Niemand kann die Grenze ins Reich der Mahr überschreiten.«

Verwirrt schaute ich ihn an. Mahr? Das war in der alten Sprache das Wort für Albe. Wieso glaubte er, *wir* wären die Gefährlichen? *Sie* waren es doch, die nicht zögerten, jeden zu töten, der ihr Reich betrat!

Im Korridor waren Schritte zu hören. Die Wachen kehrten zurück, brachten sehr wahrscheinlich Verstärkung mit, und jeden Moment würde ich es nicht mehr nur mit einem Menschen, sondern gleich mit einem halben Dutzend oder mehr von ihnen zu tun haben. Das musste ich um jeden Preis verhindern. Nur wie?

Der Mann seufzte und stand auf. »Es wäre besser für dich gewesen, hättest du mir meine Fragen beantwortet. Gleich kann ich nichts mehr für dich tun.«

Das Seltsame war, dass ich tatsächlich so etwas wie Mitgefühl in seinen Zügen las. Er war mir gefolgt, versperrte mir den Fluchtweg und hatte die Wachen geschickt, Verstärkung zu holen. Ohne ihn wäre ich jetzt schon auf dem Weg zurück nach Farhir. Wieso also Mitgefühl für eine Diebin wie mich empfinden?

Vorsichtig stand ich auf.

»Sheera«, stellte ich mich vor, in der Hoffnung, ihn dadurch ablenken zu können. »Ich bin kein Wechselbalg, was auch immer das ist. Ich bin eine Nachtalbe.«

»Eine Albe? Wie in Albtraum?« Er schüttelte den Kopf. »In Farhir und vielleicht auch in den äußersten Provinzen Amberans mag man dieses Wort noch benutzen. Wir nennen sie Mahr, und nein, ich habe diese Bestien gesehen. Du bist keine von ihnen.«

Noch immer verstand ich kein Wort von dem, was er da von sich gab, aber darum ging es mir auch nicht an. Während er über meine Worte rätselte, hatte er seine Haltung entspannt, war unaufmerksam geworden, und ich nutzte die Gelegenheit, um unter seinem Arm hindurchzutauchen.

Noch bevor er sich umgedreht hatte, war ich schon bei der Tür, schob sie zu und verkeilte sie mit einem hölzernen Schutzschild. Beinahe im selben Moment schlugen die Wachen dagegen, brüllten und verlangten Einlass.

»Und was nutzt dir das?«, rief mir der Mann in meinem Rücken zu.

Ich schloss meine Hand fester um den Dämmerstein. Zumindest gewann ich so Zeit.

»Es geht dir um den Stein, nicht wahr?«, fragte er. »Er war ein

Geschenk der Mahr … der Alben«, verbesserte er sich. »Du hast kein Anrecht auf ihn.«

»Ihr habt ihn uns gestohlen!«, schrie ich und stürzte auf ihn zu. Er schwenkte die Fackel und hielt mich dadurch wie ein wildes Tier auf Abstand.

»Das ist nicht wahr«, widersprach er. »Gib ihn mir zurück. Ich öffne die Tür und sehe, was ich für dich tun kann.«

»Was solltest du schon tun können?«, fragte ich.

»Du weißt nicht, wer ich bin?«

»Du weißt nicht einmal, *was* ich bin«, erinnerte ich ihn.

»Lysander. Sagt dir der Name etwas?«

Verächtlich schaute ich ihn an. »Sollte er das?«

Während unseres Wortwechsels hatten wir begonnen, einander zu umkreisen. Er war größer und mit Sicherheit um einiges stärker als ich. Aber er wusste, dass ich schneller und geschickter war. Keiner von uns wagte es, übereilt anzugreifen.

»Eigentlich schon«, meinte Lysander. »Wenn du aber wirklich aus Farhir stammst … Nein, das kann nicht sein.«

»Willst du mich der Lüge bezichtigen?«, fuhr ich ihn an.

Er lachte. »Ist das denn so weit hergeholt? Eine Diebin bist du auf jeden Fall.«

Ich brüllte auf und rannte direkt auf ihn zu. Was er als Wutausbruch auslegen musste, hatte in Wahrheit ein anderes Ziel. Wie ich es mir gedacht hatte, wich er aus, drehte sich dabei zur Seite, und ich packte seine Fackel mit beiden Händen. Da er seinen festen Stand aufgegeben hatte, um mich nicht aus den Augen zu verlieren, war es mir ein Leichtes, ihn aus dem Gleichgewicht zu bringen, ihm die Fackel zu entreißen und wegzuschleudern. Zu meinem Ärger erlosch sie nicht gleich. Ohne Licht wäre ich ganz klar im Vorteil gewesen.

Nun war ich tatsächlich wütend. Das alles dauerte viel zu lange. Bald schon würden die Wachen durch die Tür brechen, und spätestens dann musste ich ihn ausgeschaltet haben und das Licht gelöscht sein, damit ich ungesehen durch ihre Reihen schlüpfen konnte.

Lysander richtete sich auf. Etwas Hämisches lag in seinem Blick. »Hast du etwas verloren?«, fragte er.

Ich riss die Augen auf. Das konnte unmöglich wahr sein! So geschickt war kein Mensch. Doch der Dämmerstein in seiner Hand bewies das Gegenteil. Er hatte ihn mir tatsächlich unbemerkt entwunden. Ich konnte es nicht fassen.

Das Fackellicht wurde immer schwächer, und mein Blick verengte sich. So beleidigt wie in diesem Moment war ich selten zuvor gewesen. Menschen waren plump und grobschlächtig. Muskelbepackte, blutrünstige Berserker. So sah mein Volk sie, und so hatten sie sich mir dargestellt, seit ich nach Amberan gelangt war. Wie konnte dieser Lysander nur fähig sein, mich derart zu überlisten?

Ich war so aufgewühlt, dass ich mich am liebsten sogleich auf ihn gestürzt hätte, um ihm den Stein zu entreißen. Aber unüberlegtes Handeln brachte mich nicht weiter. Ich begann erneut, ihn zu umkreisen, musterte ihn aus schmalen Augen, und es juckte mir in den Fingern, ihn anzuspringen wie eine Ratte, die sich auf ihre Beute stürzt.

Auch Lysander setzte sich wieder in Bewegung. Sein überlegenes Grinsen schürte meine Wut noch mehr. Aber es würde ihm schon bald vergehen. Mein Blick huschte zu den Schätzen, die überall auf dem Boden lagen. Ein paar Schritte noch, und Lysander würde über den Speer stolpern, zu dem ich ihn unauffällig lenkte.

»Wer hat dich geschickt?«, fragte er. »Du bist doch nicht von selbst auf die Idee gekommen, den brüchigen Waffenstillstand zwischen Menschen und Mahr endgültig zum Kippen zu bringen, indem du uns euer Friedensgeschenk stiehlst.«

Ich antwortete nicht, machte stattdessen eine plötzliche Bewegung auf ihn zu, Lysander wich aus, und wie ich es erhofft hatte, stolperte er über den Speer. Sofort stürzte ich mich auf ihn, riss ihn zu Boden, doch der Dämmerstein war ihm aus der Hand geflogen und ein Stück von uns weggerollt.

Als ihm das klar wurde, riss Lysander vor Schreck die Augen auf. Er versuchte, mich von sich zu stoßen, doch ich rammte ihm meinen Ellbogen in die Rippen und krabbelte über ihn hinweg, um den Stein als Erste zu erreichen. Nur ein winziges Stück fehlte mir, da packte Lysander mich an den Hüften und zog mich nach hinten.

Ich rappelte mich auf, stürzte vor, aber seine Finger schlossen sich bereits um den Stein. Sofort ergriff ich Lysanders Schultern, stieß ihn auf den Rücken, kniete über ihm und wollte mich auf ein Handgemenge einlassen. Lysander grinste mich durch fest geschlossene Lippen an. Er hob die gespreizten Finger, um zu zeigen, dass er den Stein nicht mehr hatte. Dann schluckte er geräuschvoll.

»Jetzt versuch mal, an ihn heranzukommen«, höhnte er.

Ich saß auf Lysanders Brust und starrte ihn ungläubig an. Was erhoffte er sich von so einer törichten Aktion? »Bist du denn völlig verrückt?«, fragte ich.

»Jede Sekunde geht die Tür auf«, meinte er. »Uns bleibt keine Zeit, um über diesen Stein zu streiten. Rede mit mir, damit ich dir helfen kann.«

Er hatte ja keine Ahnung, wie weit ich gehen würde, um den Dämmerstein in meinen Besitz zu bringen. Aber vielleicht konnte ich genau diese Unwissenheit für mich nutzen.

Ich seufzte schwer und ließ die Schultern hängen. »Also gut«, sagte ich mit gespielter Einsicht.

Lysander nickte zufrieden und entspannte sich sichtlich. Schon eine Sekunde später hatte ich den schweren Silberkelch ergriffen, der neben seinem Kopf lag und ihm über den Schädel gezogen. Er verlor augenblicklich das Bewusstsein.

Ich atmete erleichtert auf, warf den Kelch weg und betrachtete den ohnmächtigen Menschen genauer. Wie friedlich er doch wirkte, wenn er wehrlos war. Seine Züge waren gar nicht so hart, wie sie zuerst auf mich gewirkt hatten. Auch wenn seine Haut, wie bei Menschen üblich, rau und ledrig war, seine Augenbrauen buschig und sein Kinn kantig, hatte er etwas Weiches an sich. Unter Menschen galt er wahrscheinlich als besonders gut aussehend, und ich zwang mich, das nicht ähnlich zu sehen. Er war nur ein Mensch. Mehr nicht. Und wir Alben hassten die Menschen.

Zögerlich berührte ich seine Wange. Ich spürte Stoppeln unter meinen Fingerkuppen. Offenbar rasierte er sich die Gesichtsbehaarung weg. Ob die Menschen dadurch uns Alben ähnlicher sehen wollten? Wie warm er sich doch anfühlte. Beinahe, als würden Sonnenstrahlen meine Haut berühren. Die Haut von Alben war viel kühler.

Ich schüttelte den Kopf. Mir blieb einfach nicht die Zeit, um über solche Dinge nachzudenken. Ich hatte eine Aufgabe, und die musste ich um jeden Preis erfüllen. Koste es, was es wolle.

Ich schaute mich um, wusste noch nicht wirklich, was ich als Nächstes tun sollte und nahm mir schließlich einen Dolch. Allein beim Gedanken daran, mir den Dämmerstein mit Gewalt zu holen, schlug mein Herz schneller, und ich war kurz davor, die Waffe einfach wieder wegzuwerfen. Aber das Hämmern an der Tür erinnerte mich daran, dass mir die Zeit davonlief. Und es war doch nur ein Mensch. Ich hätte kein Mitleid haben dürfen. Mein Leben lang war mir gesagt worden, dass die Menschen grausame, barbarische Monster waren. Dass sie unsereins töteten, sobald sie uns zu Gesicht bekamen. Wieso also Gnade zeigen? Ich presste die Lippen fest zusammen, umfasste den Griff des Dolches fester und riss Lysanders Hemd auf, sodass seine muskulöse Brust offen vor mir lag. Dann hob ich die Klinge.

Mir wurde heiß und kalt zugleich, und alles in mir sträubte sich dagegen zuzustechen. Aber was sonst hätte ich tun sollen? Warten, bis die Wachen die Tür aufgebrochen hatten, mich durch ihre Reihen kämpfen, fliehen und ohne den Stein zurückkehren? Als Versagerin? Das konnte ich nicht. Muraya hätte mir diese Aufgabe nicht gestellt, wenn sie nicht gewusst hätte, dass ich sie erfüllen konnte.

Mein Blick wanderte auf der Suche nach einer geeigneten Stelle zum Zustechen über seinen Oberkörper. Wenn ich einen Menschen töten musste, um an den Dämmerstein zu gelangen, war es das wert. Das sagte ich mir mehrmals in der Hoffnung, dass es sich dadurch irgendwann richtig anfühlte. Sie hatten weitaus mehr von uns auf dem Gewissen als umgekehrt, und er war schließlich selbst schuld. Er hätte mir gar nicht erst folgen dürfen und erst recht nicht den Dämmerstein verschlucken. Aber all das klang am Ende doch nur nach Ausreden.

Viel zu lange saß ich da und starrte ihn an. Ich beobachtete, wie sich sein Brustkorb in flachen Atemzügen hob und senkte. Das schon fast erloschene Fackellicht ließ den Schweiß auf seiner Haut glitzern, verblasste Narben zeugten von längst verheilten Wunden, und ich hielt den Atem an. Narben, die er sich womöglich bei der Ermordung unschuldiger Nachtalben zugezogen hatte. Er hatte selbst gesagt, dass er bereits Nachtalben begegnet war. Auch wenn er sie Mahr nannte. Mit Sicherheit hatte er sie dann auch getötet. So waren die Menschen nun einmal. Ich durfte einfach keine Gnade walten lassen. Nicht einem wie ihm gegenüber.

Das Holzschild an der verrammelten Tür knarzte und zog meine Aufmerksamkeit auf sich. Die Zeit lief mir davon. Ich musste zustechen. Jetzt oder nie. Und obwohl ich das wusste, suchte ich verzweifelt nach einem anderen Weg. Aber wie sonst, außer ihn zu töten, hätte ich den Stein wiedererlangen können? Mein Blick huschte durch den Raum. Natürlich war er fensterlos, ohne Nischen oder vergitterte Luftschächte. Die Kanäle! Es fiel mir wie Schuppen von den Augen. Ich sprang auf, folgte ihrem Verlauf, und wie ich es mir gedacht hatte, endeten sie in einem Loch in der hinteren Wand. Breit genug für uns beide. Wo es hinführte, hatte ich bereits gesehen.

Ich steckte den Dolch ein, packte Lysanders Arme und zerrte ihn zum Abfluss. Mit einem Tritt beförderte ich ihn ins stinkende Wasser und verspürte unglaubliche Erleichterung. Gerade als er im Loch verschwunden war, brach der Schild endgültig, und ich sprang Lysander, ohne zu zögern, hinterher.

KAPITEL 19

Lysander

Lysander schlug die Augen auf. Verschwommen zeichnete sich der von vereinzelten Wolken bedeckte Nachthimmel über ihm ab. Seine Lunge brannte, als hätte er reines Feuer eingeatmet, sein Körper fühlte sich an wie unter einem Felsen begraben, und ein widerlicher Gestank nach fauligem Moorwasser lag in der Luft.

Er wollte sich aufrichten oder zumindest etwas sagen, doch mehr als ein leises Ächzen brachte er nicht zustande. Der Schädel dröhnte ihm, und seine Erinnerung an die letzten Stunden war mindestens ebenso verschwommen wie das Bild vor seinen Augen. Erst als er an Vinzenz dachte, schrak er hoch.

Ein höllischer Schmerz durchzuckte seinen Kopf, und er sank stöhnend zurück auf den feuchten Boden. Er fasste sich an die Schläfe, ertastete Blut und stellte fest, dass seine Hände gefesselt waren. Warum, wusste er nicht.

Das Wissen um Vinzenz' Tod, um den Tod all dieser Männer, schnürte ihm die Kehle zu und ließ keinen Platz für die Frage, wie er in diese Lage geraten war. Er konnte noch immer nicht fassen, was der König in seinem Namen getan hatte, und wünschte sich, man hätte ihn nie aus dem Kerker geholt. Wäre er der nichtsnutzige Sohn geblieben, der er gewesen war, wäre das alles nie passiert. Dann hätte sein Vater keine Veranlassung gehabt, ein Exempel an jenen zu statuieren, die seiner Meinung nach nicht hinter dem rechtmäßigen Erben der Krone standen. Und wäre er noch in jener Zelle, hätte ihm Amelia nie das Herz gebrochen. Er wäre im Glauben an die wahre Liebe an einem Kratzer verreckt.

Über Lysander tauchte ein Gesicht auf. Es war Sheera, die hinterhältige, kleine Diebin. Erst bei ihrem Anblick erinnerte er sich, was nach der Ermordung von Vinzenz und den anderen geschehen war.

»Du«, stellte er ernüchtert fest.

Dann war sie es also, der er die Fesseln zu verdanken hatte. Und wie es schien, wusste sie nicht einmal, dass sie dadurch ihr eigenes Todesurteil unterschrieben hatte. Sie hätte besser daran getan, auf ihn zu hören.

»Ich dachte schon, du wachst gar nicht mehr auf«, beschwerte sie sich. »Ihr Menschen könnt weniger wegstecken, als ich dachte.«

Lysander versuchte erneut aufzustehen, und Sheera trat ein paar Schritte zurück, damit er sich auf den Bauch drehen und hochstemmen konnte. Übelkeit stieg in ihm auf, und er spuckte fauliges Wasser aus, bevor es ihm gelang, auf die Knie zu kommen.

Die Burg von Agrino zeichnete sich als Silhouette am Horizont ab. Sheera und er hockten am Ufer des Flusses, in den die Abwasserkanäle der Stadt mündeten. Er hatte sie bis in die Nähe des Grenzwaldes getragen. Weit weg vom Tumult und den Feierlichkeiten rund um das Ritterturnier. Außer dem Zirpen der Grillen war nichts zu hören.

Zu so später Stunde war das eine Gegend, die man um jeden Preis meiden sollte. Zumindest dann, wenn man unbewaffnet und zu Fuß unterwegs war und nicht vorhatte zu sterben. Kaum hatte er diesen Gedanken zu Ende gedacht, spürte er eine Klinge an seinem Hals.

»Aufstehen«, verlangte Sheera.

»Du bist wirklich lebensmüde, oder? Ein Wunder, dass wir den Sturz in den Fluss überlebt haben. Von der Burg geht es mindestens dreißig Meter in die Tiefe. Allein der Aufprall hätte uns töten können, ganz zu schweigen von den spitzen Felsen rund um die Festungsmauer.«

»Aber wir leben.«

»Nicht mehr lange«, sagte er. »Wenn uns die Mahr nicht erwischen, werden uns die Wachen des Königs einholen.«

»Schon vergessen, dass ich eine Nachtalbe bin? Das, was du so abfällig als Mahr bezeichnest?«, sagte ich schroff. »Ich fürchte mich nicht vor meinesgleichen.«

Lysander hatte keine Ahnung, wie jemand so grausam sein konnte, einem Mädchen solche Lügen aufzutischen. Sie glaubte wirklich, dass sie ein Mahr war. Offensichtlich hatte sie noch nie eine dieser Bestien zu Gesicht bekommen. Auch wenn er selbst Wechselbälger nur aus den alten Geschichten kannte, war er sich sicher, dass es sich bei ihr um einen handeln musste. Ein unschuldiges Menschenkind, dessen Seele schon im Bauch der Mutter von den Mahr geraubt worden war. Im Schlaf saugten sie die Menschen aus, füllten ihre Nächte mit Albträumen und ließen bloß leere Hüllen zurück. Nur ab und zu überlebte ein ungeborenes Kind diese Tortur und kam dann als verfluchtes Geschöpf zur Welt. Mit Dunkelheit in der Seele, wo Licht hätte sein sollen. Sheera sah den Mahr ähnlich, was sie sicher diesen grausamen Geschehnissen zu verdanken hatte. Aber jedes Kind hätte erkannt, dass sie keine von ihnen war.

»Du weißt nicht, wovon du sprichst, Wechselbalg«, sagte er. Nach allem, was in den letzten Tagen geschehen war, wunderte ihn gar nichts mehr. Auch nicht, als Geisel einer seelenlosen Kreatur zu enden. Es hätte ihn weitaus mehr beunruhigen müssen, doch nach Vinzenz' Ermordung kam es ihm vor, als wäre er mit ihm gestorben. Erschöpft blickte er zum Grenzwald hinüber.

»Steh auf!«, befahl Sheera.

Lysander tat, was sie von ihm verlangte. Er traute ihr durchaus zu, von der Klinge Gebrauch zu machen. Doch irgendwann würde sie unachtsam werden, und er war geduldig genug, um so lange zu warten. Vielleicht hatte er sich bis dahin auch überwinden können, zu seinem Vater zurückzukehren. Im Moment kam ihm der Grenzwald einladender vor als die Burg von Agrino.

Sheera deutete mit dem edelsteinbesetzten Dolch in die Richtung, die sie einschlagen würden.

»Du weißt nicht mal, wie kostbar der Dolch ist, den du gestohlen hast, nicht wahr?«, fragte er.

»Nicht so kostbar wie der Stein in deinem Bauch, also denk nicht mal dran, etwas Falsches zu tun. Sonst schlitze ich dich vom Kinn bis zu den Eiern auf.«

Lysander konnte nicht anders, als zu schmunzeln. Auch wenn ihm gar nicht danach zumute war. Der Blick dieser kleinen Diebin war entschlossen. Dennoch flößte sie ihm keine Angst ein. Ganz im Gegenteil. Sie hätte ihn auch schon in der Schatzkammer töten können. Und doch war er noch am Leben und die Geisel eines Mädchens, das einen Kopf kleiner und gerade einmal halb so breit war wie er. Ein schmächtiges, wenn auch sehr geschicktes junges Ding.

Ganz so düster, wie man es von den Wechselbälgern behauptete, schien ihre Seele nicht zu sein. Vielleicht hatten die Mahr bei ihr versagt und ihr Herz nicht gänzlich mit Dunkelheit gefüllt.

Er würde nur zu gern wissen, aus welcher Provinz sie stammte. Sie konnte doch unmöglich wirklich aus Farhir kommen. Auch wenn sie Gold von dort besaß und ihm ihr Zungenschlag fremd war. Er hatte etwas Melodisches an sich. Beinahe wie ein Gesang oder ein Gedicht. Als würde jedes noch so harte Wort von ihr Teil einer Ballade sein. Wie hätte er sich da ernsthaft von ihr bedroht fühlen können? Bei dieser Stimme und diesen glänzenden großen Augen, in denen sich so viel mehr spiegelte als nur das Licht der Sterne?

»Geh schon«, verlangte sie von ihm und drängte ihn Richtung Grenzwald. Die Schatten der Bäume hatten sie bald verschluckt, und Lysander stolperte im Dunkel vorwärts. Sheera hingegen schien keine Probleme zu haben, bei Nacht sehen zu können.

Allein schon um herauszufinden, wo in Amberan die Mahr wieder so stark geworden waren, dass sie erneut begonnen hatten, Seelen zu rauben, würde er tun, was sie von ihm verlangte. Bekäme der

König Sheera in die Finger, wäre sie tot, bevor sie ihm Antworten geben konnte.

»Wieso ist dir der Dämmerstein so wichtig?«, fragte er nach einer Weile.

Sheera antwortete nicht. Sie lief neben ihm her, und ihr Blick huschte suchend durch den Wald, als würde sie Dinge sehen und hören, die ihm verborgen blieben.

»Wenn du wirklich nach Farhir willst, sind wir eine ganze Weile unterwegs. Da wäre es doch ganz nett, wenn wir uns ein wenig unterhalten.«

Sheera drehte sich um und schaute ihn verwirrt an. »Wir sind in ein paar Minuten in Farhir. Wie kommst du darauf, dass die Reise länger dauert?«

»Woher kommst du wirklich?«, fragte er vorsichtig. Käme sie aus Farhir, müsste sie doch wissen, dass der Grenzwald riesig und das Reich der Mahr weit weg war. Aber er konnte sich beim besten Willen nicht vorstellen, dass er so eine Bestie neben sich hatte, und ein Mensch wäre nicht fähig, die Grenze zu überschreiten. Spätestens dort würde ihre Reise also enden.

»Was hat man dir angetan, dass du glaubst, ein Monster zu sein?«

Mit großen Augen und halb offen stehendem Mund schaute sie ihn an. Seelenlos war sie ganz bestimmt nicht, und Gefühle hatte sie auch. Gefühle, die von etwas verletzt worden waren, was er durch seine Worte wachgerufen hatte.

»Nichts«, leugnete sie mit bebender Stimme. »Man hat mir gar nichts angetan, und ich bin auch kein Monster. Schweig jetzt!«

Sie tat einen Schritt auf ihn zu und setzte ihm erneut den Dolch an die Kehle. Er wich ein Stück zurück und stieß mit dem Rücken gegen einen Baum. Offensichtlich hatte er einen Nerv getroffen. Ihre Augen funkelten regelrecht, und sie drückte ihm die Klinge so fest gegen den Hals, dass sie allmählich durch seine Haut drang. Der Schmerz scherte ihn nicht.

»Ich will dir helfen«, sagte er.

Sie schnaubte verächtlich. Wahrscheinlich ging sie gerade das Für und Wider, ihn am Leben zu lassen, durch. Dabei schien sie gar nicht zu begreifen, dass er schon mehrere Gelegenheiten gehabt hätte, sie zu überwältigen und zu fliehen. Aber er wollte ihr wirklich helfen. Nicht nur seinem Land, das offenbar kurz davorstand, seine Einwohner erneut an die Mahr zu verlieren; sondern ihr, Sheera, der Diebin, die im Grund gar nicht so böse zu sein schien, wie sie sich gab. Dass er geschworen hatte, die Mahr zu bekämpfen, änderte nichts daran. Er glaubte einfach nicht, dass sie eine von ihnen war. Das konnte unmöglich sein. Sie war ein Wechselbalg und damit nur ein Opfer dieser hinterlistigen Kreaturen.

Nicht weit von ihnen raschelte es im Unterholz. Sheera und er wandten gleichzeitig den Kopf. Wenn das die Mahr waren, waren sie mit Sicherheit längst von ihnen umzingelt. Lysanders Herz schlug schneller.

»Mach mich los«, verlangte er. Es kam auf jede Sekunde an.

»Niemals.« Sie hatte kaum zu Ende gesprochen, als etwas durch die Luft sauste, direkt auf sie zu.

Lysander warf sich auf die Knie, und im selben Moment bohrte sich ein Pfeil, nur eine Handbreit über seinem Kopf, in den Baumstamm. Hätte sich Sheera nicht ebenfalls gebückt, wäre ihm die

Klinge an seinem Hals zum Verhängnis geworden. Sie hatte den Dolch weggezogen, hielt ihn aber nach wie vor fest. Suchend huschte ihr Blick über das Dickicht.

Lysander legte den Kopf in den Nacken, blickte zu dem Pfeil und erkannte die rot-schwarze Befiederung der königlichen Gardisten. Wenigstens hatten sie es also nicht mit den Mahr zu tun. Dennoch hätte er nur zu gern gewusst, welcher Trottel bei Dunkelheit geschossen und dabei beinahe ihn statt seiner Entführerin getroffen hätte. Er öffnete den Mund, wollte verlangen, dass die Männer ihre Waffen sinken ließen und vortraten, da packte Sheera ihn am Kragen, zerrte ihn beiseite, und zwei weitere Pfeile schlugen genau dort ein, wo er eben noch gesessen hatte.

Fassungslos starrte er sie an.

»Komm!«, forderte Sheera ihn auf und rannte gebückt los.

Lysander zögerte nicht. Er versuchte sein Glück lieber mit den Mahr und dieser Diebin, als von den Pfeilen seiner eigenen Leute durchbohrt zu werden.

Geschickt huschte Sheera durch den Wald, überwand mühelos umgestürzte Bäume und Äste und war dabei so lautlos, dass es ihm vorkam, als hätte er Watte in den Ohren. Ihr zu folgen, war beinahe unmöglich. Er war alles andere als ein Tollpatsch, aber neben ihr sah er genau so aus. Dass obendrein seine Hände gefesselt waren, machte es ihm noch schwerer, nicht ständig zu stürzen und zu stolpern.

»Kreist sie ein!«, rief jemand in seinem Rücken.

Er warf einen flüchtigen Blick zurück und wäre dadurch beinahe über Sheera gestolpert, die abrupt stehen geblieben war.

Vor ihnen stand ein Mann mit gezücktem Schwert. Auch im Dunkeln war unschwer zu erkennen, dass es sich bei ihm um einen der königlichen Gardisten handelte. Also stammten die Pfeile tatsächlich von Untergebenen des Königs.

Noch während Lysander sich fragte, ob sein Vater unterschätzt hatte, wie viele seiner Untertanen sich gegen ihn verschworen hatten, riss der Mann brüllend sein Schwert hoch und stürzte auf Sheera und ihn zu.

Die Diebin wich ohne Mühe aus. Alles andere hätte Lysander auch gewundert. Er hingegen blieb stehen, beobachtete die Schlagrichtung des Schwertes und hielt seine Fesseln genau im richtigen Moment erhoben, um sie von dem Gardisten durchtrennen zu lassen. Erst dann trat er beiseite, fing den Schwertarm des Mannes ab, als der zu ihm herumfuhr, und entriss ihm die Waffe.

Ein zufriedenes Lächeln huschte über Lysanders Gesicht. So einfach würde er es den Verrätern der Krone nicht machen. Offenbar spielte ihnen diese Entführung geradezu in die Hände. Eine bessere Gelegenheit, den Kronprinzen loszuwerden, gab es nicht.

Der Gardist brauchte einen Moment, bevor er mitbekam, dass er entwaffnet worden war. Er hob beschwichtigend die Hände und richtete sich auf.

»Das ist ein Missverständnis«, schwor er und trat näher an Lysander heran, um sich ehrerbietig vor ihm zu verbeugen.

»Vorsicht!«, warnte Sheera.

Schon hatte der Mann einen Dolch gezogen. Lysander zögerte nicht und rammte ihm das Schwert in den Bauch. Es durchbohrte das Wappen Amberans. Der Gardist blickte völlig entgeistert zu seinem Prinzen auf, öffnete den Mund, doch nur ein Röcheln entfuhr ihm, dann sackte er in sich zusammen.

Lysander, die Hand noch immer um den Schwertgriff geklammert, sank mit ihm zu Boden. Im Umkippen packte der Gardist ihn am Kragen und zog ihn näher zu sich heran.

»Lang lebe Ileos!«, keuchte er Lysander ins Ohr.

Dann war es also Rheon, der hinter dieser Verschwörung steckte? Lysander hatte es bereits geahnt.

Er stand auf und zog dabei die Klinge aus dem leblosen Körper des Gardisten. Er schaute zu Sheera, die geschockt wirkte. Für eine Diebin, die sich nicht scheute, den König zu bestehlen, schien ihr der Tod dieses Mannes ungewöhnlich nahezugehen. Kaum aber, dass ihre Blicke sich trafen, gewann sie ihre Fassung zurück.

Drei weitere Gardisten stolperten aus dem Dickicht. Wer von ihnen zu den Verrätern gehörte und wer nicht, konnte Lysander unmöglich sagen.

Sie fanden ihn mit blutigem Schwert über der Leiche ihres Kameraden stehend und zogen ihre Schlüsse.

»Keine Bewegung!«, verlangte einer von ihnen. Die anderen richteten ihre Pfeile auf Lysander.

Er senkte vorsichtig das Schwert, merkte aber gleich, dass es ein Fehler war, auch nur mit der Wimper zu zucken. Die Gardisten waren nervös, ließen die gespannten Sehnen los, und im selben Moment wurde er von Sheera zu Boden gerissen. Die Pfeile surrten knapp über ihre Köpfe hinweg.

»Weg hier!« Sie stieß sich von ihm ab. Lysander sprang auf und gemeinsam rannten sie tiefer in den Wald hinein. Die Schatten

hatten sie umhüllt, noch bevor die Gardisten neue Pfeile anlegen konnten.

»Ihnen nach!«, hörte Lysander einen von ihnen rufen. Doch diesmal würde es den Männern nicht gelingen, Sheera und ihm den Weg abzuschneiden. Dafür waren sie zu schnell und der tiefe Wald bald schon zu unwegsam.

Lysander war mittlerweile davon überzeugt, dass dieses Wechselbalgmädchen nicht nur schneller reagieren, sondern auch besser sehen und hören konnte als ein normaler Mensch. Zielsicher bewegte sie sich durch die Dunkelheit und wurde auch nicht langsamer, als er sich sicher war, dass sie ihre Verfolger längst abgehängt hatten. Seine Lunge brannte bereits, immer öfter stolperte er, weil ihn die Kraft verließ, und als Sheera endlich innehielt, lehnte er sich schwer atmend an einen Baum.

»Was machst du da?«, fragte sie ihn vorwurfsvoll.

Er seufzte völlig entkräftet. »Ob du es glaubst oder nicht, aber nicht jeder von uns hat übermenschliche Kräfte.«

»Das liegt wohl daran, dass nicht jeder von uns ein Mensch ist«, konterte sie. »Und jetzt weg von dem Baum.«

Sie kam auf ihn zu, stieß ihn beiseite und strich über die Rinde. Was sie tat, erschloss sich ihm erst, als sie ihm ihre Finger zeigte und er im fahlen Mondlicht Blut daran kleben sah.

Er blickte an sich hinunter. Das Schwert hielt er noch immer fest umschlossen. An seinen Händen klebte das Blut des Gardisten, und auch sein Hemd war damit getränkt.

Sheera ging vor ihm in die Hocke und zerrieb Erde zwischen ihren Fingern.

»Was ist?«, forderte sie ihn auf. »Willst du, dass man unsere Fährte aufnehmen kann?«

Lysander warf einen Blick zurück. Er bezweifelte, dass ihre Verfolger sie anhand des Blutgeruches aufspüren konnten. Allerdings wimmelte es im Grenzwald von unzähligen anderen Gefahren. Neben Wölfen und Bären machten ihm die Mahr am meisten Sorgen.

Er sank vor Sheera auf die Knie, legte das Schwert beiseite und wollte gerade damit beginnen, sich das Blut mit Erde abzureiben, als sie ihm auch schon beide Hände auf die Brust legte. Sein Herz machte einen Satz.

»Halt still«, verlangte sie beinahe flüsternd. Ihre Blicke trafen sich, während ihre von kühler Erde feuchten Finger über seinen Körper wanderten.

Gebannt starrte er in ihre Mondaugen. Alles um ihn herum schien still zu werden, die Geräusche des nächtlichen Waldes rückten in die Ferne, und er spürte, wie sein Herz unter ihren Berührungen immer schneller schlug.

Wie konnte ein Wesen, das durch einen so gewaltsamen Akt entstanden war, nur so hübsch sein? So anmutig und so voller tiefer, unergründlicher Gefühle, wenn es doch seelenlos und von Schwärze erfüllt sein sollte? Wenn sie aber kein Wechselbalg war – was war sie dann?

Ihre Finger wanderten über seine Arme bis hin zu seinen Händen. Ihre Berührung fühlte sich warm an, und er verspürte den Drang, sie an sich zu ziehen und zu küssen.

Er hätte sich bei diesem Gedanken selbst ohrfeigen können. Die letzten Tage hätten ihn lehren sollen, sich nicht mehr Hals über

Kopf in ein hübsches Mädchen zu vergucken. Und dann war sie auch noch eine Diebin. Zudem eine ziemlich freche.

Plötzlich packte sie ihn, zog ein Seil hervor und wickelte es um seine Handgelenke.

Er brauchte einen Moment, um zu begreifen, dass er in ihre Falle getappt war. Mit einem Ruck riss er sich los, zog das Seil stramm und stieß Sheera zu Boden. Sie wollte zur Seite wegrollen, doch da warf er sich bereits über sie und legte das Seil fest über ihre Kehle.

Schwer atmend schaute sie zu ihm auf. Angst zeigte sie keine. Mit seinem Körpergewicht hielt er sie am Boden und spürte, wie sie sich unter ihm wand und aufbäumte und dennoch nicht freikam. Er unterband ihre Gegenwehr, indem er das Seil fester über ihren Hals spannte.

»Du hältst mich für den größten Trottel, oder?«, fragte er und schaute ihr direkt in die großen, leuchtenden Augen. Amberfarben waren sie, wie die eines Wolfes. »Glaubst du wirklich, so leichtes Spiel mit mir zu haben?«

Sie grinste als Antwort gehässig, sagte aber nichts weiter.

»Ich will, dass du mir alles verrätst«, verlangte er. »Alles – von deiner Heimatprovinz bis hin zu dem Grund, der dich in die Schatzkammer meines Vaters geführt hat. Und behaupte nicht noch einmal, ein Mahr zu sein!«

Die Sache mit der Schatzkammer schien sie kurz zu verunsichern. Offenbar war ihr tatsächlich nicht bewusst gewesen, wen sie aus der Burg entführt hatte. Einen Moment lang gefror ihr Grinsen, taute aber schnell wieder auf. Schweigend schaute sie ihn an.

»Also, was ist?«, fragte er herausfordernd. »Sind wir uns einig?«

Ihre Augen wanderten kurz nach unten, dann wieder zu ihm hoch. Lysander ahnte bereits, worauf das hinauslief und spürte im selben Moment die Klinge des Dolches, die sich ihm fest gegen die Rippen presste.

»Patt, würde ich sagen, Herr Prinz«, krächzte sie mit erstickter Stimme. Obwohl das Seil sie würgte, behielt sie ihr überlegenes Lächeln bei.

Er konnte sie gar nicht so sehr hassen, wie er sie bewunderte. Jedes Mal wenn er glaubte, sie ausgetrickst zu haben, gelang es ihr doch noch, das Blatt zu wenden.

»Ich stehe jetzt auf«, sagte er widerwillig. Vorsichtig löste er das Seil und schob sich von ihr herunter, bis er aufrecht saß. Erst dann robbte sie unter ihm hervor. Sie richtete den Dolch auf ihn, fasste sich mit der freien Hand an den Hals und rieb die Druckstellen, die das Seil hinterlassen hatte.

»Wir sitzen im selben Boot«, sagte er.

Sheera schien nicht zu verstehen, wovon er sprach. Fragend schaute sie ihn an.

»Die Gardisten haben es auf uns beide abgesehen. Zusammen stehen unsere Chancen besser, lebend hier rauszukommen.«

»Ich käme gut ohne dich zurecht«, widersprach sie. »Aber du hast etwas, was ich brauche.«

»Du glaubst vielleicht, dass du allein zurechtkommst, aber du ahnst ja nicht, in welcher Gefahr wir schweben. Selbst ein Wechselbalg wie du wird gegen die Mahr kaum ankommen.«

»Ich bin …«, begann sie aufgebracht, seufzte dann aber. »Ach, glaub doch, was du willst.« Sie schaute in die Richtung, aus der sie gekommen waren.

»Sind sie uns noch auf den Fersen?«, fragte er, wohl wissend, dass sie das bessere Gehör von ihnen beiden hatte.

»Nein, ich schätze, sie haben die Spur verloren. Vorerst. Bei Tag werden sie sie vielleicht wieder aufnehmen können. So wie du durch den Wald trampelst, würde uns selbst ein Blinder folgen können.«

Sie kräuselte die Lippen, unterdrückte das aber sofort und gab sich erneut kühl und abweisend. Offenbar setzte sie alles daran, keine Nähe zwischen ihnen aufkommen zu lassen. Und sei es auch nur ein kurzes Lächeln. Aber wie konnte er ihr die Wahrheit über ihre Herkunft entlocken, wenn sie sich ihm nicht öffnete?

»Komm jetzt«, sagte sie und stand auf.

Lautlos schlich sie tiefer in den Wald hinein. Mit gespitzten Ohren und scharfem Blick schlug sie die Richtung ein, die sie nach Farhir führen musste. Der letzte Ort, an den sich der Kronprinz des Menschenreiches vorwagen sollte. Aber noch blieb ihm nichts anderes übrig, als ihr zu folgen. Noch hatte er ihr Vertrauen nicht gewonnen, wusste er nicht, woher sie wirklich kam und wie er sie überzeugen konnte, ihre törichten Pläne aufzugeben. Zumindest ein paar Stunden blieben ihm noch, um an sie heranzukommen. Spätestens bei Tagesanbruch musste er sie überredet haben oder zur Umkehr zwingen.

KAPITEL 20

Lysander

Eine ganze Weile liefen sie schon schweigend durch den Wald. Die Stille kam Lysander unheimlich vor, und er hatte das Gefühl, Sheera würde sich immer mehr von ihm zurückziehen, statt dass sie einander kennenlernten. Wie hätte er sie also überreden können umzukehren? Sie lief weiter, als stünde sie unter einem Bann, und sagte kein Wort.

Plötzlich blieb sie stehen. »Schhh«, ermahnte sie ihn und legte sich einen Finger auf den Mund.

»Ich hab gar nichts …«, begann er, brach aber ab, als sie nicht reagierte, und schaute sich stattdessen um.

Der Wald war dunkel, Nebelschwaden hingen zwischen den Bäumen, und abgestorbene Bäume reckten ihre Äste in den wolkenverhangenen Nachthimmel. Der Mond tauchte die Umgebung in sein bläuliches Licht, fremdartige Geräusche drangen an sein Ohr, und in jedem Dickicht konnte ein Raubtier lauern.

Unter anderen Umständen hätte Lysander das gefallen. Wenn er auf die Jagd ging, dann meist allein und nur mit einem Dolch bewaffnet. Er genoss es, fernab des höfischen Trubels zu sein, eins mit der Natur zu werden und sein Können in einem Wettstreit mit einem ebenbürtigen Gegner zu messen. Mit einem Wolf oder Eber. Statt, wie es bei großen Jagdgesellschaften üblich war, ein wehrloses Tier bis zur Erschöpfung zu hetzen und in die Enge zu treiben.

Aber das hier waren nicht die königlichen Jagdgründe, es war der verfluchte Grenzwald, und er war weder auf der Jagd noch der Jäger. Vielmehr fühlte er sich wie der Gejagte. Als würde jemand oder etwas ihn und Sheera beobachten und nur auf den richtigen Moment zum Zuschlagen warten. Wenn dem so war, dann wusste Sheera das sicher längst. Mit ihrem Gehör konnte seines nicht mithalten.

»Folgt uns jemand?«, fragte er leise.

Sheera antwortete nicht. Noch immer huschten ihre Blicke über die Umgebung. Ihr ganzer Körper war angespannt, und wie sie so dastand und sich umschaute, erinnerte sie ihn fast an ein wildes Tier. Wenn Lysander es nicht besser gewusst hätte, hätte er geglaubt, sie wären bereits über die Grenze gelangt. Alles hier kam ihm fremdartig vor, und sie waren schon weitaus tiefer in den Wald vorgedrungen, als ihm lieb war. Aber es war für Menschen unmöglich, die Grenze nach Farhir zu überschreiten. Also konnte er sich nur irren.

»Hörst du das?«, fragte Sheera.

Lysander lauschte. »Nein. Was meinst du?«

»Der Wald.«

Fragend schaute er sie an.

»Er singt. Hörst du das nicht?«

Lysander hatte keine Ahnung, wovon sie sprach. Ihre Stimme klang monoton, fast so, als stünde sie unter Hypnose. Irgendetwas schien mit ihr nicht zu stimmen.

»Sheera?« Er griff nach ihrem Arm, sie schaute zu ihm auf, und er wäre beinahe zurückgewichen. Ihre Augen. Sie waren völlig verändert. Wie mondblind sahen sie aus. Das Weiß war verschwunden und die Farbe aus Iris und Pupillen gewichen. Was er nun sah, waren blassblaue, milchig wirkende Scheiben.

»Er spricht zu mir«, sagte sie leise.

Was auch immer gerade mit ihr geschah, es konnte nichts Gutes bedeuten. Nicht wissend, was er sonst tun sollte, packte er sie an den Oberarmen und schüttelte sie.

»Komm zu dir!«, verlangte er.

Tatsächlich war es, als hätte er sie dadurch wachgerüttelt. Erschrocken blickte sie sich um. Die Mondscheiben in ihren Augen verblassten, die Pupillen nahmen wieder Farbe an, und auch das Blau wich dem Weiß. Als ihr bewusst wurde, dass Lysander sie festhielt, riss sie sich von ihm los.

»Was tust du da?« Ungläubig starrte sie ihn an.

»Du warst wie weggetreten«, erklärte er.

»Nein, ich …« Sie brach ab, fasste sich an die Stirn und hielt einen Moment lang den Atem an. »Ich bin nur müde. Wir sollten rasten.«

»Bist du dir sicher?« Dass das, was er gerade gesehen hatte, auf Schlafmangel zurückzuführen war, bezweifelte er stark. Andererseits – wenn sie ein Wechselbalg war, kannte er nur Geschichten und Legenden über ihresgleichen. Vielleicht verwandelten sich diese Wesen nur unter bestimmten Umständen in seelenlose Kreaturen.

»Ja, bin ich«, beharrte sie. »Wir ruhen uns aus und gehen bei Tagesanbruch weiter.«

Lysander nickte. Er würde sich hüten, darauf zu bestehen, ihren Weg fortzusetzen. Denn schließlich brachte sie das immer näher an ein von bösartigen Geschöpfen beherrschtes Land.

An einem Baum sank er zu Boden, legte das Schwert griffbereit neben sich und ließ Sheera keinen Moment aus den Augen. Sie wirkte noch immer aufgewühlt, auch wenn sie es sich nicht anmerken lassen wollte. Nervös schaute sie sich um.

»Hörst du ihn noch singen?«, fragte er.

»Was?«

»Den Wald. Ob du ihn singen hörst.«

Sie wischte seine Worte mit einer unwirschen Handbewegung beiseite und lief weiter auf und ab.

»Setz dich«, forderte er sie auf. Aber sie reagierte nicht. »Bitte«, fügte er hinzu.

Sheera seufzte, tat aber schließlich, worum er sie gebeten hatte und sank ihm gegenüber auf die Knie. Irgendwie musste er ihr helfen, zur Ruhe zu kommen, und ihm fiel nur eine Methode ein, wie das gelingen könnte. Er streckte die Hand nach ihr aus, doch sie wich zurück.

»Alles wird gut«, versprach er ihr, und erst, als sie sich wieder etwas entspannt hatte, näherte er sich ihr erneut. Er legte seine Hand auf die Höhe ihres Herzens und konnte es wild in ihrer Brust klopfen spüren.

»Was tust du da?«, fragte sie.

»Deine Hand«, bat er. Ohne abzuwarten, ergriff er sie und führte sie zu seiner Brust, sodass auch Sheera spüren konnte, wie sein Herz schlug. Ruhig und stetig.

Er schloss die Augen und atmete tief durch. Schon oft hatte er diese Übung mit Vinzenz durchgeführt. Immer dann wenn er das Gefühl gehabt hatte, sein hitziges Gemüt kaum noch kontrollieren zu können. Nur war diesmal er derjenige, der versuchte, seine Ruhe auf Sheera zu übertragen.

Dabei hätte er alles andere als ruhig sein wollen. Vinzenz war tot. Ermordet, auf Befehl seines Vaters hin. Die Feinde der Krone waren ihm auf den Fersen, würden nicht aufgeben, bis sie den ganzen Wald durchkämmt hatten. Und er war im Begriff, ein verfluchtes Land zu betreten.

Er wollte noch immer nicht wahrhaben, dass Vinzenz nie mehr zurückkehren würde. Ohne seine Anleitung und Unterstützung fühlte sich Lysander verloren. Vinzenz war der einzige Mensch gewesen, der in ihm Dinge gesehen hatte, die er sich nicht einmal selbst zutraute. Der einzige Mensch, der ihm vertraut hatte und dem er vertrauen konnte. Er hatte nicht einmal mehr Gelegenheit gehabt, ihm zu verzeihen und selbst um Verzeihung zu bitten.

Lysander ertrug es nicht mehr, sich in den Gedanken an das, was geschehen war, zu verlieren. Er schlug die Augen auf und schaute direkt in Sheeras mondblasses Gesicht.

»Geht es dir gut?«, fragte sie leise.

Lysander räusperte sich und löste seine Hand von ihr. »Ja sicher …«, murmelte er. »Wieso nicht?«

Dabei verstand er sehr gut, warum sie zweifelte. Er hatte bei der Übung versagt und sich aufwühlen lassen, statt ihr etwas von seiner Ruhe zu übertragen. Das musste sie gespürt haben.

Auch sie zog ihre Hand zurück, senkte den Blick und betrachtete sie fasziniert. Gerade so, als hätte sie seinen Herzschlag aufgesogen und könnte ihn noch immer in ihren Fingern pochen spüren. Ihm ging es ähnlich. Er spürte ihre kühle Haut auf seiner, obwohl er sich längst von ihr zurückzogen hatte.

Sheera lächelte sanft, während sie verträumt ihre Hand musterte, und diesmal war nichts Gehässiges an ihrem Lächeln. Schließlich sah sie zu ihm auf.

»Dein Herz hat begonnen, schneller zu schlagen«, meinte sie.

»Das … das war nichts«, log er. »Wie geht es dir jetzt?«

»Es hat geholfen. Danke. Was war das für eine Magie?«

»Magie?«, fragte er. »Nein, das war bloß eine Übung zur Selbstkontrolle, mehr nicht.«

»Wer hat sie dir beigebracht?«

Lysander schüttelte den Kopf. »Das tut nichts zur Sache.«

Er lehnte sich wieder an den Baum. Es dürfte nicht mehr lange dauern, bis die Sonne aufging, und wahrscheinlich wäre es das Beste, wenn sie sich etwas ausruhten. Bloß hatte diese Übung bei ihm den genau gegenteiligen Effekt bewirkt, den sie hätte haben sollen. Er war unruhig, und seine Gedanken rotierten.

Er schloss kurz die Augen, in der Hoffnung, so etwas mehr Ruhe in sein aufgewühltes Inneres zu bringen. Die letzten Tage hatten ihm eine ganze Menge abverlangt, und er spürte, wie schwerfällig er geworden war. Schlafen war aber wohl nicht die beste Idee. Nicht mitten im Grenzwald und mit einem Wechselbalg an seiner Seite. Obwohl er das wusste, dämmerte er weg.

Ein plötzlicher Schmerz ließ Lysander hochschrecken. Etwas saß über ihn gebeugt und hatte sich in seiner Kehle verbissen. Er stieß den Angreifer von sich, griff sich an den Hals und spürte Blut. Gehetzt schaute er sich um und musste feststellen, dass er umzingelt war. Er musste eingenickt sein. So, wie er sich fühlte, dürfte er höchstens ein paar Stunden geschlafen haben. Mehrere menschlich anmutende Kreaturen wichen scheu vor ihm zurück.

Mahr. Ein halbes Dutzend von ihnen.

Dämonische Geschöpfe mit grauer, verkrusteter Haut, filzigem Haar und messerscharfen Krallen. Nackt, knochig und in krummer Haltung hockten sie auf dem Waldboden, fauchten gefährlich und wagten sich nur langsam wieder aus den Schatten auf ihn zu.

Dem, den Lysander von sich gestoßen hatte, troff noch das Blut vom Kinn. Er bleckte die Zähne, sah ihn durchdringend aus silbrigen, scheibengroßen Augen an. Ohne Weiß darin, als wäre er mondblind.

Von so Nahem hatte er diese Bestien noch nie beobachten können, und ihm wurde sofort klar, dass er solche Augen schon einmal gesehen hatte. Bei Sheera.

Der Gedanke an sie ließ ihn beinahe panisch werden. Hatten die Mahr ihr etwas angetan? Sie vielleicht getötet oder Schlimmeres?

Lysander wirbelte herum, schnappte sich sein Schwert, und im selben Moment sprang ihn einer der Mahr von hinten an. Wie eine Klette hing er ihm im Nacken. Lysander wollte ihn abschütteln, doch der Mahr zerkratzte ihm Schultern und Brust und versuchte, an seinen Hals heranzukommen, um ihn zu beißen.

Mit aller Kraft rammte Lysander die Kreatur laut brüllend gegen einen Baum. Der Mahr schrie erbärmlich, und Lysander stieß ihm den Ellbogen gleich mehrmals in die Rippen, bis er endlich Ruhe gab und von ihm abließ.

Die anderen Mahr hielt Lysander auf Abstand, indem er mit dem Schwert die Luft zerschnitt. Sie fauchten wie wilde Tiere, wagten es aber nicht, näher zu kommen.

»Sheera!«, rief er und schaute sich um. Der Morgen dämmerte allmählich, dennoch konnte er sie nicht gleich entdecken.

Kaum hatte er eines der Biester aus den Augen gelassen, nutzte es auch schon die Gelegenheit und warf sich auf ihn. Mit dem Schwert hielt er den Mahr auf Abstand, doch plötzlich sprang der nächste ihn an und verbiss sich in seinem Arm.

Lysander schrie vor Schmerz auf und riss seinen Arm samt der Bestie nach vorn, sodass der Mahr das Gleichgewicht verlor, stürzte und ihn mit sich zog.

Er fiel über dem Mahr auf die Knie und zögerte nicht, ihm das Schwert zwischen die Rippen zu jagen. Erst danach gelang es ihm, seinen Arm aus dessen Fängen zu befreien. Er keuchte, und der Schmerz pulsierte ihm in Arm und Hals. Entkräftet, wie er war, stützte er sich auf sein Schwert, das noch immer im Leib der Bestie steckte.

Ehe es ihm gelang, auf die Beine zu kommen, sah er aus den Augenwinkeln, wie ihn ein weiterer Mahr von hinten attackieren wollte. Er zog das Schwert aus dem toten Körper, wandte sich zu seinem Angreifer um und rammte es ihm in den Bauch.

Erst dann kam er schwer atmend und taumelnd auf die Füße. Vor seinen Augen begann sich alles zu drehen, aber noch waren drei der Kreaturen übrig und warteten darauf, dass ihn die Kraft verließ. Er durfte nicht die Besinnung verlieren.

Lysander schloss die Hand fester um den Griff seines Schwertes. »Kommt nur!«, forderte er sie auf. »Versucht euer Glück.«

Die drei Mahr hielten Abstand, fauchten aufgebracht und flüchteten, kaum dass Lysander einen Schritt auf sie zugetan hatte.

Reglos blieb er stehen. Sein Atem ging stoßartig, seine Hände zitterten, und er fasste sich an die Wunde am Hals. Sie blutete stark und war wahrscheinlich die Ursache seiner Schwäche. Er musste die Blutung stoppen, bevor er das Bewusstsein verlor.

Das Schwert glitt ihm allmählich aus der Hand, doch dann nahm er hinter sich ein leises Rascheln wahr. Hatten diese Biester noch immer nicht genug?

Er fuhr herum, bereit, den nächsten Angriff abzuwehren, fand aber keinen weiteren Mahr, sondern Sheera, die zusammengekauert in einem Gebüsch saß. Er betete, dass diese Kreaturen ihr grausames Werk nicht vollendet und ihr endgültig die Seele geraubt hatten. Sein Schwert fiel zu Boden, und er lief zu ihr.

»Sheera!«

Mit weit aufgerissenen Augen und Panik im Gesicht schaute sie zu ihm auf. Und was ihm in diesem Moment bewusst wurde, ging ihm durch Mark und Bein: Sheera hatte nicht gelogen. Sie war wirklich eine von ihnen. Jetzt, da er einen direkten Vergleich hatte, erkannte auch er es. Die spitzen Ohren, die blasse Haut und nun auch wieder diese mondblinden Augen, die nichts Menschliches mehr an sich hatten. Die toten Kreaturen am Boden waren wilde Bestien gewesen – nackt und ausgemergelt –, aber das schien auch schon alles zu sein, was sie von der Sheera, die da vor ihm kauerte, unterschied.

Verzweifelt suchte er nach einer Erklärung. Alles hätte in dem Moment besser für ihn geklungen, als hinnehmen zu müssen, dass Sheera wirklich ein Mahr war – eines der Monster, die zu töten er geschworen hatte.

Konnte es sein, dass die Mahr in Wirklichkeit Menschen waren? Menschen, die unter einer ansteckenden Krankheit litten, die sie zu solchen Bestien machte? Dann waren die Wechselbälger vielleicht Infizierte, die sich nach und nach in wilde Kreaturen verwandelten. Er wollte daran glauben und nicht etwa daran, dass Sheera wirklich als Mahr geboren worden war. Denn Krankheiten ließen sich heilen, die Abstammung aber nicht.

Er versuchte nach ihr zu greifen, doch sie fauchte und wich vor ihm zurück.

»Sheera, hörst du mich?«

Ängstlich wie ein in die Enge getriebenes Tier schaute sie zu ihm hoch. Kroch vorsichtig noch etwas weiter von ihm weg und bleckte die Zähne.

Er war schon einmal zu ihr durchgedrungen. Es musste ihm ein weiteres Mal gelingen. Mit erhobenen Händen näherte er sich ihr. »Ich tue dir nichts«, versprach er.

Tatsächlich schien sie sich etwas zu beruhigen, und er nutzte die Gelegenheit, um sie an den Armen zu packen.

Sie wehrte sich verzweifelt, versuchte mit aller Macht, von ihm loszukommen, doch er ließ es nicht zu, zog sie aus dem Gebüsch und stellte sie auf die Beine. Wie schon beim letzten Mal, als die Mondblindheit sie befallen hatte, schüttelte er sie.

»Komm zu dir!«, verlangte er, und als das nichts half, verpasste er ihre eine schallende Ohrfeige.

Einen Moment lang war Sheera wie erstarrt. Sie wehrte sich nicht länger, hatte ihr Gesicht abgewandt, und als sie es ihm wieder zuwandte, waren das Wilde in ihren Zügen und die Mondaugen verschwunden. Fassungslos starrte sie ihn an.

KAPITEL 21

Sheera

Ich starrte zu Boden, spürte einen pochenden Schmerz in meiner linken Gesichtshälfte und begriff erst nicht, was mit mir geschehen war.

Eben noch war es dunkel gewesen, ich hatte Lysander beim Schlafen beobachtet, dem Flüstern des Waldes gelauscht und mich gefragt, was dieser Menschensohn nur mit mir anstellte, dass ich nicht fähig war, mir den Dämmerstein einfach zu holen. Und plötzlich graute der Morgen, ich stand aufrecht da, und jemand hielt mich fest.

Ich wandte mich nach vorn und blickte Lysander direkt an. Er sah blass aus, wirkte mitgenommen und ebenso panisch, wie ich mich fühlte. Sein Hals war blutig, und Blutspritzer bedeckten sein Gesicht, sein Hemd, seinen ganzen Körper. Was war bloß geschehen?

»Sheera …«, sagte er leise.

Er hielt meine Oberarme so fest umklammert, dass es wehtat.

»Lass mich los!«, verlangte ich und wehrte mich gegen ihn. Ich kam frei und stolperte von ihm weg.

In meinem Kopf herrschte Chaos. Noch immer schmerzte meine Wange, ein Schleier lag über meinen Erinnerungen, und das erstickende Gefühl, die Gewalt über meinen Körper, meine Gedanken und die Zeit verloren zu haben, nahm mir die Luft zum Atmen.

Lysander tat einen Schritt auf mich zu.

»Bleib weg!«, verlangte ich und hielt ihn mit ausgestrecktem Arm auf Abstand. Bevor ich nicht verstand, was mit mir geschehen war, wollte ich ihn nicht in meiner Nähe haben.

War es der Wald gewesen? War ich ein weiteres Mal seinem Ruf gefolgt? Lysander hatte behauptet, dass der Weg nach Farhir viel länger dauern würde, als ich es in Erinnerung hatte. Was tat dieser Ort mir an? Was geschah mit meinesgleichen, wenn wir den Grenzwald betraten?

Gehetzt schaute ich mich um und riss die Augen auf, als ich die leblosen Kreaturen am Boden liegen sah. Mein Herz hämmerte in der Brust, und wie in Trance lief ich auf sie zu.

Ich schob Lysander beiseite, konnte meinen Blick nicht von diesen entstellten, blutüberströmten Körpern abwenden und einfach nicht fassen, was ich da sah. In meinen Ohren begann es zu rauschen, und mein Körper fühlte sich an wie fremdgesteuert.

Es waren Nachtalben. Aber sie waren so anders. Völlig ausgehungert, nackt, mit Haut wie Leder, eingefallenen Wangen und milchig trüben, geweiteten Augen.

Der Gedanke daran, dass wir Nachtalben so endeten, wenn wir uns völlig von Farhir lossagten, schnürte mir die Kehle zu. Ich wollte nicht glauben, dass das mit allen Nachtalben geschah. Es konnte doch unmöglich sein, dass wir uns in die Kreaturen verwandelten, die Lysander als Mahr bezeichnete. Voller Entsetzen starrte ich die Leichen an.

Das durfte einfach nicht wahr sein. Wir waren keine Monster, wie man uns nachsagte. Keine Wilden. Und doch sah ich es mit eigenen Augen.

Eine Hand legte sich auf meine Schulter, ich schrak zusammen, wirbelte herum und stieß Lysander weg.

»Lass mich!«, fuhr ich ihn an.

Wut und Verzweiflung stiegen in mir auf. Das Blut der Nachtalben klebte noch an ihm, und ich wusste nicht, wie es so weit gekommen war. Alles, was ich wusste, war, dass er sie getötet haben musste und dass er sie für seelenlose Bestien hielt, die nichts anderes als den Tod verdienten. Sie waren unbewaffnet gewesen und brutal abgeschlachtet worden. Ich wollte seine Ausreden gar nicht erst hören. Denn wenn auch nur ein Funken Wahrheit an dem war, was er mir über die Mahr erzählt hatte, bedeutete das doch unweigerlich, dass ein derartiges Monster auch in mir schlummerte. Aber das war ich nicht. Ich war kein Monster!

Meine Gedanken überschlugen sich. Ich schrie vor Hilflosigkeit und dem erdrückenden Gefühl, die Kontrolle zu verlieren, fasste mir an den Kopf und taumelte von Lysander weg.

Was, wenn er mich verzaubert hatte? Wenn es gar nicht der Wald gewesen war, dem ich meine Gedächtnislücke verdankte? Ich hätte nie zulassen dürfen, dass mir dieser Mensch so nahe kam. Als er mir seine Hand auf die Brust gelegt und meinem Herzschlag gelauscht hatte, war es, als würde sich ein Bann über mich legen. Ich hatte mich plötzlich so schwach und ihm ausgeliefert gefühlt, ohne dass ich fähig gewesen war, mich dagegen zu wehren. Ganz im Gegenteil hatte ich ihm bereitwillig die Kontrolle überlassen, mein Leben in seine Hände gelegt und mich bei ihm sogar sicher gefühlt. So sicher wie noch nie zuvor.

Das musste ein Zauber sein! Er hatte mich verhext und anschließend diese Nachtalben getötet. Und dann? Wäre ich die Nächste gewesen, hätte ich mich nicht aus dem Bann befreien können?

Ich musste das beenden! Es durfte nicht sein, dass ich länger von diesem Menschen beeinflusst wurde. Entschlossen hob ich den Kopf, griff nach meinem Dolch, doch kaum, dass ich ihn in den Händen hielt, brach Lysander vor mir auf die Knie und kippte zur Seite weg.

Ich starrte ihn wie gebannt an, den Dolch drohend erhoben, und wartete darauf, dass er zuckte oder sonst irgendwie erkennen ließ, dass seine Ohnmacht nur eine List war.

Doch nichts geschah. Reglos lag er vor mir.

Ich näherte mich ihm mit aller Vorsicht. Jede Faser meines Körpers war bis zum Zerreißen angespannt, und ich war auf alles gefasst. Wenn er mich wirklich verhext hatte, konnte ich mir nicht einmal selbst trauen.

Vorsichtig trat ich mit dem Fuß gegen seine Schulter, sodass er sich auf den Rücken drehte. Seine Augen waren geschlossen. Er war blass, Schweiß klebte auf seiner Stirn, und nichts wies darauf hin, dass er seine Bewusstlosigkeit nur vortäuschte. Waren ihm die Nachtalben, die er getötet hatte, zum Verhängnis geworden?

Bereit, endgültig ein Ende zu machen, ging ich vor ihm in die Hocke und holte mit dem Dolch aus. Ich würde mir den Dämmerstein holen und allen beweisen, dass wir Nachtalben weder feige noch unfähig waren!

Meine Hände schlossen sich fester um den Griff, und die Wut ließ mich zittern.

»Du hast mich verhext!«, schrie ich Lysander an. Es war die einzige schlüssige Erklärung, die ich fand. Wieso sonst brach es mir das Herz, ihn so zu sehen? Er war doch nur ein Mensch. Wir Alben hassten die Menschen. Wir hassten ihren Gestank und ihr Aussehen und verabscheuten sie für alles, was sie uns angetan hatten.

Tränen sammelten sich in meinen Augenwinkeln, tropften auf ihn hinab, und ich krümmte mich über ihm zusammen. Ich konnte es einfach nicht. Ich konnte ihn nicht töten, weil das, was ich für ihn empfand, kein Hass war.

Es war eine Tortur, Lysander aus dem Wald zu schaffen. Er war unheimlich schwer, und trotz der Trage, die ich aus Ästen und Farn zusammengeschnürt hatte, kostete es mich alle Kraft, ihn hinter mir herzuziehen.

Vielleicht war das aber auch gut so. Ich war so damit beschäftigt, mich um ihn zu kümmern, dass ich dem Wald nicht mehr lauschen konnte. Ich erinnerte mich an jede kräftezehrende Minute des letzten Abschnitts meiner Reise, ohne die Kontrolle über mich und mein Handeln verloren zu haben.

Als ich endlich durch das Dickicht an der Waldgrenze brach, neigte sich der Tag bereits dem Ende zu. Viel zu lange lag es zurück, dass ich Farhir verlassen hatte. Ich setzte die Trage ab, fiel auf die Knie und vergrub meine Hände im Erdreich meiner Heimat. Es war, als würde mir eine schwere Last von den Schultern genommen, nun, da ich mich von den Verlockungen des Waldes befreit hatte.

Ich war mitten im Nirgendwo gelandet. Ich kannte die Gegend von meinen Ausflügen zum Kräutersammeln und wusste, dass Bashtana ungefähr eine halbe Tagesreise in der entgegengesetzten Richtung lag. Andere Dörfer oder Städte gab es weit und breit nicht. Und wahrscheinlich war das auch gut so. Schließlich war ich nicht nur mit dem Dämmerstein zurückgekehrt, sondern mit einem reinblütigen Menschen. Der zudem noch ein Prinz war.

Ich konnte mir gut vorstellen, dass die einfachen Leute in den verarmten Grenzdörfern ihn möglichst schnell erschlagen und alle Spuren von ihm vernichten würden, um nicht den Zorn der Blutalben auf sich zu ziehen. Dabei waren eine warme Mahlzeit und frisches Wasser genau das, was wir beide gebraucht hätten. Ein paar Nüsse und Tau, den ich von Blättern geleckt hatte wie ein Tier, war alles, was meinen Magen füllte.

Aber es war besser, die Alben zu meiden, wo es ging. Auch wenn das bedeutete, hungern zu müssen.

Ich zerrte die Trage an eine windgeschützte Stelle, sammelte Holz für ein Feuer und trockenes Gras, um es zu entzünden. Als ich gerade dabei war, zwei Stöcke aneinanderzureiben und der erste Qualm aufstieg, hörte ich Lysander leise stöhnen.

Ich schob das kokelnde Gras unter den aufgeschichteten Haufen Feuerholz und näherte mich ihm vorsichtig. Die Wunde an seinem Hals war tief, und auch die Bisspuren an seinem Arm sahen alles andere als harmlos aus. Ich hatte sie mit einer Paste aus Brennnessel, Thymian und Lärchenrinde behandelt und seine Ärmel zerrissen, um sie als Verband zu nutzen. Mit Pflanzen kannte ich mich gut aus, sodass ich mir sicher war, die richtigen verwendet zu haben. Allerdings war ich keine Heilerin und hatte daher nicht viel Ahnung von Wundversorgung. Ich konnte nur hoffen, dass ich ihm geholfen hatte.

Stumm beugte ich mich über ihn, prüfte die Wunden und stellte mit Erleichterung fest, dass der Stoff nicht durchnässt war. Lysander schien das Schlimmste überstanden zu haben.

Gerade als ich mich wieder dem Feuer widmen wollte, schlug er die Augen auf und blickte mich direkt an. Wenn er wirklich einen Zauber über mich verhängt und mich damit an sich gefesselt hatte, dann übte diese Magie in dem Moment ihre volle Wirkung aus.

Eine Wärme erfüllte mich, wie ich sie nicht kannte. Meine rasenden Gedanken wurden ruhiger, und ich spürte, wie sich ein Lächeln auf meine Lippen stahl, statt dass Hass in mir aufloderte, wie es sich für eine Albe beim Anblick eines Menschen gehörte.

Schnell wurde ich wieder ernst. Der Mann, der vor mir lag, war mein Feind. Das durfte ich einfach nicht vergessen.

»Was …?«, brachte er kraftlos hervor.

»Du hast das Bewusstsein verloren«, erklärte ich möglichst nüchtern. »Ich hätte dich … Ich hätte mir den Dämmerstein holen können, aber du bist ein Prinz und damit wahrscheinlich lebend wertvoller. Versuch ja nicht abzuhauen, sonst muss ich dich wieder fesseln.«

Lysander richtete sich ächzend auf. Er hustete und griff sich an den Hals.

»Wo sind wir?«, fragte er.

»In Farhir.«

Flammen züngelten zwischen dem Feuerholz in die Höhe, tauchten unser Lager in unstetes Licht und die Umgebung in Dunkelheit.

Lysander schaute sich angespannt um. »Unmöglich«, murmelte er. »Wir hätten die Grenze nicht überschreiten können. Bist du dir ganz sicher?«

»Natürlich bin ich mir sicher!«, stieß ich empört aus.

Allein die Tatsache, dass es hier nicht überall nach Mensch stank, war Beweis genug. Ganz abgesehen davon, dass nichts mit der Schönheit Farhirs mithalten konnte. Obwohl Lysander das bei Dämmerung natürlich kaum beurteilen konnte. Haran lag eine Tagesreise von uns entfernt, das Herrenhaus des Barons von Embran befand sich südwestlich von uns, und hinter den nächsten Hügeln plätscherten die ersten Nebenflüsse des Harandesh durch die idyllische Landschaft. Ich war zu Hause, und ich spürte es mit jeder Faser meines Seins. Doch während ich mich endlich wieder sicher und geborgen fühlte, wurde Lysander immer unruhiger.

»Dir passiert schon nichts«, versprach ich.

»Das sagt sich so leicht«, gab er zurück. »Wir sind hier in einem verfluchten Land, ich habe kein Schwert mehr, bin verletzt, und du könntest jederzeit wieder den Verstand verlieren. Wer weiß, wie viele von diesen wilden Kreaturen aus den Schatten gekrochen kommen, wenn das Feuer erlischt.«

»Hüte deine Zunge!«, fuhr ich ihn an. »*Wir* sind nicht die Barbaren. Die seid ihr! Ihr Menschen, die ihr euch damit rühmt, unsereins gnadenlos niederzumetzeln, sobald wir auch nur in die Nähe eurer Grenze kommen. Jedes Kind weiß, dass Amberan von

Krieg, Hunger und Krankheit gezeichnet ist, also wage es ja nicht, uns zu verurteilen, die wir seit Jahrhunderten in Frieden leben. Ausgerechnet du, an dessen Händen das Blut meines Volkes klebt. Sei lieber froh, dass ich dich am Leben gelassen habe.«

Lysander schaute mich lange an. Sein Blick durchbohrte mich regelrecht, und ich war kurz davor, ein schlechtes Gewissen zu bekommen, weil ich ihn so angefahren hatte. Aber was ich sagte, war doch die Wahrheit. Zumindest glaubte ich das. Denn eigentlich hatte seit dem Gemetzel, das schon so lange her war, kein Albe mehr freiwillig die Grenze überschritten. Was wir von den Menschen wussten, waren Legenden und alte Geschichten. Es konnte sich vieles geändert haben. Und so hatte ich entgegen meiner Erwartung keine aufgespießten Köpfe ermordeter Nachtalben an der Grenze zum Menschenreich vorgefunden. Wer konnte schon sagen, welcher Teil der Geschichten noch übertrieben oder falsch war?

Andererseits war mir auf dem Weg zur Burg von Amberan Armut begegnet, und Lysander hatte selbst zugegeben, dass sie uns Nachtalben töteten und als seelenlos bezeichneten. Etwas Wahres beinhalteten die Legenden über die Menschen also sehr wohl.

»Du musst es mir erklären«, bat Lysander. »Du bist wirklich kein Wechselbalg, oder? Du bist nicht einmal ein Mensch und auch nicht krank. Aber du bist auch keine dieser Bestien, die mich im Wald angegriffen haben. Kein Mahr, wie wir sie kennen. Und wie ich geschworen habe, sie … Dieses Land wird nicht von ihnen beherrscht, oder?«

Er hätte es ruhig aussprechen können. Schließlich hatte er ihn mir schon einmal offenbart – seinen Schwur, jeden einzelnen Mahr zu töten. »Ich weiß nicht, was der Wald aus den Nachtalben gemacht hat, von denen du sagst, dass sie dich angegriffen haben. Ich bin mir nicht einmal sicher, ob du die Wahrheit sagst.« Missmutig betrachtete ich ihn von oben bis unten, und alles, was er zu seiner Verteidigung vorzubringen hatte, war ein schmales Lächeln. Ein Lächeln, das mein Herz schneller schlagen ließ. Wie gelang ihm das bloß? Es war, als hätte er durch dieses Ritual im Wald Kontrolle über mein Herz gewonnen und konnte nun mit ihm machen, was er wollte. Es sogar dazu bringen, ihm zu glauben. »Ihr Menschen glaubt also, wir Alben wären alle so?«

Lysander nickte. »Seit jeher betritt niemand mehr den Grenzwald. Es gibt viele Geschichten darüber, dass man die Grenze gar nicht überschreiten kann. Nicht als Mensch. Was dahinter liegt, sind Legenden, die von verbrannter Erde und totem Land erzählen. Vor vielen Jahrhunderten lagen wir mit den Mahr im Krieg. Sie überfielen uns des Nachts, raubten uns im Schlaf die Seelen, töteten unzählige Menschen und verwandelten unsere Kinder in Wechselbälger, indem sie alles Gute aus ihren Herzen saugten und gegen ihre eigene Dunkelheit austauschten. Wir kamen erst gegen sie an, als wir alle Länder unter einem Banner vereinten – unter dem meiner Familie. Um den brutalen Krieg ein für alle Mal zu beenden, befreiten meine Vorfahren ganz Amberan in nur einer Nacht von allen Wechselbälgern. Die Mahr wurden in die Wälder zurückgetrieben, und dort leben sie noch heute.«

Ich kannte diese Geschichte, doch aus seinem Mund klang sie ganz anders. Die Menschen hielten uns für die Bösen, dabei hatten sie Massenmord begangen, um ihr Land von uns Alben zu befreien.

Lysanders Familie hatte das getan. Seine Urväter, deren Blut durch seine Adern floss.

»Du glaubst an eine Lüge«, sagte ich. »Wir sind keine Monster, wie du sie beschreibst, und wir rauben ganz gewiss niemandem die Seele! Ihr habt Unschuldige getötet, an diesem Tag vor so langer Zeit. Ein Tag, der sich allen Alben ins Gedächtnis eingebrannt hat. Wechselbälger gibt es nicht. Getötet habt ihr Mischblüter, halb Albe, halb Mensch. Ihr habt sie alle ermordet und vertrieben, genau wie uns Nachtalben und die Hochalben, die damals noch in Amberan lebten. Seit jenem Tag meiden wir den Grenzwald, um nicht eurem Blutdurst zum Opfer zu fallen.«

»Und was waren das dann für Kreaturen, die mich angegriffen haben?«, fragte er geradeheraus. »Wenn ihr den Grenzwald meidet, wieso kommt es dann immer wieder zu Überfällen? Uns bleibt gar keine andere Wahl, als uns zu verteidigen, und wenn wir die Grenze so einfach überschreiten könnten, wie wir es anscheinend heute Nacht getan haben, wäre der Friedenspakt längst schon Geschichte. Denn die Mahr sind keine Legende. Sie sind eine Bedrohung, die Amberan seit Jahrhunderten in Atem hält.«

Ich wusste selbst nicht, wie das alles zusammenpasste, warum der Wald so eine Wirkung auf die Nachtalben hatte und wieso sie sich in Bestien verwandelten und damit bestätigten, was die Hochalben und Menschen über uns dachten. Vielleicht bargen am Ende beide Geschichten einen Funken Wahrheit in sich. Und vielleicht waren die Menschen genauso wenig blutrünstige Monster, wie wir Alben Seelen raubende Mahr. Aber zugeben, dass wir die Aggressoren waren, konnte ich nicht. Es ging doch immer noch um unbewaffnete, verwirrte Alben, die keine andere Wahl hatten, als im Wald Schutz zu suchen. Vielleicht übertraten sie die Grenze nur, weil sie hungerten. Vielleicht hatten sie Lysander auch nur aus Angst angegriffen.

Und indirekt sprach er von Krieg.

»Genau so schätzen wir euch auch ein«, sagte ich etwas schnippischer, als ich klingen wollte. »Wenn ihr die Chance hättet, würdet ihr uns den Krieg erklären. Das Kämpfen liegt euch einfach im Blut.«

Statt sich zu verteidigen, lächelte Lysander nur wieder sein schmales Lächeln. Er schaute mich dabei an, als würde er nicht meine Worte hören, sondern die Gedanken, die dahinter standen, lesen können. Als würde er mich einfach durchschauen, und das missfiel mir ganz und gar.

»Grins nicht so«, verlangte ich.

Lysanders Lippen kräuselten sich leicht, woraufhin ich die Stirn in Falten legte. Machte er sich etwa über mich lustig? Es kam mir so vor.

»Ich grinse nicht«, behauptete er in freundlichem Tonfall. »Ich lächle dich an. Ist das denn so schlimm?«

»Von einem Menschen angegrinst zu werden? Ja. Für uns Alben ist das schlimm. Die Grenze zu überschreiten und durch euer Land reisen zu müssen, war auch kein Spaziergang. Und dass ich dich mitschleppen muss, weil du mir bei der Erfüllung meiner Aufgabe einen Strich durch die Rechnung gemacht hast, macht es nicht besser. Ihr Menschen stinkt, und hübsch anzusehen seid ihr auch nicht gerade.«

Lysanders Lächeln verblasste, und in mir wuchs der Drang, mich zu entschuldigen. Es stimmte gar nicht, dass sein Geruch so unangenehm war. Ganz im Gegenteil. Und eigentlich hatte ich mir den Anblick reinblütiger Menschen auch schlimmer vorgestellt. Ich hatte geglaubt, sie wären viel grobschlächtiger und obendrein hässlich. Aber Lysander war weder das eine noch das andere, und gerade deswegen fiel es mir leichter, mich abweisend zu geben. Er sollte nicht auf den Gedanken kommen, wir würden Freunde werden. Denn am Ende war er ein Mensch und ich eine Albe. Und es lag in unserer Natur, einander zu hassen.

»Mitgeschleppt zu werden, war auch kein Spaß«, sagte er beiläufig. Er tastete nach dem Verband an seinem Hals und verzog vor Schmerz das Gesicht. »Ich hatte mir diese Nacht anders vorgestellt.«

»Tut es noch sehr weh?«, fragte ich.

»Es geht, ich habe schon Schlimmeres erlebt. Aber in den Hals gebissen wurde ich noch nie.« Er schmunzelte. »Zumindest nicht mit der ernsthaften Absicht zu verletzen.«

»Mit welcher Absicht sollte man denn sonst beißen?«, fragte ich lachend.

Lysander öffnete den Mund, schien aber damit überfordert, die passende Antwort zu finden. »Nun ja, wenn eine Frau und ein Mann sich … Du willst nicht wirklich eine Antwort von mir, oder?«

Verwundert schaute ich ihn an. Worauf wollte er hinaus? Gehörte es zu den menschlichen Sitten, dass sich Frauen und Männer gegenseitig in den Hals bissen? Vielleicht als eine Art Balzverhalten? »Schon gut, ich kann es mir vorstellen«, sagte ich. Und wieder lächelte er, als würde er hinter meine Worte blicken können. Allmählich ging mir das auf die Nerven.

Ich wandte mich von ihm ab. »Du solltest dich noch etwas ausruhen. Bei Tagesanbruch brechen wir auf, und diesmal kannst du selbst laufen.«

Statt zu antworten, legte er sich auf den Rücken und blickte in den Himmel. Sein schweißnasses Haar klebte ihm auf der Stirn, seine Brust hob und senkte sich in tiefen, leicht zittrigen Atemzügen, und er schien tief in Gedanken versunken zu sein. Er war nicht der Einzige, der sich die vergangene Nacht anders vorgestellt hatte. Niemals hätte ich geglaubt, je einem Menschen zu begegnen, der etwas anderes als Hass in mir wachrief. Und dabei hatte ich doch allen Grund dazu, Lysander zu hassen. Vor nicht einmal einem Tag hatte er Nachtalben getötet. Aber ich glaubte ihm, dass er gezwungen war, sich zu verteidigen. Und insgeheim war ich froh, dass er noch am Leben war.

»Hier sieht der Himmel nicht anders aus als in Amberan«, sagte er leise und gedankenschwer.

Ich legte mich ebenfalls hin, sodass wir Kopf an Kopf am Feuer ruhten. Wie lange ich so dalag, wusste ich nicht. Irgendwann schlief ich wohl auch ein, obwohl ich mir fest vorgenommen hatte, wach zu bleiben. Mir war, als hätte ich nur einmal geblinzelt, und als ich danach zu den Wolken hinaufblickte, färbten diese sich bereits rötlich. Im Licht der aufgehenden Sonne sah es aus, als würde das gesamte Firmament in Flammen stehen. Der Anblick war atemberaubend, und ich hatte immer geglaubt, dass nur Farhir mit solcher Schönheit gesegnet war. Aber wenn ich darüber nachdachte, fand ich keinen Grund dafür, warum der Himmel andernorts anders aussehen sollte. Die Grenze, die unsere Länder voneinander trennte, war nicht von Muraya vorgegeben. Unsere Vorfahren hatten sie willkürlich gezogen, um zu trennen, was vor langer Zeit einmal ein einziges Land gewesen war. Ein Land, in dem Menschen und Alben friedlich zusammengelebt hatten. Und viele Jahrhunderte später schliefen wir noch immer unter denselben Sternen.

Lysanders Atem ging ruhiger, und ich verdrehte den Kopf, um zu ihm hinüberschauen zu können. Er hatte die Augen geschlossen. Ob er wirklich schlief?

Ich hätte mir das nicht erlauben dürfen. Schließlich war er noch immer meine Geisel, und ich musste ihn bewachen. Ewig konnte er den Dämmerstein ja nicht in sich tragen.

Ich atmete tief durch, schloss die Augen und versuchte, mir noch etwas Erholung zu gönnen. So verging einige Zeit, in der wir nur dalagen, es bis auf das ferne Zwitschern der Waldvögel still um uns herum war und die Farbe des Himmels allmählich von Rot über Purpur zu Blau wechselte.

Nach einer Weile stöhnte Lysander leise. »Du bist so hübsch«, sagte er wie aus dem Nichts.

Augenblicklich schoss mir die Hitze ins Gesicht. Hatte ich mich verhört? Murmelte er im Schlaf, oder war ihm klar, dass ich mitbekam, was er sagte? Ich richtete mich vorsichtig auf und beugte mich über ihn. Er schien wirklich zu schlafen. Und offenbar redete er dabei vor sich hin. Seine Lippen bewegten sich kaum merklich.

»Es tut mir leid«, flüsterte er. »Vinzenz, es tut mir so leid!«

Tränen glitzerten in seinen Augenwinkeln, und sein Atem ging schneller. Ich hob die Hand, zögerte, berührte dann aber seine Stirn. Sie fühlte sich heißer an als bisher. Er schien Fieber zu bekommen. Wahrscheinlich hatte sich eine der Wunden entzündet. Plötzlich riss er den Kopf zur Seite, und ich zog erschrocken meine Hand weg. Seine Hände ballten sich zu Fäusten, und sein Atem stockte kurz. »Nein!«, stieß er hervor. »NEIN!«

Er wirkte regelrecht panisch, und ich wusste nicht, was ich tun sollte. Ihn wecken? Wenn er wirklich im Fieberwahn sprach, brauchte ich frisches Wasser, um die Wunden zu reinigen, Kräuter für ein Mittel gegen Wundbrand und frische Verbände. Aber nichts davon hatte ich da, und in mir wuchs die Angst, er würde vor meinen Augen sterben. Das durfte nicht passieren!

Er hob seine Hand und streckte sie aus, als wollte er nach jemandem greifen, und ohne nachzudenken, packte ich sie. Es tat weh, als sich seine Finger fest um meine schlossen, aber es schien ihn zu beruhigen, und er warf sich nicht mehr so rastlos von einer Seite auf die andere.

»Ich liebe sie«, flüsterte er kaum hörbar. Verzweiflung lag in seiner Stimme, und ich wusste nicht, wieso, aber seine Worte lösten etwas in mir aus. Hatte er eine Geliebte, dort, wo er herkam? Vermisste er sie und sie ihn? Ich konnte nicht verhindern, dass ich mir all diese Fragen stellte und unbedingt Antworten haben wollte. Aber wieso? Es hätte mir doch egal sein müssen. Aber das war es nicht.

»Alles wird gut«, versprach ich. Ich hatte einen Kloß im Hals, und meine Gedanken überschlugen sich. Ich konnte nicht einfach neben ihm sitzen und ihm beim Leiden zusehen. Aber ihn allein lassen, um Wasser und Kräuter zu besorgen, auf die Gefahr hin, dass er floh, konnte ich genauso wenig.

»Vinzenz?«, fragte er.

»Ich … ich bin nicht…«, begann ich unsicher.

»Bitte!« Er drückte meine Hand noch fester. Allmählich wurden meine Finger taub, und ich scheiterte beim Versuch, mich von ihm zu befreien. Wenn er mich nicht losließ, würde ich gar keine andere Wahl haben, als neben ihm sitzen zu bleiben.

»Nicht!«, stieß er hervor. »Vinzenz?« Die Tränen rannen ihm über die Wangen.

Er sah so hilflos aus. So unsäglich traurig. Und ich verstand allmählich, dass er all das hinter diesem schmalen Lächeln versteckt hatte, wegen dem ich so wütend auf ihn gewesen war.

»Ich bin hier«, versprach ich. Ich hatte keine Ahnung, wieso, aber als ich die Angst in seinem Gesicht sah, kamen mir selbst die Tränen. »Ich bin hier«, wiederholte ich und strich ihm das Haar aus der Stirn.

»Die Mahr, sie kommen«, sagte er. »Du hattest recht. Ich muss …« Dann verstummte er. Das Fieber schien allmählich nachzulassen. Der Druck, den er auf meine Hand ausübte, wurde schwächer, seine Atmung flacher.

Mein Blick wanderte über sein Gesicht, die vollen Wimpern, seine schmalen, blassen Lippen und die weichen Züge in diesem doch eigentlich so rauen, kantigen Menschenantlitz. Er war alles, nur nicht das, was man mir mein Leben lang über Menschen erzählt hatte. Weder war sein Herz aus Stein, noch schienen sich seine Gedanken bloß um das Vergießen von Blut zu drehen.

In mir kam der Wunsch auf, ihn noch einmal zu berühren. Unwillkürlich hob ich die Hand, als er plötzlich die Augen aufschlug. Ich erschrak und wich zurück.

Stöhnend richtete er sich auf und strich sich mit beiden Händen übers Gesicht. »Bin ich eingeschlafen?«, fragte er mit rauer Stimme. »Ich fühle mich gar nicht gut.«

Er wandte sich mir zu und schaute mich verwundert an. Ich war auf Abstand zu ihm gegangen und hockte gut zwei Meter von ihm entfernt. Misstrauisch beobachtete ich ihn. War ihm aufgefallen, dass meine Hand in seiner gelegen hatte?

»Was ist los?«

»Nichts.« Ich schüttelte den Kopf. »Du hast im Schlaf gesprochen und vor den Mahr gewarnt.«

»Das tut mir leid«, sagte er und rieb sich die Schläfen. »Ich glaube, ich habe Fieber. Gibt es einen Fluss in der Nähe? Kühles Wasser wäre jetzt gut.«

»Wer ist Vinzenz?«, fragte ich.

»Niemand.« Er schüttelte vehement den Kopf, besann sich dann aber wieder. »Ein Freund.«

»Ist er tot? Haben die Mahr – die Nachtalben im Wald ihn getötet?«

Lysander schaute mich nicht an. Er starrte stur ins Nichts und hing seinen bedrückenden Gedanken nach. »Nein, das waren wir Menschen. Vielleicht sind wir ja genau das, was ihr Mahr von uns glaubt: Barbaren, die nur zu kämpfen verstehen.«

Das glaubte ich nicht mehr. Nein, die Menschen waren nicht das, was wir uns in Farhir unter ihresgleichen vorstellten.

Zumindest Lysander nicht. »Du hast ihn geliebt, oder?«

Lysander lachte auf traurige Weise. Und dann war da wieder dieses schmale Lächeln, das nur im Fiebertraum gänzlich von seinen Lippen verschwunden war. Es schien wie ein Vorhang zu sein, hinter dem er zu verstecken versuchte, was ihn aus seiner Sicht angreifbar machte. »Ja, das habe ich«, bestätigte er und versuchte beinahe krampfhaft, an seinem Lächeln festzuhalten. Es gelang ihm nicht wirklich. »Als Freund und als Meister. Aber wie kommst du darauf?«

»Weil du geredet hast. Im Schlaf. Du hast etwas von Liebe gesagt. Davon, dass du *sie* liebst?« Ich wusste nicht, warum ich ausgerechnet danach fragte, aber ich wollte unbedingt wissen, von wem er gesprochen hatte.

Lysander legte die Stirn in Falten. »Nein, das galt nicht ihm, das war … nichts. Ich habe nie jemanden geliebt. Nicht wirklich.« Seine letzten Worte waren gedankenschwer, und es kam mir vor, als wäre er selbst davon überrascht, sich das eingestehen zu können. Vor allem vor einer Nachtalbe. Er schüttelte kaum merklich den Kopf und fand sein Lächeln wieder. »Und du? Wie sieht es bei dir aus? Ich weiß gar nichts von dir. Hast du Familie?«

Meine Miene wurde zu Stein, wie jedes Mal wenn meine Gedanken in die Vergangenheit abdrifteten. Ich hatte nicht vor, ihm auch nur ein Wort über meine Eltern und meine Kindheit zu erzählen. »Warte hier«, sagte ich kühl. »Ich gehe Wasser holen und sammle ein paar Kräuter, für deine Verletzungen.«

»Du lässt mich hier allein?«, fragte er. »Unbewacht?«

»Ich …« Mein erster Gedanke war, ihm zu sagen, dass ich ihm

vertraute. Aber den schüttelte ich gleich wieder ab. »In deinem Zustand kommst du ohnehin nicht weit.«

Eine Unruhe hatte Besitz von mir ergriffen, und ich verstand nicht, woher sie rührte. Nur dass ich von ihm wegwollte, wusste ich. In seiner Gegenwart fiel es mir zunehmend schwer, klar zu denken.

Ich wollte gerade aufstehen, als ich Hufgetrappel hörte. Gehetzt schaute ich mich um, und auch Lysander wurde nervös. Ein kleiner Trupp Blutalben kam in hohem Tempo um den Hügel galoppiert, und noch ehe ich auf den Beinen war, waren sie bereits bei uns angelangt, sprangen ab und hatten uns so schnell umzingelt, dass ich nicht einmal mitbekam, wie viele es waren. Sie mussten uns schon eine Weile beobachtet haben, und ich war zu abgelenkt gewesen, um es mitzubekommen. Ich wollte aufspringen, als schon einer von ihnen sein Schwert auf mich richtete.

»Keine Bewegung!«, befahl er.

KAPITEL 22

Sheera

Ich war nicht davon ausgegangen, schon so bald auf Blutalben zu treffen. Taros hatte unmissverständlich klargemacht, dass niemand davon ausging, mich lebend wiederzusehen. Und doch konnte es kein Zufall sein.

Mit Blick auf das Schwert, das drohend unter mein Kinn gehalten wurde, saß ich reglos am Boden und war auf alles gefasst. Ob es mir gelänge, meinen Dolch zu ziehen, bevor man mich niederstach? Ich wagte es nicht, auch nur einen Finger zu rühren. Nicht, bevor ich unsere Lage genau überblickt hatte. Doch dafür hätte ich aufschauen müssen, und das genügte vielleicht schon, um den Blutalben zu reizen.

»Wen haben wir denn da?« Der Mann vor mir trat beiseite, sein Schwert immer noch drohend erhoben, und Taros nahm seinen Platz ein.

»Was für ein netter Empfang«, murmelte ich.

Ich nutzte die Gelegenheit, um mir ein Bild von unserer Lage zu verschaffen. Vier Blutalben waren in Taros' Begleitung. Zwei davon hielten Lysander in Schach, einer bedrohte mich, und der vierte stand am Lagerfeuer. Es waren nicht dieselben Männer, die mich zum Grenzwald eskortiert hatten, woraus ich schloss, dass Taros tatsächlich nach Haran zurückgekehrt war. Irgendetwas musste ihn veranlasst haben, wieder nach mir zu suchen.

»Man weiß nie, was nahe dieses Waldes alles kreucht und fleucht«, höhnte Taros und streckte mir zu meinem Erstaunen seine Hand entgegen.

Ich sah ihn durchdringend an. Wollte er mir tatsächlich auf die Beine helfen? Ich traute ihm nicht über den Weg und dachte nicht daran, seine Hand zu ergreifen.

»Den Dämmerstein«, forderte er.

Ich schnaubte verächtlich. Das also war der Grund für seine ausgestreckte Hand. Nicht Höflichkeit, sondern Habgier. Ich hätte es wissen müssen. »Wieso sollte ich ihn ausgerechnet dir geben?«

Taros hockte sich vor mich hin. »Du hast ihn doch gestohlen, oder? Wo versteckst du ihn? Sag schon!«

»Ich denke nicht mal dran!«, entgegnete ich schroff.

»Also hast du es tatsächlich geschafft«, mutmaßte er.

Wahrscheinlich hatte er in Haran behauptet, er hätte mich tot vorgefunden, und wollte seiner Lüge nun Taten folgen lassen. Den Stein würde er selbst in den Palast bringen können, um die Lorbeeren dafür zu ernten. So wie ich ihn einschätzte, würde er alles tun, um zu verhindern, dass ich die mir gestellte Aufgabe erfüllte und dem Thron damit näher kam. Aus seiner Abscheu uns Nachtalben gegenüber hatte er ja von Anfang an keinen Hehl gemacht. Er würde es nicht ertragen, eine wie mich als seine Königin anzuerkennen.

Entschlossen blickte ich ihm in die Augen. »Ich habe ihn, aber du wirst niemals erfahren, wo ich ihn versteckt halte.«

»Das werde ich schon herausfinden. Auf die eine oder andere Weise.« Er packte mich am Arm und zog mich hoch.

»Lasst uns keine Zeit verlieren«, drängte der Mann am Lagerfeuer und begann, es mit Erde zuzuscharren.

Die zwei, die Lysander mit ihren Schwertern bedrohten, zogen ihn grob auf die Füße.

»Das ist kein Mischblüter«, stellte einer der beiden in einer Mischung aus Erstaunen und Ekel fest.

»Gut erkannt«, entgegnete Lysander und versuchte, sich zu befreien.

»Was schleppst du uns da an, Nachtalbe?«, fragte Taros und schüttelte mich.

Ich war mir nicht sicher, was die beste Antwort wäre. Sagte ich das Falsche, würden sie Lysander an Ort und Stelle töten. Entweder um den Dämmerstein aus seinen Gedärmen zu schneiden oder weil die Hochalben zwar Mischblüter duldeten, aber sicher keine reinblütigen Menschen auf unserem von Muraya gesegneten Boden haben wollten. Egal, wie meine Antwort ausfiel, sie barg ein Risiko in sich.

»Das ist der Prinz des Menschenreiches«, erklärte ich schließlich mit fester Stimme. »Er ist unser Gast.«

»Sag das noch mal«, verlangte Taros.

Er hatte mich am Arm gepackt, und ich versuchte vergebens, mich loszureißen. »Lasst uns sofort frei!«

Lysander schaute mich fast vorwurfsvoll an. Er ahnte ja nicht, dass sein Rang wahrscheinlich alles war, was ihn vor dem Tod bewahren konnte. Dass er Farhir für ein verfluchtes, von dämonischen Wesen beherrschtes Land hielt, war mir lächerlich vorgekommen. Denn Farhir war wunderschön, voller Leben und hatte somit wohl kaum Ähnlichkeit mit dem, was sich die Bewohner Amberans ausmalten. Aber in einem hatte er recht: Ein reinblütiger Mensch war hier alles andere als willkommen.

»Ich meine mich zu erinnern, dass du eine andere Aufgabe hattest, und jetzt schleppst du diesen Menschen an? Zudem auch noch einen Prinzen? Seit Ewigkeiten hat keiner dieser Barbaren mehr unsere Grenze überschritten. Weder als Gast noch sonst wie. Nenn mir einen einzigen Grund, warum ich ihn nicht auf der Stelle abstechen und den verwilderten Nachtalben im Wald zum Fraß vorwerfen sollte!«

Die abfällige Art, wie Taros über meinesgleichen sprach, ließ die Wut in mir hochkochen. Auch nachdem ich sie mit eigenen Augen gesehen hatte und wusste, dass sie tatsächlich verwildert waren. Doch das gab ihm noch lange nicht das Recht, über sie zu urteilen.

Ich war drauf und dran, ihm ins Gesicht zu spucken, als sich Lysander plötzlich losriss. Er stieß einen der Blutalben von sich, entwand ihm das Schwert und wirbelte zu dem zweiten Mann herum.

Ohne nachzudenken, machte ich einen Schritt auf ihn zu, doch Taros hielt mich weiter fest, und noch bevor ich mich von ihm befreien konnte, hatte sich der entwaffnete Blutalbe wieder aufgerappelt und trat Lysander in die Kniekehle. Er stürzte, der andere Mann bekam seinen Schwertarm zu greifen und rammte ihn mit voller Wucht gegen seine Oberschenkel, sodass Lysander vor Schmerzen aufschrie und das Schwert fallen ließ.

Der Blutalbe drehte ihm den Arm auf den Rücken und hielt ihm seine eigene Klinge an die Kehle. Dann beugte er sich vor und zischte ihm ins Ohr: »Du stinkst derart widerlich nach Mensch. Ich sollte dir auf der Stelle die Kehle durchschneiden, um uns davon zu befreien.«

»Versuch es doch, Mahr«, schnaubte Lysander verächtlich.

»Ganz schön wehrhaft, dein Freund«, höhnte Taros und gab seinem Soldaten mit einem Kopfschütteln zu verstehen, die Drohung nicht wahr zu machen.

»Lass mich los!«, fuhr ich ihn an. »Habt ihr mir nicht zugehört? Er ist der Prinz von Amberan. Wenn ihr ihm etwas antut, löst ihr einen Krieg mit den Menschen aus!«

»Ist das so?« Taros tat unbeeindruckt, doch ich merkte, dass ich ihn zum Nachdenken gebracht hatte. Er war gekommen, um mich zu ermorden und den Dämmerstein an sich zu bringen. Da war ich mir ganz sicher. Aber allmählich schien er zu zweifeln, ob sich das so einfach in die Tat umsetzen ließ, wie er es sich erhofft hatte.

»Du musst mir nicht glauben«, sagte ich. »Töte ihn und rechtfertige das dann vor Athura. Erkläre ihm, warum du jemanden umgebracht hast, der zur Erfüllung meiner Aufgabe unerlässlich war. Erkläre ihm, warum plötzlich die Armee der Menschen vor den Toren Harans steht und nach Vergeltung verlangt. Er wird sicher erfreut sein, deine Rechtfertigungen zu hören.«

Ich hätte ebenso mit der Königin drohen können, doch ich war mir sicher, dass ihm Athura mehr Angst einflößte als eine sterbende Frau.

»Du hast den Stein also nicht bei dir?«, fragte er.

»Darüber wirst du kein Wort von mir erfahren. Du bringst mich und ihn nach Haran, und wir vergessen, was hier vorgefallen ist.«

Taros schnaubte und stieß mich von sich. »Also gut«, sagte er. »Ich will ja keinen Krieg auslösen.«

Ich atmete erleichtert auf. Wir waren dem Tod nur knapp entronnen, und ich war mir nicht sicher, wie lange Lysanders Titel ihn noch schützen würde.

Prinz hin oder her: Lysander war ein Mensch, und so hatte Taros befohlen, ihm die Hände auf den Rücken zu binden. Gefesselt saß er hinter mir auf dem Pferd, seine Schenkel umschlossen meine, und sein Atem strich mir warm über den Nacken.

Das alles löste etwas in mir aus. Mein Herz schlug schnell, und der herbsüßliche Duft seiner Haut brachte mich aus der Fassung, statt mich anzuekeln, wie es der Menschengeruch doch eigentlich sollte. Dass ich mir Sorgen um ihn machte, weil er Fieber hatte und seine Wunden von mir nicht ausreichend versorgt worden waren, konnte einfach nicht gut sein. So durfte es zwischen einer Albe und einem Menschen nicht sein.

Und doch war es, als hätte Lysander einen Bann über mich gelegt, der viel stärker war als jeder Zauber. Ein Bann, dessen ich mich um jeden Preis erwehren wollte. Dennoch trug die Hitze seiner Haut mehr dazu bei, die vergangene Nacht aus meinen Gliedern zu vertreiben, als es die aufgehende Sonne vermocht hatte.

Es war mittlerweile Mittag, und als in einiger Entfernung rechts von uns die Türme Harans auftauchten, sich in den Himmel reckten wie die jungen Triebe riesiger Kristallbäume, wandte sich Lysander ihnen zu.

»Ist es das?«, fragte er leise.

Der Klang seiner Stimme ließ ein flüchtiges Lächeln über meine Lippen huschen. Doch das war das Letzte, was ich wollte. Erst als es wieder verschwunden war, drehte ich mich zu ihm um. Sein Blick war auf die Türme gerichtet.

»Ja«, antwortete ich trocken.

»Es ist atemberaubend. Unglaublich, dass wir uns so in dem getäuscht haben, was hinter den Grenzen unseres Landes liegt.«

»Es ist nicht alles immer so, wie es aus der Ferne betrachtet erscheint«, meinte ich.

Die Wahrheit hinter meinen Worten begriff ich erst, als Lysander sich mir zuwandte und mich lange ansah. In seinem Gesicht stand eine Erkenntnis, die mich schaudern ließ. Als ob ich ihm mit einem einzigen, leichtfertig dahingesagten Satz einen Blick hinter die Mauern gewährt hätte, die ich errichtet hatte, um mein verletzliches Inneres zu beschützen.

Das war nicht meine Absicht gewesen. Ich hatte von Farhir und dem Menschenreich gesprochen, nicht davon, dass ich versuchte, mich ihm gegenüber hart und abweisend zu geben. Doch genau das schien er zu glauben. Er schien mich zu durchschauen, und das durfte nicht sein.

»Schau nicht so«, verlangte ich barsch und konnte doch nicht überhören, wie meine Stimme zitterte.

Ein sanftes Lächeln legte sich auf seine Lippen. Ein vielsagendes, warmes Lächeln, von dem ich wusste, dass sich so viel mehr dahinter verbarg. Und das an den Grundfesten dessen rüttelte, was ich mir über ihn und die Menschen zurechtgelegt hatte.

Schnell wandte ich mich wieder nach vorn. Das Atmen fiel mir schwer, und ich betete zu Muraya, dass wir endlich ankommen würden und ich Abstand zwischen mich und ihn bringen konnte.

Ich zählte die Sekunden, bis wir das Haupttor zur Stadt erreicht hatten. Die mächtigen, aus weißem Stein gehauenen Birken schlossen ihre Kronen über uns. Wir passierten sie, das Echo des Hufschlages unserer Pferde hallte durch die Straßen, und ich spürte in meinem Rücken, wie sich Lysander umschaute.

Mein Blick war stur nach vorn gerichtet, als wäre es für mich das Normalste auf der Welt, durch die schmalen Gassen Harans zu reiten. Dabei war ich jedes Mal von derselben Ehrfurcht erfüllt, die er in diesem Moment empfinden musste.

Wir ritten auf den Vorplatz des Palastes, und mein Blick fiel sofort auf Sirena, die so eilig die Treppe herabgestürzt kam, dass sie beinahe gefallen und vor den Pferden der Blutalben gelandet wäre.

Erleichtert darüber, sie wiederzusehen, sprang ich vom Pferd.

»Sheera!«, rief sie mir zu. Sie lief auf mich zu und fiel mir in die Arme.

Wie sehr ich Sirena vermisst hatte und wie sehr sie mir in den paar Tagen, die wir einander kannten, zu einer Freundin geworden war, wurde mir erst in dem Moment wirklich bewusst.

Sie löste sich wieder von mir. »Ich habe dich vom Fenster aus gesehen und konnte es nicht glauben. Es hieß, du wärest tot.«

Sie schielte unauffällig zu Taros. Also hatte er es tatsächlich getan. Er hatte mein Scheitern verkündet, und wäre Lysander nicht gewesen, hätte ich den Stein eigenhändig nach Farhir gebracht, würde nun nicht vor dem Palast stehen, sondern aufgeschlitzt im Grenzwald liegen.

Sirenas Blick fiel auf Lysander, und sie wich erschrocken zurück. »In Murayas Namen!«, stieß sie aus. »Das ist … ist das?«

Die Blutalben waren unterdessen ebenfalls aus den Sätteln gesprungen, und zwei von ihnen zerrten Lysander vom Pferd.

»Ein Mensch, ja«, bestätigte ich. Bald schon wäre er ein toter Mensch, wenn ich Athura nicht von seinem Nutzen überzeugen konnte. Dieser Gedanke schnürte mir die Kehle zu, und ich brachte es nicht über mich, ihn länger anzusehen.

»Seine Haut ist so … so dunkel«, meinte Sirena fasziniert. Ich konnte ihr ansehen, dass in ihr der Wunsch wuchs, ihn zu berühren wie ein fremdartiges Tier, das in einem Käfig auf dem Marktplatz ausgestellt wurde.

»Sirena, was ist passiert, während ich weg war?«, fragte ich und riss sie damit aus ihren Gedanken. »Hat man mich wirklich für tot erklärt?«

»Die Wahl!«, stieß sie erschrocken aus. »Du musst dich beeilen. Sie wollen dein Scheitern verkünden. Es müsste jeden Moment so weit sein.«

Sie ergriff meine Hand und zog mich mit sich die Stufen hinauf zum Palast.

KAPITEL 23

Lysander

Als zwei der Soldaten Lysander vom Pferd zerrten, wehrte er sich nur halbherzig. Er hatte kaum die Kraft, aufrecht zu stehen, und wusste nicht, wie viel von dem, was um ihn herum geschah, wirklich war.

In den letzten Stunden ihres Rittes war es ihm immer schlechter gegangen. Er hatte Fieber, was er seinen Verletzungen verdankte, aber womöglich war es mehr als nur das. Schließlich wusste jeder, dass die Mahr ihre Opfer vergifteten, und vielleicht löste das die Bilder aus, die er sah: die Stadt aus weißem Marmor, errichtet inmitten eines kristallklaren Flusses. Das Haupttor aus steinernen Birken und die Wesen, die diesen Ort bewohnten – engelsgleich in Aussehen und in der Art, wie sie sich bewegten. Anmutig, mit Haut wie Elfenbein, Augen wie Edelsteine und Haar wie feinste Seide.

Nur Sheera kam ihm echt vor. Sie war das einzig Wahre in einer Welt, die sich in Träume auflöste. Eine Welt, die so unmöglich existieren konnte. Nicht ohne dass die Menschen davon wussten. Wäre in den letzten Jahrhunderten auch nur einer von ihnen über die Grenze gelangt und lebend zurückgekehrt, hätte es Geschichten über diesen Ort geben müssen. Aber die gab es nicht, und das konnte er sich nicht erklären.

Ob ihm irgendjemand glauben würde, was er gerade erlebte? Er bezweifelte, dass er je die Gelegenheit hätte, seine Geschichte zu erzählen. Wenn bisher kein Mensch dieses Reich lebend betreten, geschweige denn verlassen hatte, wieso dann ausgerechnet er?

Man führte ihn ins Innere eines riesigen Komplexes. Die Burg seines Vaters wirkte dagegen wie der Verschlag eines Bauern. Hier war alles weitläufig, hell und so makellos wie unberührter Schnee. Die Decken und Wände waren nicht übermäßig geschmückt und verziert. Dieser Ort hatte es gar nicht nötig, verschwenderisch mit seinem Reichtum zu prahlen. Die Schönheit des Palastes der Mahr zeichnete sich durch schlichte, klare Linien aus. Und dennoch war wahrscheinlich ein einziger der Kronleuchter, die Lysander sah, wertvoller als alle Schätze im Kellergewölbe der Königsburg von Agrino zusammen.

Warum die Mahr so erpicht darauf waren, den Dämmerstein in ihren Besitz zu bekommen, während sie doch im Reichtum schwammen, erschloss sich ihm nicht. Weshalb man ausgerechnet Sheera geschickt hatte und wieso sie sich so sehr von den anderen Bewohnern Farhirs unterschied, war ihm ebenfalls ein Rätsel.

Sie hatte sich als Nachtalbe bezeichnet. Waren die hochgewachsenen Mahr mit ihrer Elfenbeinhaut und den schmalen, spitz zulaufenden Ohren dann so etwas wie Tagalben oder Lichtalben? Hatte Sheera sie nicht Hochalben genannt? Unzählige Fragen gingen ihm durch den Kopf, aber er befürchtete, dass er sterben würde, bevor er sich auch nur eine davon beantworten konnte.

Egal, wie sehr sich Farhir auch von dem unterschied, was er über das Reich der Mahr zu wissen geglaubt hatte – sie waren noch immer ihre Feinde. Und sie hatten keinen Zweifel daran gelassen, wie sehr sie die Menschen hassten. Nach allem, was Sheera ihm am Lagerfeuer erzählt hatte, wunderte ihn das auch nicht.

Es war nur eine Frage der Zeit, bis man sich seiner entledigen würde. Er bezweifelte, dass ihn sein Titel lange davor schützte. Spätestens wenn die Wahrheit über den Dämmerstein ans Licht käme, war sein Schicksal besiegelt. Ob es dann wirklich zum Krieg käme? Mit Sicherheit würde sein Vater den ganzen Wald nach ihm durchkämmen lassen. Aber war der König auch bereit, den wackeligen Frieden aufs Spiel zu setzen? Lysander wusste es nicht, und er hoffte für das Volk Amberans, dass es nie zum Krieg käme. Die Menschen ahnten ja nicht, welcher Gegner in Wahrheit hinter der Grenze lauerte.

Sheera hatte es sehr eilig. Zielstrebig lief sie, gefolgt von dem Dienstmädchen, das sie Sirena genannt hatte, durch die weiten Korridore des Palastes. Die Männer zerrten Lysander hinter ihnen her.

Er wusste nicht, ob die verwunderten Blicke, die sie ernteten, ihr oder ihm galten. Der Unterschied zwischen Sheera und den Bewohnern des Palastes war kaum zu übersehen. Kein anderer Mahr hatte rabenschwarzes Haar und mondfarbene Haut, aus ihren Blicken sprach nicht der unbändige Stolz, wie er ihn von Sheera kannte.

»Ihr könnt da nicht …«, versuchte eine Wache Sheera aufzuhalten, als sie geradewegs auf eine zweiflügelige Tür zulief. Sie ignorierte den Mann, schlüpfte zwischen ihm und der anderen Wache hindurch und stieß die Tür auf.

»Hätte ich sie doch nur gleich niedergestochen«, zischte Taros. Er bemerkte, dass Lysander ihn anschaute, und warf ihm einen abfälligen Blick zu. »Noch nie hat ein Mensch diese heiligen Hallen betreten. Und ich schwöre dir, nie wird einer sie lebend verlassen.«

Unwillkürlich wehrte sich Lysander gegen die Hände an seinen Armen. Er stürzte auf Taros zu, hätte ihm am liebsten sein fieses Grinsen aus dem Gesicht geprügelt, hatte aber keine Chance, ihn zu erreichen. Allein der Versuch schwächte ihn so sehr, dass sein Atem schneller ging.

Mit einem Nicken gab Taros den Befehl, Sheera zu folgen, und die beiden Soldaten zerrten Lysander durch die Flügeltür.

Ein Raunen ging durch die Halle, nachdem sie eingetreten waren. Es schien ein Thronsaal zu sein. Zu beiden Seiten standen mehrere Dutzend Mahr in edlen Kleidern und Roben. Das war alles andere als das dunkle, verfluchte Land aus den Geschichten seiner Heimat.

Er hatte sich immer wilde, blutrünstige Tiere vorgestellt. Ähnlich der Bestien im Grenzwald. Halb nackt, mit Knüppeln bewaffnet und in Höhlen hausend. Ihre Wände waren in seiner Vorstellung mit den verwesenden Leichen ihrer Feinde geschmückt, um den Hals trugen sie Fingerknochen, und Blut war ihre Kriegsbemalung. Nichts von dem, was er sah, wies auch nur ansatzweise in diese Richtung.

Der Saal war hell und lichtdurchflutet. Die Mahr waren in so fein gewobene Stoffe gehüllt, dass jeder Adlige Amberans alles dafür gegeben hätte, auch nur einen Fetzen davon in die Finger zu bekommen. Der Schmuck, den sie trugen, war unglaublich fein gearbeitet, aus edelsten Metallen und mit strahlenden Steinen in allen Farben des Regenbogens besetzt. Reifröcke, Polster und übermäßig viel Puder trug keine der Damen. Sie strahlten von innen heraus, als hätte die Sonne selbst sie gesegnet.

Einige Roben wiesen darauf hin, dass die Mahr eine Religion ausübten. Vielleicht handelte es sich bei den Würdenträgern, die Lysander sah, aber auch um Magier. Sheera hatte ja angedeutet, dass ihr Volk an Magie glaubte. Vielleicht beherrschten ein paar von ihnen sie sogar. Das wäre noch unglaublicher als alles, was er bisher beobachtet hatte.

»Was fällt dir ein?«, fuhr eine junge, hübsche Mahr Sheera an. Sie hatte vor dem Thronpodest gekniet und stand gerade auf. Ihr Haar war wie Gold, und ihre Haut leuchtete geradezu.

Vor dem Thron standen mehrere Männer in Roben. Der Älteste unter ihnen trug eine besonders reich verzierte Tracht. Er hatte die Arme erhoben und senkte sie, als Sheera näher kam.

»Verzeiht die Unterbrechung, Hohepriester«, bat Sheera, ignorierte das blondhaarige, empörte Mädchen und verbeugte sich knapp vor dem alten Mann.

»Eure Eminenz, heißt das«, verbesserte das Mädchen sie.

»Danke«, gab Sheera unwirsch zurück und fuhr fort. »Die Gerüchte über meinen Tod sind falsch, wie Ihr selbst sehen könnt. Es war verfrüht, mein Scheitern zu verkünden.«

»Noch ist es nicht verkündet. Allerdings sollte ich dich allein dafür, dass du die Bekanntgabe von Maylas Aufgabe unterbrochen hast, für mindestens eine Woche in den Kerker werfen lassen.« Der Hohepriester deutete bei diesen Worten auf das blonde Mahrmädchen. »Du hättest warten sollen, bis du an der Reihe bist. Respekt hat dich die Aufgabe, die dir gestellt wurde, offenkundig nicht gelehrt.«

Sheera wirkte wie vor den Kopf gestoßen. Sirena, auf deren Warnung hin sie so eilig in den Thronsaal gestürmt war, formte mit den Lippen eine Entschuldigung, aber Sheera tat es mit einem kaum merklichen Kopfschütteln ab. Böse schien sie ihr nicht zu sein. Sie atmete tief durch, und man sah ihr an, wie viel Überwindung es sie kostete, vor dem Hohepriester niederzuknien.

»Ich bitte um Verzeihung«, presste sie zwischen zusammengebissenen Zähnen hervor. »Aber ich habe meine Aufgabe erfüllt und konnte nicht das Risiko eingehen, dennoch von der Wahl ausgeschlossen zu werden.«

Mayla schnaubte empört. »Und deswegen stürmst du in den Saal, während ich kurz davor stehe zu erfahren, welche Aufgabe Muraya mir zugedacht hat?«

Der Hohepriester hob seine Hand, um einen Befehl zu erteilen, als ein weiterer Mahr vortrat.

»Lasst sie sprechen«, befahl er.

»Athura!«, stieß Mayla geschockt und völlig verständnislos aus. Er beruhigte sie mit einem sanften Lächeln und wandte sich dann wieder an den Hohepriester. »Es ist gewiss nicht in Murayas Sinn, eine Anwärterin auszuschließen, nur weil sie irrtümlich für tot erklärt wurde.« Sein Blick wanderte zu Taros. Der Vorwurf, der darin lag, war kaum zu übersehen. Anschließend schaute er sich unter den Umstehenden um. »Sicher sind hier alle neugierig zu erfahren, was Sheera widerfahren ist, wo sich der Dämmerstein befindet und wen man uns hier angeschleppt hat.« Er deutete auf Lysander.

Alle Blicke waren mit einem Mal auf ihn gerichtet, und das Getuschel um ihn herum wurde lauter. Er wusste weder, wer diese Muraya war, noch was das für Aufgaben sein sollten, von denen die Mahr sprachen. Es konnte alles sein. Von einem Spiel bis hin zu Blutopfern. Bei diesem Gedanken schlug sein Herz schneller. Wenn er schon sterben musste, dann doch wenigstens in einem ehrenvollen Kampf und nicht geschwächt von seinen Verletzungen.

Sheera erhob sich und sah den Hohepriester erwartungsvoll an.

»Also gut«, stimmte dieser zähneknirschend zu. Offenbar hatte dieser Athura mehr Macht über ihn, als ihm lieb war. »Erkläre uns, wer dieser Mensch ist und wieso du glaubst, deine Aufgabe erfüllt zu haben. Ich sehe den Dämmerstein nicht in deinen Händen.«

»Weil er ihn hat«, sagte Sheera und deutete mit einem Kopfnicken in Lysanders Richtung. Er sah ihr an, wie schwer es ihr fiel, ihn derart anzuklagen. »Ich hatte ihn bereits. Es wäre mir ein Leichtes gewesen, ihn nach Farhir zu bringen. Aber … der Mensch, er hat ihn verschluckt.«

Wieder wurde das Gemurmel um Lysander herum lauter. Dass es ein Fehler gewesen war, sich den Spaß mit dem Stein zu erlauben, hatte er längst begriffen. Er hatte ja nicht damit rechnen können, als Gefangener der Mahr zu enden.

»Dann holen wir uns den Stein«, sagte Athura, zückte seinen Dolch und ging geradewegs auf Lysander zu.

Panik überkam ihn, er wehrte sich, wollte sich losreißen, um diesem Mahr nicht hilflos wie ein Schwein auf der Schlachtbank ausgeliefert zu sein, doch die Männer rechneten bereits mit seiner Gegenwehr und hielten ihn fest im Griff. Die Entschlossenheit in Athuras Blick ließ keinen Zweifel daran, dass er, ohne zu zögern, zustechen würde.

»Warte!«, rief Sheera noch, da hatte Athura ihn bereits am Kragen gepackt, den Dolch stoßbereit erhoben.

Lysander blickte den Mahr in Erwartung des Todesstoßes direkt an. Angst wollte er keine zeigen. Und das, obwohl es offensichtlich war, dass dieser Mann nicht daran dachte, auf Sheera zu hören. Lysander sah das Feuer in seinen Augen. Kein Funken Mitgefühl glomm darin. Er war so versessen darauf, diesen Stein in seinen Besitz zu bringen, dass sich Lysander fragte, was so besonders daran war. Es war doch bloß ein Symbol. Ein Symbol des Friedens zwischen Mahr und Mensch. Und der stand kurz davor, in die Brüche zu gehen.

Sheera hatte Athura erreicht, bevor er zustoßen konnte, und hielt ihn auf. »Er ist nicht nur irgendein Mensch«, erklärte sie. »Er ist der Kronprinz von Amberan. Wir können ihn nicht einfach töten.«

»Heißt das, du gibst auf?«, fragte Athura mit gesenkter Stimme.

Fragend schaute Sheera ihn an. »Nein. Ich …«

»Lasst ihn los«, verlangte Mayla. Verwundert wandten sich alle ihr zu. »Ihr habt es doch gehört. Er ist der Kronprinz von Amberan. Auch wenn uns unsere Nachbarn nicht freundlich gesinnt sind, ist es das Mindeste, ihren Prinzen mit Respekt zu behandeln.« Sie schaute Sheera an und hob das Kinn. »Der Frieden zwischen Amberan und Farhir ist weit wichtiger als die Wahl einer neuen Königin. Das sollte gerade dir als Anwärterin auf den Thron bewusst sein.«

»Wahre Worte«, hörte Lysander aus dem Murmeln der Umstehenden heraus.

Sheera eine Anwärterin auf den Thron der Mahr? Nach allem, was er bisher gesehen hatte, wunderte ihn nichts mehr. Dennoch erschloss sich ihm nicht, was das Ganze mit dem Dämmerstein zu tun hatte.

»So spricht eine Königin«, meinte jemand.

Offenbar standen Mayla und Sheera in Konkurrenz zueinander. Nach und nach setzte sich in Lysanders Kopf ein Bild zusammen.

Zähneknirschend senkte Athura den Dolch, trat zurück, und die Wachen lösten Lysanders Fesseln.

Erleichtert atmete Lysander durch, und erst als die Anspannung von ihm abfiel, merkte er, dass sie alles gewesen war, was ihn noch auf den Beinen gehalten hatte. Seine Kräfte schwanden, und er konnte nicht verhindern, dass ihm die Knie wegbrachen.

Vor ihm sank auch Mayla zu Boden. »Du bist verletzt«, stellte sie mit sanfter Stimme fest. »Ich hoffe, die unbeherrschte Nachtalbe hat dich nicht allzu schlimm behandelt. Was sie getan hat, soll kein schlechtes Licht auf das Volk der Hochalben werfen.«

Hochalben – so nannten sie sich also. Wie Sheera gesagt hatte. Lysander war schwindelig, vor seinen Augen verschwamm alles, und so sah er Mayla nur als Lichtgestalt vor sich sitzen. Wie ein lebendig gewordener Sonnenstrahl.

»Das hat sie nicht«, sagte er mit schwacher Stimme. »Sheera ist …«

»Schhhh«, hauchte Mayla sanft. »Lass mich dir helfen.«

Sie ergriff sein Gesicht mit beiden Händen, er blickte zu ihr auf und verlor sich beinahe in der Wärme ihres Lächelns. Sanft legte es sich über ihn, nahm ihm einen Teil der Schmerzen, und es war, als würde alles um ihn herum in ein goldenes Licht getaucht. Alle Farben und Bewegungen lösten sich auf, und auch die Geräusche verstummten.

Sich gegen sie oder das, was sie vorhatte, zu wehren, kam ihn gar nicht in den Sinn. Er sah nur noch Mayla, spürte ihre sanfte Berührung, und es fühlte sich an, als würde sie tief in sein Inneres blicken. Er konnte nichts dagegen tun. Es war wie … Magie.

Der Gedanke durchfuhr ihn so heftig, dass er zurückwich und Mayla mit weit aufgerissenen Augen anstarrte. Auch sie wirkte erschrocken.

Dass Sheera so leichtfertig von Zaubern und Hexerei gesprochen hatte, war also kein irregeleiteter Glaube an etwas Ungreifbares gewesen. Es gab sie wirklich. Nicht in Amberan, wie es ihre Vermutung gewesen war, sondern hier in Farhir. Dem Reich der Mahr. Und gerade hatte Lysander es am eigenen Leib erfahren.

Er löste sich aus seiner Schockstarre und tastete seinen Körper ab. Tatsächlich waren die Verletzungen an Arm und Hals geheilt und der Schmerz sowie das Fieber verschwunden. Er kämpfte sich auf die Beine, brachte Abstand zwischen sich und die Mahr und beobachtete aus den Augenwinkeln, wie die Soldaten, die ihn hergeschleppt hatten, nach ihren Schwertern griffen.

Auch Mayla stand auf, schwankte, weil der Zauber sie wohl erschöpft hatte, und wurde von Athura gehalten.

»Das hättest du nicht tun sollen«, meinte er.

»Doch Athura, das musste ich sogar«, widersprach sie und löste sich von ihm, bevor sie sich an Lysander wandte. »Du musst keine Angst haben.«

»Angst?« Er legte die Stirn in Falten. »Ich habe keine Angst, ich bin …«

Er wusste es selbst nicht. Das alles war einfach zu viel. Dieses Land, die Wesen, die es bewohnten, die Zauber, die sie beherrschten. Es kam ihm vor wie ein Traum. Zu unwirklich, als dass es wahr sein konnte.

Er wusste nicht, was ihn ergriffen hatte. Faszination, Ehrfurcht, Unglaube. Und ja, vielleicht auch Angst, denn schließlich war er noch immer unbewaffnet und von Feinden umzingelt. Auch wenn ihn die Wunden nicht mehr schwächten, war er doch den Mahr und ihrer Gnade ausgeliefert.

»Es bleibt die Frage, wie Sheera nun an den Dämmerstein kommen soll. Hat sie ihre Aufgabe erfüllt?« Athura wandte sich dem Hohepriester zu.

»Nun …«, begann der Mann und hob eine Braue.

Die beiden Soldaten rückten derweil näher an Lysander heran. Er war sich sicher, dass sie nur abwarteten, was der Priester befehlen würde – ob man ihn dennoch töten sollte oder nicht. Und vielleicht war jetzt die Zeit gekommen, mit der Wahrheit herauszurücken.

»Er hat den Stein nicht«, verkündete Mayla plötzlich und sprach damit aus, was er gerade hatte sagen wollen.

Ungläubig starrte er sie an. Hatte sie durch ihren Zauber nicht nur seine Verletzungen geheilt, sondern auch in ihm lesen können? Ihm war es jedenfalls so vorgekommen.

»Was?«, fragte Sheera fassungslos.

»So ist es doch, oder?« Mayla wandte sich an Lysander.

»Ich habe ihn nicht verschluckt«, gab er zu. Leugnen brachte wohl nichts mehr. »Der Stein ist nicht hier.«

»Aber …!?« Verzweiflung zeichnete sich auf Sheeras Gesicht ab. Sie war überzeugt davon gewesen, dass er den Stein in sich trug. Er bereute, dass er es ihr nicht schon früher gesagt hatte – aber wann wäre der richtige Zeitpunkt dafür gewesen?

»Es tut mir leid, Sheera. Du wolltest ihn so unbedingt haben, und ich dachte, wenn du glauben würdest, ich hätte ihn verschluckt, wärst du bereit, mit mir zu reden. Ich konnte ja nicht ahnen, dass du mich hierher verschleppen würdest. Nichts davon konnte ich ahnen.« Er schaute sich unter den Umstehenden um. Nicht in seinen kühnsten Träumen hätte er je damit gerechnet, auf ein solches Volk zu treffen.

»Ich hätte dich beinahe getötet!«, fuhr sie ihn an.

»Aber du hast es nicht getan«, erinnerte er sie.

»Durchsucht ihn!«, verlangte Athura mit fester Stimme.

Sofort packten seine Männer Lysander und zerrten an ihm herum.

»Ich habe ihn nicht bei mir!«, entgegnete er und wehrte sich, so gut er konnte.

»Athura …«, begann Sheera.

Er drehte sich abrupt zu ihr um. »Ich muss dich wohl kaum daran erinnern, wie wichtig dieser Stein ist!«

Sie wirkte erschrocken darüber, dass er sie so schroff anfuhr, fing sich aber schnell wieder.

Lysander machte sich von den Männern los, die ihn festhielten. »Er ist im Grenzwald vergraben«, erklärte er ungehalten. Er war vielleicht waghalsig genug, sich auf eine wie Sheera einzulassen und trotz besseren Wissens den Grenzwald zu betreten. Aber er war bestimmt nicht so dumm, den Stein, den sie so unbedingt haben wollte, mit sich in der Hosentasche herumzuschleppen. Bei der ersten Gelegenheit hatte er ihn zwischen den Wurzeln einer abgestorbenen Eiche verschwinden lassen.

»Sheera Abendhauch!«, hallte die Stimme des Hohepriesters durch den Saal. »Es war deine Aufgabe, den Dämmerstein in diese Hallen zu bringen. Du hast versagt und wirst damit von der Wahl zur Königin ausgeschlossen.«

Sheera war mit einem Mal wie erstarrt, und ihre Gedanken schienen zu rasen.

»Was?«, stieß Sirena aus, die sich bisher im Hintergrund gehalten hatte. »Aber das könnt Ihr nicht tun!« Als sich einige der Umstehenden zu ihr umdrehten, senkte sie beschämt den Blick und trat zurück.

Der Hohepriester ließ sich von den lauter werdenden Stimmen nicht irritieren. »Geleitet sie aus dem Palast und schafft den Menschen fort. Die Königin soll entscheiden, was mit ihm geschieht.«

Sheera wandte sich fragend, beinahe flehend an Athura, doch der bedachte sie mit einem ebenso abfälligen und unbarmherzigen Blick, wie er ihn zuvor Lysander zugeworfen hatte. Was auch immer sie sich von ihm an Hilfe erhoffte, sie bekam es nicht.

»Raus mit ihr«, befahl er, und Lysander konnte sehen, wie Sheera bei diesen Worten die Augen weit aufriss.

»Aber …?«, brachte sie noch hervor, da hatten Taros' Soldaten sie bereits ergriffen.

Auch Lysander wurde von zwei Männern gepackt. Er dachte nicht nach, riss sich von einem der beiden los, ergriff das Handgelenk des anderen, als dieser gerade nach seinem Schwert greifen wollte, doch in dem Moment traf ihn ein Schlag in die Rippen und trieb ihm die Luft aus der Lunge.

Die Männer brachten ihn wieder unter Kontrolle, während er noch nach Atem rang.

»Wo bringt ihr ihn hin?«, verlangte Sheera zu erfahren. »Lasst mich los!«

Doch sie bekam keine Antwort. Während man Lysander zu einem Seitenausgang zerrte, wurde Sheera in Richtung Haupttor geschleift.

Er wehrte sich aus Leibeskräften, von einem einzigen Gedanken beherrscht: Er wollte zu Sheera, ihr helfen und verhindern, dass man ihr etwas antat. Er hatte ja gesehen, wie dieser Taros mit ihr umsprang, und ahnte Schlimmes. Er dachte keine Sekunde an das, was mit ihm geschehen würde. Sie wollte er beschützen, und das um jeden Preis.

Er brüllte, kämpfte sich irgendwie frei, doch plötzlich stand Athura vor ihm. Der Mann verstellte ihm die Sicht auf Sheera, baute sich vor ihm auf, und ehe Lysander reagieren konnte, hatte er ihn durch den Seiteneingang aus dem Saal gestoßen.

Lysander stürzte zu Boden, wollte wieder aufspringen, sah dann aber, wie hinter Athuras Rücken die Tür zum Thronsaal geschlossen wurde.

»Und jetzt wirst du mir ganz genau erklären, wo sich der Dämmerstein befindet«, sagte der Mann mit drohendem Unterton.

KAPITEL 24

Sheera

»Lasst mich los!«, schrie ich zum wiederholten Mal.

In meinen Ohren rauschte es, mein Herz klopfte wie verrückt, und wehrlos musste ich dabei zusehen, wie sie Lysander durch einen der Seitenausgänge stießen. In meinem Rücken wurde bereits die große Flügeltür aufgezogen, und ich fühlte mich verraten und machtlos.

Die Blutalben zerrten an mir. Gnadenlos bugsierten sie mich in Richtung Ausgang, hielten Sirena von mir fern, und niemanden schien es zu scheren, dass ich meine Aufgabe erfüllt hatte. Ganz im Gegenteil war kaum zu übersehen, wie sehr der Adel das Spektakel, das ihm da geboten wurde, genoss. Die Stimmen um mich herum waren laut geworden, es wurde geschrien, sogar applaudiert und danach verlangt, dass man mich endlich aus dem Palast warf. Mit Sicherheit hatten viele der Anwesenden diesen Tag herbeigesehnt. Allen voran Taros.

»Schafft sie endlich raus!«, befahl er, baute sich vor mir auf und erschwerte mir dadurch die Sicht auf Sirena.

Sie sah verzweifelt, ja geradezu panisch aus, und ich wollte mir gar nicht ausmalen, was mit ihr geschehen würde, nachdem ich versagt hatte.

Mein Blick wanderte zu Taros. Er tat ungerührt, doch wer ihn so kennengelernt hatte wie ich, wusste, wie sehr ihn die Entwicklung der Dinge zufriedenstellte. Es war kaum zu übersehen, dass er versuchte, ein gehässiges Grinsen zu unterdrücken, und das schürte meine Wut auf ihn nur noch mehr. Ich stürzte vor und spuckte ihm ins Gesicht.

Als Vergeltung rammte mir einer seiner Männer die Faust in die Rippen. Mir blieb die Luft weg, vor meinen Augen verschwamm alles, und die Knie wurden mir weich. Nur mit Mühe konnte ich mich auf den Beinen halten, während der Schmerz in meiner Seite pulsierte.

Taros zog ein Taschentuch hervor und wischte sich seelenruhig den Speichel von der Wange. Dann trat er näher an mich heran. »Wenn du glaubst, dass es irgendjemanden schert, was als Nächstes mit dir passiert, hast du dich geschnitten. Du ahnst ja gar nicht, wie sehr ich mich danach gesehnt habe, dass man dich aus dem Palast verbannt und dein Schicksal damit in meinen Händen liegt.« Nun musste er sich nicht länger verstellen. Ein breites, triumphierendes Grinsen zog sich von einem Ohr zum anderen. Wo ich bei unserer ersten Begegnung noch die Angst vor dem Fluch der Nachtalben gesehen hatte, war nun nur noch sein Blutdurst zu erkennen.

»Wage es ja nicht …!«, spie ich ihm entgegen.

»Raus mit ihr«, verlangte er, und seine Männer zerrten mich von ihm weg.

Mein Leben lag nun in seinen Händen. Ich konnte mir nicht einmal ausmalen, welche Foltermethoden er auf Lager hatte, ahnte aber bereits, dass sein diesbezüglicher Einfallsreichtum keine Grenzen kannte.

Und er hatte recht. Niemanden dieser Adligen würde es kümmern, was aus mir wurde. Selbst wenn meine Schreie durch den Palast hallten, weil man mich in den Kerker geworfen hatte statt vor die Tore und mir glühende Nägel durch den Leib trieb, hätten sie noch einen Weg gefunden, das zu ignorieren.

Ich hatte das Gefühl, zu ersticken. Mich überlief ein Schauer, alles um mich herum schien still zu werden, mir war heiß und kalt zugleich, und ich brach in die Knie.

»Wartet!«, rief jemand und riss mich damit aus meiner Panik.

Es war Mayla, die gesprochen hatte. Alle Blicke waren auf sie gerichtet, und es schien ihr schwerzufallen auszusprechen, was sie sagen wollte. »Meines Wissens lautete der genaue Wortlaut ihrer Aufgabe, dass sie den Dämmerstein nach Farhir bringen solle.«

»So ist es«, sagte der Priester und sah sie fragend an. »Worauf willst du hinaus?«

Mayla holte tief Luft. »Ich will Eure Entscheidung nicht infrage stellen, Eure Eminenz. Aber genau das hat sie getan, nicht wahr? Der Stein mag nicht hier im Palast sein, aber was der Mensch behauptet hat, entspricht der Wahrheit. Ich habe es mit eigenen Augen gesehen, als ich ihn geheilt habe. Er hat ihn im Grenzwald vergraben, und somit befindet er sich auf dem heiligen Boden unseres Landes, denn die Wälder gehören nicht zu Amberan, sondern zu

Farhir. Sheera hat den Dämmerstein hergebracht, wie es ihre Aufgabe war.«

Es war still geworden. Nur leises Getuschel war zu vernehmen. Ungläubig starrte ich Mayla an. Ausgerechnet sie? Ihr Schweigen hätte genügt, um zu erreichen, was sie von Anfang an gewollt hatte. Sie war doch diejenige, die am lautesten danach gerufen hatte, mich von der Wahl auszuschließen. Und nun trat sie für mich ein? Und das nicht zum ersten Mal.

»Ist das dein letztes Wort?«, fragte der Hohepriester.

Mein Herz raste in meiner Brust. Alles hing jetzt von ihr ab. Mein Leben, mein Schicksal und wahrscheinlich auch das von Lysander und Sirena.

Mayla wusste das genau. Der Hohepriester stellte mit Sicherheit nicht ihr durch Magie erlangtes Wissen infrage, sondern vielmehr ihr Urteilsvermögen. Wenn sie den Dämmerstein während der Verbindung mit Lysander gesehen hatte, war das, was sie sagte, die Wahrheit. Aber wollte sie mich wirklich freisprechen?

»Das ist es«, bestätigte sie mit fester Stimme.

Taros seufzte enttäuscht, machte eine Handbewegung, und die Blutalben ließen mich los.

»Es ist noch nicht vorbei«, warnte er mich.

Ich beachtete ihn nicht. Noch immer hing mein Blick an Mayla, und ich bekam kaum mit, wie Sirena zu mir gelaufen kam und was sie zu mir sagte. Ich konnte einfach nicht fassen, dass Mayla das für mich getan hatte. Warum? Was hatte sie davon, mir zu helfen?

Ich saß auf der Bettkante, starrte die Wand an und versuchte das, was in den letzten Tagen geschehen war, zu verarbeiten.

Alles war völlig verworren. Ich war Athura absolut egal gewesen. Er hätte mich Taros überlassen, wissend, was dieser mir antun würde. Mayla hingegen, die mich von Anfang an nicht im Palast hatte haben wollen, war für mich eingetreten. Wieso, begriff ich noch immer nicht.

Ebenso schlimm war es, nicht zu wissen, was es mit dem Dämmerstein auf sich hatte. War Taros wirklich aus eigenem Entschluss zur Grenze zurückgekehrt, um mich zu töten und den Stein zu holen? Oder hatte ihm jemand befohlen zu verhindern, dass ich lebend in den Palast zurückkehrte?

»Das brennt jetzt etwas«, warnte mich Sirena und betupfte die Schrammen in meinem Gesicht vorsichtig mit einer Tinktur aus Arnika.

Ich biss mir auf die Unterlippe und ließ es über mich ergehen.

»Wie geht es Kanan?«, fragte ich.

»Um ihn solltest du dir keine Sorgen machen. Schau dich an. Du siehst aus wie der Tod selbst.«

Ich schmunzelte. »Nein wirklich, ist alles in Ordnung mit ihm?«

»Es geht ihm gut«, behauptete sie. »Und jetzt halt still.«

Was als Nächstes passieren würde, wusste ich nicht. Meine Aufgabe hatte ich erfüllt, doch nach allem, was vorgefallen war, brachte mich das dem Thron wohl auch nicht näher. Aber was scherte mich das? Ich hatte nie vorgehabt, Königin zu werden, sondern bloß beweisen wollen, dass wir Nachtalben keine wilden Tiere waren. Nach allem, was ich im Grenzwald gesehen hatte, bezweifelte ich das jedoch allmählich selbst. Und nach meinem Auftritt im Thronsaal würde mich wohl kaum noch jemand ernst nehmen.

Ich konnte nicht vergessen, wie Athura mich behandelt hatte. Der Dämmerstein war ihm wichtiger gewesen als alles andere. Aber zu glauben, dass er derjenige gewesen sein könnte, der Taros ausgeschickt hatte, um mich zu töten, brachte ich einfach nicht über mich. Es musste eine andere Erklärung geben. Eine, die ich bloß noch nicht gefunden hatte. Dennoch schnürte es mir die Kehle zu, wenn ich auch nur an Athuras unbarmherzigen Blick dachte.

Was steckte hinter alledem, und was geschah mit Lysander, während ich meine Wunden leckte? Sirena hatte versprochen herauszufinden, wo man ihn festhielt. Ich konnte nur hoffen, dass die Königin sich ihm gegenüber gnädig zeigte.

Es klopfte. Ich nickte Sirena zu, die daraufhin von mir abließ und sich aufrichtete. »Ja bitte?«, fragte sie.

Die Tür wurde geöffnet, und Mayla trat ein. Die Augen hatte sie zu schmalen Schlitzen verengt, ihr Kinn trug sie erhoben, und sie hielt sich sehr aufrecht. Als wollte sie mit aller Macht betonen, dass das, was im Thronsaal vorgefallen war, nichts zwischen uns änderte.

»Sheera«, grüßte sie mich kühl.

Ich nickte ihr knapp zu und schaute sie erwartungsvoll an. Dank ihr lag mein Leben nicht länger in Taros' Händen, aber ich wurde das Gefühl nicht los, dass es mir noch leidtun würde, in ihrer Schuld zu stehen. Ich würde wohl bald herausfinden, ob ich mit meiner Befürchtung richtiglag.

»Ich bin hier, um klarzustellen, dass du in meinen Augen gescheitert bist«, erklärte sie geradeheraus. »Was dich gerettet hat, war, dass deine Aufgabe nicht präzise formuliert war.«

»Was mich gerettet hat, warst du.« Schwerfällig erhob ich mich. Mir tat jeder einzelne Knochen im Leib weh, aber das wollte ich mir nicht anmerken lassen. »Sag mir, was ich tun kann, um meine Schuld zu begleichen.« Ich war bereit, den Preis zu zahlen, den sie verlangte, um mich von ihr freizukaufen. Egal, wie hoch er auch war.

Prüfend schaute sie mich an. »Es reicht völlig, wenn du es mich nicht bereuen lässt«, behauptete sie. »Ich wurde dazu erzogen, Gerechtigkeit über alles zu stellen. Auch wenn ich damit gegen meinen eigenen Vorteil handle. Ich halte dich nach wie vor für eine Bedrohung, aber der Dämmerstein ist in Farhir, und das konnte ich nicht verschweigen.«

War das wirklich alles? Ich hatte sie für ein eitles Gör gehalten, aber nicht zum ersten Mal bewies sie, dass sie den Unterschied zwischen richtig und falsch kannte.

Ich öffnete den Mund, um mich zu bedanken, auch wenn es mir lieber gewesen wäre, sie hätte eine Gegenleistung eingefordert. So blieb das Gefühl, in ihrer Schuld zu stehen.

»Nun gut«, meinte sie unwirsch, bevor ich etwas sagen konnte, und kehrte mir den Rücken zu. »Es wartet eine Aufgabe auf mich, die erfüllt werden will.«

»Habt Dank!«, rief Sirena ihr nach.

Mayla machte eine wegwerfende Handbewegung. Als wäre es eine Kleinigkeit, vor der versammelten Adelsgesellschaft für mich einzustehen und keine Gegenleistung zu verlangen.

»Wie lautet deine Aufgabe?«, fragte ich, gerade als sie die Tür erreicht hatte.

»Es hat mit Magie zu tun, davon verstehst du nichts«, wiegelte sie ab, besann sich dann aber eines Besseren und wandte sich mir zu. »Farhir wird durch einen magischen Wall vor Feinden abgeschirmt. Es handelt sich um einen Zauber, der verhindert, dass Menschen die Grenze überschreiten. Er führt sie auf Irrwege und macht es ihnen beinahe unmöglich, unser Land zu betreten. Warum, glaubst du, hat in den letzten Jahrhunderten keiner von ihnen versucht, uns ein Leid zuzufügen? Nach allem, was wir über sie wissen, hätten sie es getan, wenn sie dazu in der Lage gewesen wären.

Derzeit ist der Schutzwall geschwächt. Man sieht es daran, dass du einen Menschen in unser heiliges Land führen konntest. Der Wall wird durch die Magie unserer Königin gespeist und kann nur von einer Albe, die befähigt ist, eine wahre Königin zu sein, erneuert werden. Ich soll ihn wiedererrichten.« Sie schaute mich eine Weile an. Noch immer lag Verachtung in ihrem Blick, aber da war noch etwas anderes. Etwas, was ich nicht einordnen konnte. »Wie gesagt, davon verstehst du nichts.«

»Nein, das tue ich wirklich nicht.« Wir Nachtalben hatten nichts mit Magie am Hut. Im Gegensatz zu den Hochalben, die sie alle in sich trugen. Manche mehr, manche weniger. Mayla hatte also vollkommen recht. Ich wusste nichts über solche Schutzzauber und wie schwer es war, sie aufrechtzuerhalten. Hätte ich auch nur einen Funken Magie in mir, wäre mir der geschwächte Wall, der uns vor den Menschen abschirmte, wahrscheinlich aufgefallen.

»Vielleicht begreifst du jetzt, warum du hier nichts zu suchen hast«, sagte Mayla. »Wie könnte eine wie du unser Reich und den Thron beschützen? Eine, die der Magie nicht fähig ist. Eine, die unüberlegt einen Menschen nach Farhir führt. Man kann nur hoffen, dass es mir gelingt, den Schutzzauber zu erneuern, bevor diesem Prinzen die Krieger Amberans folgen und Gräueltaten an den unschuldigen Bewohnern im Grenzland begehen. Warum Muraya den Fehler begangen hat, dich zur Anwärterin zu ernennen, werde ich wohl nie verstehen. Aber denk mal über deine Aufgabe nach. Riella, eine begnadete Jägerin, sollte das Geweih eines weißen Hirsches beschaffen. Arenia, Tochter mehrerer Generationen von Blutalben, ist in deiner Abwesenheit daran gescheitert, gegen die zehn stärksten Kämpfer Farhirs zu bestehen, und ich werde ein heiliges Ritual ausführen. Und was hast du getan? Du hast gestohlen.«

»Ich habe nichts gestohlen!«, widersprach ich. »Jedenfalls nichts, was uns Alben nicht ohnehin gehört hat.«

»Was soll ich sagen?« Sie hob die Schultern. »Mir ist es noch immer lieber, du stiehlst Steine, als dass du versuchst, das Herz meines Verlobten zu stehlen. Und glaube jetzt nicht, dass du das leugnen kannst. Es ist für alle offenkundig.«

So sah sie das also? Ich fühlte mich, als hätte sie mich bei einer Lüge ertappt, dabei wollte ich ihr ihren Verlobten gar nicht wegnehmen.

»Er hat …«, begann ich, brach aber ab. Mayla ahnte ja nicht, was Athura und mich wirklich verband. Nach allem, was geschehen war, verstand ich es selbst nicht mehr so genau. Dennoch konnte ich ihr die Wahrheit nicht sagen. Ich hatte Athura versprochen, sein Geheimnis zu bewahren, und solange ich nicht wusste, warum er mir im Thronsaal nicht beigestanden hatte, war ich nicht bereit, diesen Schwur zu brechen.

»Es sind immer die anderen, nicht wahr?« Mayla schaute mich von oben herab an, dann verließ sie das Zimmer, ohne ein weiteres Wort zu verlieren, und schloss die Tür hinter sich.

Ich starrte ihr nach, versuchte noch zu begreifen, was sie mir gerade vorgeworfen hatte, und sank erschöpft zurück aufs Bett.

KAPITEL 25

Sheera

Nach wie vor stieß ich auf Argwohn, wo immer ich im Palast auf Hochalben traf. Nur redeten sie nun nicht mehr hinter meinem Rücken über mich. Sie zeigten unmissverständlich, dass sie mich nicht in ihrer Mitte haben wollten. Ihre Blicke verfolgten mich, die Dienerschaft ging mir aus dem Weg, und die Blutalben erhöhten ihre Wachsamkeit, wenn ich an ihnen vorbeilief.

Ich bog in einen der vielen Korridore und wusste, dass ich richtig war, als ich die zwei Wachen sah, die vor einer Tür Stellung bezogen hatten.

Sirena verdankte ich mein Wissen darum, wo ich Lysander finden konnte. Entgegen meiner Befürchtung, man hätte ihn in den Kerker geworfen, gefoltert oder gleich hinrichten lassen, war er tatsächlich wie ein Gast im Westflügel untergebracht worden. Allerdings munkelte man unter den Bediensteten, dass die Königin zu schwach war, um über ihn zu entscheiden. Es hieß, Athura und einige Priester wären stundenlang bei ihm gewesen, und ich fragte mich, ob er ihnen gesagt hatte, wo der Dämmerstein zu finden war und wieso Athura so versessen darauf war, ihn in seinen Besitz zu bringen.

Ich ballte entschlossen die Fäuste und ging direkt auf die beiden Wachen zu. Vielleicht würde ich Antworten finden, wenn es mir gelänge, zu Lysander vorgelassen zu werden.

»Lasst mich durch«, forderte ich, befürchtete aber, dass man mich von ihm fernhalten wollte.

Die Männer wechselten kurze Blicke, ich war bereit, mich durchzusetzen, falls nötig, doch dann grinsten sie einander verstohlen an, und einer der beiden nickte zustimmend.

Was ging hier vor sich? Irgendetwas verschwiegen sie mir, und ich befürchtete, dass es nichts Gutes sein konnte. Meine Anspannung nahm augenblicklich zu. Die zweite Wache klopfte an die Tür, um mich anzukündigen. Obwohl von drinnen keine Reaktion kam, öffnete der Mann und gebot mir mit einer Geste einzutreten. Zögerlich lief ich an den beiden Wachen vorbei, musterte ihre Gesichter und versuchte herauszufinden, was sie mir verheimlichten. Doch sie ließen sich nichts anmerken.

Lysander stand am Fenster und blickte gedankenverloren nach draußen. Verletzungen, die auf Folter und Verhör hinwiesen, schien er keine zu haben. Doch seine Haut war kreidebleich, seine Wangen eingefallen, und als ich ihm in die Augen blickte, lief mir ein Schauer über den Rücken. Sie waren matt und leer. Mir wurde heiß und kalt zugleich, und ich wich vor ihm zurück. Der Mann, den ich dort stehen war, wirkte wie tot. Er bewegte sich, stand aufrecht, aber sein Gesicht war völlig ausdruckslos.

Lysander wandte den Kopf zu mir um.

»Sheera«, stellte er mit tonloser Stimme fest.

Ungläubig starrte ich ihn an, fühlte mich wie gelähmt und wusste nicht, was ich sagen sollte. Ich hatte einen Kloß im Hals und brachte kein Wort über die Lippen. Er wirkte so abwesend, ganz frei von Gefühlen, die sich in seinem Blick hätten widerspiegeln müssen. Als würde er gar nicht wirklich mitbekommen, dass ich ihm gegenüberstand. Wenn ich es nicht besser gewusst hätte, wäre ich mir sicher gewesen, dass man Lysander die Seele ausgesaugt hatte – genauso, wie es die Mahr angeblich mit ihren Opfern machten.

Während ich zu begreifen versuchte, was mit ihm geschehen war, wanderte sein Blick zurück zum Fenster. Schweigend starrte er ins Leere.

Ich schaute zur Tür und stellte fest, dass mich die Wachen hämisch beobachteten. Es schien ihnen zu gefallen, mir vorzuführen, was man Lysander angetan hatte. Wut stieg in mir auf. Ich wollte auf sie zustürmen, sie zur Rede stellen und zur Not dazu zwingen, mir zu sagen, welcher Zauber aus Lysander eine leere Hülle gemacht hatte. Doch ich wusste, dass ich auf diese Weise keine Antworten bekäme. Ich würde damit nur bewirken, dass man mich rauswarf.

Ich wandte mich wieder dem Fenster zu.

»Lysander?«, sprach ich ihn vorsichtig an und kam näher. Er reagierte nicht.

Was hatte Athura bloß mit ihm angestellt? Ich wusste, wie barbarisch die Foltermethoden der Blutalben sein konnten, doch die gingen normalerweise mit schwerwiegenden Verletzungen einher.

Lysander war unversehrt und dennoch wie ausgewechselt. Sein Körper war anwesend, nicht aber sein Geist.

Es schnürte mir die Kehle zu. Im Palast gingen Dinge vor sich, von denen ich nichts geahnt hatte. Dinge, die mir Athura mit Absicht verschwieg. Der Dämmerstein und seine Bedeutung, die Verschwörung, der Athura angehörte und das, was mit Lysander geschehen war – das alles zusammen ergab ein Bild, von dem ich noch zu wenig sah, um es deuten zu können.

»Wunderschön, nicht wahr?«, sagte Lysander und riss mich damit aus meinen Gedanken.

Ich schaute hinaus, sah aber nichts als Regen. Den ganzen Tag schon hatte es geschüttet, und es nieselte noch immer so stark, dass man die Landschaft nicht erkennen konnte. Dennoch hing Lysanders Blick an den grauen Wolken, als würde er in dem tristen Anblick etwas sehen, was mir entging. Träumte er? War er wach und war es wiederum nicht? Wie viel von ihm war überhaupt noch übrig?

Ich legte meine Hand auf seinen Arm, und es war, als würde er meine Berührung gar nicht spüren.

»Lysander?«, fragte ich erneut. »Hörst du mich? Was ist mit dir passiert?«

Als er noch immer keine Reaktion zeigte, wuchs die Unruhe in mir weiter an. Es musste doch einen Weg geben, ihn wachzurütteln! Es konnte doch unmöglich sein, dass nichts mehr von ihm geblieben war. Ich packte ihn mit beiden Händen und drehte ihn zu mir um. Anstandslos ließ er es sich gefallen, schaute mich aber nicht an. Sein Blick glitt über mich hinweg in eine dunkle Ecke des Raumes.

Ich schüttelte ihn. »Wurdest du verhört? Hat man einen Zauber über dich gelegt? Wollten sie wissen, wo der Dämmerstein ist?«

»Das genügt!«, sagte einer der Wachen. Beide waren in den Raum getreten und kamen auf uns zu.

»Das genügt noch lange nicht«, widersprach ich. »Was hat man ihm angetan? Wurde er gefoltert?«

»Lass ihn los«, verlangte eine Wache und grinste so breit, dass die Zähne zum Vorschein kamen. »Er ist Gast der Königin, schon vergessen?«

Die andere Wache lachte hämisch.

Ich ließ von Lysander ab, aber nicht, weil die beiden es von mir wollten, sondern weil ich einfach nicht zu ihm durchdrang. Kaum dass ich ihn nicht mehr festhielt, wandte er sich wieder dem Fenster zu, und sein Blick verlor sich in der Ferne. Egal, was ich ihn gefragt hätte, er wäre mir die Antwort schuldig geblieben.

Der Gedanke, dass es den Lysander, den ich kennengelernt hatte, nicht mehr geben könnte, nahm mir die Luft zum Atmen. Ihn so zu sehen, tat mir mehr weh, als es einer Nachtalbe angemessen gewesen wäre, und nur meine Wut schützte mich davor, an diesem Schmerz zu ersticken. Ich atmete tief ein, zitterte beinahe vor angestautem Zorn und wandte mich wieder den beiden Wachen zu.

»Sagt schon! Was ist mit ihm passiert?« Ein Gefühl von Schuld und Machtlosigkeit überkam mich.

Ungerührt schauten die beiden auf mich herab, doch mir entging nicht, wie die Mundwinkel des einen Mannes leicht zuckten. Was auch immer sie wussten, sie hatten nicht vor, es mir zu sagen.

»Mir könnt ihr nichts vormachen!«, schrie ich. »Ihr wisst doch ganz genau, was mit ihm los ist.«

»Er wird müde sein«, meinte der eine schulterzuckend. »Menschen sind von schwacher Kondition. Du solltest gehen und ihn in Ruhe lassen.«

»Ja, genau«, lachte der andere. »Lass ihn *in Frieden ruhn.*«

Sie hatten ihn längst abgeschrieben. Diese Erkenntnis drückte mir das Herz ab. Tränen sammelten sich in meinen Augenwinkeln, doch ich würde ganz gewiss nicht weinen. Nicht vor diesen Männern.

Was auch immer mit ihm geschehen war, es schien Lysander innerlich getötet zu haben, und von den Wachen würde ich genauso wenig erfahren wie von ihm. Nur einen gab es, der mit Sicherheit wusste, was vor sich ging.

Ich stieß die beiden grob beiseite und verließ den Raum. An der Tür angelangt, warf ich noch einen letzten Blick zurück. Lysander schien nichts von dem, was um ihn herum geschah, mitzubekommen. Wäre ich nicht freiwillig gegangen, sondern an den Haaren hinausgeschleift worden, hätte es ihn wohl ebenso wenig gekümmert.

Er war einfach nicht mehr da. Bloß eine seelenlose Hülle stand am Fenster und starrte die grauen Wolken an. Und ich war es, die ihn über die Grenze geschleppt hatte. Ich hatte ihn hergebracht und fragte mich, ob es nicht gnädiger gewesen wäre, ihn noch im Wald zu töten. Dann hätte ich den Dämmerstein nicht gefunden, wäre von der Wahl ausgeschlossen worden, und seine Seele wäre im Reich der Menschen geblieben, dort, wo sie hingehörte, statt für immer verloren zu sein.

Ich ertrug es nicht länger, ihn anzusehen und stürmte davon. Ich durchquerte den Palast, und diesmal war es mir egal, wie man mich ansah. Sollten sie doch denken, was sie wollten. Sollten sie mich für ein wildes Tier halten. Für eine Bestie. Ich war nicht diejenige, die einem Menschen die Seele geraubt hatte. Was ich stahl, war lediglich Schmuck und Gold. Was die Hochalben Lysander genommen hatten, konnte mit keinem Reichtum der Welt aufgewogen werden.

Ich erreichte die Tür zu Athuras Arbeitszimmer und bemerkte, dass mir nun doch die Tränen über die Wangen liefen. Ich weinte. Um einen Menschen – einen Menschen, der mich tiefer berührt hatte, als ich es je für möglich gehalten hätte.

Ich wischte die Tränen weg. Dann atmete ich tief durch und stieß die Tür auf. Kalter Wind blies mir von der offenen Seite des Raumes entgegen, und der Regen prasselte nun so laut, dass er alles andere übertönte. Athura sprang von seinem Schreibtisch auf und schaute mich verwirrt an.

»Sheera?«, fragte er.

»Was habt ihr mit ihm getan?«, schleuderte ich ihm entgegen.

Athura blieb ungerührt. Er umrundete den Schreibtisch, und mir entging nicht, dass er dabei ein verkorktes Glasfläschchen hinter einem Stapel Papiere verschwinden ließ. Ich tat so, als hätte ich es nicht gesehen.

»Beruhige dich erst einmal«, bat er.

»Beruhigen? Lysander ist nur noch ein Schatten seiner selbst! Haben deine Leute ihn verzaubert? Ist es das? Es waren doch Anhänger deiner ach so edlen Verschwörung, oder etwa nicht? Was hast du mir noch verschwiegen? Sag schon!«

»Wie viel weißt du darüber?«, fragte er, hellhörig geworden.

»Genug.«

Er schüttelte den Kopf. »Sheera, versteh doch, dass es zu deiner eigenen Sicherheit war, dich nicht in alles einzuweihen.«

»Du hast mich aus dem Thronsaal werfen lassen. Hast du eine Ahnung, was Taros mir angetan hätte? Erzähl mir nichts von Sicherheit!«

»Ich musste das tun, um den Anschein zu wahren«, behauptete er. »Aber glaube mir, ich hätte niemals zugelassen, dass er dir auch nur ein Haar krümmt.«

Er wollte nach mir greifen, doch ich entzog mich ihm, lief an ihm vorbei und blieb vor seinem Schreibtisch stehen.

»Wieso sollte ich dir glauben?«, fragte ich. »Die ganze Zeit schon verkaufst du mich für dumm. Was hat es mit dem Dämmerstein wirklich auf sich? Warst du es, der Taros zur Grenze geschickt hat, um mich töten zu lassen und dir den Stein zu bringen?«

Seine Stirn legte sich in Falten. »Traust du mir so etwas zu?«

Die Tatsache, dass ich mich sicherer fühlte, wenn etwas Platz und möglichst auch der Schreibtisch zwischen uns lagen, war Antwort genug. Ich schaute ihm direkt in die Augen, und das Feuer, das darin loderte, drohte mich zu verschlingen. Athura war ein Mann, der sich nahm, was er wollte. Ein Mann, der keine Angst zu haben schien und bereit war, für seine Ziele bis zum Äußersten zu gehen. Genau das hatte mir an ihm imponiert, doch nun ließ es mich erschaudern.

»Ja«, antwortete ich.

Kaum hatte ich das ausgesprochen, wurden seine Züge weich.

Nur für den Bruchteil einer Sekunde. Als hätte ein einziges Wort genügt, um eine ganze Welt zum Einsturz zu bringen. Von dem Mann, dem niemand etwas anhaben konnte, war nichts mehr zu erkennen.

Der Moment verging ebenso schnell, wie er gekommen war, und Athura wandte sich von mir ab.

»Es tut weh, das zu hören«, sagte er kühl. »Aber gut. Ich kann verstehen, dass du aufgebracht bist und Fragen hast. Ich schätze, ich bin dir einige Antworten schuldig. Auch wenn ich nur versucht habe, dich vor der Wahrheit zu schützen.«

Er warf mir einen flüchtigen Blick zu. Wohl um meine Reaktion abschätzen zu können. Ich war verwirrt und wie vor den Kopf gestoßen. Was konnte ich denn noch glauben? Wem konnte ich vertrauen? Ich wusste nicht, was die Wahrheit war und was eine Lüge. Hatte es ihn wirklich verletzt, zu hören, dass ich ihm zutraute, mich ermorden zu lassen? Oder machte er mir etwas vor, so wie auch allen anderen? Seiner Verlobten, seinen Untergebenen. Wahrscheinlich sogar der Königin selbst.

»Dann erkläre es mir«, bat ich.

Er nickte, trat wieder näher an mich heran, so plötzlich, dass ich mich zusammenreißen musste, um nicht vor ihm zurückzuweichen. Ich wollte nicht, dass er merkte, wie angespannt ich in seiner Gegenwart war. Doch ich konnte mich wohl nicht so gut verstellen wie er.

Er presste die Lippen zusammen, hatte die Hand leicht erhoben, um mich zu berühren, senkte sie aber wieder, als ihm klar wurde, dass es kein Vertrauen mehr zwischen uns gab.

»Es hätte nie so weit kommen sollen«, sagte er. »Ich habe dich benutzt und manipuliert, und das tut mir sehr leid. Es war ein Fehler. Das sehe ich jetzt ein. Als du von Muraya auserwählt worden bist, erkannte ich darin die Chance, dass sich alles ändern könnte. Ich wollte es so sehr, dass ich dich in eine Richtung gedrängt habe, die du freiwillig vielleicht gar nicht gegangen wärst. Als du dann die Aufgabe erhalten hast, den Dämmerstein zurückzubringen, war das wie ein Zeichen. Ein Zeichen dafür, dass Muraya auf unserer Seite steht. Verstehst du? Aber ich brachte es nicht fertig, dir zu sagen, was das bedeutet. Ich konnte dich nicht noch weiteren Gefahren aussetzen. Also habe ich dir nur so viel gesagt, wie du wissen musstest. Einzig, um dich zu schützen.«

Er rückte noch näher an mich heran. Bei den letzten Worten war seine Stimme leiser geworden. Sein Blick lag auf mir, und ich spürte, wie mein Herz schneller schlug, als er mich so durchdringend ansah. Ich konnte mich seiner Ausstrahlung einfach nicht entziehen, meine Beine gehorchten mir nicht, ich schaute nur zu ihm auf und tat nichts, als seine Hand meine Wange berührte.

»Ich weiß nicht, was das zwischen uns ist.« Sein Blick wanderte über meinen Körper, hinauf zu meinen Lippen und blieb einen Moment lang an ihnen hängen, bevor er mir in die Augen schaute. »Und ich weiß nicht, ob du es ebenfalls spürst. Aber es war da, vom Augenblick unserer ersten Begegnung an. Und es macht mich zugleich schwach und stärker denn je.«

Eine Berührung von ihm, und ich vergaß alles, was geschehen war. Wie in Trance stand ich vor ihm. Aber das durfte nicht sein. Ich durfte mich nicht weiter manipulieren lassen, also drehte ich mich von ihm weg. Wie gelang es ihm bloß, mir derart den Kopf zu verdrehen?

»Was hat es mit dem Stein auf sich?«, fragte ich mit ungewohnt brüchiger Stimme.

Athura richtete sich auf und atmete tief durch. Er lehnte sich an den Schreibtisch. »Er gehörte einst den Nachtalben«, erklärte er. Verwundert schaute ich ihn an, woraufhin er mir ein flüchtiges Lächeln zuwarf. Dann verlor sich sein Blick in der Ferne. »Die Hochalben haben ihn gestohlen und den Menschen geschenkt. Die wenigen unter ihnen, die davon wissen, würden es leugnen, aber einst gab es einen Orden der Nachtalben. Dutzende Tempel und Priester, die sich dem Glauben an Muraya verschrieben hatten. Der Dämmerstein war ihr wertvollstes Artefakt. Eine Träne Murayas, hieß es. Doch eines Tages hat man den Nachtalben verboten, unserer Göttin zu dienen. Die Tempel wurden zerstört, alle Priester getötet, und ein Mantel des Schweigens wurde über die Vergangenheit der Nachtalben ausgebreitet. Heute weiß niemand mehr, dass sie einst mehr waren als nur ein Haufen Wilder. Niemand bis auf wenige Eingeweihte. Ich und ein paar andere, die den Orden der Dämmerung neu aufleben lassen wollen.«

Konnte es wirklich sein, dass Muraya auf unserer Seite stand? Hatte sie den Priestern meinen Namen genannt, damit ich den Dämmerstein dorthin zurückbrachte, wo er hingehörte? Zu meinem Volk?

Wenn dieser alte Orden neu belebt werden würde, hätte das Auswirkungen auf ganz Farhir. Alles könnte sich dadurch ändern. Allem voran das Ansehen der Nachtalben. Doch das durchzusetzen gelänge Athura und seinen Anhängern nur, wenn eine Königin an der Macht war, die er beeinflussen konnte. Eine wie Mayla, die ihm vertraute, ohne zu wissen, dass sie ebenso eine Schachfigur in Athuras Spiel war wie ich.

Und in diesem Spiel war Lysander bloß ein Bauernopfer, das gebracht werden musste, um das Volk der Nachtalben von jahrhundertelanger Unterdrückung zu befreien. Dieser Gedanke legte sich wie ein Stein auf meine Brust. Vor wenigen Tagen noch hätte ich mit eigenen Händen ein Menschenleben genommen, um meinesgleichen zu befreien. Doch nun war alles anders.

»Du opferst also den Kronprinzen der Menschen, um herauszufinden, wo der Dämmerstein ist?«, fragte ich. »Du riskierst einen Krieg.«

»Sobald der Schutzwall erneuert wurde, ist Farhir vor Fremden abgeschirmt. Einen Krieg wird es nicht geben, und den Verstand eines einzelnen Menschen zu opfern, um ein ganzes Volk zu befreien, ist ein Preis, den jeder Nachtalbe bereit sein sollte zu zahlen. Insbesondere, wenn es ein Mensch ist, der unser Land betreten hat und den Weg zurück trotz magischem Schutz finden würde. Meinst du nicht auch?«

Ich schüttelte den Kopf. Dabei hatte ich bereits selbst den Dolch erhoben gehabt, war kurz davor gewesen, Lysander zu töten, um meine Aufgabe zu erfüllen – und das alles nur für die vage Hoffnung, das Ansehen der Nachtalben zu heben. Aber nun wollte ich einfach nicht wahrhaben, dass Lysander verloren war. Ich wollte nicht akzeptieren müssen, dass auch ich schuld an dem war, was man ihm angetan hatte. Egal, was das auch für mein Volk bedeutete.

»Ist noch etwas von ihm übrig?«, fragte ich leise und schaute zu Athura auf. »Oder haben deine Leute nur eine leere Hülle zurückgelassen?«

Athura antwortete nicht. Er schaute mich nur an, doch sein Blick verriet mir alles, was ich wissen musste. Sie hatten nichts von Lysander übrig gelassen. Nichts, was man noch retten könnte. Und wieso auch? Wenn stimmte, was Athura sagte und er den Weg zurück nach Amberan finden würde, war er lebend und bei Verstand eine zu große Gefahr für uns.

»Sheera. Du verstehst doch, warum ich das tun musste, oder?«

»Nein«, widersprach ich.

Ich wollte mehr Abstand zwischen uns beide bringen, versuchen, einen klaren Kopf zu bekommen und meine Gedanken zu ordnen. Doch plötzlich packte Athura mich am Handgelenk, und ich schaute zu ihm auf.

»Ich wollte dir nie wehtun«, schwor er. »Ist dir dieser Mensch wirklich wichtiger als dein eigenes Volk?«

Unwillkürlich schüttelte ich den Kopf. Er hätte mir nicht wichtiger sein dürfen, und doch ertrug ich es kaum, Lysander in diesem Zustand zu wissen. Mein Blick glitt zu Athuras Fingern, die mein Handgelenk fest umschlossen und wieder zu ihm hinauf. »Lass mich los.«

Nun war es Athura, der den Kopf schüttelte. »Ich kann nicht.« Er hob die freie Hand, wollte mir über die Wange streichen, doch ich wich seiner Berührung aus.

»Du weißt gar nicht, wie schön du bist«, sagte er sanft lächelnd.

Sein Griff lockerte sich. Er versuchte, meine Wange erneut zu berühren, und ich wusste nicht, was es war, aber auch diesmal ließ ich es geschehen. Ein Schauer überlief mich, als seine Finger über meine Haut glitten. Ich hatte das Gefühl, als würde sein Blick mich gefangen halten, und er kam mir so nah, dass ich seinen Atem spüren konnte.

Athura öffnete den Mund, schloss die Augen, und alles in mir verlangte danach, es geschehen zu lassen. Mein Kopf war wie ausgeschaltet. Ich hob die Hand, legte sie auf seine Brust, spürte, wie ruhig sein Herz schlug – wie ungerührt von dem, was sich zwischen uns anbahnte – und stieß ihn von mir.

Ich schluckte schwer und fühlte mich wie benebelt. Mein Atem ging schnell, mir war heiß und beinahe schwindelig. Ich fuhr herum, fing mich am Schreibtisch ab und starrte auf die Holzplatte. Wie schaffte er das bloß? Wie konnte er so geschickt darin sein, einen jeden für sich zu gewinnen, selbst wenn man um die Gefahr wusste, die von ihm ausging?

»Du bist verlobt«, erinnerte ich ihn.

»Aber doch nur zum Schein. Mayla bedeutet mir nichts. Sie ist …«

»Ein Werkzeug, so wie ich?« Ich hob den Blick, und nur durch Zufall blieb er an dem Glasfläschchen hängen, das Athura vor mir zu verstecken versucht hatte. Es war mir schon völlig entfallen. Auf dem Etikett erkannte ich die Schriftzeichen für Heilung, aber die Pflanzen, die in feinen Linien in den Hintergrund gezeichnet worden waren, sagten etwas anderes. Für jemanden, der sich nicht so gut mit Kräutern auskannte wie ich, war es wohl unmöglich, sie zu erkennen. Mit aber fielen auf die Schnelle Eibe, Tollkirsche und Goldregen auf. Aus ihnen allen ließen sich tödliche Gifte herstellen.

»So habe ich dich nie gesehen«, schwor Athura.

Seine Worte drangen wie aus weiter Ferne an mein Ohr. Für wen war dieses Gift bestimmt, und warum hatte Athura es vor mir versteckt? War es für mich gedacht, falls ich mich gegen ihn stellte? Für Mayla, sollte sie die Wahrheit herausfinden?

»Sheera, du und ich, wir beide …«, fuhr er fort, bemerkte dann aber, was ich entdeckt hatte und brach ab.

Er schaute zum Glasfläschchen, dann zu mir, und ich wich vor ihm zurück, während seine Miene versteinerte. Von der Zuneigung, die er für mich zu empfinden behauptet hatte, war von einem Moment zum anderen nichts mehr zu sehen. Es war, als hätte er eine Maske abgelegt. Eine Maske, von der ich mich so unbedingt hatte täuschen lassen wollen. So sehr hatte ich ihm glauben wollen – doch das war nun vorbei.

Allmählich begriff ich, dass alles, was er mir erzählt hatte, nur weitere Lügen gewesen sein konnten. Er konnte gar nicht anders als zu intrigieren, zu manipulieren und jeden um sich herum in sein Netz aus Lügen einzuspinnen. Doch das Gift hatte ihn verraten, und obwohl ich noch nicht wusste, was hinter alledem steckte, ließ sein Blick keinen Zweifel daran, dass er nicht zögern würde, mich zu töten, um sein Geheimnis zu schützen.

Ich wollte gerade zum Ausgang stürmen, als in seinem Rücken die Hintertür geöffnet wurde. Ein Zimmermädchen trat ein, und Athura, von dem ich überzeugt war, dass er gerade kurz davor gestanden hatte, mich ein für alle Mal zum Schweigen zu bringen, wich vor mir zurück.

Das Mädchen hatte die Klinke mit dem Ellbogen heruntergedrückt. »Verzeiht die Verspätung«, sagte sie und wandte sich uns, beladen mit einem Tablett, zu. Erschrocken blieb sie stehen.

Es war Amana, die Dienerin der Königin. Kaum, dass ich sie erkannt hatte, rasten meine Gedanken genauso wie mein Herz. Was hatte sie hier zu suchen?

»Ich … ich hätte anklopfen sollen«, sagte Amana verunsichert. »Ich dachte nur, Ihr wartet bereits, und ich habe mich etwas verspätet. Es tut mir leid. Komme ich ungelegen?«

»Nein, schon gut.« Athura schaute nicht zu ihr, sondern zu mir. Ein kaum merkliches Lächeln huschte über seine Lippen. Es wirkte falsch und dadurch bedrohlich. »Mein Tee«, erklärte er.

Er sah mich forschend an. Offenbar war mir anzusehen, wie verstört ich war. Das Tablett, das Amana trug, sah genauso aus wie das der Königin. Sogar der Geruch des Tees war derselbe. Salbei und Kamille. Ich bezweifelte außerdem, dass Amana als ihre persönliche Dienerin die Zeit gefunden hätte, auch den Kommandanten der Blutalben zu bewirten. Er hatte sicher seine eigenen Untergebenen, die ihm Tee brachten. Und dann das Gift auf seinem Tisch. Wie wahrscheinlich war es, dass er die Dienerin der Königin mitsamt ihrem Tee rein zufällig genau dann erwartete, als er eine falsch etikettierte Giftmischung auf dem Schreibtisch stehen hatte? War es nicht naheliegender, dass er das Glasfläschchen hervorgeholt hatte, *weil* er Amana erwartete? Amana mit dem frisch aufgebrühten Tee der Königin. Aber das konnte einfach nicht sein. Athura würde doch niemals die Königin vergiften. Oder etwa doch? Ich wollte es nicht glauben.

All diese Gedanken schossen mir gleichzeitig durch den Kopf, und es kam mir vor, als würde Athura jeden einzelnen davon lesen können. Ich konnte nichts dagegen tun. Weder dagegen, dass ich meine Rückschlüsse zog, noch dagegen, dass er in mir las wie in einem offenen Buch.

»Dann gehe ich jetzt besser, bevor er kalt wird«, sagte ich etwas gehetzter, als ich vorgehabt hatte.

Mein Herz klopfte wild, meine Hände fühlten sich klamm an, und ich befürchtete, das Zimmer nicht lebend zu verlassen, sollte ich mit meiner Vermutung richtigliegen. Wenn er wirklich den Tee der Königin vergiftete, konnte jede Sekunde, die ich Athura wehrlos gegenüberstand, meine letzte sein.

»Bleib noch«, bat er mich. Allerdings klang es eher nach einem Befehl. »Wir haben noch einiges zu besprechen.«

»Ich will nicht stören«, sagte ich und bewegte mich in Richtung Tür. Mein Blick huschte flüchtig zu Amana, und ich sah die Schweißperlen auf ihrer Stirn. Sie war mindestens genauso nervös wie ich. Das Geschirr auf ihrem Tablett klirrte leise, weil sie zitterte, und ich sah die Angst in ihren Augen.

»Das tust du nicht«, versicherte Athura.

Er hatte nicht vor, mich gehen zu lassen, und das bestätigte nur meine schreckliche Vermutung: dass Athura die Königin langsam vergiftete. Ich machte auf dem Absatz kehrt, wollte gerade losrennen, als er mich von hinten packte und meinen Oberkörper umschlang. »Schön hiergeblieben!«

Es gelang mir nicht, einen Aufschrei zu unterdrücken. Vergebens kämpfte ich gegen ihn an und warf dabei meinem Kopf nach hinten. Ein lautes Krachen ertönte, als mein Schädel gegen seine Nase prallte und sie dabei brach.

Athura schrie auf, ließ mich los, und ich rannte zur Tür. »Du kannst nirgendwo hin!«, brüllte er mir hinterher.

Ich warf einen Blick zurück und sah, wie er seine blutende Nase mit den Händen schützte. Ob er mit krummer Nase in seinem perfekten Gesicht noch immer fähig war, jeden Alben des Landes für sich zu gewinnen?

Amana schaute mich voller Entsetzen an. Ich zog die Tür auf und rannte los.

KAPITEL 26

Sheera

Sirena fing mich im Korridor zu den Gästequartieren ab. Mein Herz klopfte wie wild, und ich konnte nicht klar denken. Bisher waren mir die Blutalben noch nicht auf den Fersen, aber das war nur eine Frage der Zeit. Ich ging alle Fluchtmöglichkeiten durch, die ich in den letzten Tagen in Erwägung gezogen hatte. Keine davon schien auch nur irgendeine Aussicht auf Erfolg zu haben. Ich würde nicht einmal lebend aus dem Palast kommen, geschweige denn aus Haran.

»Stimmt etwas nicht?«, fragte Sirena besorgt.

Mein Atem ging schnell, und es fiel mir schwer, die Fassung zu bewahren. »Ich muss hier raus«, sagte ich.

Sirena lächelte nervös. »Das geht jetzt nicht. Maylas magisches Ritual beginnt jeden Moment, und dazu müssen alle Anwärterinnen, die noch nicht ausgeschieden sind, anwesend sein. Du trägst doch keine versteckten Waffen bei dir?«

»Was?«, fragte ich. Ich stand völlig neben mir. Die Aufgabe, die Mayla erfüllten musste, interessierte mich nun wirklich nicht. Ich hatte weitaus größere Probleme. Aber das konnte Sirena nicht ahnen, und einweihen durfte ich sie auch nicht. Damit brächte ich sie nur in Gefahr.

»Es handelt sich um ein heiliges Ritual. Gewalt und Waffen sind dabei verboten«, erklärte sie mir.

Gehetzt warf ich einen Blick zurück, und mein Herz machte einen Satz, als ich Taros in Begleitung zweier Blutalben um die Ecke biegen sah. Einer der Männer deutete auf mich.

»Keine Waffen, sagst du?«, hakte ich nach.

»Ja. Wieso …?«

»Wo wird das Ritual abgehalten?«

Es war riskant. Das wusste ich. Aber auf die Schnelle fand ich keinen anderen Ausweg. Einfach aus dem nächstbesten Fenster klettern konnte ich nicht. Die Wände waren zu glatt, ein Seil aus Vorhängen hätte ich nicht schnell genug knüpfen können, und selbst wenn ich unbemerkt aus den Innenräumen entkäme, war der gesamte Palast immer noch von einer Mauer umgeben und jedes Tor bewacht. Sollte es bei Maylas Ritual aber ebenso viele Zuschauer geben wie bei Riellas Jagd, konnte ich in der Menge untertauchen und Zeit gewinnen, um mir einen Fluchtplan zurechtzulegen.

»Ich bringe dich hin«, sagte Sirena zögerlich, verengte den Blick, als wollte sie noch etwas fragen, ließ es dann aber bleiben. »Komm.«

Ich nickte und folgte ihr. »Beeil dich.«

»Was ist denn los mit dir?«, fragte sie, beschleunigte aber ihre Schritte.

Ich schaute mich noch einmal um und stellte fest, dass uns Taros dicht auf den Fersen war. Sirena entging das nicht. Sie stockte, wir wechselten einen kurzen Blick, und das genügte ihr, um einen Entschluss zu fassen.

»Hier entlang«, sagte sie und schlüpfte durch eine Tür. Sie führte mich durch einen Irrgarten aus Zimmern, Gängen und Treppenhäusern. Kreuz und quer liefen wir durch den Palast, bis wir Taros und seine Männer abgehängt hatten. Schließlich erreichten wir einen Korridor, der an einer deckenhohen Flügeltür endete. Sirena zog sie auf.

Ich erwartete, dahinter einen großen Saal vorzufinden, voller Zuschauer, die dem Ritual entgegenfieberten, doch stattdessen gelangten wir in ein Ankleidezimmer. Klein, ohne Fluchtmöglichkeiten und von den anderen Anwärterinnen in ein Schlachtfeld aus Kleidung, Schmuck und Schminkutensilien verwandelt.

Kaum dass ich durch den Türrahmen getreten war, wurde es still. Die Mädchen, an ihren Schminktischen sitzend, umringt von Dienern, starrten mich an, warfen sich anschließend verstohlene Blicke zu und fingen an zu tuscheln.

»Was macht die denn hier?«, flüsterte eine von ihnen.

»Schon vergessen? Sie hat sich durch ihre Aufgabe gemogelt.«

Sirena drehte sich zu mir um. Auf der Flucht durch den Palast war sie ganz darauf konzentriert gewesen, unsere Verfolger abzuhängen. Nun sah ich ihr an, wie nervös und ängstlich sie war. Und sie hatte allen Grund dazu. Es wäre mir lieber gewesen, sie nicht in diese Sache mit hineinzuziehen, und gleichzeitig war ich dankbar, dass sie mir vertraute und zur Seite stand, ohne zu wissen, warum es die Blutalben auf mich abgesehen hatten.

»Muss ich etwas wissen?«, fragte sie.

Ich schüttelte den Kopf. »Es ist sicherer für dich, wenn nicht.«

Sirena schaute mich noch einmal kurz an, wohl in der Hoffnung, ich würde meine Meinung ändern. Dann blickte sie zum Korridor. Noch war er leer, und sie schloss die Tür, bevor sich das änderte.

Maylas magisches Ritual sollte auf dem Innenhof des Palastes stattfinden. Im Herzen Harans, zu dem normalerweise nur die engsten Vertrauten der Königin Zugang hatten.

Mehrere Wachen führten mich und die anderen Anwärterinnen dorthin, während die Dienerschaft zurückgeblieben war. Ich schaute mich immer wieder um und wartete darauf, dass Taros auftauchte und mich noch vor Beginn des Rituals abfing. Doch das geschah nicht, und in mir wuchs die Angst, dass er statt meiner Sirena festgenommen haben könnte. Ich wurde immer nervöser, und alles in mir drängte danach, auf dem Absatz kehrtzumachen und zurückzurennen. Aber das durfte ich nicht. Ich musste Taros von ihr weglocken und nicht zu ihr hin.

Auch die Wachen machten keine Anstalten, mich von den anderen zu trennen. Entweder wussten sie nicht, dass Athura nach mir suchen ließ, oder man wartete damit, bis Mayla ihre Aufgabe erfüllt hatte.

In einer Reihe, anmutig und mit erhobenen Köpfen, schritten die sechs jungen Hochalben durch die Korridore, und ich lief in ihrer Mitte.

Wir alle trugen das gleiche Kleid. Hauchzarter, wallender Stoff, an den Schultern nur durch wenige Stiche zusammengehalten, ärmellos, mit schlichten Gürteln und einem Kranz aus Blättern im Haar. Ich fühlte mich darin wehrlos. Beinahe nackt. Meine Unruhe wuchs immer weiter an, ich war bis in die Fingerspitzen angespannt, und jedes noch so kleine Geräusch zog meine Aufmerksamkeit auf sich. Ob ich von außen betrachtet ebenso aufgewühlt wirkte, wie ich mich innerlich fühlte?

Vor uns tauchte ein silbernes Tor aus geschwungenen Gitterstäben auf. Es wirkte wie aus metallüberzogenen Ranken gewachsen. Eine der Wachen öffnete es, und wir traten hinaus auf den Innenhof. Es hatte zu regnen aufgehört, nur noch wenige Wolken hingen am abendlichen Himmel, und der Mond zeichnete sich als leuchtende Sichel auf dunkelblauem Grund ab.

Der Hof war rund und von vielen weiteren dieser silbernen Tore umschlossen, an denen sich die Adligen versammelt hatten und gespannt auf den Beginn des Rituals warteten. Dass es so viele Ausgänge gab, kam mir mehr als gelegen. Wenn ich es geschickt anstellte, würde ich durch einen von ihnen schlüpfen können, ohne dass es jemand mitbekam.

In der Mitte des Hofes stand eine einzelne, mächtige Birke mit schneeweißem Stamm und silbernen Blättern. Ich hatte Geschichten über diesen Baum gehört. Angeblich war er Murayas Geschenk für den steinernen Thron gewesen. Gewachsen inmitten des Flusses, boten seine Wurzeln genügend Halt, um Haran in seinen Grundfesten zusammenzuhalten.

Ganz anders, als ich es von normalen Birken kannte, wuchsen die Wurzeln des Baumes zwar unterirdisch, breiteten sich aber auch wie ein Teppich auf dem Hof aus. Und es kam mir vor, als würde es tief im Inneren dieses verzweigten Geflechtes glitzern – als wäre darunter kein Stein, sondern tatsächlich der Fluss.

Mein Blick folgte dem Verlauf der Wurzeln. Zu allen Seiten hin schlängelten sie sich, immer lichter werdend, auf die Palastmauern zu, und es sah wirklich so aus, als bildeten sie die vielen, geschwungenen Tore.

Während ich mich umsah, entdeckte ich plötzlich ein vertrautes Gesicht zwischen den Adligen. Athura.

Mein Herz machte einen Satz. Ich wich einen Schritt zurück, und mit einem Mal entdeckte ich überall um mich herum Blutalben. Einige standen in der Nähe der Ausgänge, in den Reihen der Adligen herrschte Gedränge, und ich wusste nicht, ob sich weitere Soldaten durch die Menge auf mich zubewegten oder ob ich mir das nur einbildete.

Athura hatte mich ebenfalls gesehen. Seine Nase war geheilt worden, als wäre nie etwas geschehen. Er lächelte übertrieben freundlich und nickte mir zu, tat aber nichts. Weder machte er seine Männer auf mich aufmerksam, noch nahm er mich selbst fest. Offenbar hatte ich richtig geraten: Das Ritual bot mir Schutz. Aber wie lange noch, und was geschah währenddessen mit Sirena?

So angespannt, wie ich war, bemerkte ich erst spät, dass die anderen Mädchen ausgeschwärmt waren und sich jedes von ihnen vor einem der Tore aufgestellt hatte. Ich wollte vor dem stehen bleiben, das mir am nächsten lag, doch das wurde gerade geöffnet, und Mayla trat in den Bogen.

Ihr Kleid war dem der anderen Anwärterinnen ähnlich, wenn auch prachtvoller. Ebenfalls aus hauchzartem Stoff, floss es wie klares Brunnenwasser über ihren Körper. Und auch ihr hatte man eine Krone aus silbernen Ästen und Blättern ins Haar geflochten.

Ich schaute mich um. Vor dem Tor links von Mayla stand noch keines der Mädchen. Dort nahm ich Aufstellung und suchte wieder nach Athura. Er schenkte mir keine Beachtung mehr. Offenbar glaubte er, ich würde ohnehin in der Falle sitzen. Und wie es aussah, hatte er damit auch recht.

Als Mayla den ersten Schritt auf den Hof tat, wurde es still. Gebannt beobachteten die Adligen, wie sich die junge Hochalbe auf die mächtige Birke zubewegte. Sie breitete die Arme aus und begann zu singen.

Die Worte, die über ihre Lippen kamen, waren mir größtenteils fremd. Es musste die alte Sprache sein, und zu meiner Verwunderung erinnerte mich der Akzent an den der Menschen.

Maylas Gesang war mindestens so schön wie sie selbst. Ich konnte nicht anders, als mich davon berühren zu lassen. Es war, als wäre die Luft, die ich einatmete, vom Klang ihrer Stimme getränkt. Sie erfüllte mich bis in mein Innerstes und löste ein Gefühl von Frieden in mir aus. Meine Unruhe verschwand, und die Angst vor dem, was mich nach dem Ritual erwartete, rückte in weite Ferne.

Als Mayla die Arme zum Himmel richtete, taten es ihr die Anwärterinnen gleich. Offenbar wussten sie, was zu tun war.

Mayla blieb unmittelbar vor der Birke stehen, und ihre Handflächen begannen zu leuchten. Sie schaute hinauf zur Krone des Baumes, hob wieder zu singen an, sodass ihre Stimme über den gesamten Platz hallte, und das Leuchten ihrer Handflächen griff auf ihre Arme über. Ein leises Gemurmel der Bewunderung breitete sich unter den Adligen aus.

Wie Adern aus Licht floss Maylas Magie durch ihre Arme hin zu ihrem Herzen und flammte dort um ein Vielfaches heller auf. Sie warf ihren Kopf in den Nacken, das Licht strömte durch ihre Beine in den Boden, griff auf die Wurzeln des Baumes über und floss an ihnen entlang in Richtung Stamm.

Wie viel Macht Mayla in diesem Moment freisetzte, konnte selbst ich, die ich keine Magie in mir trug, spüren. Die Luft war geradezu erfüllt davon.

Der ganze Baum begann zu leuchten, und der Glanz der Sterne verblasste in seinem Licht. Maylas Magie strömte durch die Wurzeln, bewegte sich auf die Anwärterinnen zu, und deren ausgebreitete Hände begannen ebenfalls zu leuchten. Nur in mir war keine Magie. Um mich herum blieb es dunkel, und die Schatten wirkten nun, da alles andere zu strahlen begonnen hatte, noch viel düsterer als bisher.

Vielleicht war das meine Chance, um unbemerkt im Schutz der Dunkelheit durch das Tor in meinem Rücken zu verschwinden. Ich vergewisserte mich, dass mich weder Athura noch seine Blutalben beobachteten, und war drauf und dran loszulaufen, als ich sah, dass ein paar der Wurzeln in meiner Nähe zu leuchten begannen.

Das sanfte Licht kroch langsam auf mich zu und erreichte meine Fußsohlen. Die Magie fühlte sich warm an und ebenso erfüllend wie Maylas Gesang. Was auf mich übergriff, war längst nicht so strahlend wie bei den anderen Anwärterinnen, aber die Tatsache, dass mich die Magie überhaupt erreichte, ließ mein Herz höherschlagen.

Ich blieb nicht die Einzige, die darüber erstaunt war. Den Moment, ungesehen zu verschwinden, hatte ich verpasst, denn nun hörte ich die Adligen um mich herum leise flüstern. Alle starrten mich an, während Maylas Zauber durch meine Adern floss, mein Herz erreichte und es mit einem unbändigen Gefühl von Macht erfüllte.

Instinktiv breitete ich die Arme aus und beobachtete, wie mir das Licht bis in die Handflächen kroch. Die Magie ballte sich in mir, war kaum zu bändigen, und wie von unsichtbarer Hand gesteuert warf ich den Kopf in den Nacken und blickte hinauf zum Himmel.

Im selben Moment schoss das Licht aus dem Kreis, den wir Anwärterinnen bildeten, hinauf zu den Sternen. Dort angekommen, strömte es nach allen Seiten hin weg und breitete sich wie ein Lauffeuer über das gesamte Firmament aus. Es sah aus, als würde sich eine gigantische Leuchtglocke über ganz Farhir legen.

Noch einen Moment lang glitzerte die Magie wie Abermillionen winziger Sonnen am Abendhimmel, bevor sie allmählich verglomm und nichts mehr auf den unsichtbaren magischen Wall hinwies, der unser Land vor Eindringlingen schützte.

Ich atmete schwer. Ich fühlte mich ausgelaugt, und dennoch wärmte mich die Magie nach wie vor. Langsam senkte ich Kopf und Arme. Es wurde lauter um mich herum, die Adligen begannen zu jubeln und zu applaudierten, und über Maylas Lippen huschte ein verlegenes Lächeln.

Offenbar war ihr der Zauber geglückt, und damit hatte auch sie die ihr gestellte Aufgabe erfüllt. Athuras Pläne, sie als seine Marionette auf den Thron zu setzen, waren in greifbare Nähe gerückt, der magische Wall neu errichtet, und die Birke, durch die Maylas Magie geflossen war, wirkte kräftiger als zuvor.

Nun wunderte es mich nicht mehr, dass der Baum so alt wie die Stadt selbst war und dennoch vor Leben strotzte. Anscheinend wurde er von der Magie der Königinnen Farhirs gespeist.

Athura war der Erste, der Mayla gratulierte, und schnell war sie von Adligen umringt. Jemand, der hinter mir gestanden hatte, rempelte mich auf dem Weg zu ihr an, ein anderer drängte mich beiseite, und ich wusste, dass ich die Gelegenheit nutzen und verschwinden musste. Eine andere Wahl als zu fliehen hatte ich schließlich nicht, und dennoch kam ich mir beim bloßen Gedanken daran wie eine Verräterin vor. Athura vergiftete unsere Königin, Lysander war ihm bereits zum Opfer gefallen, und Mayla hatte keine Ahnung, dass sie für ihren Verlobten bloß eine Schachfigur war, die er nach Belieben hin und her schieben konnte. Und was würde mit Sirena geschehen? Ich hatte nicht einmal die Chance gehabt, mich richtig von ihr zu verabschieden.

»Herzlichen Glückwunsch«, sagte jemand hinter mir, und ich fuhr innerlich zusammen.

Ich drehte mich um, und Mayla stand mir gegenüber. Sie wirkte überglücklich. Kein Wunder, sie kannte die Wahrheit ja nicht.

Mein Blick wanderte über den Hof. Ich war mir nicht sicher, ob sich nur zufällig einige der Blutalben auf mich zubewegten oder ob die Maschen ihres Netzes sich tatsächlich immer enger um mich zusammenzogen. Letzteres kam mir wahrscheinlicher vor.

»Bist du jetzt auch noch taub und stumm?«, wollte Mayla wissen, weil ich mich umsah, statt ihr zu antworten. Sie versuchte, meinen Blick aufzufangen.

»Ich sollte dir gratulieren, nicht umgekehrt«, sagte ich kurz angebunden. »Und jetzt entschuldige mich.«

»Interessiert es dich gar nicht, warum ich dir gratuliere?«

Gerade als ich mich von ihr abwandte, erschien Athura neben ihr, legte den Arm um seine Verlobte und sagte zu mir gewandt: »Du willst schon gehen?«

Warum ließ er mich nicht sofort verhaften? Er tat einfach, als wäre in seinem Arbeitszimmer nichts vorgefallen, aber wieso? Ich verstand es nicht.

»Lass sie«, meinte Mayla abwinkend. »Ich werde sie nicht zwingen zu bleiben.«

Dass Athura so tat, als wäre nichts geschehen, machte mich wütend. So wütend, dass ich meine Angst vergaß. Wenn er glaubte, ich würde einfach vergessen, was ich gesehen hatte, um einer Festnahme zu entgehen, irrte er sich gewaltig.

»Glaub ja nicht, dass ich mich nicht traue, allen die Wahrheit zu sagen«, fuhr ich ihn an. »Und wenn es das Letzte ist, was ich tue.«

»Wovon spricht sie?«, fragte Mayla.

Athura hob die Schultern. »Ich weiß es nicht. Sie scheint verwirrt zu sein. Vielleicht ist ihr die Magie zu Kopf gestiegen. Sag schon – *was* willst du allen erzählen?«

»Du bist ein Mörder«, sagte ich laut genug, dass die Umstehenden mich hören konnten. In dem Moment war es mir egal, was anschließend mit mir geschehen würde. Ich konnte nicht schweigen. »Du bist ein Betrüger und Verräter an der Krone!«

Mayla schaute mich an, als hätte ich in einer fremden Sprache gesprochen, und Athura schmunzelte nur überheblich. »Dir ist die Magie wirklich zu Kopf gestiegen. Was willst du als Nächstes behaupten? Dass ich selbst den Thron besteigen will? Dass ich in Wirklichkeit ein Mensch bin, der alle nur an der Nase herumführt? Oder ein Nachtalbe wie du? Dieser Zauber war wohl zu viel für dich.«

Die Adligen um uns herum lachten, und ihre Stimmen wurden zu einem Rauschen in meinen Ohren. Es kam mir vor, als würde sich ein Abgrund unter mir auftun.

Mit Sicherheit hatte Athura vorgehabt, mich verhaften zu lassen. Aber das Ritual und seine Folgen boten ihm jetzt eine ganz andere Gelegenheit. Maylas Zauber hatte mich geschwächt, und den anderen Anwärterinnen schien es ähnlich zu gehen. Sie fächerten sich Luft zu oder rieben sich die Schläfen. Statt mich einfach zu verhaften und damit Fragen aufzuwerfen, wollte er meine Glaubwürdigkeit zerstören, indem er alles, was ich zu sagen hatte, der Verwirrung durch die Magie zuschrieb. Das war perfide, grausam und passte auf erschreckende Weise gut zu ihm. Noch nie in meinen Leben hatte ich mehr Hass für einen einzelnen Mann empfunden als in diesem Moment.

»Nein«, brachte ich tonlos hervor. »Ich bin nicht wegen des Zaubers verwirrt, und das weißt du auch!«

Mayla musterte mich mit durchdringendem Blick. Einen Moment lang kam es mir so vor, als hätte sie Zweifel an Athura. Aber das verging schnell. »Es kommt öfter vor, dass starke Magie den Verstand vernebelt und Verwirrung auslöst«, erklärte sie. »Ich hoffe, du erholst dich bald.«

»Mayla, ich beschwöre dich! Glaub ihm kein Wort.«

»Komm jetzt«, bat Athura und führte Mayla von mir weg.

Sie wandte sich noch einmal zu mir um und musterte mich von oben bis unten, dann aber ließ sie mich stehen. Inmitten der lachenden Adligen. Allein mit der Wahrheit, die mir niemand glauben wollte.

Ich taumelte und wäre beinahe gestürzt. Benommen drehte ich mich um und ging zu einem der Ausgänge. Ich musste weg von dieser Versammlung und der Magie, die noch immer in den Wurzeln zu meinen Füßen glomm.

Gerade war ich dem Gedränge der Adligen entkommen und hatte eines der Tore erreicht, als Athura mich am Arm packte und gegen die Wand drängte. Er war mir gefolgt, statt bei seiner Verlobten zu bleiben, und ich war zu aufgewühlt gewesen, um es zu bemerken.

Ich wollte gerade etwas sagen, doch er legte seine Finger auf meine Lippen. »Du kannst jetzt eine Szene machen, aber dann halten sie dich endgültig für verrückt, und ich habe einen guten Grund, dich von hier fortzuschaffen und für immer verschwinden zu lassen.« Er sprach leise genug, um von den Adligen nicht gehört zu werden.

»Damit kommst du nicht durch!«, brüllte ich hasserfüllt.

»Das bin ich schon.« Seine Finger schlossen sich fester um meinen Oberarm, und ich scheiterte beim Versuch, mich zu befreien.

Die ersten Adligen wurden bereits auf uns aufmerksam, und Athuras Drohung, mich für verrückt zu erklären, rückte dadurch in greifbare Nähe. Sie mussten denken, dass mich die Nachwirkungen des Zaubers ausrasten ließen und Athura nur versuchte, mich zu beruhigen. Genauso interpretierte ich ihre Blicke, sie musterten uns nur flüchtig und schenkten uns dann keine Beachtung mehr.

»Du hättest nicht nachbohren sollen«, sagte er mit gesenkter Stimme. »Hättest du mir einfach geglaubt, wäre es besser für dich gewesen. Besser für alle Beteiligten. Aber ich gebe nicht dir die Schuld. Taros war es, der versagt hat. Er hätte dich nicht lebend zurück zum Palast bringen dürfen. Das war es nicht, was ich ihm befohlen hatte.« Er schaute sich um und ging sicher, dass uns niemand belauschte. Mayla beobachtete uns zwar mit etwas Abstand, war aber zu weit entfernt, um ihn hören zu können.

»Ich gebe dir jetzt einen Rat: Lass es einfach bleiben. Misch dich nicht ein. Du hast den Zweck erfüllt, für den ich dich in meine Pläne eingesponnen habe. Ich brauche dich nicht mehr. Sei froh, dass du noch am Leben bist, und füge dich in dein Schicksal. Spiel deine Rolle als falsche Anwärterin, freu dich für Mayla, wenn sie zur Königin gekrönt wird, und dann geh deiner Wege. Alles andere würde unweigerlich deinen Tod zur Folge haben. Deinen und den aller Alben, die dir nahestehen.«

Er ließ mich los, und ich hätte mich am liebsten auf ihn gestürzt, um ihm seine Überheblichkeit aus dem Gesicht zu kratzen. Doch so dumm war ich nicht. Mir war klar, dass er mich genau dort hatte, wo er mich haben wollte. Ich war machtlos. Meine Hände ballten sich zu Fäusten, und ich schnaubte vor Wut.

Ich konnte einfach nicht begreifen, dass ich mich so in ihm getäuscht hatte. Von Anfang an hatte ich gewusst, dass er gefährlich war. Ich wusste, dass ihn Geheimnisse umgaben – aber dass er mich die ganze Zeit über benutzt und belogen hatte, hätte ich nie für möglich gehalten.

»Geh«, forderte er mich auf, als wäre ich ein Hund, der ihm zu gehorchen hatte.

Ich rührte mich nicht von der Stelle. Er konnte mich vielleicht zum Schweigen bringen, jedes meiner Worte als Lüge hinstellen und meine Glaubwürdigkeit vor allen Anwesenden zerstören. Aber deswegen musste ich ihm noch längst nicht gehorchen.

Schließlich lächelte Athura süffisant, und dann war er es, der ging und mich am Rand des Hofes stehen ließ. Ich hätte mich als Siegerin fühlen sollen, weil ich standhaft geblieben war und mir von ihm nichts befehlen ließ, doch dem war nicht so.

Ich wartete, bis er bei Mayla war und ich unbeobachtet verschwinden konnte. Im Korridor angelangt, wurde mir schwindelig, und ich stützte mich an der Wand ab. Nie im Leben hatte ich mich so machtlos und ausgeliefert gefühlt.

KAPITEL 27

Sheera

Unruhig lief ich im Zimmer auf und ab. Es war ein Fehler gewesen, nicht zu fliehen, als es noch eine winzige Chance dazu gegeben hatte. Es konnte nur ein Fehler gewesen sein. In all den Jahren als Diebin hatte ich eines gelernt: Wenn es brenzlig wurde, musste man auf dem schnellsten Weg unsichtbar werden. Nur hielt ich mich viel zu selten an dieses Gebot, und nun saß ich in der Falle. Hilflos, wie eine Fliege im Netz einer Spinne.

Es klopfte, und ich sah in der Erwartung, endlich Sirena zu sehen, auf. Ich wusste nicht, was mit ihr während des Rituals geschehen war, ob es ihr gut ging und wie ich ihr helfen konnte, wenn nicht.

Doch es war nicht Sirena, die den Raum betrat. Es war Mayla.

»Was willst du hier?«, fragte ich.

Sie musterte mich kritisch. »Nachsehen, ob du endgültig den Verstand verloren hast. Du warst auch vorher schon eine Gefahr für alle Palastbewohner. Eine verrückt gewordene Nachtalbe kann nun wirklich niemand gebrauchen. Und ich will nicht die Schuld daran tragen, wenn du jemanden verletzt.«

»Das wird nicht passieren«, sagte ich. »Dein Verlobter hat schon dafür gesorgt, dass ich den Mund halte.«

»Was könnte Athura tun, um zu verhindern, dass du im Wahn ausrastest?« Sie lachte, klang dabei aber wenig überzeugend und wurde gleich wieder ernst. »Was hat er dir gesagt?«

»Spielt das eine Rolle? Mir glaubt ohnehin niemand mehr, nachdem ich an deinem Ritual teilgenommen habe. Also geh zurück zu Athura, und lass mich in Frieden.«

Mayla schaute mich eine Weile prüfend an, dann drehte sie sich zur Tür um. Sie streckte die Hand nach der Klinke aus, zögerte aber. »Ich habe gesehen, dass er dir gedroht hat, und ich weiß, dass er mir Dinge verheimlicht. Ich bin nicht blind.«

War das der wahre Grund ihres Besuches? Nicht, um sicherzugehen, dass ich nicht ausrastete, sondern weil sie etwas ahnte?

»Vergiss, was ich gesagt habe«, bat sie eilig, noch bevor ich reagieren konnte. »Mich hat der Zauber genauso geschwächt wie alle anderen. Ich bin verwirrt und hätte gar nicht erst herkommen sollen. Morgen wird es uns beiden besser gehen.«

»Ich bin nicht verwirrt«, erklärte ich. »Und du solltest deiner Ahnung vertrauen. Athura ist nicht der Mann, der er vorgibt zu sein. Alles hier ist ein abgekartetes Spiel. Die Wahl, unsere Aufgaben, die Wahrheit um den Dämmerstein und sogar die Krankheit der Königin.«

Mayla schüttelte abwehrend den Kopf. »Das ist eine Lüge! Ich hätte nicht herkommen sollen. Du redest wirr, genau wie Athura gesagt hat. Ein mächtiger Zauber kann solche Folgen auf schwache Gemüter haben.«

»Und warum *bist* du dann hier?«

»Das sagte ich schon«, beharrte sie.

»Warum bist du wirklich hier.« Ich glaubte ihr einfach nicht. Sie begann, ihren Verlobten zu durchschauen, und das hatte sie schließlich in meine Gemächer geführt. Das und nichts anderes. »Du weißt insgeheim doch sehr genau, dass ich nicht den Verstand verloren habe. Du zweifelst an Athura, nicht wahr?«

»Muraya hat unsere Namen genannt«, sagte sie mit fester Stimme. »Wir wurden auserwählt. Selbst Athura hat nicht die Macht, das zu beeinflussen.«

»Hat er nicht?«, fragte ich. »Erinnere dich daran, wie der Hohepriester ihm während der Verkündung deiner Aufgabe nach dem Mund geredet hat. Ich glaube sehr wohl, dass er die Macht dazu hat. Und du hast doch von Anfang an nicht daran geglaubt, dass Muraya eine wie mich zur Anwärterin ernennen würde.«

Mayla atmete tief ein, suchte nach Worten, fand aber wohl nicht die richtigen. »Du bist verrückt«, sagte sie schließlich.

»Ich bin eine Diebin«, entgegnete ich geradeheraus. Ich wusste im ersten Moment selbst nicht, warum ich ihr das gestand.

Mayla sah mich fassungslos an. »Wie meinst du das?«

»Genau so, wie ich es sage. Ich bin keine unbescholtene, ehrenhafte Bürgerin Farhirs. Muraya hätte niemals meinen Namen genannt.« Mir fiel es schwer, das auszusprechen, weil doch der Glaube an sie alles gewesen war, was mir Kraft verliehen hatte. »Und ich kenne mich in Diebeskreisen sehr gut aus. Niemand hätte freiwillig die Grenze zum Menschenreich überschritten, um den Dämmerstein zu stehlen. Auch ich nicht. Nur in Murayas Namen habe ich das getan. Im Glauben, dass es ihr göttlicher Wille war. Was auch immer dieser Stein für Athura bedeutet – dein Verlobter hat die Königin vergiftet, um eine Wahl zu erzwingen, hat dafür gesorgt, dass eine Diebin zur Anwärterin auf den Thron ernannt wird und mir die Aufgabe zuweisen lassen, den Stein zu stehlen.«

»Niemals!«, schrie Mayla mich an. »Dafür gibt es keine Beweise.«

»Du bist der Beweis«, widersprach ich.

»Ich?«

»Weil du hier bist. Du traust ihm nicht.«

Sie schüttelte den Kopf. Ich konnte sehen, wie meine Worte sie ins Chaos stürzten und sich alles in ihr sträubte, mir zu glauben. Aber sie war doch gekommen, um die Wahrheit zu erfahren. Nun musste sie sie nur noch akzeptieren. »Wenn mein Zauber dir so geschadet hat …«, begann sie.

»Es gibt noch mehr Beweise«, fiel ich ihr ins Wort. »Ich habe das Gift auf Athuras Schreibtisch stehen sehen, und Amana, die Dienerin der Königin, betrat durch die Hintertür sein Arbeitszimmer. Sie trug ein Tablett mit Tee bei sich.«

»Das kann alles Mögliche bedeuten. Du reimst dir etwas zusammen, ohne das große Ganze zu verstehen. Es gibt unzählige Gründe, warum der Kommandant der königlichen Armeen ein starkes Gift auf dem Schreibtisch stehen haben könnte. Vielleicht ist es beschlagnahmt worden. Hast du daran schon mal gedacht?«

»Ich habe alles in Betracht gezogen«, entgegnete ich. »Aber wie erklärst du dir Amanas Anwesenheit bei Athura? Und warum will er den Stein so unbedingt haben, dass er bereit war, dafür den Kronprinzen der Menschen zu opfern? Das hätte Krieg bedeuten können, wenn du den Schutzzauber nicht erneuert hättest.«

Mayla überlegte. Sie schien erpicht darauf, Erklärungen zu finden, und ich konnte es ihr nicht verdenken. Ginge es um meinen Verlobten, hätte ich mir auch nicht geglaubt. »Amana könnte zu einem Verhör bestellt worden sein. Vielleicht hat sie ein Verbrechen beobachtet. Und der Prinz – wer weiß, welche Geheimnisse er vor uns verbergen wollte.«

»Und warum sollte Amana dann den Tee der Königin zu ihrer Aussage mitbringen? Du kannst mir glauben oder es bleiben lassen. Mach mit mir, was du mit Lysander im Thronsaal getan hast. Durchwühle mit deinem Zauber meine Erinnerungen und finde selbst heraus, was die Wahrheit ist.«

»Du verstehst mich nicht richtig«, gab sie zurück. »Ich glaube dir, dass du das alles gesehen hast. Ich denke nur, dass du die falschen Schlüsse ziehst. Nichts davon ist ein richtiger Beweis.«

Ihre letzten Worte klangen so endgültig, dass ich nicht wusste, was ich ihr noch sagen sollte. Wahrscheinlich war es von Anfang an sinnlos gewesen zu versuchen, sie zu überzeugen. Trotz ihrer Zweifel an Athuras Absichten war er noch immer ihr Verlobter und ich eine Nachtalbe. In Wirklichkeit war sie wohl gar nicht gekommen, um die Wahrheit herauszufinden. Sie wollte bloß etwas hören, was ihre Befürchtungen zerstreute. Selbst wenn ich ihr davon erzählte, dass Athura mir gegenüber seinen Verrat offen eingestanden hatte, würde sie wahrscheinlich einen Grund finden, es mir nicht zu glauben.

»Und du bist wirklich eine Diebin?«, fragte sie.

»Willst du jetzt die Wachen rufen?«

Ihre Augen wurden schmal. »Du musst fest von dem, was du zu wissen glaubst, überzeugt sein, wenn du mir das verrätst«, sagte sie.

»Athura hat es mir ins Gesicht gesagt. Ich glaube es nicht nur, ich weiß es. Und ich wünschte, nichts davon wäre wahr. Meinst du, es fällt mir leicht, zu akzeptieren, dass ich das alles nicht in Murayas Namen getan habe? Für ein paar Tage hatte ich wirklich die Hoffnung, dass sie etwas in mir sehen würde. Etwas, was es offenbar gar nicht gibt.«

Maylas sah mich scharf an. »Komm mit«, forderte sie mich schließlich auf.

»Wohin? Zu Athura? Oder auf direktem Wege in den Kerker?«

»Zur Königin«, sagte sie fest entschlossen. »Wenn es Beweise gibt, echte Beweise, finden wir sie bei ihr. Und wenn sie wirklich nicht einfach krank sein sollte, sondern vergiftet wurde, muss sie anders behandelt werden. Ich riskiere nicht das Leben meiner Königin, nur weil ich froh wäre, wenn du dich irren würdest.«

Mayla hatte darauf gedrängt, die Königin aufzusuchen, solange Athura noch bei den Feierlichkeiten anlässlich ihrer bestandenen Aufgabe war. Ich fühlte mich unwohl dabei, nicht auf Sirena gewartet oder nach ihr gesucht zu haben. Noch immer wusste ich nicht, ob es ihr gut ging, und die Sorge um sie nagte an mir. Aber wie hätte ich diese Gelegenheit verstreichen lassen können?

»Hier entlang«, flüsterte Mayla, nachdem sie um eine Ecke gelugt hatte. Wir mussten, so gut es ging, verhindern, dass Blutalben uns beobachteten. Würde Athura erfahren, dass wir des Nachts zusammen unterwegs waren, könnte er die richtigen Schlüsse ziehen. Allein die Tatsache, dass sich Mayla frühzeitig von ihrer eigenen Feier verabschiedet hatte – und das kurz, nachdem ich gegangen war –, hätte sein Misstrauen wecken können.

Mayla winkte mich zu sich, bog in den Korridor und öffnete eine versteckte Tür zu den Dienstbotengängen. Der schmale Flur endete wenige Meter vom Treppenaufgang zu den Gemächern der Königin entfernt.

»Warte hier«, forderte Mayla mich auf.

Ich nickte.

Wie auf einer Wolke schwebte sie zu den beiden Männern, die die Treppe bewachten.

Ich konnte von meinem Versteck aus beobachten, dass sie ein paar Worte mit ihnen wechselte, und plötzlich brachen die beiden einfach zusammen. Reglos blieben sie am Boden liegen.

Mayla winkte mich zu sich.

»Beeilen wir uns«, sagte sie, hob ihren Rock etwas an und stieg über einen der beiden Männer.

Ich folgte ihr, konnte den Blick aber nicht von den Wachen abwenden. Wie einfach es doch gewesen wäre, die reichen Alben meiner Heimatprovinz zu bestehlen, wenn ich solch einen Zauber beherrschen würde. Die Wachen schienen lediglich zu schlafen. Einer der beiden schnarchte sogar.

»Machst du dich nicht strafbar?«, fragte ich. Mayla kam mir wie eine Albe vor, die niemals auch nur daran denken würde, gegen ein Gesetz zu verstoßen. Dass sie mich nicht sofort nach meiner Enthüllung hatte verhaften lassen, war mir schon merkwürdig vorgekommen. Aber die Wachen verzaubern? Das hätte ich ihr nie im Leben zugetraut.

»Pst«, zischte sie und legte den Finger an die Lippen. »Sie können jeden Moment aufwachen, und dann werden sie sich nicht mehr an mich erinnern, also mach dir keine Sorgen. Mach dir lieber Gedanken, was mit dir passiert, wenn wir keine Beweise für deine gewagte These finden.«

Wir erreichten das Schlafgemach der Königin, und Mayla klopfte an. Ich warf ihr einen fragenden Blick zu.

»Was ist?«, flüsterte sie. »Man darf die Etikette nicht vergessen.«

Da niemand reagierte, vergaß sie sie dann doch und öffnete die Tür. Das Zimmer war abgedunkelt und still. Das Licht, das durch die offene Tür ins Innere fiel, warf einen fahlen Schein auf den ausgemergelten Körper der Königin.

Valtherna sah schrecklich aus. Von der atemberaubend schönen Hochalbe, die meine Anwartschaft auf den Thron bestätigt hatte, war nichts mehr übrig. Schweiß bedeckte ihre Stirn, ihre Wangenknochen traten gespenstisch hervor, und ihre Haut wirkte wie dünnes Papier, das stramm über ein dürres Skelett gespannt worden war.

Nicht nur ich erstarrte bei diesem Anblick. Auch Mayla war fassungslos. Einen Moment lang stand sie in der Tür und rührte sich nicht. Dann entdeckte sie das Teeservice auf der Anrichte und lief darauf zu.

Ich atmete tief durch. Ganz allein lag die Königin hier in ihrem

Bett im Dunkeln, ohne jemanden, der ihr die Hand hielt. Ohne Freunde und Verwandte, die ihr in dieser schweren Zeit zur Seite standen. War dies das Schicksal einer Königin? Einsamkeit?

Ich ging langsam auf sie zu. Ihre Augen waren geschlossen, und sie atmete so flach, dass es kaum noch wahrzunehmen war. Wahrscheinlich bekam sie nicht einmal mit, dass wir ihr Gemach betreten hatten.

Neben ihrem Bett ging ich auf die Knie und ergriff ihre Hand. Bestimmt war es ein Verbrechen, die Königin zu berühren, aber das war mir in diesem Moment egal. Ich hatte das Gefühl, es tun zu müssen. Irgendjemand musste ihr doch beistehen und versprechen, dass es noch Hoffnung gab.

Sie stöhnte leise, ihr Kopf kippte in meine Richtung, und sie schlug die Augen auf. Mein Herz begann schneller zu schlagen, als Valtherna mich ansah. Ein sanftes Lächeln legte sich auf ihre Lippen, und ich wollte ihr sagen, dass alles gut werden würde, dass wir herausgefunden hatten, was sie so krank machte und vorhatten, sie zu heilen. Doch ihr Lächeln gefror, ihr Blick ging an mir vorbei und wurde trübe. Noch einmal atmete sie ein, dann fiel ihr Brustkorb in sich zusammen.

In meinen Ohren rauschte es. Ich konnte nicht glauben, dass das gerade wirklich geschehen war. Wir waren so kurz davor, die Wahrheit aufzudecken. So kurz davor, unsere Königin zu retten!

Ich schaute erschrocken zu Mayla auf. Mit einer Teetasse in der Hand stand sie an der Anrichte und starrte mich an.

»Sie ist tot«, sagte ich. Obwohl ich es laut aussprach, konnte ich es noch immer nicht begreifen.

Mayla blieb nicht die Zeit zu reagieren. Plötzlich wurde die Tür aufgestoßen, zwei Blutalben stürmten herein, packten mich und zerrten mich von Valtherna weg.

»Lasst mich los!«, schrie ich.

»Warum hat das so lange gedauert?«, stieß Mayla aus. Ich riss den Kopf zu ihr herum. Sie blickte nicht zu den Blutalben, sondern zur Tür. Taros stand dort.

»Sie hat die Königin getötet, während ihr nichts getan habt!«, brüllte Mayla ihn aufgebracht an.

»Was?«, stieß ich hervor.

»In den Kerker mit ihr«, befahl Taros, lief an mir vorbei und tastete nach Valthernas Puls.

»Bringt mich sofort zu Athura«, verlangte Mayla. »Ich habe den Beweis für die Tat dieser Nachtalbe in meiner Hand. Diese Giftmischerin muss bestraft werden.«

Auch wenn ich damit hätte rechnen sollen, dass Mayla mich hinterging, war ich geschockt und außer mir vor Wut. War es von Anfang an ihr Plan gewesen, mir den Giftanschlag in die Schuhe zu schieben? War ich ein weiteres Mal auf die verlogenen Worte eines Hochalben hereingefallen?

»Du elende Lügnerin!«, schrie ich sie an. »Du mieses, hinterhältiges Miststück!«

»In den Kerker!«, wiederholte Taros, wandte sich dann wieder an Mayla und deutete eine knappe Verbeugung an. »Folgt mir, Mylady.«

Die Männer zerrten mich aus dem Gemach, und je mehr ich mich wehrte, desto fester hielten sich mich gepackt. Ich schrie, trat um mich, tat alles, um freizukommen, doch die Gewissheit, hintergangen worden zu sein, fraß mich von innen her auf. Ich würde für den Mord an der Königin hingerichtet werden.

KAPITEL 28

Sheera

Ich wehrte mich auch dann noch, als ich kaum mehr die Kraft dazu fand. Wir hatten die sauberen, weitläufigen Korridore des Palastes hinter uns gelassen, und ich konnte bereits den modrigen Geruch der Kerkerräume riechen. Die Treppe, über die sie mich nach unten zerrten, stolperte ich mehr hinunter, als dass ich lief.

»Lasst mich los!«, schrie ich zum wiederholten Mal.

Ich hatte es gewusst. Von dem Moment an, als Taros' Männer mich in Bashtana aus den Schatten gezerrt hatten, war mir klar gewesen, wie mein Leben enden würde. Und nichts von dem, was danach geschehen war, hatte etwas daran geändert. Nichts und niemand.

Den Kerker hatte ich verdient, aber nicht aus dem Grund, den man mir vorwarf. Und ich verstand nicht, warum Athura, so kaltherzig er auch war, das zuließ. Wie glaubte er, den Ruf der Nachtalben wiederherstellen zu können, wenn er mir die Ermordung der Königin in die Schuhe schob? Oder war auch das eine seiner Lügen gewesen? Floss in seinen Adern denn überhaupt das Blut meiner

Art? Ich wusste nicht mehr, was ich noch glauben konnte. Die Verzweiflung trieb mir die Tränen in die Augen, doch das tat meiner Wut keinen Abbruch.

»Loslassen!«, brüllte ich, so laut ich konnte.

Die Kehle brannte mir bereits, mein Herz raste, und ich hatte Angst. Angst wie noch nie in meinem Leben. Egal, wie sehr ich mir auch sagte, dass ich doch schon immer gewusst hatte, wie es enden würde. Das änderte nichts an meinem Gefühl, betrogen worden zu sein.

Die Blutalben stießen mich von sich. Ich stürzte zu Boden, landete in einer grün schleimigen Pfütze auf kahlem Steinboden und sprang sofort wieder auf.

Ich wollte meine letzten Kräfte zusammenraufen und die beiden Männer mit einem Angriff überraschen, doch kaum dass ich mich umgedreht hatte, rammte mir einer von ihnen seine Faust mitten ins Gesicht.

Der Schmerz durchzuckte meinen Schädel, und ich hörte ein erschreckend lautes Krachen, als meine Nase brach.

»Ein kleines Geschenk von Kommandant Athura«, höhnte der Mann.

Mir wurde schwarz vor Augen, ich stürzte zu Boden, und warmes Blut floss mir über Lippen und Kinn. Ich schlug mir die Hände vors Gesicht, wollte mich wieder auf die Beine kämpfen, doch noch bevor ich überhaupt klar sehen konnte, packte jemand mich am Fuß, und ich hörte ein Klacken, als sich eine Eisenfessel darum schloss.

Irgendwie gelang es mir, mich loszureißen, ich robbte von den

Blutalben weg und hievte mich auf die Knie. Erst dann klärte sich das Bild vor meinen Augen, und ich starrte das Blut an meinen Händen an. Als ich zu den Wachen aufsah, waren sie bereits im Begriff zu gehen.

Sie hatten mich in ein großes Rundgewölbe geschafft. Wände und Boden waren aus massivem Stein, Fenster gab es keine, und nur durch schmale Ritzen in der Decke fiel trübes Licht herein. So feucht, wie es hier war, musste ich mich unterhalb der Wasseroberfläche befinden. Dieses höhlenartige Gewölbe war offenbar in den Fels gehauen, aus dem auch der Thron bestand. Die klamme Kälte und das Rauschen hinter den Wänden bestätigten meine Vermutung.

Ich war nicht die einzige Gefangene. Mehr als ein Dutzend Gestalten hatten sich an den Wänden zusammengekauert. Blass und kränklich wirkten sie, mit dunklen Ringen unter den Augen, eingefallenen Wangen und dürren Gliedern. Sie alle starrten ins Leere, ein paar wiegten sich hin und her, und jemand brabbelte unentwegt wirr vor sich hin. Allerdings so leise, dass man kaum etwas verstehen konnte.

Wenigstens war Sirena nicht unter ihnen. Vielleicht war sie tatsächlich noch in Freiheit. Vielleicht saß sie aber auch in einer anderen Zelle, wurde gerade verhaftet oder war bereits getötet worden. Ich wusste es nicht. Was, wenn sie dasselbe Schicksal erleiden musste wie Lysander? Der Gedanke an ihn schnürte mir die Kehle zu. Ich sah noch immer das Bild vor meinen Augen, wie er abwesend aus dem Fenster gestarrt hatte. Er verdiente dieses Schicksal nicht, und ich hasste mich dafür, dass ich schuld daran war, dass er nicht nur ein Gefangener im Palast, sondern auch in seinem eigenen Verstand war. Hätte ich ihn doch bloß nie nach Farhir entführt! Selbst wenn noch die geringste Chance bestanden hätte, ihm zu helfen – jetzt war ich nicht mehr dazu in der Lage.

Die Wut auf Taros, Athura und Mayla ließ mich zittern. Ich ballte die Hände zu Fäusten, sprang auf und stürzte den Wachen blindlings nach.

»Ich habe nichts getan!«, schrie ich, gelangte ans Ende meiner Kette und wurde schmerzhaft zurückgerissen.

Die beiden Männer hatten die Kerkertür bereits zugezogen und taten so, als würden sie mich nicht hören.

»Ihr elenden Bastarde!«, schrie ich hasserfüllt.

Dabei wusste ich doch, wie zwecklos es war zu protestieren. Wer hier unten landete, dessen Tage waren gezählt.

Ich fiel wieder auf die Knie und starrte zu Boden. Mich überkam das Gefühl, einfach auseinanderzubrechen, und ich schlang mir die Arme um den Körper, um das zu verhindern. Wieso war ich so dumm gewesen, Mayla zu vertrauen? Ich hatte mich von ihren geheuchelten Zweifeln an Athura blenden lassen und musste nun die Konsequenzen tragen. Wahrscheinlich hatte er sie selbst geschickt, um mir diese Falle zu stellen. Eine Kräuter sammelnde Nachtalbe vergiftete die Königin. Das passte einfach zu gut.

Schritte waren zu hören, und ich blickte auf.

Es war Taros, der gerade vor die Kerkertür trat. »So gefällst du mir viel besser«, sagte er spöttisch.

Augenblicklich überkam mich erneut die Wut. Endlich hatte er mich genau dort, wo er mich vom ersten Tag an hatte haben wollen.

Wo sie mich und meinesgleichen alle haben wollten. Aber eines würde er niemals erreichen: meinen Willen zu brechen. Diese Genugtuung würde ich ihm ganz gewiss nicht gönnen. Ich kämpfte mich auf die Füße.

Ein Wärter öffnete ihm; mit zwei Blutalben im Schlepptau betrat er die Zelle, und ich sah ihn aus zusammengekniffenen Augen an. Das Grinsen in seinem Gesicht war so breit, dass außer Zähnen fast nichts zu sehen war. Unmittelbar vor mir blieb er stehen. »Viel Zeit habe ich nicht. Aber du sollst einen Vorgeschmack auf das bekommen, was dich in den letzten Wochen deines Lebens erwartet.«

Wochen? Ich hatte geglaubt, nur noch Stunden zu haben. Aber ich war mir sicher, dass er alles daransetzen würde, meine Hinrichtung so lange wie möglich hinauszuzögern.

Ich wollte ihm schon die passende Antwort ins Gesicht speien, als er mich auch schon am Schopf packte und zu Boden schleuderte. Ich versuchte, mich hochzustemmen, doch ein kräftiger Tritt in meinen Rücken verhinderte das. Die Luft wurde mir dabei aus der Lunge gepresst, und einer der beiden Blutalben packte meine Hände und hielt mich fest.

Panik stieg in mir auf. Ich versuchte verzweifelt, mich irgendwie aus dem Griff des Mannes zu befreien und verbrauchte dabei meine letzten Kräfte.

»Was hast du vor?«, brüllte ich. Mein Herz schlug mir bis zum Hals, und der Schmerz, den meine gebrochene Nase verursachte, war mit einem Mal völlig vergessen. Da war nur noch die pochende Angst hinter meinen Schläfen.

Taros umrundete mich. Ich drehte den Kopf, bekam aber nur

seine polierten roten Stiefel sehen. Er ließ sich Zeit und zog etwas hinter sich her, von dem ich im fahlen Licht kaum etwas erkennen konnte. Es wirkte wie ein schweres, silbernes Seil. Gewunden und kaum breiter als die Lederschnürung eines Harnisches. Erst als Taros vor mir stehen blieb, begriff ich, worum es sich dabei handelte. Mein Herzschlag setzte für einen Moment aus.

»Nein!«, stieß ich hervor.

Was Taros mit sich führte, war eine Kette. Eine von jenen, die die Blutalben für ihre brutalen Foltermethoden verwendeten. Reines, von Magie durchtränktes Silber, unzerstörbar und so scharf, dass es durch Fleisch schnitt wie durch Butter.

»Oh doch«, flüsterte Taros. »Und das ist erst der Anfang.«

Er baute sich über mir auf.

Noch einmal versuchte ich freizukommen, hoffte, der Blutalbe, der mich in Schach hielt, wäre einen Moment unaufmerksam, doch schon im nächsten Augenblick hörte ich ein Surren in der Luft, als Taros die Silberpeitsche schwang.

Ein unsäglicher Schmerz schoss mir durch den Körper, als die Kette meinen Rücken traf. Ich wollte stark sein, wollte es irgendwie aushalten, aber ich schrie. Ich schrie, so laut ich konnte, und hatte das Gefühl zu sterben, so unerträglich tat der Peitschenschlag weh.

Tränen liefen mir übers Gesicht, und erst nachdem der Schmerz dumpfer geworden war und es mir wieder gelang zu atmen, merkte ich, dass ich mir die Lippen blutig gebissen hatte.

»Zehn Schläge, dafür, dass du mich bei unserer ersten Begegnung angespuckt hast«, verkündete Taros. »Morgen zehn weitere dafür, dass du es im Thronsaal erneut gewagt hast.« Er ging in die Hocke, sein Knie drückte sich fest in den Striemen auf meinem Rücken, und ich biss die Zähne zusammen, um ihm nicht zu zeigen, wie sehr ich litt. »Und dann, wenn du glaubst, dass es nicht noch schlimmer werden kann, fangen wir erst richtig an.«

Er stand auf, wieder hörte ich das Surren in der Luft, kniff die Augen fest zusammen und konnte nicht anders, als erneut zu schreien, als die Peitsche mir die Haut zerschnitt.

Erst eine ganze Weile, nachdem Taros gegangen war, hatte ich es geschafft, mich zur Wand zu schleppen. Dort hockte ich nun zwischen den anderen Gefangenen, hielt die Fetzen meines Kleides zusammen und sah, wie ein Wärter an die Kerkertür trat.

Panik flammte in mir auf. War bereits ein ganzer Tag vergangen? Würde Taros seine Drohung wahr machen und mich erneut auspeitschen? Ein weiteres Mal würde ich das einfach nicht ertragen.

Der Mann löste seinen Schlüsselbund vom Gürtel und schloss auf. Auch die anderen Gefangenen wurden nervös. Seelenruhig lief der Wärter bis zur Mitte des Gewölbes, blieb dort stehen und brach lautlos zusammen.

Ungläubig starrte ich ihn an.

Auch meine Mitgefangenen schienen nicht zu verstehen, was gerade geschehen war. Nach und nach erhoben sie sich, wechselten kurze Blicke und stürzten sich schließlich auf den Schlüsselbund. Erst als das Gewölbe von einem gleißenden Licht erfüllt wurde, wichen sie zurück.

Ich hielt schützend einen Arm vor meine Augen und ließ ihn erst wieder sinken, als das Licht schwächer wurde.

Es war Mayla. Sie stand neben dem Wärter, ihre Hände leuchteten noch von dem Zauber, mit dem sie die Gefangenen zurückgetrieben hatte, und ihr Blick wanderte an den Wänden entlang. Hinter ihr tauchte eine weitere Albe auf. Sirena! Ich verstand nicht, was gerade vor sich ging. Träumte ich?

»Dort«, sagte sie und deutete auf mich.

Ich setzte mich aufrechter hin, wobei mir der Schmerz durch den Rücken schoss und mich daran erinnerte, dass ich sehr wohl wach war, und biss die Zähne fest zusammen.

Sirena kam zu mir gelaufen und ging vor mir in die Hocke, während Mayla den Schlüsselbund des Wärters an sich nahm.

»Sie sieht schrecklich aus«, sagte Sirena erschüttert und wandte sich Mayla zu.

»Was tust du hier?«, fragte ich meine Freundin mit brüchiger Stimme. Sie riskierte ihr Leben, wenn sie mir half. War ihr das denn nicht klar?

»Na, was wohl? Wir befreien dich.«

Dass Sirena so etwas Gefährliches tat, konnte ich nicht gutheißen, aber verstehen. Schließlich waren wir Freundinnen geworden.

Aber Mayla? Ihr hatte ich es doch zu verdanken, dass ich überhaupt im Kerker saß. Sie hatte mich verraten.

Während ich noch versuchte zu verstehen, was gerade vor sich ging, suchte Mayla bereits den passenden Schlüssel und löste die Fessel von meinem Fußgelenk. »Dir wird doch wohl klar gewesen sein, dass ich dir nur die Schuld gegeben habe, um nicht selbst hier unten zu landen. Nur so konnte ich einen Plan schmieden, dich zu befreien. Und glaube mir, ich kann mir Besseres vorstellen, als einer Diebin zur Flucht zu verhelfen. Aber Athura muss für den Mord an unserer Königin bezahlen, und das wird er nicht, wenn man dich dafür hinrichtet.« Sie wirkte gefasst, während sie das sagte, doch mit Sicherheit sah es in ihrem Inneren anders aus.

Ich war einfach nur dankbar, dass ich mich in ihr getäuscht hatte. Hinter der Fassade einer arroganten Hochalbe steckte wirklich ein gutes Herz – eines, das zwischen Recht und Unrecht unterscheiden konnte.

»Wir müssen uns beeilen.« Sirena warf einen gehetzten Blick zum Ausgang.

»Kannst du aufstehen?«, fragte Mayla.

Ich nickte, Sirena griff mir unter den Ellbogen, und mit ihrer Hilfe kam ich mühsam auf die Beine. Jede Bewegung tat höllisch weh, und sosehr ich auch versuchte, mich zusammenzureißen, gelang es mir kaum, aufrecht zu stehen.

Ich bekam nur am Rande mit, wie wir durch die Kellergewölbe des Palastes liefen. Mein Verstand war wie benebelt und die Schmerzen beinahe unerträglich. Einen Fuß vor den anderen zu setzen, war alles, worauf ich mich konzentrieren konnte. Doch mit jedem einzelnen Schritt triumphierte ich über Taros. Es verlieh mir ein unbeschreibliches Hochgefühl, mir seinen Gesichtsausdruck auszumalen, wenn er feststellte, dass ich geflohen war, und verdrängte meine Qualen zum Teil.

Als es um uns herum heller wurde, half mir Sirena, an der Wand vorsichtig zu Boden zu gleiten.

»Ganz vorsichtig«, flüsterte sie, dann stand sie auf, und Mayla nahm ihren Platz ein.

»Die Nase sieht übel aus«, meinte sie und wandte sich dann Sirena zu. »Sind wir ungestört?«

Sirena stand ein Stück weit von uns entfernt und lugte um die Ecke. »Die Luft ist rein.«

Die Wand, an der ich lehnte, war kein blanker Fels wie im Kerker. Sie bestand aus groben, geweißelten Steinen. Ich schloss daraus, dass wir uns noch in einem unteren Geschoss befanden, den Kertrakt aber hinter uns gelassen hatten.

»Ich werde dich jetzt heilen, und dann ziehst du dich um. Es muss schnell gehen, verstanden?«

Ich nickte, wusste aber erst, warum sie das so betonte, als sie mir ihre Finger an die Schläfen presste. Mit einem Mal war jeder Muskel in meinem Körper angespannt, ich bäumte mich unwillkürlich auf, und es fühlte es sich an, als würde sie meinen Schädel mit bloßen Händen zerquetschen. Ihre Magie strömte auf mich ein, aller Schmerz der vergangenen Stunden wurde von ihr zusammengetrieben, ballte sich zu einem Knoten, der drohte, mich von innen heraus zu zerfetzen, und wäre ich dazu fähig gewesen, hätte ich geschrien und um Gnade gewinselt. Doch ich hatte keine Gewalt über meinen Körper oder auch nur über meine Stimme.

Ebenso schnell, wie es begonnen hatte, ebbte Maylas Zauber auch wieder ab. Ich sackte zusammen und atmete ein paarmal tief ein.

So fühlte es sich also an, wenn eine Hochalbe beim Zaubern nicht sacht vorging. Diese Art der Heilung wäre auch als Folter gut geeignet gewesen. Das Ergebnis sprach aber für sich. Von meinen Verletzungen waren nur noch Erinnerungen geblieben, und ich fühlte mich auch nicht mehr benebelt. Ob es Lysander ähnlich ergangen war, während sie seinen Verstand mittels Magie durchforstet hatte? Ich wollte gar nicht daran denken, denn es hatte nur Sekunden gedauert, bis Mayla mich geheilt hatte. Von Lysander wusste ich, dass Athuras Priester stundenlang bei ihm gewesen waren.

»Hat es sich für Athura auch so angefühlt, als du seine gebrochene Nase geheilt hast?«, fragte ich.

»Leider nein«, sagte Mayla. »Bei ihm bin ich ganz sacht vorgegangen.«

Ich schaute zu ihr auf. Sie wirkte ganz anders als bisher. Etwas von dem Leuchten in ihren Augen war verschwunden, und es tat mir leid, ihr einen Teil ihrer Unschuld genommen zu haben, indem ich sie mit der Wahrheit konfrontiert hatte.

»Hier!«, sagte sie und warf mir ein Stoffbündel zu.

Ich knotete den Riemen auf, der die Kleidung zusammenhielt. Darin eingeschnürt fand ich einen Dolch. »Ihr seid gut vorbereitet.«

»Aber natürlich«, sagte Mayla. »Ich bin immer gut vorbereitet.«

Etwas anderes hatte ich von ihr auch nicht erwartet. Sie schien bei allem, was sie tat, Perfektion anzustreben. Selbst wenn es sich um die Befreiung einer Diebin handelte.

Ich zog das zerfetzte Kleid aus, schlüpfte in Hemd und Hose und ließ den Dolch im Mieder verschwinden. Anschließend band ich mir mein Haar zusammen, als Sirena sich eilig zu uns umwandte.

»Da kommt jemand!«, warnte sie uns mit sich überschlagender Stimme.

Mayla hob die Hände, um einen Zauber zu wirken, und ich griff nach meinem Dolch.

Schritte näherten sich, jemand bog um die Ecke, Mayla hob ihre Hände weiter an, hielt aber inne, als Sirena erleichtert ausatmete.

Es war Kanan.

»Wo habt ihr bloß gesteckt?«, fragte er. »Ihr hättet längst bei den Stallungen sein müssen.«

Seitdem er meinetwegen einen Finger verloren hatte, waren wir uns nicht mehr begegnet. Mein Blick wanderte zu seiner Hand. Er trug einen verschmutzten Verband, unter dem deutlich zu erkennen war, wo ihm der halbe Zeigefinger fehlte.

»Lange nicht gesehen«, grüßte er mich.

»Wo warst du, nachdem …?«, begann ich.

»In den Stallungen«, fiel er mir ins Wort und hob die bandagierte Hand. »Als Schneidergeselle tauge ich jetzt ja nichts mehr. Aber zum Ausmisten bin ich noch gut genug.«

Ich hatte einen Kloß im Hals. Zwar hatte ich ihn bereits gebeten, mir zu vergeben, aber zu dem Zeitpunkt war er kaum ansprechbar gewesen. Hätte ich von Anfang an durchschaut, dass meine Anwartschaft auf den Thron bloßer Schwindel war, wäre es nie so weit gekommen. Ich hob gerade dazu an, ihn erneut um Vergebung zu bitten, als Mayla das Wort ergriff. »Wir haben keine Zeit für ein rührseliges Wiedersehen. Athura hat zwar den Großteil der Blutalben mitgenommen, aber es wimmelt hier noch immer von Palastwachen. Es kann jederzeit eine von ihnen um die Ecke biegen.«

»Mitgenommen? Wohin?«, fragte ich.

»Kommt«, forderte Kanan uns auf. »Und bleibt immer schön hinter mir.«

»Es heißt, nach Amberan, um den Prinzen zurückzubringen«, erklärte Sirena knapp und folgte ihm.

Athura brauchte also die gesamte Truppenstärke Harans, um das, was von Lysander noch übrig war, nach Hause zu eskortieren? Ich konnte nur raten, welche Pläne er wirklich verfolgte, aber ich war mir sicher, dass sie mit dem Dämmerstein zu tun hatten.

Kanan führte uns durch das Kellergewölbe des Palastes, vorbei an Vorratskammern und den Aufenthaltsräumen der Dienerschaft. Kurz mussten wir uns in einem leer stehenden Lagerraum verstecken, als ein paar Küchenjungen unseren Weg kreuzten.

»Er hat fast alle Blutalben von Haran abgezogen, den Menschensohn mitgenommen und ist in Richtung Grenzwald aufgebrochen«, sagte Mayla leise. »Ein paar Priester begleiten ihn ebenfalls. Was in Murayas Namen deren Aufgabe ist, weiß niemand.«

»Er sucht den Dämmerstein«, erklärte ich.

»Wegen dieses Dinges einen Krieg mit den Menschen riskieren?« Mayla schien daran zu zweifeln. »Was auch immer Athura vorhat, mit einem ganzen Bataillon nach Amberan zu ziehen und das mit dem Kronprinzen als Geisel, kann kein gutes Zeichen sein.«

»Aber wir sind doch sicher vor den Menschen, oder?«, fragte Sirena. »Sie können die Grenze nicht überschreiten.«

»So einfach ist das nicht«, widersprach Mayla. »Der Schutzwall an den Grenzen unseres Landes ist ein Verwirrungszauber. Er sorgt dafür, dass man den Weg nicht findet und sich leichter verirrt. Wer

Farhir bereits kennt oder durch etwas geleitet wird, könnte die Grenze durchaus überschreiten.«

»Geleitet etwa durch den Lärm, den ein Bataillon macht?«, fragte Kanan.

Mayla nickte.

»Ich bezweifle, dass ein Bataillon ausreichen würde, um gegen die Menschen anzukommen«, meinte ich. »Er wird die Soldaten brauchen, um der Nachtalben Herr zu werden und nach dem Stein zu suchen.«

»Überschätzt du deinesgleichen da nicht etwas?« Mayla stieß ein wissendes Lachen aus, doch ich hielt ihrem Blick stand, und sie schien in meinen Augen zu lesen, wie ernst ich es meinte. Das Lachen erstarb.

»So oder so«, sagte ich, »wenn er die Grenze tatsächlich mit einer Horde Blutalben überschreitet, kann niemand sagen, wie die Menschen reagieren werden. Sie halten uns für barbarische Monster und würden nicht zögern, jeden einzelnen Alben niederzumetzeln. Wie lange hält dein Schutzwall einer Armee stand, die es sich zum Ziel gesetzt hat, uns alle zu töten?«

»Und wir sind ohne Königin, ohne Führung und damit wehrlos«, fügte Sirena in bitterem Ton hinzu.

Eine Weile schwiegen wir alle. Was auf Farhir zukam, konnte niemand von uns wissen. Aber wir ahnten Schlimmes.

»Weiter«, forderte Kanan uns schließlich auf, und wir verließen den Schutz des Lagerraumes.

Wir erreichten eine Tür, die hinaus auf den Hinterhof des Palastes führte. Angebunden an einem Balken gleich neben den Stallungen, wartete bereits ein gesatteltes Pferd auf mich. Ich ging zu ihm und strich ihm über die Nüstern.

»Es ist alles vorbereitet, wie ihr es wolltet«, erklärte Kanan an Sirena gerichtet. »In den Satteltaschen ist genügend Proviant für mindestens drei Tage, die Geldkatze, die du mir gegeben hast, eine Decke, Feuersteine. Eben alles, was man braucht.«

»Ich danke dir«, sagte Sirena, ging auf die Zehenspitzen und küsste Kanan auf die Wange, woraufhin er rot anlief.

Er kratzte sich verlegen am Hinterkopf und wich Sirenas Blick aus. »Das geht schon in Ordnung«, meinte er wegwerfend.

»Dir viel Glück, Nachtalbe«, wünschte Mayla mir. »Ich schätze, wir sind jetzt quitt. Ich verdanke dir die Wahrheit über Athura, und du verdankst mir deine Freiheit. Ich werde alles daransetzen, die Wahrheit über den Tod der Königin ans Licht zu bringen und damit deinen Namen reinzuwaschen.«

Das war also ihr Plan? Ich sollte einfach verschwinden? Ich hatte mich von Athura um den Finger wickeln und in seine Pläne einspannen lassen. Dank mir befand sich der Dämmerstein auf heimischem Boden. Alles, was nun passieren würde, war zum Teil auch meine Schuld. Wie hätte ich da einfach untertauchen können?

Fragend schaute ich sie an. »Und was passiert bis dahin? Was, wenn Athuras Vormarsch in Richtung Amberan Krieg bedeutet?«

»Deswegen solltest du jetzt auch verschwinden«, drängte sie. »Wenn man mich dabei erwischt, wie ich dir zur Flucht verhelfe, sind meine Chancen auf den Thron dahin. Als Königin hingegen habe ich die Macht, Athura aufzuhalten.«

Ich legte die Stirn in Falten. War das wirklich ihr Ernst? Sie wollte warten, bis sie die Krone auf dem Haupt trug, um einzuschreiten? Bis dahin könnte längst alles zu spät sein.

»Du musst auf dich aufpassen, ja?«, bat Sirena mich und lenkte mich damit von Mayla ab. »Halte dich von den Blutalben fern. Versteck dich irgendwo, wo dich niemand findet. Sobald man entdeckt, dass du aus dem Kerker ausgebrochen bist, wird jeder Albe, der der Krone treu ergeben ist, nach dir suchen, und sie werden ganz Farhir durchkämmen, um dich zu finden.«

»Ich weiß«, sagte ich, ging auf sie zu und nahm sie in den Arm.

Ich hatte keine Ahnung, ob das ein Abschied für immer war, aber es fühlte sich so an. Egal, wie es enden würde. Selbst wenn die Wahrheit über Athuras Machenschaften ans Licht käme, wusste ich nicht, ob ich den Palast je wieder betreten durfte. Ich hatte nie eine Freundin wie Sirena gehabt, und ich bezweifelte, dass es je wieder eine wie sie geben würde. »Dir passiert doch nichts, oder? Du wirst für das, was man mir anlastet, nicht bestraft werden.«

»Ich habe sie in meine Dienste genommen«, erklärte Mayla. »Es wird mir als großherzige Geste ausgelegt und schützt sie vor Repressalien.«

»Danke, Mayla«, sagte ich leise. Ich schob Sirena weg, und sie lächelte mich an. Tränen glitzerten in ihren Augen. Ich wünschte so sehr, alles wäre anders gekommen.

»Gib auf das Pferd acht«, mahnte mich Kanan. »Es ist eine gute Stute.«

»Wirst du mir je verzeihen?«, fragte ich.

»Da gibt es nichts zu verzeihen«, brummte er, ohne mir in die Augen zu sehen.

»Nun geh schon«, forderte Mayla mich auf. »Wir werden nicht ewig unbeobachtet sein. Momentan ist der Palast kaum bewacht, und durch die Wachablöse kommst du unbehelligt durch den Dienstbotenausgang hinaus, aber das wird nicht mehr lange so bleiben.«

Ich nickte und löste die Zügel vom Balken. Zum Teil verdankte ich wohl auch Athura meine Flucht. Dadurch, dass er die Truppen abgezogen hatte, gab es zu wenige Alben in Haran, um jeden Winkel der Stadt im Auge zu behalten. Dankbarkeit hatte er deshalb von mir aber gewiss nicht zu erwarten. Was er vorhatte, war weder zum Wohl der Nachtalben, noch diente es Farhir. Er war im Begriff, unser Land in den Krieg zu führen. Und wozu das Ganze? Welche Macht musste es sein, die im Dämmerstein schlummerte, dass sie es wert war, einen jahrhundertelangen Frieden aufs Spiel zu setzen? Ich wusste es nicht, doch ich würde es herausfinden. Verstecken kam für mich nicht infrage.

KAPITEL 29

Lysander

Es war, als wäre Nebel in Lysanders Kopf. Er konnte Traum nicht von Wirklichkeit unterscheiden, wusste nicht, was die Vergangenheit war, was er wirklich erlebt hatte und was bloß seiner Fantasie entsprang.

Das alles hatte mit einem Zauber begonnen, ähnlich dem der jungen Hochalbe. Bloß war er diesmal nicht mit dem Ziel gewirkt worden, ihn zu heilen.

Auf Athuras Geheiß hin war er in ein Gästezimmer im Palast der Alben eskortiert worden. Niemand hatte ihm Fragen gestellt oder ihm mit Folter gedroht. Wäre es darum gegangen, hätte er alles darangesetzt, Stärke zu beweisen. Er hätte sich nicht brechen lassen, seine Heimat nicht an den Feind verraten – weder Truppenstärke noch Verteidigungstaktiken Amberans.

Schmerzen hätte er ertragen können. Wie man schwieg, wusste er. Aber gegen die Magie war er machtlos gewesen.

Sie waren in seinen Kopf eingedrungen und hatten dort alles in Schutt und Asche gelegt. All seine Gedanken, Erinnerungen und die

Gefühle, die damit einhergingen. Es war, als hätte man das, was seinen Verstand ausmachte, in unzählige Trümmer zerschlagen. Winzige Fragmente, die er einfach nicht mehr zusammensetzen konnte. Selbst dann nicht, wenn er wie gerade jetzt lichte Momente hatte, die es ihm erlaubten, sich zu erinnern.

Er blickte auf seine Hände hinab. Sie waren gefesselt, und Schatten huschten über sie hinweg. Schatten von Blättern und Ästen. Lief er tatsächlich gefesselt durch einen Wald oder erinnerte er sich nur an seine Reise mit Sheera?

Sheera. Sie war bei ihm gewesen, in diesem Zimmer im Palast. Sie hatte versucht, mit ihm zu reden. Daran erinnerte er sich mit einem Mal. Aber ihre Worte waren in dem Nebel untergegangen, der den Raum zwischen seinen Schläfen füllte. Sie hatte so besorgt ausgesehen. So verzweifelt und hilflos.

Was war seitdem geschehen? Wo war er, und was hatte Athura mit dem Wissen, das die Priester ihm mithilfe von Magie aus dem Verstand gesogen hatten, vor?

Ein Ruck an dem Seil um seine Handgelenke brachte ihn beinahe zu Fall. Plötzlich spürte er deutlich den Boden unter seinen Füßen. Laub raschelte bei jedem seiner Schritte, um ihn herum waren Stimmen zu hören, und die ganze Welt strömte ungefiltert auf ihn ein. Alles fühlte sich echt und greifbar an. Das war kein Traum und keine Erinnerung. Es geschah wirklich, genau in diesem Augenblick.

Aber war er nicht eben noch in dem Zimmer im Palast gewesen? Vor einer Sekunde noch? Hatte ihm Sheera nicht gerade gegenübergestanden und voller Sorge angeschaut? Oder war das bloß eine Erinnerung, und der Wald war die Wirklichkeit? Lag ihr Besuch vielleicht schon Tage zurück? Wochen? Es fiel ihm schwer, das zu unterscheiden.

Alles war so wirr. Die Zeit floss einmal schnell, einmal langsam, einmal in die falsche Richtung. Und dazwischen hatte er diese kurzen klaren Momente. Wie gerade eben. Dann stand alles echt und deutlich vor ihm. Er spürte Hunger, Durst, Müdigkeit, hatte das Gefühl, seinen freien Willen beinahe fassen zu können, beinahe die Kraft zu finden, sich zu wehren oder zumindest zu verstehen, was um ihn herum gesprochen wurde. Aber es gelang ihm nicht.

Es gab nur wenige dieser Augenblicke, und er wusste nicht, ob es mehr wurden, er sich erholte und wieder er selbst werden würde, oder ob ihm die Zeit, die Gedanken und sein Verstand nach und nach immer mehr entglitten, bis bald nichts mehr von ihm übrig sein würde.

In gewisser Weise sehnte er sich danach, vollends in dem Nebel abzutauchen. Denn immer dann, wenn sein Verstand sich etwas klärte, wurde ihm bewusst, wie machtlos er war und welches Wissen man ihm entrissen hatte. Athura wusste durch ihn nicht nur, wo ungefähr der Dämmerstein vergraben lag, sondern auch alles über Amberan.

Wieder zerrte jemand an dem Seil um seine Handgelenke, und diesmal fiel er auf die Knie. Er blinzelte beim Versuch, mehr erkennen zu können als braune Farbtupfer am Boden. Tatsächlich half das etwas, und aus dem Wirrwarr wurden Blätter und Äste.

»Es muss hier irgendwo sein«, sagte jemand neben ihm.

»Was nutzt es uns, wenn wir nicht mehr wissen?«, fragte ein anderer gereizt. Lysander erkannte die Stimme als die Athuras wieder. »Dieser Wald ist riesig, und der Dämmerstein gerade mal so groß wie eine Haselnuss. Wir müssen ganz genau wissen, wo er ihn versteckt hat.«

Athura packte Lysander am Kragen, zog ihn auf die Füße und stieß ihn, kaum dass ihre Blicke sich trafen, von sich. Er landete auf dem Rücken, Sonnenlicht blendete ihn, und er wollte die Hände heben, um sich davor zu schützen, doch sie gehorchten ihm nicht.

»Das bringt nichts«, sagte der andere Mann. »Da ist einfach nicht genug Verstand übrig, um ihn zu durchforsten.«

Lysander gelang es, sich auf die Seite zu rollen. Er starrte seine Hände an, versuchte, sie zu bewegen und sah auch, dass sich seine Finger krümmten, spürte es aber nicht. Dieser Fremde hatte recht. Da war nichts mehr übrig. Nur noch ein Haufen wahlloser Reaktionen und aufblitzender Erinnerungen.

»Wozu schleppen wir ihn dann mit?«, wollte Athura wissen.

»Er hat uns bis hierher geführt«, erinnerte ihn der andere.

Um Lysander herum waren Schritte zu hören. Er sah die Stiefel von mindestens einem Dutzend weiterer Männer, und den Geräuschen nach zu urteilen, drehten sie jeden Stein in der Gegend um.

Athura zog sein Schwert blank und kam direkt auf Lysander zu. »Wenn er für sonst nichts mehr gut ist, entledigen wir uns dieser Last. Ich kann den Gestank nach Mensch nicht mehr ertragen.«

Er baute sich über Lysander auf, hob sein Schwert, und es gab keinen Zweifel daran, dass er zustechen würde. Jeden Moment. Lysander wusste nicht, was er dagegen tun konnte. Es fiel ihm ja schon schwer genug, seine Gedanken beisammenzuhalten, sich nicht in den Erinnerungsfetzen zu verlieren, die versuchten, ihn von der Wirklichkeit wegzuziehen, oder auch nur seinen eigenen Körper zu spüren. Sein Herz schlug schnell. Hektisch pochte es in seiner Brust, und das löste wieder eine Erinnerung in ihm aus. Der Tag, an dem er Sheera geholfen hatte, ihre innere Ruhe zu finden.

Das Bild von ihr, wie sie ihn berührte, seine Hand auf ihrer Brust lag und ihre Blicke sich trafen, war mit einem Mal so klar, dass er sich nicht mehr sicher war, ob dieser Moment nicht die Wirklichkeit war und der Mann, der drohend über ihm stand, bloß ein Hirngespinst. Ein Albtraum. Weiter nichts.

»Deine Hand«, bat er und streckte Sheera die seine entgegen.

Sie lächelte ihn an. Er erinnerte sich nicht, sie je so sanft lächeln gesehen zu haben. Doch mit einem Mal wandelten sich ihre Züge, und sie blickte ihn besorgt an. »Geht es dir gut?«, fragte sie.

»Ja sicher …«, murmelte er. »Wieso nicht?«

»Du hast recht«, hörte er Athura sagen.

Lysander blickte auf, und Sheera war verschwunden. Er lag auf dem Waldboden, Sonnenlicht ließ den Mahr, der mit erhobenem Schwert über ihm stand, wie eine konturlose Schattengestalt wirken, und er hielt die gefesselten Hände erhoben, als warte er darauf, dass sie jemand ergriff. Nicht jemand, sondern Sheera. Aber sie war nicht da. Sie war nie da gewesen, und er wusste nicht einmal, ob es sie je gegeben hatte.

»Da ist nichts mehr übrig«, fügte Athura abfällig hinzu und holte mit seinem Schwert aus.

Lysander reagierte instinktiv, warf sich zur Seite, und die Klinge bohrte sich eine Handbreit von ihm entfernt in den Waldboden. Mit weit aufgerissenen Augen, schwer atmend, starrte er sie an.

Ein Schatten legte sich über ihn, als Athura ein Knie beugte. »Vielleicht aber doch«, mutmaßte er und packte Lysander am Hemd, um ihn hochzuziehen.

»Er kann unmöglich noch einen klaren Gedanken fassen«, meinte der andere Mahr. »Das, was er da eben von sich gegeben hat, zeigt es deutlich. Wirre Worte. Seine Reaktionen sind reiner Zufall.«

»Das werden wir ja gleich sehen«, sagte Athura und verpasste Lysander eine Ohrfeige.

Lysander wandte sich ihm zu und sah Vinzenz vor sich stehen. Die Faust, die er ihm ins Gesicht gerammt hatte, hielt er noch geballt.

»Schlag zu«, forderte Vinzenz ihn auf.

»Willst du eingekerkert werden?«, fragte Lysander verständnislos. »Was sonst glaubst du, damit zu erreichen?«

Athura lachte, und Vinzenz war wieder verschwunden. »Kerker?«, fragte der Mahr. »Wo genau willst du mich denn einkerkern lassen? Du bist hier nicht in Amberan, Mensch.«

»Er redet wirr«, beharrte der andere Mahr.

Lysander nahm dessen Stimme kaum wahr. Alles um ihn herum rückte wieder in die Ferne. Viel deutlicher als den Wald und die Mahr sah er erneut Vinzenz vor sich stehen.

»Am heutigen Tag entscheidest du nicht nur über dein Schicksal, Lysander«, erklärte ihm sein Lehrmeister. Er packte Lysander bei den Schultern und schaute ihm direkt ins Gesicht. »Du entscheidest über das des ganzen Königreiches. Was heute geschieht, wird bestimmen, ob Amberan im Kampf um den Thron auseinanderbricht oder gestärkt unter der Führung eines neuen Königs daraus hervorgeht. Wenn dir unsere Freundschaft irgendetwas bedeutet, dann triffst du die richtige Entscheidung.«

»Führt ihn ab«, hörte er sich selbst sagen, und Panik stieg in ihm auf, als die Wachen Vinzenz ergriffen, er plötzlich im Rittersaal stand, man Vinzenz in die Knie zwang und ermordete. Völlig entgeistert starrte Lysander dieses Schwert an und stellte fest, dass es nicht aus Vinzenz Leib ragte, sondern vor ihm im Waldboden steckte.

Etwas traf ihn an der Schulter, er fiel auf den Rücken und blickte hinauf zum Himmel. Kein Rittersaal, keine ermordeten Männer mehr. Nur er, gefesselt und des Verstandes beraubt inmitten des Grenzwaldes, umzingelt von Mahr.

»Versuch es dennoch«, befahl Athura dem anderen. »Irgendetwas geistert ihm noch durch den Kopf. Es reicht vielleicht aus, um dem Dämmerstein näher zu kommen. Ich will diesen verdammten Stein haben. Von ihm hängt alles ab. Also tu, was du kannst.«

Der Schatten, der sich über Lysander gelegt hatte, verschwand für einen Moment, als Athura aufstand, und kehrte zurück, nachdem das Gesicht eines anderen Mahr vor ihm auftauchte.

Er kannte diesen Mann, wusste zwar nicht, woher, aber sein Anblick löste Panik in ihm aus.

»Nein!«, stieß er hervor und versuchte wegzukommen. Doch schon pressten sich die Hände des Mahrs fest gegen seine Schläfen.

Es fühlte sich an, als wollte er ihm den Kopf mit bloßer Körperkraft zermalmen, als würde ihm der Schädelknochen zersplittern und sich die Finger des Mahrs tief in sein Hirn bohren.

Er schrie. Schrie, bis ihm die Kehle brannte und ihm die Stimme versagte. Und am Ende war wirklich nichts mehr von ihm übrig. Nur Nebel und Bildfetzen, die keinen Sinn ergaben.

Erneut verschwand der Schatten, der ihn vor dem Sonnenlicht schützte. Diesmal blendete es ihn direkt, brannte ihm in den Augen, und er wusste nicht, was er dagegen tun konnte. Reglos starrte er hinauf zum Himmel und konnte nur dumpf Stimmen um sich herum vernehmen.

Der Mahr ließ von Lysander ab. »Ich weiß, wo der Stein ist.«

»Und was ist mit ihm?«, fragte Athura.

»Sein Verstand ist wirklich stärker, als wir vermutet hatten. Aber ich bezweifle, dass jetzt noch etwas davon übrig ist. Am besten, du erlöst ihn. Das wird am gnädigsten sein.«

Wieder tauchte ein Gesicht vor ihm auf. Die Sonne hatte Lysanders Augen völlig geblendet, sodass er kaum noch etwas erkennen konnte. Nur Farbtupfer, die sich hin und her bewegten. »Was meinst du, Menschenprinz?«, fragte Athura mit gesenkter Stimme. »Sollen wir Alben uns deiner erbarmen? Sollen wir das tun, nachdem ihr unser Land gestohlen habt? Nachdem ihr Grenzen abgesteckt und einen Massenmord begangen habt? Wie viel Gnade hat der Prinz eines so barbarischen Volkes wohl verdient?«

KAPITEL 30

Sheera

Am Grenzwald schien es nur so vor Blutalben zu wimmeln. Von der Anhöhe aus, hinter deren Kamm ich mich versteckte, konnte ich beobachten, wie sie dort ein und aus gingen. Mit Sicherheit hatte Athura sie angewiesen, auf der Suche nach dem Dämmerstein jedes Blatt umzudrehen und jeden hohlen Baumstamm zu durchsuchen. Wahrscheinlich waren sie bereits tief in den Wald vorgedrungen, und dass es dämmerte, hielt sie nicht davon ab, weiterzumachen. Erste Fackeln wurden entzündet und weitere Männer in den Wald geschickt.

Durch das Aufsehen, das ein ganzes Bataillon der königlichen Armee nahe dem Menschenreich erregte, hatte es nicht lange gedauert, sie zu finden. Sie hatten mehrere Dutzend Zelte am Waldrand aufgestellt, und aus den umliegenden Dörfern trafen nach und nach Karren, gefüllt mit Vorräten für mehrere Tage, ein. Ich konnte mir nicht vorstellen, dass die Königin, wäre sie noch am Leben gewesen, das gestattet hätte.

Wie lange würde es dauern, bis die Menschen mitbekamen, was

vor sich ging? Durch die Ausläufer des Waldes auf ihrer Seite der Grenze führten Straßen, Kutschen fuhren dort regelmäßig entlang, und sicher suchten die Soldaten des Königs noch immer nach dem Kronprinzen. Früher oder später würden sie auf die Blutalben treffen. Und dann wusste ich nicht, wie der Friedenspakt noch zu retten wäre.

Ich zog mich leise von der Anhöhe zurück, lief zu meinem Pferd und führte es im Schatten des Hügels zu denen der Blutalben. Sie standen abseits der Zelte, sodass ich sie unbehelligt erreichte. Eines mehr oder weniger würde bestimmt nicht auffallen. Insbesondere da meine Stute ebenfalls das Brandzeichen Harans auf der Flanke trug.

»Machs gut«, flüsterte ich ihr zu und kraulte sie zwischen den Ohren, woraufhin sie ein leises Wiehern ausstieß.

Eilig schaute ich mich um. Die Blutalben, die zum Bewachen der Pferde abgestellt worden waren, hatten uns zum Glück nicht gehört. Sie luden gerade Hafer für die Pferde von einem Karren ab und ließen offenbar ihren Unmut darüber aus, zu dieser undankbaren Aufgabe abkommandiert worden zu sein.

»Stattdessen könnten wir jetzt auch Jagd auf ein paar Nachtalben machen«, beschwerte sich der eine.

»Schon vergessen? Der Herr Kommandant hat befohlen, die Wilden in Frieden zu lassen.«

»Ein oder zwei würden bestimmt nicht ins Gewicht fallen.«

Es machte mich unsagbar wütend zu hören, wie sie über meinesgleichen sprachen, und ich fragte mich, ob es denn ins Gewicht fallen würde, wenn es ein paar Blutalben weniger gäbe.

Doch ich hatte keine Zeit, mich lang darüber aufzuregen. Ich musste den Dämmerstein finden, bevor er Athura in die Hände fiel. Was auch immer er vorhatte, es war weder für Farhir noch für Amberan gut, und ich bezweifelte mittlerweile auch, dass ihn das Ansehen der Nachtalben scherte.

»Ich will, dass jeder Winkel abgesucht wird!«, hörte ich Taros brüllen. Allein der Klang seiner Stimme rief die Erinnerung an meine Folter wach. Mein Herz begann, schneller zu klopfen, und ich duckte mich zwischen die Pferde.

Ich ließ meine Blicke durch das Lager wandern. Von meiner Position aus konnte ich hauptsächlich Füße sehen. Taros erkannte ich inzwischen aber auch schon an seiner Gangart. Er lief zwischen den Zelten hindurch und gab seinen Männern Anweisungen. »Reißt von mir aus jeden Baum aus, wenn es sein muss. Grabt den ganzen Wald um. Und wenn ihr auf die Wilden trefft, denkt an das, was der Kommandant befohlen hat. Wir brauchen sie noch. Scheut euch aber nicht, von euren Waffen Gebrauch zu machen, sollte es nicht anders gehen. Keiner hier riskiert sein Leben für eine Horde verwahrloster Nachtalben. Nicht unter meiner Aufsicht. Verstanden?«

»Jawohl!«, brüllten seine Soldaten wie aus einem Mund.

Ich blickte zum Wald. Was hatte er damit gemeint, dass sie die Nachtalben noch brauchten? Wozu? Wie auch immer Athuras Plan aussah, ich bezweifelte, dass sie dabei mitspielten. Das Ganze musste unweigerlich zu einem Blutbad führen, denn den Soldaten verdankten die Nachtalben ihre Verbannung aus Farhir, und im Wald waren sie ihnen überlegen. Bei dem Gedanken daran, wie das alles enden würde, schnürte es mir die Kehle zu.

Ich musste einen Weg finden, Athura aufzuhalten.

Geduckt huschte ich hinter den Pferden vorbei Richtung Wald. Schon auf die Entfernung hin spürte ich den Sog, den er auf mich ausübte. Das Rauschen der Blätter im Wind wurde zu einem Flüstern, und mir war, als wäre darin mein Name verborgen.

Ich atmete tief durch und versuchte, das auszublenden. Welche Macht der Grenzwald auch immer über mich hatte, ich durfte mich ihr kein weiteres Mal hingeben. Lautlos tauchte ich in die Schatten ein, schlich zwischen den Bäumen hindurch und versteckte mich, sobald sich Blutalben näherten.

Sie waren überall, schlugen sich mit Äxten und Macheten durch das Dickicht, trampelten alles nieder und veranstalteten dabei einen Lärm, der jedes Tier im Umkreis von Hunderten Metern in die Flucht schlagen musste. Es war nur eine Frage der Zeit, bis sie weit genug in den Grenzwald vorgedrungen waren, um die Menschen auf sich aufmerksam zu machen.

Ich duckte mich zwischen die Wurzeln eines großen Baumes, als sich drei Blutalben näherten.

»Keine Ahnung, was an diesem Stein so wichtig sein soll, aber den finden wir doch nie«, meinte einer von ihnen.

»Es ist nicht an uns, die Befehle des Kommandanten zu hinterfragen, Saress«, ermahnte ihn einer der anderen. »Wenn der Befehl lautet, den ganzen Wald zu durchkämmen, werden wir genau das tun.«

»Auf die Gefahr hin, auf noch mehr von diesen Wilden zu treffen?«, fragte der Dritte. »Thoron und Mauran sind weiter südlich mit einem zusammengestoßen. Wie ein tollwütiges Tier war dieses

Ding. Nackt, geifernd, mit Krallen wie ein Wolf. Von wegen, die lassen sich einfach vertreiben! Hätten sie das Vieh nicht abgestochen, wäre es ihnen an die Kehle gegangen.«

»Da fragt man sich, wie sie diese Sheera so gut dressieren konnten, dass sie gekleidet wie eine Dame am Hof herumstolziert ist.«

»Die Frage ist wohl eher, *wer* sie dressiert hat. Wer steckt hinter der Ermordung der Königin?«

»Spätestens wenn Hauptmann Taros zurück in Haran ist, wird er Mittel und Wege finden, die Wahrheit aus der kleinen Nachtalbe herauszukitzeln.«

Sie lachten, nicht ahnend, dass ich längst nicht mehr im Kerker saß. Nie wieder würde Taros auch nur in meine Nähe kommen. Dafür würde ich Sorge tragen.

Ich ballte meine Hände zu Fäusten und musste die Luft anhalten, damit die Erinnerungen an die Folter mich nicht überwältigten. Die körperlichen Verletzungen hatte Mayla zwar geheilt, aber die machten nur einen Teil dessen aus, was Taros an Wunden bei mir hinterlassen hatte. Und ich hasste ihn dafür, dass mein Inneres von ihm gezeichnet worden war.

Fest drückte ich mich mit dem Rücken gegen den Stamm des Baumes, wartete, bis die drei an mir vorbeigelaufen waren, und lugte dann vorsichtig um die Ecke.

»Vielleicht sollte man mal Taros an diesen Menschen ranlassen. Mit Sicherheit hätte der Hauptmann ganz schnell herausgefunden, wo der Dämmerstein vergraben liegt.«

»Ich befürchte, das Einzige, was bald hier im Wald vergraben ist, wird der Mensch selbst sein. Athuras ominöse Priester, mit denen er sich in letzter Zeit ständig umgibt, haben eine lebende Leiche aus ihm gemacht. Aus dem kann selbst Taros nichts Brauchbares mehr herausholen. Während wir noch immer nach diesem Stein suchen, verscharren sie den Prinzen gerade.« Er deutete unwirsch in eine Richtung.

Ich wusste nicht, was ich in dem Moment fühlte. War es Angst um Lysander, den sie gerade lebendig begruben, oder Hilflosigkeit, weil ich ihm nicht zurückgeben konnte, was ihm genommen worden war? Mein Blick ging in die Richtung, in die der Blutalbe gezeigt hatte, und alles in mir drängte danach, ihr zu folgen. Wer sonst außer Lysander würde mir sagen können, wo ich den Stein fände? Doch das war nicht der Grund dafür, dass ich nicht anders konnte, als nach ihm zu suchen.

»Wurde auch höchste Zeit«, brummte einer der Alben. Sie waren bereits ein Stück von mir entfernt. »Der Gestank ist ja kaum zu ertragen.«

»Den werden wir leider so schnell nicht los. Der ganze Wald stinkt nach Mensch. Wenn wir wieder in Haran sind, verbrenne ich meine Uniform und fordere eine neue an.«

»Gute Idee!«

Ich konnte nicht länger warten. Obwohl die drei noch nicht ganz außer Sicht waren, rannte ich gebückt los, hinter ihnen vorbei und duckte mich gerade noch rechtzeitig unter eine Hecke, als sich dieser Saress zu mir umdrehte.

»Habt ihr das gesehen?«, fragte er.

Einer der anderen lachte. »Siehst du jetzt schon Gespenster? Da war nichts.«

Ich kroch unter der Hecke hindurch und lief los. Es dauerte nicht lange, bis sich mir bestätigte, was der Blutalbe gesagt hatte. Auf einer Lichtung war ein Grab ausgehoben worden. Lysander lag reglos daneben, und der Soldat, der gerade seinen Spaten in den Boden rammte und sich den Schweiß von der Stirn wischte, verpasste ihm einen Tritt, sodass er in die Grube stürzte.

Mein Herz machte einen Satz, ich wollte instinktiv vorwärtsstürmen und ihm zurufen, dass er die Finger von Lysander lassen solle, doch es gelang mir, mich zusammenzureißen und wieder im Schutz eines Baumes zu verschwinden. Vorsichtig lugte ich zur Lichtung und suchte die Umgebung ab. Der Blutalbe schien allein zu sein, also schlich ich durch die Schatten in seinen Rücken.

Er war gerade dabei, das Grab zuzuschaufeln, als ich einen großen Stein aufhob, mich ihm von hinten näherte und zuschlug. Lautlos sackte er zu meinen Füßen zusammen, und ich sprang über ihn hinweg in das Erdloch.

Ich landete neben Lysanders leblosem Körper im feuchten Lehm auf einem Knie. Als ich ihn dort auf dem Rücken liegen sah, totenbleich, mit halb geschlossenen, leeren Augen, hatte ich auf einmal das Gefühl, ich würde mitsamt der Grube immer tiefer sinken. Mein ganzer Körper war wie betäubt, es war schrecklich still um mich herum, und meine Hand zitterte, als ich sie nach Lysander ausstreckte.

Er atmete nicht. Dieser Gedanke hämmerte hinter meinen Schläfen. Ich berührte seine Wange. Er fühlte sich so kalt an, so unsäglich kalt, und diese Kälte griff nach mir, ergriff meinen ganzen Körper und ließ ihn erbeben.

Ich beugte mich über Lysander. Rote Adern durchzogen seine matt gewordenen Augen, und Erde klebte an seinen Wimpern. Mir war, als würde er mich direkt ansehen, und ich biss mir auf die Unterlippe, als mich eine Welle aus Schuldgefühlen und Schmerz überrollte. Ich krümmte mich, unterdrückte ein Schluchzen, und Tränen benetzten sein Gesicht. Das durfte einfach nicht sein!

»Wieso?«, stieß ich aus. Ich klammerte mich an ihn, als wäre das alles, was verhinderte, dass ich immer tiefer im Erdreich versank. Ich verstand es einfach nicht. Nichts von allem, was geschehen war. Das konnte doch unmöglich Murayas Wille gewesen sein!

Mit dem Daumen strich ich Lysander die Erde von den Lippen und riss die Augen auf, als ich einen sanften Hauch spürte. Er atmete noch! Ganz schwach, kaum merklich, und ich versuchte den Gedanken, dass ich es mir nur eingebildet haben könnte, zu verdrängen.

»Lysander? Hörst du mich?« Ich packe ihn am Hemd, beugte mich tiefer über ihn und legte mein Ohr auf seine Brust. Im ersten Moment glaubte ich, mich geirrt zu haben. Da war nichts. Dann aber, als ich die Hoffnung schon fast aufgegeben hatte, nahm ich es doch wahr. Sein Herz schlug. Viel zu langsam, aber es schlug.

»Lysander, du musst kämpfen!«, flehte ich. »Hörst du mich? Ich brauche dich. Amberan braucht dich! Du musst mir sagen, wo der Stein vergraben liegt, damit ich Athura aufhalten kann.«

»Daraus wird wohl nichts«, sagte jemand über mir. Noch bevor ich begriffen hatte, wer gesprochen hatte, landeten zwei schwarze Stiefel direkt vor mir in der Grube, und ich schaute zu Athura auf. Was ich in diesem Moment fühlte, war zu übermächtig, um es greifen zu können. Es überrollte mich schier, in meinen Ohren rauschte es, und ich war hin und her gerissen zwischen dem Verlangen, mich schreiend auf ihn zu stürzen und dem Wunsch, Lysander vor ihm in Sicherheit zu bringen. Egal wie.

Athura schaute mich aus schmalen Augen an und deutete mit dem Kinn auf mich. »Wie in Murayas Namen kommst du hierher?«

Ich dachte nicht daran, ihm Rede und Antwort zu stehen, sprang auf und tat das, was mir als Erstes in den Sinn gekommen war. Ich stürzte mich schreiend auf ihn. Er griff sofort nach seinem Schwert, zog es blank und zwang mich zurückzuweichen. Beinahe wäre ich dabei auf Lysander getreten. Ich taumelte, und die Klinge legte sich an meine Kehle.

»Wer hat dir geholfen, aus dem Kerker zu entkommen, du kleine Diebin?«

»Das wüsstest du wohl gern«, entgegnete ich schroff.

Ich warf mich zur Seite, schlug das Schwert weg, stürmte erneut auf Athura zu und zog ihm meine Fingernägel quer übers Gesicht, noch bevor er wusste, wie ihm geschah.

Er schrie auf, ließ sein Schwert fallen und presste sich beide Hände auf die blutenden Wunden. Mit Genugtuung sah ich ihm dabei zu. Diesmal wäre seine Verlobte nicht zur Stelle, um sein entstelltes Gesicht zu heilen, bevor Narben entstehen konnte.

Während sich Athura an der Wand abstützte, ging ich neben Lysander in die Hocke und versuchte, ihn hochzuhieven. Irgendwie musste es mir gelingen, ihn aus diesem Grab zu schaffen, aber er war einfach zu schwer.

»Lysander, verdammt!«, schrie ich ihn in meiner Verzweiflung an. »Ich weiß doch, dass du noch da bist. Du musst kämpfen!«

Athura packte mich am Schopf und zerrte mich auf die Füße. Ich schrie vor Schmerz auf und schlug nach seinem Arm, doch schon schleuderte er mich gegen die Wand, und seine Finger schlossen sich so fest um meine Kehle, dass ich keine Luft mehr bekam.

Das wutverzerrte, von Striemen überzogene Gesicht, in das ich blickte, hatte nichts mehr mit dem des geheimnisvollen Schönlings gemein, als den ich Athura kennengelernt hatte. Es war zu einer grotesken, beinahe wahnhaften Grimasse verzerrt, und ich hätte wetten können, in dem Moment Athuras wahrem Ich gegenüberzustehen.

»Ist dir dieser erbärmliche Mensch wirklich wichtiger als dein eigenes Volk?«, warf er mir vor. »Oder hast du die Wahrheit über den Dämmerstein herausgefunden?«

Er hob mich mühelos hoch, sodass meine Füße den Kontakt zum Boden verloren. Verzweifelt versuchte ich zu atmen, doch er schloss seine Finger so fest um meinen Hals, dass mir alles vor den Augen verschwamm.

Athuras Blick durchbohrte mich, als würde er nur lange genug suchen müssen, um die Antworten auf seine Fragen zu finden, doch dann wandte er sich von mir ab und blickte zu seinen Stiefeln.

Eine Hand hatte sich um sein Fußgelenk gelegt. Lysander! Mein Herz machte einen Satz. Er war also wirklich noch am Leben! Ich konnte es kaum fassen.

»Lass mich los!«, brüllte Athura, befreite sich aus Lysanders Griff und trat ihm mit solcher Wucht ins Gesicht, dass er stöhnend zur Seite kippte. Dann wandte er sich wieder mir zu.

»Du wirst einen Krieg anzetteln«, presste ich hervor. »Die Menschen …« Ich versuchte zu erkennen, was mit Lysander war, aber Athura versperrte mir die Sicht, und das Bild vor meinen Augen war ohnehin schon verschwommen.

»Was ist mit den Menschen?«, presste er zwischen zusammengebissenen Zähnen hervor. »Glaubst du denn wirklich, die wären noch eine Gefahr für uns, wenn wir die Macht des Dämmersteines erst einmal entfesselt haben?«

»Welche …?« Es gelang mir kaum noch zu sprechen. Verzweifelt versuchte ich, mit den Zehenspitzen den Boden zu erreichen.

»Welche Macht? Du weißt es also wirklich nicht.« Er zog mich noch näher an sich heran, doch mein Blick glitt an ihm vorbei zu Lysander. Er regte sich nicht mehr.

Athura drängte mich fester gegen die glatte Wand, um meine Aufmerksamkeit zurückzugewinnen. »Du spürst ihn doch. Du hörst ihn, den Ruf der dunklen Magie, die den Nachtalben genommen wurde. Der Ruf nach wahrer, uneingeschränkter Macht.«

Ungläubig starrte ich ihn an. Sprach er vom Flüstern des Waldes? Was hatte das mit Macht zu tun? Allenfalls verwandelte es uns in wilde Bestien.

Athura schnaubte verächtlich und schleuderte mich von sich. Neben Lysander stürzte ich zu Boden und schnappte nach Luft. Mein Körper fühlte sich taub und völlig kraftlos an. Dennoch gelang es mir, wieder auf die Beine zu kommen.

»Du hättest im Kerker bleiben sollen. Spätestens wenn die Macht erwacht ist, wärst du ganz von allein fähig gewesen zu fliehen. Aber durch deine Flucht hast du mir verraten, dass du Verbündete hast. Vielleicht deine Dienerin? Oder dieser Bursche, der dank dir einen Finger verloren hat? Aber keine Sorge – ich werde jeden Einzelnen finden und töten, das schwöre ich dir.«

»Was nutzt dir das?«, fragte ich mit erstickter Stimme und wandte mich ihm zu. Erst jetzt bemerkte ich die Blutalben. Ein halbes Dutzend von ihnen umringte das Grab, die Klingen auf mich gerichtet. »Wenn du jeden tötest, der sich gegen dich stellt, wirst du am Ende ganz allein sein. Mit deinen Taten wirst du einen Krieg heraufbeschwören. Dunkle Magie hin oder her. Ganz Farhir wird sich gegen dich wenden.«

»Ganz Farhir wird mir zu Füßen liegen«, widersprach er. »Aber du verstehst es nicht. Noch nicht. Ich werde dafür Sorge tragen, dass du die Erste bist, die es am eigenen Leib erfährt.« Er nickte seinen Männern zu. »Holt sie hoch.«

Der volle Mond stand bereits am Himmel und tauchte den Wald in ein bläuliches Licht. Ich hockte am Boden und wand meine Hände in dem Seil, das sie mir fest um die Handgelenke geschnürt und in meinem Rücken an einen Baum gebunden hatten. Meine Finger wurden bereits taub, so fest war es zugeknotet worden.

Wehrlos musste ich dabei zusehen, wie sie Lysanders Grab zuschaufelten. Und mit jeder weiteren Schaufel Erde starb auch ein Teil von mir. Ich war zu ihm vorgedrungen. Irgendwie war es mir gelungen, ihn zu erreichen, und nun wurde er lebendig begraben. Ich hätte schreien können vor Wut und Verzweiflung.

Athura baute sich vor mir auf. »Wir hatten eigentlich vor, einen Wilden zu fangen, um die Wirkung des Dämmersteines beobachten zu können, aber du erfüllst diesen Zweck genauso gut.«

»Ist es dir völlig egal, dass du mit der Ermordung des Prinzen einen Krieg auslöst?« Ich riss an meinen Fesseln, aber das Seil gab keinen Millimeter nach, und ich kam nicht an Athura heran.

»Es wird Krieg geben«, stimmte er zu. »Aber nicht seinetwegen. Ganz bestimmt nicht. Wir werden es sein, die den Krieg beginnen, und wir werden ihn auch beenden. So wie es von Anfang an hätte sein sollen.«

»Was von dem, was du mir erzählt hast, ist wahr? Gab es diesen Orden der Dämmerung überhaupt? Hat dir je etwas an den Nachtalben gelegen? Was du da tust, kann niemals Murayas Willen entsprechen.«

Athura schaute mich an, als hätte ich mir einen üblen Scherz erlaubt. »Muraya?«, stieß er lachend aus. »Unsere Göttin hat sich schon vor langer Zeit von uns abgewandt, Sheera. Kein Wunder, nachdem wir Frieden mit den Menschen geschlossen hatten.« Er ging vor mir in die Hocke. »Du hast doch nie wirklich geglaubt, dass sie ausgerechnet dich auserwählt hätte, oder? Dich – eine hinterhältige kleine Diebin. Du bist der Krone nicht würdig, und das wusstest du vom ersten Tag an.«

Hasserfüllt blickte ich ihm direkt in die Augen. Ich wollte ihm nicht zeigen, wie sehr mich seine Worte verletzten. Auch wenn er im Grund recht hatte. Ich war eine Diebin, und ich hätte mich nie von ihm und meinem Glauben an Muraya in die Irre führen lassen dürfen.

Ein breites Grinsen huschte über Athuras Gesicht. »Es war klar, dass wir den Dämmerstein erlangen mussten, um die Macht der Nachtalben zu entfesseln. Und wir wussten auch, dass er sich in den Händen der Menschen befand. Aber wie hätten wir an ihn herankommen sollen? Im Grenzwald wimmelt es von verwilderten Nachtalben. Ohne eine Armee ist hier kein Durchkommen. Es hätte zum Krieg geführt, wenn wir damit ins Menschenreich marschiert wären. Keine gute Idee, solange der Schutzwall noch geschwächt war. Ich hätte mit der Vergiftung der Königin etwas länger warten sollen. Aber sei's drum.«

»Krieg ist doch genau das, was du willst.«

»Nicht, bevor wir nicht des Dämmersteines habhaft geworden sind und damit unsere stärkste Waffe entfesseln können«, korrigierte er mich. »Wir haben also jemanden gebraucht, der sowohl den Wald durchdringen kann, ohne die Nachtalben fürchten zu müssen, als auch fähig ist, gegen die Menschen zu bestehen. Und da kamst du ins Spiel. Der Rest ist Geschichte. Ein paar Bestechungen hier, ein paar Erpressungen dort, und schon hatten wir das perfekte Werkzeug an der Hand. Eine Nachtalbe, deren Verlangen nach dem Stein groß genug war, um dem Ruf der Wälder widerstehen zu können, die von den Wilden des Waldes nicht angegriffen wird und die sich darauf verstand, zu betrügen und zu stehlen. Aber Sheera, glaube mir – auch wenn ich dir nicht die Wahrheit sagen konnte, hast du Großes für unser Volk bewirkt. Dein Name wird in die Geschichtsbücher eingehen.«

»Kommandant?«, rief ihm einer seiner Soldaten zu.

»Was ist?«, fuhr Athura ihn ungehalten an und stand auf.

»Der Mensch, er lebt noch.«

Mein Herz machte einen Satz. Es war beinahe, als hätte Muraya mir ein Zeichen gesandt.

»Das spielt keine Rolle, schaufelt einfach weiter«, sagte Athura ungerührt.

»Nein!«, schrie ich.

Athura achtete nicht auf mich. Doch er sah auf einmal nachdenklich aus, und schließlich hob er die Hand und gebot seinen Männern Einhalt. »Wartet!«, befahl er. »Ich habe es mir anders überlegt. Holt ihn hoch. Er eignet sich hervorragend, um die Macht des Dämmersteines zu demonstrieren.«

Während die Blutalben Lysander aus dem Grab zogen, betrat einer der Priester die Lichtung. Das zufriedene Grinsen des Mannes entging Athura nicht. »Ich hoffe, es gibt gute Nachrichten.«

»Wir haben den Dämmerstein«, verkündete der Priester stolz.

Athura nickte zufrieden. »Und wie steht es um die Vorbereitungen?«

»Wir sind so weit und können mit dem Ritual beginnen.«

»Dann tut das«, forderte er sie auf.

»Das ist doch Irrsinn!«, rief ich und zerrte erneut an dem Seil. »Nachtalben beherrschen keine Magie! Es gibt keine Macht, die man entfesseln könnte.«

Athura schaute mich beinahe mitleidig an. »Es ist Irrsinn, zu glauben, dass von jeher nur die Hochalben zur Magie befähigt waren. Die Wahrheit ist, dass die Nachtalben weitaus mächtiger waren als die Alben des Tages. Die Menschen fürchteten sie, die Hochalben begegneten ihnen mit gebührendem Respekt. Respekt, verstehst du?« Mit Abscheu im Blick wandte er sich an Lysander. Er kniete, und zwei Blutalben hielten ihn an den Oberarmen fest, damit er nicht wieder umsank. Athura begann, ihn zu umkreisen. »Doch dann kamen Menschen und Hochalben auf die glorreiche Idee, einen Friedenspakt auszuhandeln. Nur waren ihnen die Nachtalben dabei ein Dorn im Auge. Sie waren zu gefährlich und unkontrollierbar. Also beschloss man, ihnen ihre Magie zu nehmen, diese in die Wurzeln der Wälder tief unter die Erde zu verbannen und mit einem magischen Stein zu versiegeln, der dem König der Menschen als Zeichen des ewigen Friedens geschenkt wurde. Danach konnten die Menschen sich ungehindert ausbreiten. Wie die Ratten im Korn. Den Nachtalben war hingegen alles genommen worden. Ihre Macht, ihr Ruf und der Respekt, den sie verdienen.« Er wandte sich wieder an mich. »Doch all das endet am heutigen Tag. Wir werden das Siegel des Dämmersteines brechen und uns zurückholen, was uns einst genommen wurde: Amberan. Der Krieg, der nun bevorsteht, wird wie ein reinigendes Gewitter sein. Wir werden uns endgültig von den Menschen befreien und uns das Land zurückholen, das ihnen dank des Friedenspaktes so großzügig überlassen wurde.«

Ich glaubte einfach nicht, was ich da hörte. Hätte das alles nicht bekannt sein müssen, wenn es der Wahrheit entsprach? Aber es erklärte, was ich nahe des Waldes spürte. Es schien die in die Wurzeln gebannte Magie der Nachtalben zu sein, die nach mir rief. Bloß waren die Nachtalben, die diesem Ruf folgten, zu wilden Tieren geworden. Das konnte doch unmöglich die Folge der Magie sein, die angeblich unsere war! »Wenn das alles so lange her ist, woher willst du dann wissen, dass es stimmt?«, fragte ich. »Woher willst du wissen, dass es nicht nur irgendwelche Geschichten sind?«

»Warum? Weil der Orden der Dämmerung nie zerschlagen wurde, meine liebe Sheera. Weil er all die Zeit im Verborgenen überdauert hat und das alte Wissen bewahren konnte. Was ich dir erzählt habe, entsprach der Wahrheit. Mehr oder weniger. Der Orden wurde zerschlagen, seine Priester ermordet, die Tempel niedergebrannt. Alle Aufzeichnungen an die damalige Zeit wurden vernichtet. Zumindest dachte man das. Aber du musst mir nicht glauben. Du wirst es sehr bald schon am eigenen Leib erfahren.«

»Und was halten deine Soldaten von diesen Plänen?« Ich schaute mich zwischen seinen Männern um. »Was haltet ihr davon, dass in den Adern eures Kommandanten Nachtalbenblut fließt und er das alles nur tut, um Magie in sich zu entfesseln?«

Die Männer beachteten mich gar nicht.

»Oh, Sheera«, seufzte Athura. »Hast du es noch immer nicht begriffen? Ich trage das Erbe der Nachtalben nicht in mir, und meine Männer wissen, dass wir am heutigen Tag eine Waffe entfesseln, die uns die Menschen endgültig vom Hals schaffen wird. Endlich sind die Nachtalben mal zu was gut. Wieso sollte jemand etwas dagegen haben?« Er nickte den Priestern zu. »Beginnt.«

Ich versuchte noch einmal, mich von meinen Fesseln zu befreien, doch es war zwecklos. Ich konnte nichts tun, um Athura aufzuhalten. Und wenn er die Wahrheit sprach, wusste ich nicht, ob ich mich gegen den Zauber wehren konnte, der sich über mich legen würde.

KAPITEL 31

Lysander

Lysander wusste nicht, wie ihm geschah. Sein Mund und seine Augen waren von Erde verklebt, seine Lunge brannte, weil er wohl einiges davon eingeatmet hatte, und noch ehe er erkennen konnte, wo er war, hatten ihn gleich mehrere Mahr gepackt und aus einem Erdloch gezerrt. Dies musste einer dieser lichten Momente sein, die plötzlich über ihn kamen und ebenso schnell wieder vergingen. Beim letzten Mal war es noch Tag gewesen, nun drang Mondlicht durch das Blätterdach und beschien eine Lichtung im Wald.

Er hustete, würgte und spuckte Erde aus. Schnell begriff er, dass er umzingelt und hoffnungslos unterlegen war. Überall um ihn herum wimmelte es von Soldaten. Athura stand nicht weit von ihm entfernt, und hinter dem Mahr, an einen Baum gefesselt, entdeckte er Sheera.

Sein Herz schlug schneller, als er sie sah. Er dachte nicht nach, sondern stürzte blindlings vorwärts, um zu ihr zu gelangen. Doch die Mahr hielten ihn auf. Er wollte protestieren, bekam aber kein Wort über die Lippen.

Er befürchtete, dass es nicht lange dauern konnte, bis er wegdriften würde und alles um ihn herum erneut im Nebel verschwand. Vielleicht war das seine letzte Chance, etwas zu bewirken, bevor er endgültig den Verstand verlor. Er hätte alles dafür getan, um die Kraft zu finden, auf die Füße zu kommen, sich zu wehren und zu Sheera zu gelangen. Aber sein Körper versagte ihm genauso den Dienst wie seine Stimme.

Und während er wehrlos am Boden saß, erzählte Athura etwas von Magie, Krieg und Zerstörung. Schreckliche Dinge, die er um jeden Preis verhindern musste. Nur wie? Er wusste zu wenig von dem, was in den letzten Stunden geschehen war, um wirklich verstehen zu können, worum es ging. Als er dann aber die Priester sah, die etwas abseits standen und sich in einem Kreis um etwas versammelt hatten, was auf einem großen Stein lag, begriff er allmählich.

Der Dämmerstein. Athura hatte ihn gefunden und irgendetwas mit ihm vor. Etwas, was Sheera in Panik versetzte.

Lysander schaute zu Athura, der sich den Priestern näherte, in etwas Abstand zu ihnen stehen blieb und beobachtete, wie sie mit einer Art Ritual begannen.

»Lysander«, rief ihm Sheera leise zu und lenkte seine Aufmerksamkeit von den Priestern ab. Er wandte sich ihr zu. Verzweiflung stand in ihrem Gesicht. »Es tut mir alles so leid«, sagte sie.

»Was passiert hier?«, fragte er mit rauer Stimme. Er musste um jedes Wort kämpfen, hatte aber das Gefühl, der Nebel in seinem Kopf würde sich allmählich lichten. »Was haben die Mahr vor?«

»Ich hätte dich nie nach Farhir bringen sollen«, fuhr sie mit gesenktem Blick fort. »Ich hätte Athura nie vertrauen dürfen. Von

Anfang an hätte ich auf meinen Instinkt hören müssen.« Sie blickte zu ihm auf. Tränen glitzerten in ihren großen, mondrunden Augen. »Was auch immer als Nächstes passiert, ich will, dass du eines weißt: Ich hasse die Menschen nicht. Nicht mehr. Ich hasse dich nicht. Selbst wenn ich wollte, ich könnte nicht. Kannst du mir das glauben?«

Lysander versuchte noch zu verstehen, was Athura über magische Siegel, Nachtalben und Krieg erzählt hatte. Er verstand nichts von Zauberei und erst recht nichts von den Ritualen der Mahr. Aber er wusste, dass Sheera keine Schuld an dem trug, was als Nächstes passieren würde. Er wusste, dass sie ihn nie mit Absicht verletzt hätte. Sie hatte es weiß Gott versucht und nicht über sich gebracht.

»Aber natürlich glaube ich dir«, sagte er. »Ganz egal, was passiert. Ich glaube dir.«

Sie lächelte sanft und sah dabei unendlich traurig aus. So gebrochen, dass er alles dafür getan hätte, sich loszureißen. Er wollte sie von ihren Fesseln befreien, ihre Tränen trocknen und beenden, was auch immer Athura zu tun vorhatte. Es zerriss ihn innerlich, Sheera derart hilflos zu sehen. Ausgerechnet sie, die so mutig und kämpferisch war.

Er wehrte sich gegen die Mahr, die ihn hielten, spürte, dass seine Kräfte allmählich zurückkehrten und der Nebel in seinem Kopf sich immer mehr lichtete, statt ihn zurück ins Chaos zu ziehen. Ein unbändiger Wille ergriff Besitz von ihm. Es gelang ihm, seinen Arm loszureißen, als es plötzlich so laut krachte, dass er und alle Umstehenden zusammenfuhren.

Es hatte geklungen, als wäre ein Berg in zwei Hälften geborsten. Das Geräusch war so laut und durchdringend gewesen, dass die Erde noch immer bebte. Die Mahr waren zurückgewichen, und diejenigen, die Lysander festhalten sollten, hatten sich von ihm entfernt.

Er riss den Kopf herum und schaute zum Dämmerstein. Die Priester hatten die Arme gehoben, um ihre Augen zu schützen, und waren teils auf die Knie gesunken. In ihrer Mitte, dort, wo eben noch der Stein das Zentrum gebildet hatte, erhob sich eine Säule aus schwarzem Nebel. Anders konnte Lysander es nicht beschreiben. Bei dem Anblick überlief ihn ein Schauer. Die Nebelsäule war mehrere Meter breit und so düster, als hätte sie alles Licht der Umgebung verschluckt, und ragte weit in den Himmel, wo sich die Wolken verfinsterten und in einem Strudel um sie herum zusammenzogen.

Was auch immer die Mahr getan hatten, es musste in ganz Amberan zu sehen sein.

Lysander war so gefesselt von dem Anblick, dass er gar nicht daran dachte aufzustehen. Auch Sheera starrte die düstere Säule an. Nackte Panik zeichnete sich auf ihrem Gesicht ab. Keine Furcht, die sie hinter Wut verstecken konnte, sondern unverfälschte, abgrundtiefe Todesangst.

Lysander musste zu ihr! Er musste sich aus seiner Schockstarre befreien, Sheeras Fesseln lösen und versuchen, mit ihr zu fliehen, bevor es zu spät war.

Gerade als er aufspringen wollte, schoss der schwarze Nebel mit lautem Getöse zurück ins Erdinnere. Er schien dabei die Wolken vom Himmel geradezu in die Tiefe zu saugen. Heftige Böen zerrten an Lysander, und die Priester, die im Kreis um die Säule herumstanden, schrien, als der Wind auch sie ergriff und drohte, sie ins Erdinnere zu ziehen. Er riss an ihren Roben und sog alles in seiner Umgebung an, was beweglich war – Laub, Äste, Steine. Als der erste Priester den Halt verlor und schreiend im schwarzen Nebel verschwand, wich Athura zurück.

Ein paar der Priester klammerten sich an Bäumen und Wurzeln fest, doch nach und nach wurde jeder Einzelne in die Tiefe gezerrt, und Lysander sah mit Schrecken, was die düstere Säule mit ihnen anrichtete. Ihre Körper wurden ausgesaugt, bis ihre Haut grau wie Asche und porös wie verbranntes Papier war, ihre Augen traten aus den Höhlen, ihre Wangen fielen in sich zusammen, und die Hände, die sie Hilfe suchend nach den umstehenden Mahr ausstreckten, wurden dürr und knochig, sodass sie aussahen wie tote Äste. Und als ihre Beine in den Nebel gezogen wurden, zerfielen ihre Leiber einfach, während ihre Gesichter sich angesichts des nahenden Endes zu grausigen Grimassen verzerrten.

Das alles geschah binnen Sekunden. Der schwarze Nebel verschwand vollends in der Erde, die daraufhin erneut zu beben begann und die Mahr noch weiter zurücktrieb.

Sheera versuchte mit aller Macht, sich von ihren Fesseln zu befreien, und Lysander nützte das Chaos und stolperte schnell zu ihr.

»Kommandant Athura!«, rief einer der Mahr.

Es war Taros. Er war mit weiteren Männern auf die Lichtung gestürmt, hielt aber Abstand.

»Wir wussten, dass das Entfesseln schwarzer Magie Opfer fordert!«, rief Athura als Erklärung für den Tod der Priester.

Es gelang Lysander nicht, Sheeras Fesseln zu lösen. Sie hatte sie sich beim Versuch freizukommen so fest um die Handgelenke gezogen, dass ihre Finger bereits blau waren.

»Lauf!«, flehte sie ihn an. »Flieh, solange du noch kannst.«

Er schüttelte den Kopf. »Nicht ohne dich.«

Sheera schaute zu ihm auf. Verzweiflung lag in ihrem Gesicht, und als ihre Blicke sich trafen, war ihm, als würde alles um sie herum in einem fernen Rauschen versinken. In dem Moment wurde ihm klar, dass er sie um keinen Preis der Welt zurücklassen konnte. Und wenn es ihn das Leben kostete.

Plötzlich brach die Erde unter ihren Füßen auf. Überall um sie herum zogen sich Risse durch den Boden.

Sheera sah das voller Panik, und er versuchte erneut, die Fesseln zu lösen. »Mein Dolch«, sagte sie. »In meinem Mieder, schnell!«

Er reagierte sofort, wollte unter ihr Hemd greifen, zögerte aber unwillkürlich.

»Mach schon«, drängte sie ihn.

Für Anstand war jetzt wirklich nicht die richtige Zeit. Er griff ihr unter die Kleidung und zog den Dolch hervor.

»Lass ihn!«, hörte er Athura rufen.

Lysander schaute sich nach ihm um. Der Mahr hatte sich zwischen sie und Taros gestellt, der im Begriff gewesen war, sein Schwert zu ziehen. Dass Athura Sheera und ihm plötzlich half, ergab für Lysander zwar keinen Sinn, aber er hatte keine Zeit, darüber nachzudenken.

Er schnitt die Fesseln los und zog Sheera auf die Beine. Doch kaum dass sie einen Schritt getan hatten, kroch der schwarze Nebel wie die Tentakel einer riesigen Bestie aus den Rissen im Boden. Er wälzte sich auf Sheera zu, als wäre er beseelt und hätte ihre Witterung aufgenommen.

»Was …?«, fragte Lysander noch, da schoss der Nebel auch schon auf sie zu. Sie schrie auf, doch er drang von allen Seiten auf sie ein, riss sie mit sich und weg von Lysander.

»Sheera!« Er wollte nach ihr greifen, doch schon prallte sie mit dem Rücken gegen einen Baum. Der schwarze Nebel drang ihr in Mund, Nase und Ohren, ergriff regelrecht Besitz von ihr, brachte ihren ganzen Leib zum Zittern und schien sie bis in die Fingerspitzen zu erfüllen.

Verzweifelt und machtlos, wie Lysander war, schaute er sich um. Während Athura selbstzufrieden beobachtete, was mit Sheera geschah, wirkten die anderen Mahr eher geschockt.

So weit Lysander blicken konnte, kroch schwarzer Nebel aus dem Boden, und aus der Ferne drangen gequälte Schreie zu ihnen. Schreie, die nichts Irdisches an sich hatten. Als wären es gequälte Seelen, die aus dem Reich der Toten zurückgekehrt waren und ihr Leid zum Himmel emporbrüllten. Und einer dieser Schreie war plötzlich ganz nah. Abrupt wandte Lysander sich wieder Sheera zu.

Sie war es, die in diesem durchdringenden, übernatürlichen Tonfall schrie, und als der Nebel vollends in sie eingedrungen war, sie zu Boden stürzte und auf allen vieren landete, wurde es plötzlich totenstill um sie herum. Die Schreie hatten aufgehört, die Erde bebte nicht länger, und nur Sheeras tiefe, rasselnde Atemzüge durchbrachen die Stille.

»Ja!«, stieß Athura zufrieden hervor. »Oh ja!«

Lysander tat einen zögerlichen Schritt vor. »Sheera?«, fragte er vorsichtig.

Sie hob den Kopf, doch was da vor ihm kniete, war nicht mehr die Sheera, die er kannte. Es war ein Mahr wie auf den alten Zeichnungen. Ganz ähnlich wie die Wesen, die ihn im Wald überfallen hatten und doch ganz anders. Bedrohlicher. Sie sah ihn durchdringend aus großen, mondblinden Augen an, die sie zu schmalen Schlitzen verengt hatte, und fletschte die Zähne. Dunkle Schatten zeichneten ihre Züge, die nur noch entfernt an Sheera erinnerten.

Er wich vor ihr zurück, und auch die Soldaten bekamen es mit der Angst zu tun.

»Keine Sorge«, sagte Athura, ohne den Blick von dem Monster abzuwenden, zu dem er Sheera gemacht hatte. »Sie hat es nur auf Menschen abgesehen. Auf menschliche Seelen.«

Als wäre seine Erklärung ein Befehl, stürzte Sheera plötzlich auf Lysander zu. Wie ein angreifender Wolf sprang sie ihn an und riss ihn zu Boden. Dabei fiel ihm der Dolch aus der Hand. Er wollte sich aufrichten und sie wegstoßen, doch mit übermenschlichen Kräften drückte sie ihn nieder, riss den Mund weit auf und beugte sich über ihn.

Und während sie ihn mühelos im Griff hielt und sich über ihn beugte, spürte er ein Ziehen. Als würde sie all seine Kraft aus seinem Leib saugen, und wenn die Legenden stimmten und Athura recht behielt, dann war sie gerade dabei, ihm seine Seele zu entreißen.

Er hatte schon einmal etwas Ähnliches erlebt, als die verwilderten Nachtalben im Wald ihn im Schlaf überfallen und gebissen hatten. Und nun begriff er, dass sie damals das Gleiche hatten tun wollen, was Sheera jetzt nach ihrer Verwandlung in ein Monster zu gelingen schien: Sie hatten versucht, ihm die Seele auszusaugen, waren ohne die Magie, die nun vom Dämmerstein freigesetzt worden war, aber nicht dazu fähig gewesen. Genau diese Magie musste es gewesen sein, die im Wald nach Sheera gerufen und ihr fast den Verstand geraubt hatte. Und nun hatte diese Magie von ihr Besitz ergriffen.

»Sheera, bitte!«, presste er hervor.

Seine Worte erreichten sie nicht. Sie beugte sich tiefer über ihn, er konnte regelrecht sehen, wie seine Seele ihn in Form eines wabernden, weißen Lichts verließ und von Sheera begierig aufgesaugt wurde. Und das Schlimmste war, dass es sich nicht so schrecklich anfühlte, wie er gedacht hatte. Es war beinahe wie eine Befreiung. Als wäre sein Leben eine Last, die das Monster, zu dem Sheera geworden war, ihm Stück für Stück abnahm. Es musste ein Teil ihrer Magie sein, dass ihm sein freier Wille geraubt wurde, seine Gegenwehr erlahmte und er das Gefühl hatte, es einfach geschehen lassen zu können. Er schloss die Augen, eine Flut an Erinnerungen durchströmte ihn, als wären sie fest in seiner Seele verankert und würden ein letztes Mal in ihm aufblitzen, bevor sie ihm genommen wurden. Doch er war nicht bereit, endgültig loszulassen. Noch nicht.

Er raffte seine letzten Kräfte zusammen und tastete den Boden ab, bis er etwas Kaltes unter seinen Fingerkuppen spürte. Er wollte das nicht tun, aber welche Wahl hatte er denn? Sie raubte ihm sein Lebenselixier, seine Seele, sein ganzes Ich. Von der Sheera, die er kannte, war nichts mehr geblieben.

Als sich seine Finger fest um den Griff des Dolches schlossen, zögerte er nicht länger. Er zog ihn zu sich und stieß ihn Sheera mit voller Wucht in den Leib.

Augenblicklich ließ sie von ihm ab, riss die Augen auf und starrte ihn an, als hätte er sie verraten.

Er konnte selbst nicht fassen, dass er das getan hatte. Sie bäumte sich auf und schaute hinunter zu dem Dolch.

Sie war zu einem Monster geworden. Doch als er von dem Dolch zu ihr aufsah und ihre Blicke sich trafen, war kaum noch etwas von dieser Bestie geblieben. Mit ihrem Leben schien auch die schwarze Magie sie zu verlassen.

Sie sackte über ihm zusammen. Er fing sie auf, drehte sie vorsichtig auf den Rücken und ließ sie zu Boden sinken. Sie wollte etwas sagen, öffnete den Mund, doch statt Worten quoll nur Blut aus ihrem Mund.

Lysanders Inneres verkrampfte sich. Ihre Augen wurden schmaler, und Tränen standen darin.

»Ganz ruhig«, bat er sie mit erstickter Stimme. Seine Hand zitterte, als er ihre Wange berührte.

Um ihn herum war es laut geworden. Es herrschte Hektik, Füße trampelten an ihnen vorbei, Schwerter klirrten, und jemand schrie. Aber Lysander achtete nicht darauf. Er ließ Sheera keine Sekunde aus den Augen.

Irgendwie musste er die Blutung aufhalten und die Wunde verbinden, zuvor aber den Dolch aus ihrem Körper ziehen. Nur befürchtete er, wenn er das tat, wäre das ihr endgültiges Todesurteil.

»Alles wird gut«, versprach er, richtete sich auf und widmete sich der Klinge. Er legte die Hand um den Griff, ließ aber sofort wieder los, als ihn jemand am Arm packte und von Sheera wegzog. Es war keiner der Mahr, sondern ein Gardist des Königs. Der Mann stieß Lysander von sich und hob sein Schwert, als er von hinten von einer Klinge durchbohrt wurde.

Gehetzt schaute Lysander sich um. Die schwarze Säule musste die Aufmerksamkeit einer Patrouille auf sich gezogen haben. Es war Athura, der den Gardisten niedergestreckt hatte und ihm gleich darauf sein Schwert wieder herauszog. Tot brach der Mann zusammen.

»Schlagt sie zurück!«, rief Athura seinen Männern zu und schnaubte verächtlich. »Der Schutzwall nutzt überhaupt nichts, wenn das Leuchtfeuer des Dämmersteines die Menschen anlockt wie ein Stück Käse die Ratten.«

Er wandte sich Lysander zu. »Diese Ratte hier erledige ich höchstpersönlich.«

Lysander warf sich zur Seite, packte das Schwert des toten Gardisten und riss es gerade noch rechtzeitig hoch, um Athuras Schlag zu parieren.

Athura trat einen Schritt zurück. »Steh auf!«

Lysander ließ sich nicht zweimal bitten, konnte aber nicht verhindern, dass sein Blick zu Sheera glitt. Sie lag in ihrem Blut und starrte reglos ins Leere. Ihr Anblick versetzte ihm einen Stich. War sie etwa bereits tot? Sie durfte nicht sterben! Nicht hier und nicht durch seine Hand. Er tat einen Schritt auf sie zu, doch Athura nutzte die Gelegenheit für einen Angriff. Lysander sah ihn aus den Augenwinkeln und wich zurück, sodass das Schwert ihn verfehlte. Athura schnaubte vor Wut.

Nun, da der Zauber, der ihm den Verstand vernebelt hatte, erloschen zu sein schien, würde es dieser Dreckskerl nicht so leicht mit ihm haben. Lysander schloss die Finger fester um den Griff seines Schwertes. Athura musste für das, was er Sheera angetan hatte, büßen. Dafür würde er schon Sorge tragen!

Während er begann, den Mahr zu umkreisen, ihn einzuschätzen und die Schwachpunkte seiner Verteidigung zu suchen, kam er nicht umhin zu bemerken, was um ihn herum geschah.

Es waren höchstens ein halbes Dutzend Gardisten, die von den zahlenmäßig weit überlegenen Mahr immer weiter zurückgedrängt und überwältigt wurden. Nach den Schreien zu urteilen, die er gehört hatte, als die dunkle Magie freigesetzt worden war, lauerten zudem Hunderte, wenn nicht sogar Tausende Seelen raubende Monster in den Wäldern und hatten die Witterung der Menschen wahrscheinlich schon aufgenommen.

Wenn Lysander das Volk von Amberan vor der drohenden Gefahr warnen wollte, hatte er keine Zeit für Rache. Er musste zurück in seine Heimat fliehen.

Bei dem Gedanken huschte sein Blick unweigerlich wieder zu Sheera. Er konnte sie doch nicht einfach im Stich lassen. Was, wenn sie noch lebte? Wenn er sie wehrlos, wie sie war, Athura überließ, um seine eigene Haut zu retten. Nie im Leben hätte er sich das verzeihen können.

»Rückzug!«, rief einer der Gardisten.

Athura entspannte sich. Ein überhebliches Lächeln stahl sich auf seine Lippen. »Lasst sie ziehen! Sie werden nicht weit kommen. Tausende Nachtalben werden ihnen dicht auf den Fersen sein und ihr Land in Schutt und Asche legen.«

Die Worte ließen Lysanders Wut wieder aufschäumen. Er stürzte voran, wollte dafür sorgen, dass Athura sein Grinsen verging, doch ehe er ihn erreicht hatte, packten ihn die Gardisten, zerrten ihn weg, und sein Schwert fiel dabei zu Boden.

»Nein!«, schrie er und wehrte sich gegen die Männer. »Lasst mich auf der Stelle los.«

Er hatte unterschätzt, wie sehr er durch den Zauber der Mahr, und wahrscheinlich auch durch Sheeras Angriff, geschwächt worden war. Sosehr er es auch versuchte, er konnte sich nicht befreien.

Sie schleiften ihn zum Rand der Lichtung, weg von Sheera und den bereits gefallenen Gardisten, und hielten ihre Schwerter drohend auf die Blutalben gerichtet, die jedoch Athuras Befehl gehorchten und sie unbehelligt ziehen ließen.

Athura schien sich so sicher zu sein, dass sie den Wald ohnehin nicht lebend verlassen würden, dass er sich desinteressiert von ihnen abwandte und auf Sheera zulief.

»Loslassen!«, verlangte Lysander voller Verzweiflung. Sein Herz raste, und alles in ihm drängte danach, freizukommen und zu ihr zu gelangen.

Er sah, wie Athura unmittelbar vor ihr stehen blieb und wie ihre Finger kaum merklich zuckten. Bei diesem Anblick stockte ihm der Atem, und er riss die Augen auf. Trotz der schweren Verletzung war sie also noch am Leben, und er war gezwungen, sie zurückzulassen.

Noch einmal wehrte er sich aus Leibeskräften gegen die Gardisten, aber es hatte keinen Zweck. Unbarmherzig stießen sie ihn vorwärts. Die Schatten des Waldes legten sich über ihn, und Äste versperrten ihm die Sicht auf Sheera, Athura und das, was auf der Lichtung geschah.

Lediglich drei der Gardisten hatten den Kampf gegen die Blutalben überlebt.

»Was war das?«, fragte einer von ihnen plötzlich erschrocken und blieb stehen.

Um sie herum waren Geräusche zu hören. Leises Rascheln im Dickicht, vor allem aber tiefe, rasselnde Atemzüge. Die Männer ließen von Lysander ab. Er spielte mit dem Gedanken, sie wegzustoßen und zurück zu Sheera zu stürzen, tat einen Schritt in die Richtung, doch ein lauteres Geräusch, links von ihnen, lenkte ihn ab.

Plötzlich brach etwas aus dem Dunkel hervor, eine schattenhafte Gestalt stürzte sich auf einen der Gardisten und riss ihn zu Boden. Es war ein Mahr, der sofort den Mund weit aufriss und damit begann, dem wehrlos gewordenen Mann seine Seele auszusaugen. Als nebelhafter Schemen verließ sie dessen Körper. Die anderen standen im ersten Moment wie erstarrt da. Lysander wollte sich das Schwert des am Boden liegenden Mannes greifen, doch der Gardist neben ihm war schneller. Laut brüllend stürzte er sich auf den Mahr und erstach ihn von hinten.

Etwas in Lysander krampfte sich zusammen. »Nein …«, stöhnte er ungläubig. Das durfte einfach nicht passiert sein. Athura durfte nicht gewonnen haben. Aber genau danach sah es aus. Die Mahr waren zu Seelen raubenden Bestien geworden.

Lysander stolperte einen Schritt zurück. Der angegriffene Gardist kroch unter dem toten Mahr hervor und rappelte sich auf. Um sie herum wurden die Geräusche lauter.

»Schnell weg hier!«, drängte einer der Männer.

Lysander blickte noch einmal in Richtung der Lichtung. Das Herz schlug ihm bis zum Hals, seine Gedanken rasten, und alles in ihm verlangte danach, zu Sheera zurückzukehren. Doch im Grund wusste er, dass er keine andere Wahl hatte. Wenn wirklich Tausende dieser Bestien in den Wäldern lauerten, musste er alles daransetzen, lebend nach Amberan zurückzukehren. Der König musste gewarnt werden, damit er eine Verteidigung aufbauen konnte, bevor alles zu spät war.

Und dennoch regte er sich nicht. Sein Körper war wie gelähmt. Bis ihn einer der Gardisten schließlich am Arm packte und mit sich zog. Widerwillig ließ er es geschehen.

Kaum hatten sie den Wald hinter sich gelassen, überkam Lysander das Gefühl, aus einem Albtraum zu stolpern. Und genau von diesen Wesen, die vor vielen Jahrhunderten so viel Leid über das Volk der Menschen gebracht hatten und gerade dabei waren, die Geschichte zu wiederholen, stammte der Begriff »Alb« ja auch ab. Erschöpft stützte er die Hände auf den Knien ab und atmete tief durch.

Auch wenn sie keine Zeit zum Anhalten hatten, brauchte er einen kurzen Moment, um innezuhalten und sich alles vor Augen zu rufen: Sheera, das Reich der Mahr, das magische Ritual. Das alles war zu unwirklich, um es wahrhaben zu können. Aber es war geschehen. Er hatte es erlebt, und er musste seinem Vater berichten, dass Farhir ganz anders war, als es die Legenden erzählten. Auch wenn es dem König sicher schwerfallen würde, ihm zu glauben, und alles in ihm danach verlangte, umzukehren und nach Sheera zu suchen. Als er sie zuletzt gesehen hatte, war sie noch am Leben gewesen. Aber wie lange würde das noch so sein, wo sie Athura doch wehrlos ausgeliefert war?

»Weiter«, sagte einer der Männer und packte ihn grob am Arm. Verwundert wanderte Lysanders Blick zu der Hand des Mannes.

»Sie kommen!«, warnte ein anderer.

Die Gardisten wandten sich dem Wald zu, die Schwerter gezückt, und gingen langsam rückwärts. Überall im Dunkel sah man Bewegung, und erst jetzt, da sie nicht mehr blindlings durch den Wald rannten, wurde Lysander bewusst, wie viele Verfolger hinter ihnen her waren. Es war, als wäre der Grenzwald zum Leben erwacht. Er bewegte sich, und das ununterbrochene Rascheln darin glich dem Rauschen des Meeres. Die Schatten der Nacht schienen regelrecht zu wachsen und sich nach ihnen auszustrecken. Doch es waren keine Schatten. Es waren Mahr. Unzählige von ihnen. Eine ganze Flut, die drohte, über Amberan hereinzubrechen und die Gardisten samt Lysander dabei einfach unter sich zu begraben. Und in dem Moment begriff er, dass Athura recht gehabt hatte: Sie hatten nie eine Chance gehabt zu entkommen.

Instinktiv fasste er sich an den Gürtel, nur um festzustellen, dass er kein Schwert bei sich trug. Er war unbewaffnet und bei dem, was er vor sich sah, wusste er, dass er weder zurück zu Sheera konnte noch zu seinem Vater. Sie waren verloren. Der Gedanke schnürte ihm die Kehle zu.

»Wir sollten rennen«, schlug einer der Gardisten vor.

Lysander schüttelte den Kopf, ohne den Blick vom Waldrand abwenden zu können. Allmählich wagten sich die ersten Mahr aus den Schatten und näherten sich ihnen von überall her. Gebrochene, dürre Kreaturen. Gezeichnet vom Leben in den Wäldern, aber begierig darauf, ihren Hunger nach Menschenseelen zu stillen.

Noch bewegten sie sich zögerlich auf sie zu. Sie schienen unsicher, ob sie den Schutz der Dunkelheit verlassen sollten oder nicht. Aber mit Sicherheit waren sie mindestens so schnell und geschickt wie Sheera und durch Magie zudem übermenschlich stark. Eine falsche Bewegung von Lysander oder den Gardisten, und die Mahr würden wie ein Schwarm Heuschrecken über sie herfallen. Daran hatte er keinen Zweifel.

»Rede mit ihnen«, verlangte einer der Gardisten von Lysander.

Verwundert wandte er sich ihm zu. Wie kam der Mann darauf, dass die Mahr ihm zuhören würden?

Er hatte keine Gelegenheit nachzufragen, denn in dem Moment drang das Licht der aufgehenden Sonne über die Berge im Osten. Es blendete ihn, flutete die Gegend und ließ die Schatten des Waldes schrumpfen. Die Mahr schrien, fauchten und zogen sich zurück in den Schutz der Bäume.

Lysander konnte es im ersten Moment gar nicht fassen. Dann aber atmete er erleichtert auf. Die Knie wurden ihm weich, und er wäre beinahe zu Boden gesunken. Auch die Gardisten waren außer sich. Einer von ihnen schleuderte den Mahr einen Fluch hinterher, ein anderer lachte ausgelassen.

»Das war verdammt knapp!«, stieß der Dritte erleichtert aus.

Die alten Legenden sprachen davon, dass die Mahr des Nachts kamen und ihre wehrlosen Opfer im Schlaf überfielen. Lysander war nur nicht klar gewesen, dass sie das Licht derart scheuten. Athura hatte das entweder ebenfalls nicht bedacht oder unterschätzt, wie weit vorangeschritten die Nacht bereits gewesen war.

So oder so, der Tagesanbruch hatte ihnen das Leben gerettet. Und dennoch fühlte sich Lysander nicht befreit. Irgendwo in diesen Wäldern hatte er Sheera zurückgelassen, und es war ein Kampf für ihn, sie aufzugeben, den Wäldern den Rücken zuzukehren und in die Burg von Agrino zurückzukehren. Doch er hatte seinen Entschluss gefasst und wollte sich gerade auf den Weg machen, als drei Schwertspitzen auf ihn gerichtet waren. Fassungslos starrte Lysander die Gardisten an, die ihn bedrohten. Eben noch waren sie Seite an Seite vor den Mahr geflohen, und plötzlich wandten sie sich gegen ihn? Er wollte die Hände heben, aber kaum regte er sich, drückte auch schon eines der Schwerter fester unter sein Kinn.

Der Mann, dem es gehörte, schaute ihn drohend an. »Keine falsche Bewegung, Hoheit!«

»Was soll das werden?«, fragte Lysander.

Der Gardist atmete tief durch. »Ihr werdet jetzt schön mit uns kommen, Königsverräter!«

Verräter? Wie kamen sie denn auf diesen Gedanken? Tausend Fragen schossen ihm durch den Kopf. Alles Mögliche konnte dahinterstecken. Ein Missverständnis vielleicht, wohl eher aber ein

Hinterhalt. Er erinnerte sich an den Gardisten, den er auf seiner Flucht mit Sheera zu töten gezwungen gewesen war und der mit seinem letzten Atemzug Rheon Treue geschworen hatte. Rheon – steckte er dahinter?

Lysander reagierte, ohne nachzudenken, schlug das Schwert, das ihm an die Kehle gedrückt wurde weg, duckte sich unter den anderen hindurch, doch ein Tritt in die Kniekehle brachte ihn zu Fall. Er schrie auf, als sich einer der Gardisten auf ihn stürzte, ihm schmerzhaft das Knie zwischen die Schulterblätter drückte und einen Arm auf den Rücken verdrehte.

»Auf Euch wartet der Galgen, Hoheit«, drohte der Mann. »Gleich nachdem wir Eurem Vater von dieser Horde Bestien berichtet haben, die Ihr nach Amberan gelockt habt.«

»Ihr habt ja keine Ahnung«, knurrte Lysander.

Die Mahr, die darauf lauerten, bei Einbruch der Dämmerung über Amberan herzufallen, waren erst der Anfang. Den König nur vor ihnen zu warnen, rettete Amberan nicht. Was hinter der Grenze lag, barg die eigentliche Gefahr. Athura und seine Blutalben – Athura, in dessen Gewalt sich nun auch Sheera befand.

Dieser Gedanke schnürte ihm die Kehle zu. Er hatte sie niedergestochen und im Stich gelassen. Und wozu das alles? Damit er, kaum hatte er die Grenze überschritten, von den Schergen seines Vaters verhaftet wurde. Das durfte einfach nicht das Ende sein. Das konnte er nicht zulassen! Er schrie, setzte sich gegen die Gardisten zur Wehr – doch vergebens. Er kam nicht frei. Sie zerrten ihn auf die Füße und zwangen ihn, als ihr Gefangener nach Hause zurückzukehren.

Liebe Leserinnen und Leser,

immer wenn ich ein Buch beende, muss ich an eine Begebenheit aus meiner Kindheit denken. Damals erzählte mir jemand, ein Autor wäre ein Mensch mit gebrochener Seele, und ich malte mir meine eigene Geschichte dazu aus. Ich stellte mir vor, dass die Seele eines Autors in unzählige Splitter zerfallen ist und dass diese in Welten verloren gegangen sind, die es noch zu entdecken gilt. Um sich selbst wiederzufinden, muss ein Autor diese Welten einfangen und zu Papier bringen.
Und es ist tatsächlich so: Wenn ich mich wirklich zuhause und vollständig fühlen will, dann reise ich nach Farhir. Dann tauche ich in die Welten ein, die ich selbst erschaffen habe, und auch in jene, die andere Autoren schufen. Und ich bin mir sicher, dass jeder, dessen Seele ein wenig Heilung bedarf, diese im richtigen Buch finden kann – der eine oder andere unter euch vielleicht auch in meinem.

In Liebe
Jennifer Alice Jager

Illustration:© Jennifer Alice Jager

JENNIFER ALICE
JAGER
MIDNIGHT
SOUL
CHRONIKEN DER DÄMMERUNG
Ravensburger

N
W
O
S
SELO
Anterra
WESTLICHE PROVINZEN
AGRINO
Finsterberge
ARTHA
Grenzwäld
BASHTANA
Moorland
Harandesh
MIRADA
EMBRAN
Nebelmoor
Tausendsee